# MERCEARIA DO CÉU E DA TERRA

Outros livros de James McBride

*A Cor da Água*

*O Pássaro do Bom Senhor*

*Diácono King Kong*

*Miracle at St. Anna*

*Song Yet Sung*

*Kill 'Em and Leave*

*Five-Carat Soul*

# MERCEARIA DO CÉU E DA TERRA

JAMES McBRIDE

TORDSILHAS
Rio de Janeiro, 2025

# Mercearia do Céu e da Terra



ISBN: 978-65-5568-150-5

*Translated from original The Heaven & Earth Grocery Store. Copyright © 2023 by* James McBride. *ISBN 978-0-593-42294-6. This edition is published by arragement with Penguin Random House, the owner of all rights to publish and sell the same. PORTUGUESE language edition published by Alaúde, Copyright ©2025 by STARLIN ALTA EDITORA E CONSULTORIA LTDA.*

*Impresso no Brasil — 1ª Edição, 2025 — Edição revisada conforme o Acordo Ortográfico da Língua Portuguesa de 2009.*

**ATENÇÃO: esta obra aborda diversos temas sensíveis. Para mais detalhes, verifique a página XVII**

Dados Internacionais de Catalogação na Publicação (CIP)
**(BENITEZ Catalogação Ass. Editorial, MS, Brasil)**

M11m
1.ed. McBride, James
Mercearia do céu e da terra / James McBride ; ilustração Isabelle Bessa ; tradução Giovanna Chinellato. - 1.ed. - Rio de Janeiro : Tordesilhas, 2025.
320 p.; 15,7 x 23 cm.

Título original: The heaven & Earth grocery store.
ISBN 978-65-5568-150-5

1. Ficção de fantasia. I. Bessa, Isabelle. II. Chinellato, Giovanna. III. Título.

11-2024/78 CDD B869.93

**Índice para catálogo sistemático:**
1. Ficção de fantasia : Literatura brasileira B869.93
**Aline Graziele Benitez - Bibliotecária - CRB-1/3129**



**Produção Editorial:** Grupo Editorial Alta Books
**Diretor Editorial:** Anderson Vieira
**Vendas Governamentais:** Cristiane Mutüs
**Gerência Comercial:** Claudio Lima

**Produtora Editorial:** Mariana Portugal
**Tradução:** Giovanna Chinellato
**Copidesque:** Wendy Campos
**Revisão:** Ellen Andrade
**Diagramação:** Joyce Matos
**Prefacista**: Jacques Fux (autor de *Nunca vou te perdoar por você ter me obrigado a te esquecer*)

ALTA BOOKS
GRUPO EDITORIAL

Rua Viúva Cláudio, 291 — Bairro Industrial do Jacaré
CEP: 20.970-031 — Rio de Janeiro (RJ)
Tels.: (21) 3278-8069 / 3278-8419
**www.altabooks.com.br** — altabooks@altabooks.com.br
**Ouvidoria:** ouvidoria@altabooks.com.br

Editora **afiliada à:**
ASSOCIADO

*Para Sy Friend, que ensinou a todos nós*
*o significado de Tikkun Olam*

# AGRADECIMENTOS

Este livro começou como uma ode a Sy Friend, o aposentado diretor do acampamento para crianças com deficiência The Variety Club Camp em Worcester, Pensilvânia. Como muitos trabalhos de ficção, transformou-se em algo além. Trabalhei no acampamento por quatro verões quando era aluno na Oberlin College. Isso faz mais de quarenta anos, mas os ensinamentos de Sy sobre inclusão, amor e aceitação — repassados não com gentileza tolerante, mas com gestos que demonstravam aos receptores o caminho para a verdadeira igualdade — permaneceram comigo pelo resto da vida. Nesse espírito, sou grato a toda a família do Variety Club: os falecidos Leo e Vera Posel, que doaram a terra para o acampamento na década de 1930; o falecido administrador Bill Saltzman, que insistiu que eu me tornasse um conselheiro quando me candidatei à vaga de lavador de pratos aos 19 anos; meu amigo e ex-colega conselheiro Vinny Carissimi, que mais tarde se tornou um brilhante advogado ponta firme na Filadélfia e desatolou a mim e muitos de meus colegas do acampamento de vários lamaçais jurídicos, normalmente de graça. E é claro, Sy e seu marido, Bob Arch, que agora estão aposentados e vivem em Lake Worth, Flórida. Sy serviu no acampamento dos 16 anos até sua aposentadoria três décadas depois (1950–1979). Nunca conheci uma pessoa mais inteligente e compassiva do que ele. Era um homem magro, bonito, rápido como uma bala, que deslizava pelo acampamento como um espírito, de tênis branco impecável, shorts e camisa de golfe, com um sempre presente cigarro entre os dedos e a melodia de alguma ópera contagiante na cabeça, pois amava ópera. Ele sabia o nome de todas as crianças e frequentemente dos pais também. Estava décadas à frente de seu tempo. Sua equipe parecia as Nações Unidas, muito antes de a palavra "diversidade" ecoar pela América. Éramos todos mal pagos e trabalhávamos demais. Mas as lições que aprendemos com Sy nos deixaram ricos. Muitos dos antigos funcionários se destacaram posteriormente em diferentes áreas.

As crianças o amavam com extraordinária intensidade. Toda noite, na hora de dormir, ele tocava o disco riscado de um clarim chamando no velho alto-falante do acampamento, seguido por um gentil *"Boa noite, meninos e meninas"*. E se você ficasse lá fora olhando para a fileira de chalés, que não tinham ar-condicionado — ele se recusava a deixar a administração instalá-los, dizendo *"Eles precisam sentir o ar puro. Deixe-os viver. Ficam dentro de casa o ano todo."* —, quase poderia escutar os murmúrios de todos os noventa e um hóspedes, as crianças em seus beliches, as palavras ecoando acima e abaixo pelas fileiras de chalés... *"Boa noite, Tio Sy."*

Ele era diretor no distrito escolar da Filadélfia o resto do ano, mas uma lenda de verão para as crianças do acampamento. Uma delas, de quem cuidei, Lamont Garland, agora com 45 anos, era um menino nascido e criado no norte da Filadélfia que nunca deixou que uma dependência vitalícia de muletas, causada pelo que à época era chamado de paralisia cerebral, o impedisse de trabalhar para a companhia de força e luz Philadelphia Electric Company, na qual atuou por vinte e cinco anos até sua aposentadoria em 2014. Anos atrás, ele me contou uma história sobre Sy que eu nunca esqueci. Lamont, que agora mora em Columbia, Carolina do Sul, contou-a quando tinha 7 ou 8 anos. Frequentava a escola Widener Memorial na Filadélfia à época, que memoravelmente tem educado crianças com deficiência há mais de 116 anos. Estávamos sentados à varanda de um dos chalés do acampamento certa tarde de verão e ele disse, do nada:

— Tio Sy visitou Widener uma vez.

— Por quê?

— Não sei.

— Ele trabalhou lá?

— Não. Só apareceu para visitar. Estávamos reunidos no auditório um dia, e ele simplesmente entrou.

— E aí o que aconteceu?

— Nós o aplaudimos de pé.

Deixo para você, querido leitor, imaginar aquele auditório lotado, mais de quarenta e cinco anos atrás, o amontoado de muletas, cadeiras de rodas e crianças com todos os tipos de deficiência explodindo em um aplauso enérgico. Os que podiam ficar de pé, imagino, o fizeram, o restante urrou o usual grito de alegria que eu presenciava quando Sy virava o acampamento de ponta-cabeça com algum evento especial que ele ou outro funcionário havia inventado para torná-lo o estonteante espetáculo de vida do qual todos nos lembraríamos para sempre: os urros, os aplausos, os gritos animados, a torcida, os berros, as muletas erguidas no ar, a fantástica cacofonia de humanidade em cadeiras de rodas, alguns com óculos especiais, outros com aparelhos auditivos, cantando e gesticulando, as piscadelas, as risadas e os grunhidos de diversão, as caretas, o chacoalhar de cabeça e os uivos animados daqueles que não se encaixavam na "normalidade". É impossível descrever.

Mas tudo se resume à mesma coisa.

Amor. De um homem. E o princípio ao qual ele dedicou toda a sua vida: igualdade.

Assim nasceu este livro.

*O autor*

*Lambertville, Nova Jersey*

*Dezembro, 2022*

# EM BUSCA DO *TIKKUN OLAM*, A REPARAÇÃO E RECONSTRUÇÃO DO MUNDO

Jacques Fux

*Escritor, doutor em Literatura Comparada pela UFMG e pela Université de Lille 3, pós-doutorado na Universidade de Harvard, e pesquisador colaborador do Centro de Estudos Judaicos da USP. Autor de dezoito livros, entre romances, ensaios e infantojuvenis, incluindo a obra Meu pai e o fim dos judeus da Bessarábia. Foi vencedor do Prêmio São Paulo de Literatura com o livro Antiterapias e finalista do Prêmio Jabuti com o livro Nunca vou te perdoar por você ter me obrigado a te esquecer, entre outros prêmios. Seus livros e contos já foram publicados na Itália, Israel, México, Peru, República Dominicana, EUA e França.*

*Quem salva uma vida, salva o mundo inteiro*

*Talmud*

Uma das ideias centrais que norteia o belíssimo *Mercearia do Céu e da Terra* é que a transformação e reparação do mundo exigem esforço humano, sempre guiado por valores éticos e espirituais. O conceito de Tikkun olam, encontrado em textos religiosos e filosóficos judaicos, diz que é nossa responsabilidade melhorar o mundo, trazendo justiça, bondade e harmonia para pessoas e povos — inclusive para as diversas culturas judaicas, afro-americanas e negras apresentadas no livro.

Filho de Ruchel Dwajra Zylska, imigrante polonesa e judia ortodoxa, e do reverendo afro-americano Andrew Dennis McBride, James McBride cresceu em Red Hook, no Brooklyn, e desde pequeno conviveu com toda essa rica mistura cultural. Assim, ao tratar de assuntos tão complexos e polêmicos em busca do Tikkun olam, o escritor mostra habilidade, destreza com a história e as palavras, cuidado, coragem e sensibilidade. Em uma entrevista concedida ao NY Jewish Week, James McBride está consciente de toda essa dificuldade e responsabilidade: "Você está lidando com dinamite sempre que começa a falar sobre as relações entre negros e judeus [...] ao dizer qualquer palavra, as pessoas já estão prontas para te jogar pela janela. Mas houve e continua havendo muito amor e convivência. Há cooperação, e precisa haver, dados os tempos em que vivemos."

*Mercearia do Céu e da Terra* se passa em uma comunidade rural em Pottstown, Pensilvânia. Apesar de iniciar com um evento ocorrido nos anos 1970, o livro se fixa primordialmente nos anos 1920 e 1930, quando distintas comunidades negras e judaicas vivem mais ou menos em harmonia no decadente bairro de Chicken Hill, e experienciam várias formas de discriminação e racismo.

A trama tem início quando o Estado decide tentar capturar Dodô, um garoto negro, com deficiência em função de um acidente e amado pela cidade, para enviá-lo a Pennhurst. Conhecendo a fama dessa terrível instituição, um casal de judeus — Moshe, rico empresário e dono do teatro, e sua esposa Chona, que administra a Mercearia sempre no vermelho, pois seu objetivo é ajudar os necessitados — esconde e protege, com o auxílio de amigos negros e judeus, esse pobre menino. Essa decisão desencadeará inúmeros acontecimentos com consequências para todos os envolvidos.

Para compor esta brilhante narrativa, o autor traz inúmeros personagens, histórias e culturas. Ao retratar os judeus, por exemplo, ele mostra as suas diferentes origens, costumes e comportamentos. A imigração judaica para os Estados

Unidos nas décadas de 1920 e 1930 recebeu em sua maioria judeus vindos da Rússia, Polônia, Lituânia, Romênia e Alemanha. Cada grupo trouxe consigo características culturais e experiências que influenciaram sua integração e a interação com a sociedade. Os judeus russos chegaram com uma forte tradição religiosa, comunitária e sionista, e se envolveram em causas sindicalistas. Os judeus poloneses, oriundos de uma das maiores comunidades judaicas da Europa, estabeleceram uma vida cultural rica, com ênfase em instituições educacionais judaicas e desenvolvendo uma imprensa iídiche. Os lituanos, também conhecidos como litvaks, focaram a religião ao fundar as yeshivot (escolas rabínicas e religiosas), o que contribuiu significativamente para o desenvolvimento do judaísmo ortodoxo moderno. Os romenos, além de se estabeleceram como pequenos comerciantes, artesãos e donos de teatros, ficaram conhecidos pelo estilo musical klezmer e por suas danças folclóricas. Havia também os judeus alemães, assimilados e distantes desses outros grupos, sobretudo em razão da língua, já que a maioria não falava iídiche como os judeus do leste europeu. Os judeus alemães tinham origens urbanas e muitos já falavam inglês ou aprendiam o idioma mais rapidamente que os outros judeus.

*Mercearia do Céu e da Terra* ainda apresenta certos elementos religiosos e culturais presentes em qualquer comunidade judaica (shul): a sinagoga, lugar de congregação e culto, onde acontece diariamente a leitura dos rolos da Torá, o livro sagrado, e que é necessário haver a minian, a presença de dez adultos judeus para que as rezas aconteçam; as yeshivot, escolas rabínicas e religiosas fundadas para perpetuar a religião; o micvê, uma espécie de piscina ou ofurô com água recolhida da chuva usado como purificação ritual; a mezuzá, uma pequena caixa que deve ser afixada nos batentes direitos das portas contendo um rolo de pergaminho com a reza Shemá Israel, a oração mais sagrada judaica. Além disso, por se integrarem e transformarem a cultura ao seu redor, há várias palavras em iídiche como *glitch*, *spiel* e *schmuck* que se tornaram pertencentes ao inglês falado nos Estados Unidos.

Já as comunidades afro-americanas de Pottstown, começaram a se estabelecer durante o final do século XIX e início do século XX em busca de oportunidades econômicas e para escapar da segregação racial, violência e discriminação que sofriam. Muitos vieram da Virgínia, Carolina do Norte e Geórgia para essa pequena região que oferecia oportunidades em fábricas e onde a perseguição racial ainda era um pouco mais branda. *Mercearia do Céu e da Terra* mostra com cuidado e sensibilidade as diferentes culturas e características das comunidades negras que viviam por todo país, e como as interações entre eles e os "outros" — assim como ocorreu com os judeus — eram complexas. Da mesma forma que ocorreu com o iídiche, ao se integrarem às comunidades, os afrodescendentes trouxeram expressões como *gumbo, goober, yam, banjo, cool, my bad, hater, 24/7, back in the day, high-five, lame* e *rip off* que se tornaram parte do inglês vernáculo afro-americano.

As relações entre judeus (não negros) e afro-americanos (góis, gentios) em comunidades como Pottstown foram intensas. Eles viviam em bairros próximos, compartilhavam espaços comuns e enfrentavam discriminação, perseguição e racismo da população branca e majoritariamente protestante que se incomodava com essa "recente" chegada de "invasores" e "mestiços". Porém, como entre judeus e afro-americanos havia diferenças sociais e econômicas, por vezes ocorreram episódios históricos de violência. Mesmo assim, houve colaboração e solidariedade, pois ambos sentiram na pele o peso da violência e do ódio ao enfrentarem uma combinação única de hipervisibilidade, experiência diaspórica e trauma geracional.

O trauma geracional vivido por grupos diaspóricos que enfrentaram ameaças de genocídio, tanto o literal quanto o cultural, é outro ponto em comum entre essas culturas e discutido de forma única na obra de McBride. Para indivíduos negros e de ascendência judaica, como é o caso do próprio autor James McBride, o trauma geracional é duplo. A mercearia de Chona, espaço central na narrativa do livro, serve como uma metáfora para nos mostrar a conexão e as interações de grupos raciais e sociais distintos. A mercearia mostra como e onde essas comunidades marginalizadas e discriminadas se encontravam para compartilhar experiências de luta e sobrevivência, além de realizar trocas comerciais, fazer críticas e sátiras.

Essa é outra característica explorada de forma inteligente e perspicaz por McBride, o uso do humor e da sátira, tanto das comunidades afro-americanas quanto dos vários estereótipos judaicos. Pertencente a esse grupo capaz de rir da própria desgraça, o autor, na voz de personagens divertidos e comentários sarcásticos, diálogos cômicos, absurdos e estranhos, critica diversas posturas da própria comunidade e também de outras comunidades. O humor é algo delicado, e só existe em articulação entre o meio social e seus sujeitos. Dessa forma, é preciso estar inserido, ou conhecer bastante a cultura, para ser capaz de "rir" das narrativas e piadas, caso contrário, corre-se o risco de ouvir algo incompreensível. Por meio do humor, é também possível criticar algum grupo sem que haja punições — a agressividade passa a ter um tom mais leve e risível, embora a intenção de ofender seja a mesma. Há ainda uma outra característica explorada pelo autor: o uso do humor autodepreciativo que tem também a função de proteção, já que a reação esperada é que a risada do inimigo atenue a hostilidade, diminuindo a violência física.

Ao nos adentrarmos aos conhecimentos místicos da Cabala, a ideia de Tikkun olam é ampliada: está associada à reparação das rupturas no mundo espiritual causadas pela "quebra dos vasos", a Shevirat ha-Kelim. A Shevirat ha-Kelim nos diz que, durante a Criação, os vasos que deveriam conter a luz divina se quebraram, espalhando a santidade no mundo. Essa fragmentação se conecta à ideia de reconstrução, transformação e recuperação. Por isso existe um sentido na existência humana — a busca em restaurar o equilíbrio. Ao tentar salvar Dodô, ao se conectar com grupos e comunidades distintas, Chona busca reparação e transformação, e luta pela redenção talmúdica — afinal, "quem salva uma vida, salva o mundo inteiro".

Chona e sua mercearia, portanto, presentificam o objetivo do livro, o Tikkun olam, a reparação histórica, cultural e individual desse mundo fragmentado. Como escreve o narrador sobre uma personagem: "[...] nunca foi de jogar pelas regras da sociedade americana. Não via o mundo como a maioria das pessoas via. Para ela, o mundo não era uma cristaleira de porcelanas a ser admirada, porém jamais tocada. Em vez disso, ela o via como um lugar em que cada atitude da vida era uma chance de Tikkun olam, de melhorar o mundo. Aquela mulher minúscula com um pé ruim era pura alma. Uma grande alma" (pág. 217).

Considerado um dos melhores romances de 2023 e vencedor do Prêmio da Library of Congress 2024 de Ficção Americana, ler *Mercearia do Céu e da Terra* é ter a oportunidade de se adentrar por culturas, questões e vivências distintas e milenares; é poder conhecer mais a fundo sociedades moldadas por misturas diaspóricas; é também ter empatia e se tornar parte atuante da reparação do Tikkun olam.

# ALERTA DE GATILHOS:

Este livro contém descrições de violência física, sexual e abuso infantil. Se você for sensível aos temas mencionados, sugerimos cautela.

# SUMÁRIO


Parte 1: Partida 1

1. O Furacão 3
2. Um Mau Sinal 6
3. Doze 15
4. Dodô 29
5. O Estranho 40
6. Chalá 48
7. Um Novo Problema 59
8. Gazeta 66
9. O Tordo e o Pardal 75
10. O Sapato Skrup 89
11. Partida 102

Parte 2: Separação 111

12. Calça de Macaco 113
13. Cowboy 121
14. Dois Pesos, Duas Medidas 130
15. O Verme 142
16. A Visita 154
17. A Rã-Touro 161
18. O Cachorro-quente 171

Parte 3: O Último Love 179

19. Os Lowgod 181
20. A Casa Antes 196
21. A Bolinha de Gude 207
22. Sem Uma Música 216
23. A Bíblia de Bernice 225
24. Menino Pato 232
25. O Acordo 245
26. O Serviço 252
27. O Dedo 261
28. O Último Love 269
29. À Espera do Futuro 280
30. O Chamado 297

PARTE 1

# Partida

# 1
# O FURACÃO

*Havia um judeu idoso que vivia no terreno da antiga sinagoga no alto de Chicken Hill, na cidade de Pottstown, Pensilvânia, e quando a Polícia Estadual encontrou o esqueleto no fundo de um velho poço em um terreno na rua Hayes, a casa do judeu idoso foi o primeiro lugar para onde eles foram. Era junho de 1972, um dia depois de uma construtora preparar o lote a fim de abrir espaço para um novo empreendimento de casas geminadas.*

*Encontramos uma fivela de cinto e um pingente no poço, disseram os policiais, e alguns fiapos antigos, de uma fantasia ou jaqueta vermelha, segundo as análises de laboratório.*

*Eles pegaram uma joia, entregaram a ele e perguntaram de que se tratava.*

*Uma mezuzá, disse o idoso.*

*É igual à que está na porta, disseram os policiais. Essas coisas não devem ficar em portas?*

*O idoso deu de ombros. A vida judaica é portátil, disse ele.*

*A gravação no verso diz "Lar do Melhor Dançarino do Mundo". Está em hebraico. Você fala hebraico?*

*Eu tenho cara de quem fala suaíli?*

*Responda à pergunta. Você fala hebraico ou não?*

*Arranho.*

*E você é Malachi, o dançarino, certo? É o que dizem por aqui. Dizem que você é um ótimo dançarino.*

*Costumava ser. Abandonei isso quarenta anos atrás.*

*E a mezuzá? É igual a esta que está aqui. Isto não era um templo judaico?*

*Era.*

*Quem é dono dele agora?*

*Quem é dono de tudo por aqui?, perguntou o idoso. Ele apontou com a cabeça para a imensa e reluzente escola particular que era visível através da janela opaca. A Escola Tucker. Posicionada de maneira orgulhosa no topo da colina, atrás de portões de ferro, com gramados macios, quadras de tênis e lustrosos prédios de salas de aula, uma imensa fortaleza de arrogante elegância, brilhando como uma fênix acima da vizinhança caquética de Chicken Hill.*

*Estão tentando comprá-lo de mim há trinta anos, disse o idoso.*

*Ele abriu um sorriso para os policiais, mas era praticamente banguela, exceto por um único dente amarelo que pendia como uma bolota de manteiga de sua gengiva superior, o que o fazia parecer um porco-formigueiro.*

*Você é suspeito, disseram eles.*

*Suspeito, que me importa, respondeu ele, chacoalhando os ombros. Já passara há muito dos oitenta anos, vestia uma camisa branca amassada e um colete cinza com várias canetas no bolso, um talit todo embolado ao redor dos ombros e uma calça velha igualmente amassada, mas quando tateou o bolso no quadril, suas mãos deformadas se moveram com tamanha destreza e agilidade que os policiais — mais acostumados a passar seus dias multando caminhões na Interestadual 76 próxima dali e impressionando donas de casa bonitas em fiscalizações de trânsito, com seus giroscópios e sermões severos sobre segurança pública — entraram em pânico e recuaram, com as mãos nas armas. Mas o idoso não tirou nada além de várias canetas do bolso. Ele ofereceu uma aos policiais.*

*Não, obrigado, responderam.*

*Eles se demoraram mais um pouco e enfim saíram, após prometerem voltar depois de içar o esqueleto para fora do poço e analisar mais um pouco a cena do crime. Jamais o fizeram, no entanto, porque no dia seguinte Deus envolveu Chicken Hill com Suas mãos e espremeu Sua última gota de justiça daquele lugar amaldiçoado. O furacão Agnes fez uma visita e derrubou a energia elétrica de quatro condados. O nível do rio Schuylkill, nos arredores, subiu mais de dois metros. Se escutar as afrodescendentes idosas de Chicken Hill contarem a história, os brancos pulava dos telhados como se eles estivesse no Titanic. Todas aquelas casas chiques lá embaixo foram varridas igual pó. Aquela tempestade matou tudo em que tocou. Afogou cada homem, mulher e criança de que se aproximou; derrubou pontes, destruiu fábricas, devastou fazendas; aquele negócio causou um prejuízo de milhões em danos, milhões e milhões — isso é linguajar de gente branca, milhões e milhões. Bom, para nós, o povo negro de Chicken Hill, foi só mais um dia de se esquivar das maldades do homem branco. E quanto ao judeu idoso e seu povo que mora nesta colina, eles recuperaram todo o tempo das mãos daqueles que lhes haviam tomado tudo. E a senhora judia que foi injustiçada, Dona Chona, também conseguiu sua justiça, porque o Rei dos Reis olhou para todas as coisas boas que ela fez, elevou-a e em um instante tornou todos os seus sonhos realidade, da forma que só Ele pode. Aquele diabo estúpido que chamava a si mesmo de Filho do Homem, ele já sumiu há tempos deste país. E aquele menino Dodô, o surdo, ele ainda vive. Agora eles colocaram aquele acampamento todo lá no condado de Montgomery por causa dele, os judeus colocaram. Donos de teatros, eles era, Deus os abençoe. E aqueles policiais de peito estufado que estava correndo atrás deles, dos judeus, por causa do corpo que encontraram naquele poço velho, eles não vão encontrar nem um grãozinho contra eles agora, porque Deus levou a coisa toda — a água do poço, o reservatório, a fazenda de laticínios, o esqueleto, e cada minúscula coisinha que eles poderiam ter usado contra os judeus — e lavou tudo para o riacho Manatawny. E de lá, toda aquela bobagem de apontar dedos foi jogada no Schuylkill, e de lá correu para a baía Chesapeake em Maryland, e de lá seguiu para o Atlântico. E é lá onde os restos daquele imprestável podre cujo nome não é digno de ser pronunciado por meus lábios está mergulhado até hoje. No fundo do mar, com os peixes cutucando seus ossos e o diabo assistindo tudo.*

*Quanto ao idoso Malachi, os policiais nunca mais o encontraram. Eles voltaram à casa dele depois que toda a comoção do furacão passou, mas ele já havia partido há muito tempo. Deixou um ou dois girassóis no jardim e só. O velho Senhor Malachi foi embora livre. Ele era o último deles. O último dos judeus por aqui. Aquele sujeito era um mago. Era especial. Ele sabia dançar também… Pelos céus! Aquele homem era pura mágica.*

*Mazel tov, meu bem. Mazel tov.*

# 2
# UM MAU SINAL

Quarenta e sete anos antes de os empreiteiros encontrarem o esqueleto no velho poço de fazenda em Chicken Hill, um gerente de teatros em Pottstown, Pensilvânia, chamado Moshe Ludlow, teve uma visão de Moisés.

Moshe teve essa visão em fevereiro, numa manhã de segunda-feira, enquanto limpava os resquícios de um show único de Chick Webb em seu minúsculo Salão de Dança e Teatro 100% Americano na rua principal. Webb e sua banda de doze integrantes foi o maior evento musical que Moshe já havia visto na vida, exceto pelo final de semana em que ele conseguiu fisgar Mickey Katz, o brilhante, porém temperamental, gênio iídiche da música klezmer, saído direto de Cleveland para tocar um final de semana inteiro de diversão em família e animada dança iídiche no Salão de Dança e Teatro 100% Americano de Moshe dois meses antes. Agora, isso, *sim,* foi especial. Katz, o jovem mago do clarinete, e seu grupo recém-formado de sete músicos encararam uma furiosa nevasca de dezembro que cobriu as montanhas do oeste da Pensilvânia com 35 centímetros de neve para chegar ao show, e graças ao bom D'us que o fizeram, porque Moshe contou 249 judeus sapateiros, lojistas, alfaiates, ferreiros, pintores de ferrovias, donos de lanchonete e suas esposas de cinco estados diferentes, inclusive do norte de Nova York e do Maine, que foram ao evento. Havia até quatro casais do Tennessee que dirigiram pelas montanhas Blue Ridge por três dias, comendo queijo e ovos, sem conseguir se manter kosher no Shabat, só para estar com seus colegas iídiches, e logo antes do Chanucá, para o qual deveriam estar em casa acendendo velas por oito dias. Sem contar que um dos maridos era um fanático e acreditava que o jejum de Tishá BeAv, normalmente em julho ou agosto, tinha de ser observado duas e não só uma vez ao ano, o que significa ficar em casa todo mês de dezembro, passando fome e empetecando as paredes com imagens de flores por três semanas seguidas a fim de demonstrar gratidão ao Criador por Sua generosidade em ajudar os povos judaicos do leste da Europa a escapar das pogroms e encontrar relativa paz e prosperidade na Terra Prometida da América. Graças a ele e ao clima, os quatro casais estavam de mau humor quando chegaram, depois de se espremerem em dois Packard antigos, sendo que um não tinha aquecedor, e cruzar a nevasca brutal. Eles anunciaram planos de partir imediatamente quando ouviram falar em mais neve, porém Moshe os convenceu a ficar. Esse era o dom dele. Moshe conseguiria convencer o diabo a lhe dar os chifres se quisesse.

— Quantas vezes na vida surge a oportunidade de ouvir um jovem gênio? — perguntou-lhes. — Vai ser o maior evento da vida de vocês.

Ele os conduziu ao seu quarto minúsculo em uma pensão em Chicken Hill, uma vizinhança de casas decrépitas e ruas de terra onde viviam os afrodescendentes, judeus e imigrantes brancos que não podiam pagar por nada melhor, colocou-os na frente de seu fogão a lenha aceso, encheu-os de chá e *gefilte fish* e os divertiu com a história de sua avó romena que pulou de uma janela para fugir de um casamento com um judeu haskalá, só para aterrissar em cima de um rabino hassídico da Áustria.

— Ela o nocauteou na lama — exclamou. — Quando ele olhou para cima, ela estava lendo a palma dele. Então os dois se casaram.

Isso conquistou sorrisos e risadas, porque todo mundo sabia que os romenos eram loucos. Com os risos ressoando nos ouvidos, Moshe correu de volta para a multidão que esperava ansiosamente na neve pela abertura das portas do teatro.

Enquanto ele descia as ruas enlameadas de Chicken Hill para chegar ao teatro na rua principal, seu coração pesou com desânimo. A fila improvisada que havia se formado uma hora antes se transformara em uma aglomeração de quase trezentas pessoas. Além disso, ele foi informado de que Katz, o gênio temperamental, havia chegado, mas estava dentro do teatro de mau humor depois de ter encarado a terrível nevasca, e agora ameaçava ir embora. Moshe correu para dentro e descobriu, para seu alívio, que seu sempre prestativo ajudante, um idoso negro chamado Nate Timblim, havia acomodado Katz e sua banda em frente ao fogão a lenha, serviu-lhes chá em copos comuns, ovos kosher frescos, *gefilte fish* e pão chalá, tudo disposto com esmero em forma de buffet. O jovem Katz parecia satisfeito e anunciou que ele e a banda iriam se preparar assim que terminassem de comer. Dali, Moshe voltou para fora a fim de enrolar a multidão à espera.

Quando viu que havia mais gente chegando, retardatários correndo da estação com bolsas e malas, ele pegou uma escada de mão e subiu até o topo para dirigir-lhes a palavra. Nunca havia visto tantos judeus juntos na América antes. Os esnobes reformistas vindos da Filadélfia estavam lá vestidos com suas camisas de botão, ao lado de serralheiros de

Pittsburgh, que se aglomeravam junto aos socialistas da ferrovia de Reading e seus bonés com o logo da Ferrovia da Pensilvânia, que, por sua vez, estavam ombro a ombro com os mineradores de carvão de rosto escurecido vindos de Uniontown e Spring City. Alguns haviam trazido as esposas. Outros, mulheres que, a julgar pelos casacos de pele, botas de couro e penteados deslumbrantes, definitivamente não eram as esposas. Um sujeito estava acompanhado de uma gói loira 15 centímetros mais alta do que ele, vestindo um alegre tom de verde irlandês e, para completar, um chapéu que parecia uma mistura de uma folha de trevo e as pontas da coroa da Estátua da Liberdade. Alguns tagarelavam em alemão, outros batiam papo em iídiche. Alguns berravam em um dialeto bávaro, outros falavam polonês. Quando Moshe anunciou que haveria um pequeno atraso, a multidão ficou mais inquieta.

Um belo jovem hasid de caftan e gorro de pele, segurando um saco rústico de juta, com o cabelo encaracolado enfiado na touca que ele usava inclinada de lado como se fosse um chapéu fedora, anunciou que havia vindo lá de Pittsburgh e não dançaria com mulher nenhuma, o que causou uma onda de risadas e um punhado de palavras rudes, algumas em alemão, sobre idiotas poloneses se vestirem como novatos. Moshe ficou embasbacado.

— Para que vir a um baile se você não vai dançar com uma mulher? — perguntou ao homem.

— Não estou à procura de uma dançarina — respondeu o belo hasid, sucinto e direto. — Estou procurando uma esposa.

A multidão caiu na risada de novo. Mais tarde, sob o feitiço da fantástica magia musical de Katz, Moshe assistiu encantado o homem dançar como o diabo a noite toda. Ele se divertiu com todo tipo de dança que Moshe já vira na vida, e Moshe, que havia passado a infância como um fusgeyer, um judeu errante, na Romênia, já vira um bocado: horas, bulgars, khosidls, freylekhs, marchas russas, passos cossacos. O hasid era um espetáculo de cotovelos dançantes, um giroscópio rítmico de graciosidade elástica e destreza selvagem. Ele dançava com qualquer mulher que se aproximasse, e eram muitas. Moshe concluiria mais tarde que o homem deveria ser algum tipo de mago.

As quatro noites seguintes foram o encontro mais extraordinário de uma celebração judaica animada que Moshe já vira. Ele considerava um milagre, em parte porque o negócio todo quase foi por água abaixo antes mesmo de decolar, graças a uma série de panfletos que ele distribuiu com algumas semanas de antecedência para impulsionar as vendas de ingressos. Usando uma lista telefônica que continha templos e casas particulares onde judeus de viagem podiam se hospedar, Moshe enviou propagandas para todas as sinagogas, albergues e hostels que ficavam entre a Carolina do Norte e o

Maine. Os panfletos, orgulhosamente anunciando que o grande Mickey Katz e seu Show Errante de Diversão Iídiche de Inverno e Memórias de Família do Antigo País estariam no Salão de Dança e Teatro 100% Americano em Pottstown, Pensilvânia, no dia 15 de dezembro, foram impressos em quatro línguas: alemão, iídiche, hebraico e inglês. Mas Moshe havia superestimado a capacidade de organização dos rabinos locais, e a maioria das correspondências se perdeu em meio ao caos de comunicados de falecimentos, celebrações de bar mitzvah, promoções imperdíveis, pedidos de abate de vacas kosher, serviços de confecção de talit, resoluções em disputas comerciais, problemas relacionados ao mohel — a circuncisão — e planejamento de casamentos que são o ganha-pão na vida de um rabino local. As poucas almas que tiveram a boa vontade de abrir as cartas de Moshe contendo os panfletos só pioraram a confusão, já que vários eram imigrantes recém-chegados do Leste Europeu que não falavam inglês. Eles consideravam qualquer envelope que tivesse o endereço datilografado como algum tipo de advertência do governo que significava a deportação imediata da pessoa, sua família, seu cachorro e sua coleção de cupons promocionais de volta para o seu país de origem, onde soldados russos os aguardavam com um presente especial pela sua participação no assassinato do filho do czar, que, é claro, os próprios russos haviam matado e, para piorar, arrancado os olhos, mas quem se importa? Então os panfletos foram para o lixo.

Além disso, Moshe enviou os panfletos errados para as congregações erradas. Os panfletos em iídiche foram para as congregações que falavam alemão. Os que estavam em alemão foram para os shuls iídiches que desprezam aqueles "esnobes adoradores de alemães". As correspondências em hebraico foram para os húngaros que todo mundo sabia que fingiam não saber ler inglês a não ser que os judeus fossem mencionados como "Israelitas Americanos" — em hebraico. Dois panfletos em inglês foram para uma congregação polonesa no Maine, que nem existia mais, os novatos lá de cima provavelmente congelaram seus traseiros e afundaram no gelo em algum lugar. Um mercador de Baltimore até encaminhou por acidente o panfleto em iídiche para o departamento de anúncios do jornal *Baltimore Sun,* o que causou certo tumulto já que o responsável pelos classificados ficou com a impressão de que o mercador judeu, dono de uma loja de roupas que frequentemente anunciava no *Sun,* pretendia fazer um novo anúncio destinado apenas à comunidade que falava iídiche. Na verdade, o gentil mercador estava traduzindo o panfleto do iídiche para o inglês nos fundos de sua loja quando dois clientes começaram a discutir no balcão. Quando ele foi resolver a briga, sua esposa fluente em iídiche passou pelo depósito dos fundos, reconheceu as palavras "*Baltimore Sun*" no meio dos papéis sobre a mesa lotada do marido, enfiou o panfleto traduzido pela metade em um envelope junto com o cheque semanal pelos anúncios e enviou para o jornal. O encarregado dos classificados que recebeu a carta era ignorante demais para perceber a diferença entre um anúncio e um editorial, e a encaminhou para o responsável pela seção de notícias locais com um bilhete, "Encaixe isso na edição de amanhã porque o judeu sempre paga", ao passo que o editor da noite, um católico devoto e bem-intencionado, a entregou para um copidesque húngaro de 19 anos — contratado, em parte, porque alegou que sabia falar iídiche. O menino mandou toda a bagunça mal traduzida de volta para os classificados com uma nota: "Isto é um anúncio." O departamento de anúncios o reproduziu em letras garrafais na página B-4 em um sábado, o último dia do Sucot, um festival judaico que celebra a colheita e a proteção milagrosa que o Senhor ofereceu aos filhos de Israel. O resultado foi um desastre. O panfleto original de Moshe dizia, em iídiche:

> *"Venha ver o grande Mickey Katz. Uma oportunidade única na vida. Diversão para a família toda e celebração às memórias judaicas. Klezmer fervoroso como você nunca ouviu antes."*

O anúncio traduzido dizia, em inglês:

> *"Mickey Katz está vindo. Uma vez na vida, sempre na vida. Veja os judeus queimarem, dance e se divirta."*

O anúncio causou pânico e fúria no bairro judaico do leste de Baltimore, já que muitos de seus moradores ainda se lembravam de como o primeiro rabino do lugar, David Einhorn, se pronunciou contra a escravidão durante a Guerra Civil e foi expulso da cidade, sua casa queimada até não sobrar nada. Eles exigiram que o mercador vendesse sua loja e fosse embora.

Moshe quase desmaiou quando ficou sabendo do desastre. Correu para Baltimore e gastou quatrocentos dólares para acertar as coisas com o mercador bem-intencionado, que gentilmente o ajudou a escrever um segundo anúncio, melhor. Mas era tarde demais. O primeiro anúncio bastou para os judeus de Baltimore. Era simplesmente bom demais para ser verdade. Um baile klezmer? Com o grande Mickey Katz? Por que uma estrela como Katz tocaria para vendedores e alfaiates pobres nas colinas congelantes do leste da Pensilvânia? Em um teatro americano? De um fusgeyer, um romeno? Fusgeyers não são donos de teatro! Eles vagam por aí, cantam e apanham dos soldados do czar. E onde fica Pottstown, para começar? Tem algum judeu lá por acaso? Impossível! Era uma armadilha!

O resultado foi que só quatro casais judeus de Baltimore compraram ingressos na pré-venda para ver o grande Katz, e Moshe contava com a comparecimento em massa da comunidade judaica.

Cinco semanas antes do show, devendo 1.700 dólares para seu primo Isaac na Filadélfia, de quem ele pegou emprestado para o aluguel e a caução do teatro, e sentindo-se mais para baixo do que se sentira quando seu pai morrera, Moshe caiu de joelhos, orou a D'us por renovação espiritual, mas não sentiu nada, e sem rumo, se viu perambulando pelo depósito nos fundos da Mercearia do Céu e da Terra, o único mercadinho judeu em Chicken Hill. O dono, um rabino chamado Yakov Flohr, teve pena do jovem romeno e lhe ofereceu a oportunidade de estudar hebraico com seu Talmude, que guardava no mesmo depósito onde sua filha mais nova, Chona, trabalhava. Ela era deficiente por causa da pólio, com uma perna mais curta do que a outra, o que a obrigava a usar uma bota com plataforma de dez centímetros. Chona passava os dias separando verduras e fazendo manteiga ao misturar corante amarelo com a nata armazenada em barris.

Com a consciência de que estava até o pescoço de dívidas e precisava de D'us, Moshe aceitou a oferta do rabino e passou várias tardes mergulhado nos textos, desalentado, pensando em seu falecido pai e furtivamente espiando Chona, de quem ele se lembrava como sendo uma criaturinha calada e tímida como um camundongo quando criança, mas que agora, aos 17 anos, havia se transformado em uma bela jovem. Apesar do pé e do coxear, ela era uma beldade silenciosa, com um nariz maravilhoso, lábios doces, seios fartos, um traseiro curvilíneo que pressionava contra a saia plissada marrom e olhos que irradiavam alegria e graciosidade. Moshe, aos 21, também em pleno desabrochar, pegou-se desviando várias vezes de seus estudos do hebraico para admirar o corpo de Chona enquanto ela mexia a manteiga naquelas frias noites da Pensilvânia, o farfalhar de seus quadris rebolando sob o calor do fogão a lenha no canto mais distante, que só aquecia metade do cômodo. Ela se tornara uma alma vivaz, cheia de humor sarcástico e grata por ter companhia, e depois de alguns dias de conversa descontraída, regalando-o com brincadeiras calorosas e sorrindo com seus olhos brilhantes e animados, o jovem Moshe finalmente confessou seu problema: o show que estava por acontecer, as enormes dívidas, o dinheiro já gasto, os anúncios errados, as exigências de uma estrela difícil de lidar.

— Eu vou perder tudo — disse.

Foi lá, nos fundos da mercearia do rabino, de pé ao lado do barril de manteiga, com um batedor na mão, que Chona o lembrou da história de Moisés e os carvões em brasa.

Ela soltou o batedor, olhou de relance para a porta a fim de garantir que ninguém estivesse vendo, foi até a mesa onde ele estava, ergueu o Talmude gasto e empoeirado do pai — o qual ambos sabiam que ela era proibida de tocar —, pegou o Midrash Rabá de baixo e colocou o Talmude de volta no lugar. Então ela abriu o Midrash, que continha os cinco livros de Moisés, e folheou até a parte dos carvões. Ela estudava religião, confessou, e a história de Moisés sempre a confortava.

Foi lá — com o iminente colapso de seu teatro, com um olho no Midrash Rabá e o outro na adorável mão da bela Chona, com o coração martelando no peito com o primeiro corar de amor — que Moshe escutou pela primeira vez a história de Moisés e os carvões em brasa, que Chona leu para ele em hebraico, e ele entendeu uma a cada quatro palavras.

O faraó colocou um prato de carvões em brasa de um lado do bebê Moisés e um prato de reluzentes moedas e joias do outro. Se fosse inteligente, o bebê seria atraído pelo ouro e pelas joias reluzentes, e consequentemente seria morto por ser uma ameaça ao herdeiro do faraó. Se ele tocasse os carvões pretos, seria considerado estúpido demais para ser uma ameaça e poderia viver. Moisés começou a esticar a mão para as moedas, mas um anjo apareceu e moveu habilmente sua mão para os carvões em brasa, chamuscando seus dedos. A criança colocou os dedinhos na boca, o que queimou sua língua e o deixou com sequelas. Moisés teve dificuldades na fala para o resto de seus dias, mas a vida do líder e mais importante professor do povo judeu foi salva.

Moshe escutou em um silêncio arrebatador, e quando ela terminou, ele estava banhado pela luz do amor que só o céu emana. Continuou voltando ao depósito por vários dias, nutrindo-se com as palavras do Midrash Rabá, sobre o qual costumava ter sentimentos contraditórios, e com a jovem flor que o conduziu às palavras de propósito divino. Ao final da terceira semana de ensinamentos, Moshe pediu Chona em casamento, e, para sua surpresa, ela aceitou.

Na semana seguinte ele depositou 140 dólares na conta bancária de Yakov como um presente, então procurou a família da jovem para pedir sua mão em casamento. Os pais, ambos búlgaros, ficaram tão radiantes com o fato de alguém que não fosse um caolho querer se casar com sua filha deficiente — e daí que ele era romeno? — que concordaram prontamente.

— Que tal semana que vem? — perguntou Moshe.

— Marcado — responderam eles.

O casamento modesto foi celebrado no Ahavat Achim, o minúsculo shul que atendia as dezessete famílias judaicas de Pottstown. Participaram os exultantes pais de Chona, o primo de Moshe da Filadélfia, Isaac, e alguns sujeitos das proximidades que Yakov convocou para criar o minian necessário de dez judeus para proclamar as sete bençãos do casamento. Dois deles eram poloneses que trabalhavam no pátio de trens da Ferrovia da Pensilvânia e haviam ido até Chicken Hill para fazer uma refeição kosher. Os dois concordaram em participar do casamento, mas exigiram ganhar quatro dólares cada pela corrida de táxi até Reading, onde deveriam se apresentar para o trabalho bem cedo na manhã seguinte. Yakov se recusou, mas Moshe pagou com satisfação. Era um preço baixo a se pagar para casar com a mulher que lhe trouxe mais felicidade do que ele jamais imaginou ser possível.

Ele estava tão inspirado por seu novo amor que se esqueceu completamente dos 1.700 dólares que havia gasto. Ele vendeu o carro por 350 dólares, pegou emprestado outros 1.200 de Isaac, gastou tudo em panfletos, desta vez enviados corretamente, e assistiu espantado enquanto as vendas disparavam. Mais de quatrocentos ingressos foram vendidos.

Por quatro noites, Mickey Katz e seus músicos mágicos fizeram fluir a música klezmer mais empolgante e gloriosa que o leste da Pensilvânia já ouviu. Quatro noites de festa judaica frenética e desenfreada, de dançar até o pé cair. Moshe vendeu tudo que tinha em estoque — bebidas, comida, ovos, peixe. Ele até acomodou vinte nova-iorquinos exaustos na galeria do segundo andar, normalmente reservado para negros. Os quatro casais do Tennessee que haviam ameaçado ir embora ficaram o final de semana todo, assim como o dançarino hasid que jurou que não dançaria com mulher alguma. Foi um imenso sucesso.

Na manhã seguinte ao último show, Moshe estava varrendo a calçada do teatro quando viu o hasid dançarino andando apressado em direção à estação de trem.

Nada do gorro de pele. No lugar dele, havia um fedora. O caftan fora cortado para virar um casaco até a cintura. Moshe mal o reconheceu. Quando o homem se aproximou, ele perguntou:

— De onde você é?

Mas o hasid era ágil e calado e já seguia pela calçada para longe dele. Moshe gritou mesmo assim:

— Onde quer que você more, é o lar do melhor dançarino do mundo, garanto que é.

Funcionou. O homem parou, enfiou a mão no seu saco de juta e, sem dizer uma palavra, caminhou vários passos de volta até Moshe, entregou-lhe uma garrafa de slivovitz — um destilado de ameixa —, deu meia-volta e seguiu adiante, andando depressa.

Moshe perguntou animado:

— Você encontrou uma esposa?

— Não preciso de uma esposa — respondeu ele, acenando com uma mão sem se virar para trás. — Sou um "chamatriz" de amor.

— Um o quê?

— Um ímã. Vocês romenos não sabem de nada, não?

Antes que Moshe pudesse responder, um ruído distinto ecoou, uma pequena explosão como o estourar de uma rolha, só que mais alto. Os dois homens congelaram. Eles olharam para o pequeno aglomerado de casinhas em Chicken Hill, atrás do teatro. Uma espiral de fumaça preta subia pelo ar, aparentemente saída de um dos casebres, e se dissipava no céu.

— Isso é mau sinal — comentou o hasid, então partiu apressado.

Moshe gritou:

— Qual o seu nome?

Mas o sujeito já havia ido embora.

# 3
# DOZE

Um dia depois da partida do hasid, Moshe caminhou até o teatro e encontrou Nate trabalhando arduamente do lado de fora, manejando uma garra mecânica de cabo longo, arrancando as letras da fachada do prédio com todo cuidado.

— Você escutou aquele estrondo ontem? — perguntou Moshe. — Pareceu algum tipo de explosão em Chicken Hill.

Nate deu de ombros, olhando para a fachada.

— Não tem nada explodindo lá a não ser dificuldades e tempos difíceis. Isso tem de sobra.

Moshe riu. Ainda estava de excelente humor por causa dos vultosos lucros com o show de Katz e de seu recente casamento, então enfiou a mão no bolso, contou quinze dólares.

— Para você — disse.

Nate, que olhava para cima, desviou de relance para a oferta, então chacoalhou a cabeça.

— Não gosta do meu dinheiro? — perguntou Moshe.

Nate se apoiou no longo cabo. Ele era um homem alto, forte, de pele negra clara e macia, com braços musculosos, fruto de algum tipo de trabalho ao ar livre, imaginava Moshe.

— Gosto — respondeu Nate. — Mas gosto mais do meu trabalho. Como vou manter meu emprego se você fica distribuindo até seu último centavo, Senhor Moshe? Eu não via um baile igual àquele desde que Erskine Hawkins esteve no salão de Anna Morse em Linfield. Eu costumava ganhar uma boa grana lá.

Moshe se lembrava vagamente de Anna Morse, uma negra bem-vestida que dirigia um Packard. Ele também conhecia o estabelecimento dela, uma estrutura minúscula de tijolinhos em uma rua secundária perto de Linfield, uma comunidade a onze quilômetros dali.

— Aquilo lá não é uma funerária?

— *Era* um salão de dança para negros — disse Nate. — Mas agora Anna está ganhando mais com os mortos do que com os vivos. Uma pena isso. Os negros precisa ir até Chambersburg para encontrar um lugar para dançar. A não ser que queiram ir a alguma espelunca duvidosa e sair cheio de buraco de bala.

Moshe assentiu, mas sua mente já estava girando as engrenagens. Mais tarde, ele conversou sobre o assunto com Chona.

— E se eu abrir meu teatro para pessoas de cor?

— O que tem?

— Os góis não vão gostar.

Chona estava de pé ao fogão, cozinhando o jantar, de costas para ele. Ela riu e ergueu a colher para o ar, girando-a em círculos. Esse era seu dom. Não tinha nem uma pitada de rancor ou uma polvilhada de vergonha. Ao contrário de Moshe, Chona era americana. Ela havia nascido em Pottstown. Era uma figura familiar em Chicken Hill com seu vestido de lã, seu suéter velho e suas botas de solado especial que custavam uma fortuna, rindo e fazendo brincadeiras com os vizinhos. Ela parecia conhecer todas as famílias. Quando Moshe chegava em casa para almoçar ou mesmo tarde da noite, frequentemente encontrava a esposa de pé na frente da mercearia, rindo com os negros do bairro. *"Aquela mulher"*, murmurara seu primo Isaac certa vez, *"é uma verdadeira búlgara. Sempre que têm vontade de trabalhar, eles se sentam e esperam a vontade passar. Não conseguem servir um copo de água sem fingir que é grande coisa"*. Mas Isaac era um sujeito carrancudo que Moshe já aprendera a ignorar em certos assuntos há muito tempo.

De pé ao fogão, Chona disse em iídiche:

— *Me ken dem yam mit a kendel nit ois' shepen.* (Não tem como ir para todas as direções ao mesmo tempo.) De que importa o que eles pensam? O dinheiro das pessoas de cor é o mesmo que o nosso.

Quatro semanas mais tarde, Moshe agendou o show de Chick Webb, o artista negro.

Na noite do show, os negros de Pottstown deslizaram para dentro do Salão de Dança e Teatro 100% Americano de Moshe parecendo fantasmas. Eles entraram sérios e em silêncio; os homens usando ternos e gravatas sóbrios, as mulheres bonitas em vestidos florais e belos chapéus de aba larga. Alguns estavam claramente nervosos. Outros pareciam agitados. Uns poucos exalavam total terror. Os negros não podiam frequentar o centro de Pottstown a menos que estivessem indo trabalhar como zeladores e faxineiras ou usar a torneira pública quando a água encanada desaparecia misteriosamente de Chicken Hill, o que acontecia com frequência.

Mas assim que a banda de Chick Webb começou a tocar, os negros quietos e hesitantes de Pottstown se transformaram: viraram uma massa saltitante de humanidade livre e dançante. Gargalharam e se divertiram, bailando como se fossem pássaros voando pela primeira vez. Os músicos de Webb tocaram como magos, quatro *sets* de jazz maravilhoso, vibrante, animado, empolgante, de estourar os tímpanos e acelerar o coração. O resultado foi um evento incrivelmente alegre, só equiparável em intensidade ao do grande Mickey Katz.

Moshe assistiu fascinado dos bastidores enquanto Webb, um homem minúsculo com costas curvadas, vestido com um terno branco, vibrava com risadas e entusiasmo ao tocar, conduzindo sua banda lá do fundo com sua maestria na bateria, fazendo tremer o chão com ondas empolgantes de um som maravilhoso. Aquele homem, concluiu ele, , era um semeador de alegria. E Moshe não conseguiu deixar de notar que Webb, como sua adorável Chona, tinha uma deficiência física. Embora fosse um pouco corcunda, ele se movia com uma certa alegria e leveza como se cada momento fosse precioso.

*Os deficientes,* pensou Moshe, *são os responsáveis pela minha alegria e minha boa sorte: Moisés, Chona e Chick.*

Foi então que Moshe começou a sonhar com Moisés. Os sonhos vinham em ciclos de doze. Doze visões diferentes. Doze noites diferentes. Moisés passando por doze portões diferentes. Doze cidades diferentes. Moisés no monte Sinai, olhando para doze picos lá embaixo. Moshe começou a perceber tudo ao seu redor em função do número doze. Doze bandas em doze meses. Doze vezes cem dólares investidos em doze diferentes ações, que trouxeram retornos fantásticos. Até a casa que comprou, uma minúscula construção de tijolinhos em Chicken Hill, ficava em um bairro com doze quarteirões.

Moshe não contou seus sonhos a ninguém, nem à esposa. Em vez disso, ele seguiu as visões, investindo primeiro alguns centavos em doze ações diferentes, depois um pouco mais conforme elas valorizavam; e seu teatro apresentou doze bandas negras em doze meses, inclusive Webb de novo, que fez quatro shows. Os bailes atraíam negros de todos os cantos, e ao longo dos doze meses seguintes, os negócios dele se expandiram.

E conforme se expandiam, a reação dos donos de teatro rivais evoluíram de resmungos a reclamações murmuradas a urros de revolta. Os negros estão infestando o centro da cidade, gritavam indignados, para frequentar um teatro judeu! Todo mundo sabe que os judeus assam seus matzot com sangue cristão!

A resposta foi imediata. Primeiro, um inspetor da prefeitura apareceu no teatro e disse a Moshe que seus canos estavam ruins e seu gesso estava descascando, e lhe aplicou uma multa. O dono do prédio reclamou do lixo. O comissário do corpo de bombeiros o advertiu pelas portas emperrando e a falta de saídas de emergência. Até sua própria sinagoga o multou em cinco dólares.

Moshe revidou. Subornou o inspetor da prefeitura. Deu ao chefe dos bombeiros, um beberrão, quatro garrafas de uísque e uma vara de pesca nova. Pediu que o sempre fiel Nate e uma equipe de negros varresse a calçada de cada comércio do quarteirão, então conversou com o proprietário do prédio e prometeu lhe pagar cento e cinquenta dólares por cada evento para negros que realizasse, além de propor comprar o teatro por uma soma considerável ao final de um ano se o senhorio não reclamasse dos negros. O homem concordou.

Para lidar com a sinagoga, Isaac partiu da Filadélfia em direção ao norte para se encontrar com a chevra, o grupo de homens que havia multado Moshe. Isaac era um sujeito sombrio e intimidador, quatro anos mais velho, uma figura protetora para Moshe desde a infância deles na Europa. Isaac entrou na reunião, colocou uma moeda de prata de um dólar sobre a mesa e disse:

— Dou dez dessas para qualquer homem nesta sala que consiga provar que foi ao baile de Mickey Katz na companhia da esposa.

Nenhuma viva alma se mexeu. Isso encerrou qualquer discussão sobre a multa de Moshe.

Com o lucro dos bailes para negros, Moshe comprou o prédio em dois anos, e depois um segundo teatro a duas quadras do primeiro. Ao longo dos cinco anos seguintes, seus negócios prosperaram e ele enriqueceu — o suficiente para comprar uma casa aquecida para sua mãe na Romênia e um apartamento confortável para Chona em cima da Mercearia do Céu e da Terra, que ele comprara de Yakov depois que a mãe de Chona faleceu e o pai se mudou para Reading a fim de administrar um templo maior. Moshe pretendia se livrar da mercearia, mas Chona não deixou.

— Como você teria coragem de vender o Céu e a Terra? — Riu ela.

Moshe não achou graça.

— Você não precisa passar a vida vendendo cebola e carne de vaca kosher para pessoas de cor. Vamos fechar a mercearia. Os judeus estão indo embora de Chicken Hill. Vamos com eles.

— Para onde?

— Para o centro, descendo a colina. Onde estão os americanos.

— Que americanos?

— Chona, não seja difícil.

— Eu vou tocar a mercearia.

— E o que vão pensar de mim? Minha esposa vendendo queijo e bolachinhas enquanto eu administro um dos melhores teatros da cidade? Nós temos o suficiente agora.

O sorriso radiante de Chona se fechou em uma careta.

— Então é para eu ficar sentada em casa o dia todo enquanto você se diverte no seu teatro, cercado de música?

Moshe cedeu.

O que rendeu uma boa fofoca para as donas de casa judias de Pottstown. Que tipo de marido deixa a esposa tocar seus negócios? Por que eles não se mudaram da colina como os outros judeus? O pai dela foi para Reading depois que a mãe faleceu, por que Chona não fez o marido se mudar para lá e ajudar o sogro? O que é mais importante do que família?

Mas os anos que Chona passara batendo manteiga, separando verduras e lendo nos fundos da Mercearia do Céu e da Terra lhe deram tempo para pensar. Ela lia de tudo quando era criança: quadrinhos, histórias de detetive, romances baratos; e quando se tornou uma jovem esposa, já havia evoluído para leituras sobre socialismo e sindicatos. Ela assinava os jornais judaicos, publicações em hebraico e livros sobre a vida judaica, inclusive alguns da Europa. As leituras lhe davam ideias inusitadas sobre arte, música e questões do mundo. Ela sabia mais hebraico do que qualquer mulher judia da cidade, muitas das quais não tinham mais do que um conhecimento rudimentar da língua. Ela sabia recitar o Talmude melhor do que a maioria dos homens no shul. Em vez de se sentar com as mulheres no mezanino, ela insistia em ficar no térreo, com os homens, para o tefilá, alegando que seu pé a impedia de subir as escadas. Alguém no templo teve a brilhante ideia de pelo menos instalar uma cortina para separá-la dos homens da congregação. Como a maioria das ideias da Ahavat Achim de Pottstown, essa também se provou um desastre, porque depois que o pai de Chona se mudou, foi substituído pelo desastrado e incompetente, ainda que bem-intencionado, Karl Feldman, que tinha dificuldades de fala e a quem a congregação chamava de Fertzel — pum — quando ele não estava por perto. Muitas manhãs o desafortunado Feldman tinha suas confusas interpretações da lei judaica retificadas pela bela dona de casa, cujas afiadas correções talmúdicas flutuavam de trás da cortina como borboletas ao comentar: *"Karl, do que você está falando? Tem quatro versões diferentes de como Cain morreu!"* Em outras ocasiões, sua adorável voz melódica se juntava à cantoria hesitante de Feldman, que arruinava as gloriosas melodias do Talmude. Todos sabiam que mulheres não deveriam cantar no templo, mas a voz adorável de Chona despertava sorrisos de alívio até no mais carrancudo membro da congregação. Essas pequenas transgressões eram toleradas pela Ahavat Achim. Seu pai havia sido o primeiro rabino da cidade. Ele construíra o shul. A maioria dos membros já havia se acostumado às excentricidades da jovem. Até Irv e Marvin Skrupskelis, os sinistros gêmeos idênticos da Lituânia, que eram donos da loja de sapatos de Pottstown e brigavam por causa de tudo, adoravam Chona. Ela era um dos poucos assuntos em que os dois concordavam, e todo mundo sabia que eles eram os judeus mais mal-humorados da cidade. Além disso, Irv comentou que *"O canto no templo é o lamento de Sião, e com Fertzel é isso o fazemos. Lamentamos."* Os dois anunciavam abertamente sua crença de que a América era uma terra onde judeus de todos os tipos deveriam ser uma única voz. Por que não deixar que a voz mais bonita fosse ouvida?

Ainda assim, Moshe implorou para a esposa:

— Chona, você precisa acompanhar o canto o tempo todo no shul? Cantar é função do Fertzel... do Karl.

Ela o dispensou com um gesto das mãos.

— Os pedintes de Chicken Hill sabem mais hebraico do que Fertzel. Leia o Livro de Moisés!

Moshe tinha medo de contar à esposa sobre os doze sonhos de Moisés. Ele presumiu que suas visões eram algum tipo de blasfêmia, uma superstição do seu passado romeno, e pressentia que a esposa nascida na América não aprovaria. Ela o repreenderia, e ele não sentia necessidade de ser repreendido. Tinha dinheiro agora. Era um americano. Arcava com os custos da mercearia dela, que, financeiramente, era um verdadeiro fracasso.

Conforme os meses se passavam e os judeus seguiam com seu êxodo de Chicken Hill, Moshe continuava insistindo que se mudassem. Havia casas melhores no centro, argumentava ele, iluminação melhor, clientes com mais dinheiro. Podemos abrir uma mercearia lucrativa, explicou. Mas Chona, com seu jeito leve e alegre de sempre, recusou-se.

— Nós temos vizinhos maravilhosos — replicou ela.

Enfim, Moshe lhe confessou ter visto a nuvem de fumaça preta:

— Houve uma explosão na colina, em algum lugar atrás do teatro depois do baile de Mickey Katz. Aquele dançarino incrível também viu. Disse que era mau sinal. Eu tenho medo de que ele estivesse certo.

— Superstição — debochou Chona com uma firmeza na voz que encerrou a conversa.

Moshe deixou o assunto morrer. Ele se esqueceu da previsão do hasid, desistiu da ideia de fechar a mercearia de Chona e seguiu em frente. Além disso, a vida era boa. Ele estava lucrando. Mantinha os dois teatros lotados com animadas bandas iídiche, trupes de teatro judaicas e vibrantes bandas de jazz negro. Trabalhava duro para manter as aparências e evitar ser expulso da cidade, pois a esposa escrevia cartas todos os meses ao *Mercury* de Pottstown defendendo causas judaicas e reuniões sindicais. Ela até escreveu uma indignada carta de protesto contra o desfile anual da Ku Klux Klan em que declarava saber *exatamente* quem era um dos participantes. Ela tinha certeza, relatou, pela forma como ele andava. Essa foi uma carta perigosa, declarou Moshe, e os dois discutiram por causa disso, já que o coxear delator pertencia ao médico da cidade, Doutor Roberts, que tinha boas conexões com pessoas influentes. Para fazer as pazes com os poderosos da cidade, Moshe agendava apresentações, a cada mês ou um pouco mais, de bandas horríveis de que os presbiterianos pálidos da classe alta gostavam, só para manter a harmonia: a sociedade das Mulheres Coloniais da América, o Clube de Jardinagem da Pensilvânia, as Dezenove Pessoas da Montanha cujo Primo de Décimo Quarto Grau Chegou no *Mayflower*. As bandas eram formadas por amadores terríveis que mais pareciam corujas gritando. Moshe assistia perplexo os americanos dançarem com desajeitada satisfação ao som dos gemidos e grunhidos de uma música dissonante e sem sentido, seus passos monótonos e desengonçados ecoando na pista com o mesmo vigor de cascas de amendoim vazias arremessadas pelo ar. Os casais se moviam em círculos tristes, de mãos dadas como crianças, dançando em silêncio, as mulheres marchando com tamancos de madeira que nenhuma judia respeitável usaria, e os homens deslizando pelo salão com cartolas e gravatas-borboleta de algum passado longínquo. Todo evento era interrompido por discursos emocionados sobre o fundador da cidade, o grande John Potts, cujo retrato pairava em todos os prédios locais, o rosto do velho espiando sobre os ombros dos cidadãos como um fantasma registrando os presentes.

Pensamentos assim faziam Moshe ter vergonha de si mesmo. Ele era um americano de sucesso. O país havia sido bom com ele. E, ainda assim, ele acreditava em feitiços e bruxarias e aquela coisa estúpida dos doze. *Essa é uma mentalidade ultrapassada nos novos tempos,* disse a si mesmo, *e eu preciso mudar.*

Em 1935, onze anos depois de seu sucesso inicial com Mickey Katz, quando seu primo Isaac escreveu para contar que acabara de comprar um Packard novinho em folha, foi a gota d'água para Moshe. Certa noite, sentados à mesa da cozinha depois do jantar, ele comunicou sua decisão.

— Nós não precisamos mais morar em cima de uma mercearia. Podemos ter uma casa própria. Vamos nos mudar.

— Para onde? — perguntou Chona.

— Para o centro. Uma casa nova. Vamos montar uma mercearia perto. Já dei entrada.

— Pegue seu dinheiro de volta.

— Não.

— Então divirta-se lá — disse Chona. — Vou visitar de vez em quando.

Ela continuou sentada à mesa, calma, com as bonitas feições determinadas. E mais uma vez, o amor dele por ela foi mais forte. A ideia de estacionar seu grande Packard em frente a uma casa vazia sem sua Chona o apavorava, e sua determinação evaporou.

— Chona, por favor.

— Eu não quero uma casa no centro. Não quero uma mercearia no centro. Morar aqui em cima e descer as escadas para trabalhar é mais fácil. Eu não preciso andar muito.

— Mas os judeus estão indo embora de Chicken Hill.

— Dez quadras daqui é ir embora?

— Você entendeu o que eu quis dizer. Vamos morar perto deles. Eles são o nosso povo.

— Moshe, eu gosto daqui. Cresci nesta casa. O carteiro sabe onde eu moro.

Exasperado, Moshe apontou para fora da janela, em direção a Pottstown.

— Lá embaixo é a América!

Mas Chona foi irredutível.

— A América é aqui.

— Este bairro é pobre. E nós não somos. É negro. E nós não somos. Nós estamos *prosperando!*

— Porque nós *servimos*, entende? É o que fazemos. O Talmude diz isso. Temos que servir.

— Mas só temos clientes negros aqui.

— E eles sempre pagam, não pagam?

— Não é esse o problema.

As mãos dele seguravam uma xícara de chá. Ela gentilmente pousou a mão sobre uma delas.

— Você não vê o que eles têm, Moshe? Não vê o poço de onde eles bebem?

— Que poço? Do que você está falando?

Ela ficou em silêncio por um instante, então continuou, calma, em voz baixa:

— Eu me lembro de Mickey Katz. Tinha um tocador de bandolim sem dois dedos. Eu me lembro de ficar olhando ele tocar. Tocava tão maravilhosamente bem. Você se lembra?

— Foram tantos shows de lá para cá... — murmurou ele.

— E Chick Webb? Ele fez uma fortuna para você.

— Webb cobra caro, para um aleijado.

Moshe pretendera fazer uma piada, mas sentiu um silêncio gelado pairar sobre o cômodo.

— É assim que você me vê? — perguntou ela, baixinho.

Chona se levantou da mesa e se afastou mancando, depois ficou vários dias sem falar com ele. Só o perdoou quando ele lhe deu de presente uma edição do *Shulchan Aruch*, que descrevia os sete requisitos da vida judaica: sabedoria, mansidão, temor a Deus, amor pela verdade, amor pelas pessoas, possuir um bom nome e desprezo ao dinheiro. Ele se desculpou, e ela voltou a ser a Chona de sempre, marchando pela casa, proclamando alegremente:

— Espírito caridoso! Sem um espírito caridoso, o que é a vida? Eu estava na cidade e escutei uma mulher dizer *"Coitada daquela aleijada"*. E pensei comigo mesma: *Quem é a aleijada? Aquela que venera uma coisa mundana? Ou aquela que venera algo maior?*

Esse tipo de conversa alfinetava a crença crescente de Moshe de que o dinheiro tornava a vida mais fácil. Mas ele tolerava porque conhecia o coração dela, e era de fato um coração de valor inestimável. Então ficou calado e eles continuaram em Chicken Hill.

Em uma manhã cinzenta em 1936, o décimo segundo ano do casamento deles, Chona acordou com tosse e dor no peito.

Ela evitava médicos, então Moshe esperou um dia, mas ela piorou. Assim começou uma série de longas peregrinações, indo de um médico a outro, sem que nenhum tivesse respostas. A doença era um mistério. Chona estava bem um dia, andando por todo canto, rindo, lendo seus exóticos livros judaicos; no dia seguinte, doente e de cama, mal conseguindo se mexer. Seguia assim, com altos e baixos. Quando a condição dela piorou, Moshe contratou a esposa de Nate, Addie, para ajudar com a mercearia e os afazeres do Shabat. Chona odiava ajuda de qualquer tipo, mas conforme sua doença agravava, foi forçada a ceder.

Moshe a levou para médicos na Filadélfia, Baltimore, e até Nova York, sem resultado algum. Sua estranha doença, dor no abdômen e desmaios súbitos, persistia. Os médicos ficavam perplexos.

Os antigos medos e superstições de Moshe voltaram à tona. Era possível que seu sonho secreto com Moisés e o número doze, e sua crença ridícula na premonição do hasid que vira só uma vez significavam um revés de sua sorte? O casal não tinha filhos, o que Chona aceitava sem reclamar, embora às vezes olhasse as crianças negras da vizinhança pela janela e ficasse em silêncio, mas logo se recuperava e voltava a ser a Chona de sempre, risonha e vibrante, comentando alguma novela de rádio que escutou recentemente. O casamento deles era feliz. Doze anos fantásticos, tal como seu sonho com Moisés e o número doze estranhamente previra. Queria contar sobre eles à esposa, mas a doença dela piorava e ele não quis incomodá-la com tamanha trivialidade. Quando Feldman passou na casa certa noite para cantar e orar enquanto Chona permanecia deitada, inquieta e ardendo em febre, Moshe queria confessar ao rabino, mas não parecia o momento certo. Então, quando o homem anunciou "Eu pressinto que Chona vai melhorar", Moshe ficou aliviado.

Mas Chona não melhorou. Ela começou a desmaiar sem motivo, e o médico mais próximo que ela concordava em ver ficava em Reading, uns bons trinta quilômetros dali. Chona abominava o médico local, Doutor Roberts, e não aceitava que ele a tratasse.

— Eu cresci com ele — dizia. — Se precisar ver um médico gói, verei um. Mas não ele.

Isso dificultava as coisas, porque o Doutor Roberts, um homem robusto que ainda se locomovia de carroça e cavalo apesar do reluzente Chevrolet parado à entrada de sua casa recoberta por heras localizada ao lado do cemitério da cidade, era o único médico de Pottstown. Ele tinha um coxear parecido com o de Chona, mas mesmo assim marchava todo ano à frente do desfile local da Ku Klux Klan. Apesar do lençol que o cobria, todo mundo sabia que era o doutor. Seu tamanho e andar claudicante o denunciavam. Ninguém reclamava. Era apenas mais um fato da vida. Uma vez por ano, no dia do desfile da Klan, os negros da cidade sumiam, as lojas judaicas fechavam, a Klan marchava, e era isso. Mas Chona achava a coisa toda detestável, e, para o horror de Moshe, recusava-se a fechar a mercearia como os outros comerciantes judeus.

— Por que eu deveria fechar por causa deles? — protestava, furiosa. — Nem o correio fechou.

Em relação ao Doutor Roberts dissera a Moshe, certa vez:

— Ele é tão gordo que a nuca dele parece um pão de cachorro-quente.

Chona não suportava aquele homem.

Mas agora Moshe precisava do doutor, e como Chona se recusava a vê-lo, cada consulta significava uma viagem até Reading para ver o gentil médico judeu de lá. No entanto, nada que ele fizesse estava ajudando, e os apagões de Chona estavam ficando perigosos.

Ela se recuperou um pouco na primavera, mas a doença logo se agravou e caminhar se tornou quase impossível. No verão, estava totalmente acamada. Não era seu pé defeituoso que parecia estar empurrando-a para a morte, e sim sua barriga, que começou a inflar de maneira peculiar, como se zombasse de sua infertilidade.

Moshe buscou freneticamente ajuda de um médico após o outro, com urgência crescente, e até levou Chona a um especialista de renome nacional em Boston. Mas ele pareceu tão perplexo quanto os outros. Então Moshe a levou para casa.

Ele colocou a cama dela no cômodo da frente do apartamento, perto de uma janela, para que ela pudesse ver o sol nascer e ler o Talmude enquanto o dia raiava, pois embora fosse proibido, isso não parecia importar agora. O cômodo era bem em cima da mercearia, o que permitia que Chona gritasse ordens para Addie lá embaixo, já que insistia em manter o negócio aberto. *"Meu trabalho me mantém viva"*, dizia. Ela começou a escrever cartas para o jornal lembrando os leitores dos feriados judeus e a ler livros de piadas para divertir o marido, que com o rosto abatido e exausto aparecia ao seu lado todas as noites depois do trabalho. Ela tentava animá-lo com uma avalanche de piadas e conversas triviais antes de cair no sono, momento em que ele religiosamente massageava os pés e os tornozelos da esposa, que haviam inchado a um nível perturbador. Ele lia o Talmude em voz alta para ela mesmo que estivesse dormindo, porque sabia o quanto ela gostava.

Foi então, enquanto Chona deslizava para a morte, que os negros de Chicken Hill começaram uma regular peregrinação para a Mercearia do Céu e da Terra. Eles apareciam de dia e de noite, trazendo sopa, vegetais frescos de suas hortas, tortas e remédios caseiros, assim como risadas calorosas e piadas para a judia gentil e excêntrica, que convencera o marido a abrir seu teatro para os negros e permitia que as famílias negras comprassem fiado a perder de vista, de modo que em certo ponto nem ela nem os clientes faziam ideia de quem estava devendo o quê. Os negros de Chicken Hill adoravam Chona. Para eles, ela não era só uma vizinha, mas, sim, uma artéria para a liberdade, pois a lembrança de Chona e seu coxear característico ao andar com sua amiga de infância, uma jovem alta, belíssima e silenciosa chamada Bernice Davis, pelas ruas enlameadas da colina para a escola todas as manhãs estava gravada na memória coletiva de todos. Era prova da possibilidade americana de igualdade: *todos podemos nos dar bem não importa a circunstância, vejam só aquelas duas.* Chona, por sua vez, não os via como negros, mas como vizinhos com vidas infinitamente interessantes: Darlene, cuja filha teve o caso mais demorado de soluços que ela já vira; Larnell, o menino de 12 anos que não sabia ler, mas fazia contas complexas de cabeça; e, é claro, Bernice, que havia sido sua vizinha de porta e melhor amiga quando eram crianças, mas agora mal falava e tinha tantos filhos que os negros de Chicken Hill riam e se referiam à prole de Bernice como "8 ou *800*", porque ninguém sabia ao certo *quantos* filhos eram e todos tinham medo de perguntar.

Os negros enchiam de vida o quarto de Chona. Contavam piadas, narravam histórias de assombração e anedotas divertidas sobre a fuga do Sul que faziam Chona rir e se esquecer da dor. Addie e sua irmã Cleota se revezavam para tocar a mercearia, respeitando o kosher no Shabat, apagando e acendendo as luzes e o fogão, mantendo os pratos e talheres devidamente separados, ambas cientes, por insistência de Chona, de que não importa o que acontecesse, elas deveriam deixar Moshe acordá-la quando voltasse do trabalho. Algumas noites ele chegava e encontrava Addie sentada ao lado da cama e Chona adormecida, com o Talmude na mesinha de cabeceira e a mão na página aberta que selecionara para ele ler. Ele a despertava com gentileza e lia em voz alta. Ela elogiava seu hebraico, dizendo o quão bonito soava, mesmo que os dois soubessem que era péssimo. Então ela voltava a dormir enquanto ele lia, e Moshe, como que hipnotizado, admirava o belo rosto da esposa na penumbra e chorava. Nessas horas a tristeza dominava sua mente, arrebatava suas memórias. Os singelos símbolos de súplica divina na sinalização hebraica, que lhe pareciam inúteis quando ele era criança, agora lhe davam força naquelas noites frias, doze anos depois de ele se apaixonar pela primeira vez. Depois de chorar um pouco, ele retomava a leitura, velando seu sono. Agora lia a Palavra para mantê-la viva, e, ao fazê-lo, mantinha viva parte de si mesmo também.

Mas conforme o inverno virava primavera, Chona começou sua longa decaída.

Certa noite, no final da primavera, ela desmaiou e foi levada às pressas para o hospital na cidade próxima de Spring City. Ela recobrou a consciência e foi liberada no dia seguinte, mas não antes de os médicos dizerem a Moshe que se a febre dela voltasse, ela teria que retornar ao hospital, pois o fim estava próximo.

No dia seguinte, Moshe permaneceu ao lado da cama dela o tempo todo, embora ela parecesse não perceber sua presença. Ela delirou até que os remédios e o cansaço finalmente a dominaram, e passou boa parte da tarde dormindo. E continuou dormindo até a noite, quando Addie expulsou Moshe de casa, mandando-o tomar um pouco de ar. Ele desceu a colina até seu teatro para ver como estavam as coisas. Encontrou o sempre leal Nate e uma pequena equipe de negros faxinando depois de três noites de animadas apresentações do músico Louis Jordan e sua banda. Ele pegou uma vassoura e estava prestes a ajudá-los na esperança de preservar sua sanidade quando percebeu uma figura surgir na porta dos fundos do palco. Era seu primo Isaac da Filadélfia.

— Vamos dar uma volta — disse Isaac.

Moshe se recusou. Em vez disso, apontou para cadeiras e uma mesa vazia à frente do palco.

Isaac, alto e esguio, acomodou-se em um assento. Vestia seu sobretudo e um chapéu fedora, e não removeu nenhum dos dois. Aparentemente, não planejava se demorar. Ele gesticulou para que Moshe se sentasse, mas Moshe recusou de novo e continuou em pé de frente para o primo.

Aos 37 anos de idade, Isaac era um homem imponente, não lembrava em nada o adolescente franzino de 14 anos que guiou o resignado primo mais jovem em uma caminhada de mais de 1.600 quilômetros aos pés dos Cárpatos, cruzando o Leste Europeu — de Bârlad, na Romênia, até Hamburgo, na Alemanha. Dois meninos em fuga, esquivando-se da polícia e dos soldados, correndo para dentro de becos e se escondendo atrás de latões de lixo; fusgeyers, roubando um pouco aqui, pegando emprestado um pouco de lá, até que uma gentil senhora em Hamburgo os deixou morar em seu porão, onde enrolavam charutos para seu marido doente que prestava serviço para uma empresa local de charutos; o homem morria aos poucos no andar de cima enquanto os meninos trabalharam lá embaixo por três anos para conseguir a passagem em um navio para a América. Isaac era um grande americano agora, em todos os sentidos, um homem que exalava poder e arrogância, com um peito amplo e ombros largos, dono de nove casas de show na Filadélfia. Vestia um elegante terno preto, camisa branca impecável, gravata-borboleta e sapatos reluzentes, uma grande mudança de seus dias na Romênia em que eles vagavam com calças rasgadas e sapatos gastos, enfiando pão roubado na boca enquanto fugiam de lojistas irritados e soldados russos.

— Eu vim perguntar como faço para agendar bandas de negros — disse Isaac.

Moshe desconfiou imediatamente. Isaac era o maior dono de teatros da Filadélfia. O menor dos seus nove teatros era maior do que os dois de Moshe juntos. Isaac estava acostumado a oferecer uma ampla variedade de entretenimento, desde shows iídiche a peças vaudeville e filmes em película. Ele conseguiria um circo itinerante de pulgas amestradas se quisesse. Não precisava de ajuda para agendar bandas negras.

Mas Moshe deu trela, ofereceu alguns conselhos, e o primo fez algumas perguntas levianas. Então, como Moshe esperava, Isaac gentilmente desviou a conversa para Chona. Ele sugeriu um lar para enfermos na Filadélfia.

— Eu conheço gente lá — disse. — São boas pessoas. Sua esposa pode viver o resto da vida ali. Estará em um lugar aconchegante, seguro, entre amigos.

Moshe balançou a cabeça, esforçando-se para conter a ira. Mas manteve a voz baixa:

— Você raramente erra, primo. Mas está errado agora.

— Seja sensato. Ela está muito doente.

— Já pensei em tudo — retrucou Moshe.

— E o que você pensou?

Moshe sentiu o sangue lhe subir à cabeça:

— Está zombando de mim?

Isaac se espantou.

— Não, não estou.

— Acho bom! Porque se estiver, vou lhe dar tamanha *chamalyah* (surra) nas *kishkes* (entranhas) que você nunca vai esquecer!

Isaac, sobrevivente de mil lutas de rua da Romênia ao sul da Filadélfia, ficou chocado. As dificuldades e provações de sua infância o transformaram de um garoto ágil e esperto em um homem forte e resiliente. Ele era um sujeito durão agora. Sabia disso. Sua esposa sabia disso. Seus filhos sabiam disso. Ele vivia uma existência desolada e vazia. Mas também sabia que o único ponto de luz em sua vida americana imaculada, próspera e sem amor era o fato de que a única pessoa no mundo que havia passado por cada momento de ódio e crueldade que ele mesmo vivenciara jamais dirigia uma palavra rude ou com raiva para ninguém, jamais — até aquele momento.

Ver a ira no rosto de Moshe abalou Isaac. Ele sentiu que a terra estava escapando de debaixo de seus pés.

— Só estou pensando no melhor para você, primo — murmurou.

— Eu sei o que é melhor para mim — respondeu Moshe. — Por que você veio aqui falar assim comigo?

— Qual é o melhor jeito de falar sobre isso?

— Por que nosso povo não consegue falar de doença em voz alta?

— Nosso povo não conhece essas coisas. Eu só estou falando o que eu sei — argumentou Isaac.

— Então você não sabe o suficiente. *Ela vai viver!*

# 4
# DODÔ

A quatro casas de onde Chona estava de cama morrendo, uma mulher negra, esbelta e idosa chamada Addie Timblin espiava pelos vãos da porta da frente de sua minúscula casa marrom a escuridão gelada lá fora. Seus olhos percorriam a rua enlameada, procurando por um lampião, o que significaria que seu marido, Nate, estava subindo a colina. Atrás dela, à mesa da cozinha no cômodo da frente, a reunião mensal da Associação de Homens Negros de Pottstown estava a todo vapor, com a gritaria e as baboseiras de sempre.

A associação se encontrava a cada três sábados ao redor da mesa da cozinha dela, supostamente para debater formas de os negros de Chicken Hill conseguirem mais empregos e oportunidades, e talvez algum dia até água corrente e esgoto encanado, em vez das latrinas externas, fossas e poços que pipocavam pela vizinhança como pústulas abertas. Era administrada pelos preocupados líderes negros de Pottstown — cada um, pensou Addie com sarcasmo, pior que o outro. Na verdade, eles se encontravam mais para jogar cartas, fofocar, contar piadas, se gabar de carros que nunca teriam e descobrir jeitos de contornar as leis do homem branco sem despertar a fúria dos brancos do centro.

Havia três homens à mesa: Ferrugem, um jovem de 21 anos de ombros largos, pele negra clara, vestindo macacão de trabalho e um chapéu de palha; o tio dele, Sacos; e o reverendo Ed Spriggs, que todo mundo da colina chamava de Pouco-Caso. Ao lado de Pouco-Caso estava sua esposa, Holly, que se ocupava com seu tricô. No momento, a conversa girava em torno de Dona Chona, que todos na sala sabiam que estava morrendo, e a quem todos na sala, com exceção de Addie, deviam dinheiro por compras, favores, uso do telefone, roupas extras e todo tipo de quinquilharias.

Addie continuou focada na noite ao som de cartas sendo embaralhadas. Ela olhou de relance para trás e viu Ferrugem, com um maço de cigarro espiando para fora do bolso do macacão, deslizar o baralho para Pouco-Caso e perguntar:

— Pouco-Caso, os judeus cobrem os relógios da casa quando morre um deles?

Pouco-Caso, um homem grande vestindo um terno amassado e gravata-borboleta, puxou as cartas para perto e deu uma piscadinha para Sacos ao embaralhar.

— Com certeza, Ferrugem. Eles mastigam com os dentes também. E as mulheres usam casacos de pele no inverno. E os homens mijam de pé.

Sacos deu risada, mas Pouco-Caso olhou para a esposa, Holly, que franziu a testa, e depois para Addie, à porta.

— Addie, certifique-se de vestir Dona Chona na melhor roupa que ela tiver. Não trance o cabelo dela, não penteie de nenhum jeito. Só deixe solto. E coloque um prato de sal no peito dela. Impede o corpo de inchar.

— Ela não vai morrer — retrucou Addie, sem desviar o olhar da janela.

Pouco-Caso varreu o ar com a mão em um gesto de desdém e voltou-se para a mesa, embaralhando cartas, então disse:

— Se você tivesse crescido na minha terra, ia saber dos costumes antigos. São bons costumes. Um prato de sal espanta o diabo.

— Os judeus acreditam no diabo? — perguntou Ferrugem.

— Espero que sim — respondeu Pouco-Caso.

— Então por que eles mataram Jesus Cristo? — indagou Ferrugem.

Pouco-Caso, momentaneamente perplexo, virou-se para a esposa em busca de uma resposta, mas Holly fingiu estar ocupada demais tricotando.

— Eu não disse que eles mataram Jesus Cristo — retrucou.

— Disse sim. Falou na igreja. Várias vezes.

Pouco-Caso o ignorou.

— Tem sessenta e seis livros na Bíblia, Ferrugem. Eu não consigo me lembrar de todos. Addie, se Dona Chona morrer, coloca um pouco de melado nos pés dela e um pedaço de biscoito de fubá no cabelo. E põe moedas nos olhos dela.

— Para quê? — perguntou Ferrugem.

— Não deixa os olhos abrirem — explicou Pouco-Caso. — Addie, faz isso antes de os parentes dela chegarem. Pode ser que eles não entendam.

— Não tem parente para chegar — disse Addie. — O pai está em Reading. A mãe morreu faz anos, antes de você chegar aqui.

— Eu não me lembro da mãe.

— Você não ia querer ela por perto mesmo, Pouco-Caso. Ela era durona com gente que fala ignorâncias. — Ela queria que Nate chegasse logo. Espiou pela fresta da porta de novo, mas as palavras amargas saíram alto o suficiente para o cômodo todo ouvir.

— Se Dona Chona morrer, todas aquelas almas penadas meio não-vou-nem-falar-o-que dessa cidade vai fazer biquinho. Vai chorar rios, fingindo que estão tristes. Na verdade, vão é estar feliz de se livrar dela.

As palavras voaram pela sala com uma lufada de vento frio. Um silêncio desconfortável pairou no ar.

— Addie está exausta — disse Pouco-Caso, em tom animado. — Holly, fique à porta vigiando Nate. Addie, venha se sentar e aproveitar um pouco da paz do Senhor.

A mulher se virou para ele:

— Desembucha, Pouco-Caso.

— Ãhn?

— Desembucha como é que eu vou sentir a paz do Senhor enquanto você fica aí discutindo bobagens. Falando do diabo num fôlego e de colocar moedas nos olhos de Dona Chona no seguinte. Desembucha. Onde é que está a paz do Senhor nisso aí tudo?

— Relaxa, Addie — disse Sacos. Ele era uma muralha, um homem de peitoral largo, forte. — O reverendo não falou por mal, não quer dizer nada.

— Quer dizer exatamente o que ele disse, falando do Senhor enquanto segura um baralho. Lá em Hemlock Row, eles expulsou um homem da cidade porque fez exatamente isso. Ficava se chamando de Filho do Homem. Dizem que era o diabo na Terra.

— Não tem isso de Filho do Homem em Hemlock Row — rebateu Pouco-Caso. — É só história de bicho-papão que os negros do campo inventaram. Eles precisa de um verdadeiro pastor naquelas bandas.

— Então vai lá pregar para eles.

— Row fica a cinco quilômetros daqui, Addie, e eu tenho gota.

— Por que não para de pegar no pé dele, Addie? — disse Sacos. — Deus não é contra jogar cartas.

— Está tudo bem, Sacos — disse Pouco-Caso. — Nós *é* tudo diferente. Mulheres entendem as coisas do jeito delas.

— Tem a interpretação dos homens, tem a interpretação das mulheres e tem a sabedoria — argumentou Addie. — Você não ficava falando dos judeus quando seu filho adoeceu e Dona Chona fez o Doutor Roberts vir dar uma olhada nele. E ela odeia aquele homem tanto quanto eu e você.

— Doutor Roberts não sobe Chicken Hill por causa de Dona Chona — respondeu Pouco-Caso. — Ele vem para esquecer a amnésia. Eu paguei antecipado e ele esqueceu que eu era negro e me agradeceu.

Os homens riram.

Addie perdeu a paciência. Saiu para o ar frio e fechou a porta atrás de si.

Era uma mulher magra e bonita, com olhos escuros e brilhantes, dando ao seu rosto a inocência de uma criança — olhos cheios de surpresa, reluzentes, esperançosos. Eles coroavam um nariz largo e uma mandíbula alta e angulosa típica dos povos nativos dos Estados Unidos. Sua família havia emigrado do Sul para Chicken Hill quando ela ainda era bem pequena. Ao contrário da maioria dos afrodescendentes da colina, ela não tinha memórias de "sua terra", do mundo do Sul, de cinamomos e árvores de pecã, amoras-silvestres ou de ouvir as risadas no caminhão que levava os negros para colher algodão. Às vezes, ela desejava poder se lembrar do Sul só para ter algo agradável com o que sonhar, como os outros em Chicken Hill que se referiam à Carolina do Norte, Alabama ou Georgia como "minha terra". A terra de Addie era Chicken Hill, Pottstown, Pensilvânia.

Ela deu alguns passos hesitantes, espiando a escuridão rua abaixo, correndo os olhos pelo breu atrás da familiar boina irlandesa e da camiseta branca de algodão que Nate gostava de usar mesmo nos dias mais frios. O vento gelava sua pele, mas ela ficou onde estava, perscrutando a rua.

Nada.

Quando ela estava prestes a voltar para dentro, uma sombra alta e esguia cruzou por baixo do solitário poste que iluminava a esquina mais distante. Ela viu que era ele, os passos largos pararam antes de saltar as estreitas valas que carregavam esgoto e água da chuva. Quando ele se aproximou, ela foi a seu encontro e colocou uma mão quente em seu rosto.

— Por que não está com seu lampião? — perguntou.

Nate ignorou a pergunta. Não precisava de um lampião. Há anos fazia o mesmo trajeto para voltar do teatro. Ficou parado por um momento, enquanto ela segurava seu rosto, e, só depois que ele ergueu a longa mão para tocar a dela, Addie se moveu em direção à casa, e o marido a seguiu.

As risadas e conversas pararam quando Nate entrou. Ele correu os olhos pelo cômodo, então apontou com a cabeça para a porta da Mercearia do Céu e da Terra de Chona e perguntou a Addie:

— Ela morreu?

— Não. Como está o Senhor Moshe?

Nate balançou a cabeça.

— O primo dele veio lá da Filadélfia. Falou de colocá-la em uma espécie de casa de repouso.

— Para quê? A cabeça dela está boa.

Nate suspirou. Ele puxou uma cadeira da mesa e se sentou, deixando o corpo grande cair sobre o assento.

— Não importa o que eles decidirem. O Senhor tem Seus próprios planos para ela.

— É isso aí — concordou Pouco-Caso, prontamente.

Um leve constrangimento percorreu a sala. Na teoria, Pouco-Caso era o "líder da comunidade" de Chicken Hill. Quando os administradores da cidade queriam fazer uma doação ou anunciar planos para fazer qualquer coisa na colina, era com ele que falavam, a quem chamavam de "Reverendo Spriggs". Mas na colina, era a opinião de Nate que contava.

Nate sorriu para Pouco-Caso.

— Você ainda estuda o Apocalipse?

O reverendo assentiu.

— Estou.

— Então recite uma revelação.

Pouco-Caso se remexeu na cadeira, desconfortável. Como a maioria dos negros da colina, ele tinha um pouco de medo de Nate. Havia um poço de silêncio em Nate Timblin, uma agitação que não dava brecha para tolices, uma quietude que encobria uma espécie de tempestade. Como a maioria do bairro, Nate chamava o Sul de terra natal, mas ao contrário dos outros moradores, ele nunca falava de seu passado. Era um buraco negro. Uma luz apagada. Mas para os negros da colina, uma luz apagada não significava que não poderia ser acesa de novo. Tudo poderia acontecer neste mundo, principalmente em Chicken Hill, onde a ocasional paz de galinhas cacarejando e cabras balindo felizes podia se desintegrar em uma mistura descontrolada de álcool, balas, entranhas estripadas e caos. Nate era tranquilo, calmo, habilidoso, tinha movimentos lentos, um sorriso largo, mãos que empunhavam martelos com firmeza e olhos penetrantes, mas ele era, mesmo aos 60 anos de idade, o que os idosos chamavam de "um baita homem". Até mesmo Gordo Davis, o gigante musculoso, amigável, com dentes de ouro, dono do único bar clandestino da colina, que costumava trocar socos com policiais e lutar com os bombeiros irlandeses da Brigada de Incêndio Empire da cidade, certificava-se de nunca irritar Nate. *"Prefiro morrer numa tempestade"*, dizia.

Pouco-Caso, sentado à mesa da cozinha, estava bravo consigo mesmo por ter mexido com Addie, pois ela era, todos sabiam, uma mulher séria, e também a esposa de Nate. Ele conseguiu cuspir algumas palavras:

— Nem todos dormiremos, mas todos seremos transformados em um instante ante a última trombeta.

Nate assentiu. Ele tirou a boina e a jogou na mesa. Addie, de pé ao fogão, atrás de Holly, decidiu soltar a bomba de uma vez:

— Dodô está desaparecido.

Os olhos escuros de Nate cravaram no rosto dela:

— Ele está o quê?

— Desaparecido.

— Quando?

— Hoje. Dizem que percorreu oitenta quilômetros. Todo o caminho até a Filadélfia.

— Como você sabe que ele foi tão longe?

— É o que dizem.

— Quem disse?

— Os meninos da Yula, CJ e Callie. Eles estava pescando no riacho Manatawny esta manhã, atrás da nova fábrica de pneus. Viram Dodô no trem de carga para Berwyn, pendurado na escada. De lá tem uma estrada que vai direto para a Filadélfia, uns quinze ou vinte quilômetros. Ele consegue ir a pé. Ou pegar outro trem de carga. Já tentou isso antes.

Os três homens à mesa encararam Addie, alarmados.

— Por que você não falou nada? — perguntou Ferrugem.

— Quem de vocês tem carro? — questionou ela. Ninguém tinha.

Nate estava incrédulo.

— O menino é surdo como uma porta. Os dois moleques não usaram a cabeça? Por que não o seguraram?

— Eles pularam a cerca para ir atrás dele, mas um branco da fábrica de pneus veio e pôs eles para correr. Tiveram que dar a volta lá pelo outro lado do Manatawny e cortar pela escola da colina para chegar aqui. Aí já estava escuro.

— E nenhum dos dois tinha um níquel para telefonar?

— Que telefone eles ia usar? — perguntou Addie. — Dona Chona tem o único telefone pago aqui da colina que os negros podem usar. As crianças não vão em nenhuma casa de branco pedir o telefone de ninguém.

Nate apertou os lábios conforme a frustração e irritação perpassavam seu rosto normalmente contido. Ele se levantou e pegou a boina.

— Quem tem carro e está acordado a esta hora?

— O Gordo.

— Lloyd está ocupado vendendo bebidas a essa altura — disse Nate. Todos perceberam que ele chamou Gordo, o dono do bar clandestino local, pelo nome verdadeiro. Ele se virou para a porta.

— Aonde você vai? — perguntou Addie.

— Para a padaria do Fabicelli. O Senhor Fabi tem uma caminhonete.

— Ele foi embora.

— Quando?

— Duas semanas atrás. Vendeu a padaria.

— Para quem?

— Um sujeito judeu.

Nate vasculhou a memória.

— Eu conheço todos os judeus desta cidade. Não ouvi falar de ninguém comprar um negócio recentemente.

— É novo na cidade. Senhor Malachi. Ferrugem o ajudou a colocar uma placa ontem mesmo.

Os olhos firmes de Nate se voltaram para o amigo.

— Como ele é, Ferrugem?

— Parece gente boa — respondeu ele, com cautela.

— Certo. Eu vi a caminhonete do Senhor Fabi estacionada do lado de fora da padaria quando estava subindo. Acho que o cara novo a comprou.

— Eu vou com você — disse Pouco-Caso.

— Não, não vai — retrucou Nate. — Um negro batendo à porta de alguém no meio da noite é o suficiente. — Então se virou para Addie e perguntou: — Onde está meu sobretudo?

— Lavei ontem. Está pendurado no depósito do quintal. Não sei se já secou.

Mas ele já havia pegado um lampião a gás de cima do fogão, saído pela porta dos fundos e desaparecido.

Nate se movia silencioso pela horta atrás de sua casa. Era uma noite sem luar, e o lampião projetava uma luz sinistra pelas fileiras de quiabo e couve. Ele percorreu os canteiros com a destreza da familiaridade. Escavou aquela horta com as próprias mãos. Ele e a esposa plantaram cada vegetal ali.

Um minúsculo riacho corria no fundo do quintal, atrás do depósito, que também era usado para curar tabaco e presunto. Ele ergueu o trinco da porta, entrou, puxou o sobretudo de um gancho de carne pendurado do teto, fechou a porta e enfiou um braço na manga do casaco.

Assim que o fez, escutou um respingo de água vindo do riacho a alguns metros dali. Ele paralisou, suspeitando de que pudesse ser um castor. Prestou atenção, mas não ouviu mais nada, então se afastou da porta, e escutou o som de respingo mais uma vez.

Ele apagou o lampião, terminou de vestir o casaco e deu a volta pela lateral do depósito a caminho do riacho.

Apertou os olhos para a escuridão, mas não viu nada a princípio. A água estava iluminada pela luz das casas no topo da colina, e os reflexos criavam pequenas sombras nas árvores do seu lado do riacho. De onde estava, ele enxergava um trecho da margem. E nada mais.

Então, vinte metros adiante, a menos de vinte passos, ele viu o menino.

Nate Timblin era um homem que, no papel, possuía muito pouco. Como a maioria dos negros na América, vivia em uma nação com estatutos e decretos que o consideravam um igual, mas não tão igual assim, com a vida restringida por uma série de regras e regulamentos em pregavam uma igualdade que não se aplicava a ele. Seu mundo, seus desejos, suas necessidade tinham pouco valor para outros além de si. Ele não tinha filhos, nem carro, apólice de seguro, conta no banco, um belo conjunto de jantar, joias, um negócio ou um molho de chaves para nada que lhe pertencesse, tampouco tinha terras. Era um homem sem pátria vivendo em um mundo de fantasmas, pois não pertencer a um país significava não se envolver e não se importar com nada além do próprio coração e da própria mente, e fantasmas e espíritos eram a única certeza em um mundo em que a existência era invisível. A verdade é que o único país que Nate conhecia e com o qual se importava, além de Addie, era o menino magrelo de 12 anos que no momento estava em um trem de carga a caminho da Filadélfia ou era aquele fantasma vestindo boné, botas velhas e uma camisa e colete rasgados parado a três metros dele, jogando pedrinhas no riacho Manatawny diante dos seus olhos. Qual dos dois era?

— Dodô.

Foi a surpresa que o fez falar o nome do garoto, pois bem sabia que era o mesmo que falar sozinho. O menino não escutava. Além disso, estava ocupado, movendo-se com a agilidade de um atleta, escolhendo pedrinhas da margem, empilhando as maiores para fazer algum tipo de muro de contenção nas beiradas, jogando as menores para dentro da água.

Nate se ajoelhou, reacendeu o lampião e o segurou no alto, balançando para chamar a atenção do menino surdo. Com Dodô, tudo funcionava com o visual, o tato e as vibrações, sem som. A luz lançou um brilho sinistro sobre a água. Mas o garoto estava tão envolvido com o que fazia que Nate teve que repetir o gesto várias vezes.

O menino viu primeiro o reflexo do lampião na água, então soltou a pedra que segurava e se virou na direção da luz antes de ficar de pé, com um braço magro erguido em um tímido cumprimento enquanto Nate se aproximava.

Nate apontou para a pilha de pedras:

— O que está fazendo, menino?

Dodô sorriu. Ele gesticulou para que Nate se aproximasse. Abriu os braços em um círculo, demonstrando uma circunferência de pedras, então fingiu segurar um pequeno berço como se estivesse ninando um bebê.

— Como é que é?

O menino esfregou as mãos uma na outra, como se tentasse conjurar um feitiço ou gerar calor, então as colocou curvadas atrás da orelha, como se pudesse escutar algum som.

Nate balançou a cabeça, sem entender. Pisou para dentro da construção de pedras, que chegava a uma altura de sessenta centímetros. Formava uma espécie de caixa com paredes de um metro e meio de largura.

— Que tipo de tolice você está fazendo aqui?

Dodô olhou para ele com a expressão indiferente, então esfregou as mãos na calça para secá-las.

— Você tem vento na cabeça, meu filho? Estava no trem hoje de manhã? Era você mesmo?

Dodô piscou, observando pacientemente, ainda esfregando as mãos na calça. Nate tocou uma delas. Estavam geladas. Ele ergueu o lampião, de modo que seus lábios ficassem visíveis. O menino não havia nascido surdo. Um acidente tirou sua audição. Um fogão explodiu na cozinha de sua casa quando ele tinha 9 anos. Ele perdeu a visão e a audição. A visão voltou. Mas a audição não. Mas ele sabia ler lábios. Nate aproximou o lampião do rosto para que Dodô pudesse ver o que dizia.

— O que você está fazendo?

Os olhos do menino dançaram para longe, e então ele respondeu:

— Construindo um jardim.

— Para quê?

— Plantar girassóis.

— CJ e os outros disseram que você estava em um trem essa manhã.

Dodô desviou o olhar. Era seu jeito de ignorar uma conversa.

Nate calmamente esticou a mão e virou a cabeça do menino até que estivesse de frente para ele.

— Era você no trem ou não?

Dodô assentiu.

— Certo. — Nate olhou ao redor, então apontou para uma árvore próxima, um corniso. — Pegue um galho daquela árvore ali e me faça uma varinha. Depois entre em casa. Sua tia vai querer acertar as contas com você.

Nate se virou para voltar à casa. Deu vários passos, então percebeu que estava sozinho. Dodô continuou onde estava, no meio de sua construção de pedras.

O homem gesticulou para ele, irritado.

— Ande, filho. Está frio aqui fora. Sua tia vai aplicar um corretivo em você e logo acaba.

A respiração de Dodô acelerou, mas ele continuou onde estava.

Nate deu vários passos rápidos para cobrir a distância entre eles, ajoelhou-se e colocou a imensa mão no ombro do menino.

— Levar uma surra é para o seu bem, filho. A verdade nunca fez mal a ninguém. Era você naquele trem, não era?

— Era.

— Você escolheu uma péssima hora para ir dar um passeio. Sabe disso, não sabe?

Dodô fez que sim.

— Muito bem. Quando cria problemas, precisa arcar com as consequências. Sua tia vai dar te dar uma coça rápida. Mas a lição vai durar mais, e será suficiente, acredito.

Ele esticou o braço para pegar a mão do menino, mas em vez de fazer o mesmo, Dodô puxou do bolso um pedaço de papel branco, todo dobrado e amassado.

Nate gentilmente o pegou e, desdobrando-o, segurou à altura da luz. Leu as palavras devagar, correndo os olhos com atenção pelo papel. Quando terminou, abaixou a folha e fitou o garoto.

— Não sei ler palavras chiques, Dodô. Mas o Reverendo Spriggs lá dentro lê bem. Vamos pedir para ele decifrá-las.

— Eu sei o que dizem — acrescentou Dodô.

— O que dizem?

— Que minha mãe está morta.

Nate ficou em silêncio por um momento. Olhou para além do pequeno aclive, em direção ao depósito e à casa, refletindo sobre tudo o que havia de errado no mundo. Tantos dos perigos de Deus, concluiu, não são os presentes que parecem ser.

— Você não precisa de nenhum papel para lhe dizer que sua mãe ganhou asas, filho.

— Então por que eu tenho que ir embora?

— Quem disse que você vai embora?

— Esse papel aí.

Nate amassou o papel e jogou no riacho. O homem alto se inclinou para baixo e cutucou gentilmente o peito do garoto.

— Deus abriu seu coração quando tapou seus ouvidos, menino. Você tem um país inteiro aí. Não fique nervoso por causa de nenhum papel. Esse papel não significa nada.

Ele pegou a mão do menino e o conduziu pelo pequeno aclive, contornaram o depósito e seguiram em direção à casa.

# 5

# O ESTRANHO

Dois dias depois, Moshe dormia profundamente em uma cadeira ao lado da cama de Chona quando uma batida à porta no andar de baixo o despertou. Ele observou por entre pálpebras pesadas de sono enquanto Addie, que dormia em uma cadeira do outro lado da cama, acordou, cambaleou sonolenta até a porta e desceu pesadamente as escadas até a mercearia lá embaixo.

Moshe olhou o relógio. Eram 4h30 da manhã. Encarou a esposa. Estava deitada com os olhos fechados. Ele se inclinou para a frente e conferiu sua pulsação, então colocou a mão em seu peito. Constatou com alívio que ela estava respirando, ainda bastante viva.

Addie marchou de volta escada acima e ficou à porta, parecendo irritada.

— Tem um homem lá embaixo querendo ver você.

— Mande-o embora.

— Ele se recusa.

— Quem é?

— O sujeito que comprou a padaria do Fabicelli.

— Ele é padeiro?

— Não sei o que ele é.

— O que ele quer?

— Disse alguma coisa sobre — Ela fez uma pausa. — ralhar.

— O quê?

— Alguma coisa sobre ajudar Dona Chona e ralhar.

— Ralhar?

— Acho que é alguma palavra judaica, Senhor Moshe.

— Como você sabe que é uma palavra judaica?

Addie franziu a testa.

— Eu não sei. Estou chutando. Por que não pergunta pessoalmente? Ele passou aqui ontem, e anteontem. Já veio três vezes.

— Mande-o embora.

Addie parou junto à porta, hesitante, então, com gestos determinados, entrou no quarto, puxou a cadeira para perto da cabeça de Chona e se sentou inclinada para a frente, com os braços apoiados no joelho, olhando para o chão. Ela espiou Chona por entre olhos marejados, tossiu, então limpou as lágrimas com o dorso da mão.

— Não vou voltar lá embaixo.

Moshe hesitou, confuso. Entre Addie e Chona, sentia-se uma bola de pingue-pongue. Ao longo dos anos, as duas mulheres haviam se revezado para cuidar dele. Ele nunca precisava cozinhar. Nem limpar. Nem fazer nenhuma das tarefas que fazia quando era criança no seu país de origem. Mas elas conspiravam contra ele. Chona deu voz a Addie, deixou-a administrar a mercearia, tomar decisões, cuidar do lugar enquanto ela lia seus livros de socialismo e baboseiras de mulheres malucas. Agora, tudo estava uma bagunça! A *própria* ajudante em sua *própria* casa estava mandando que ele atendesse à *própria* porta no meio da madrugada. Se Chona deixasse este mundo, ele teria que suportar Addie importunando-o até a morte. Queria se levantar e gritar, mas em vez disso seus olhos se fixaram em sua esposa. Ele se inclinou, gentilmente afagando a testa dela.

— E se ela acordar enquanto eu estiver lá embaixo? Ou nunca mais acordar?

Addie, sentada do outro lado da cama, havia se recomposto. Ela esticou o braço e afofou as beiradas do travesseiro de Chona, então secou o rosto dela gentilmente com um pano macio.

— Ela acorda todos os dias, Senhor Moshe — falou. — Acorda com a precisão de um relógio. Ela está bem.

Moshe lançou um último olhar preocupado para a esposa adormecida, então foi na direção da porta. Ao pé das escadas, acendeu a luz, passou pelas fileiras de utensílios domésticos, caixas e potes de bala na mercearia escura. O amanhecer estava chegando. Conforme ele se aproximou da porta externa de vidro, podia ver a luz do sol se espreitando ao redor de uma pequena figura cuja silhueta estava emoldurada pelo batente. Ele abriu uma fresta da porta e se deparou com um judeu baixo e robusto, perto dos 30 anos, com olhos brilhantes, bigode fino e boca larga, dando-lhe uma aparência divertida. Parecia vagamente familiar. E estava sorrindo, o que fez Moshe odiá-lo imediatamente.

— Bom dia — falou o homem, em iídiche.

— O que você quer? — retrucou Moshe, em inglês. Não estava com humor para favores.

— Você não se lembra de mim? — perguntou o outro, de novo em iídiche, o que irritou Moshe ainda mais. Significava que ele definitivamente queria alguma coisa.

Moshe explodiu e disparou:

— *Ver fahblondjet! Trog zicho op!* (Some da minha frente!) — Empurrou a porta para fechá-la, mas o homem enfiou uma bota velha e puída no caminho, que ficou presa entre a porta e o batente.

— Ai! — resmungou. — Pode soltar meu pé?

— Você vai colocar seu pé na rua se eu soltar?

— Vou.

Moshe abriu levemente a porta, mas em vez de puxar o pé para fora, o estranho enfiou o braço no vão e tentou forçá-lo a abrir. Moshe, surpreso, segurou firme, apoiando o peso contra a porta.

— O que você está fazendo?

— Eu só preciso de farinha — disse o homem.

— Nós estamos fechados!

— Precisa ser kosher. Para pão chalá.

Moshe franziu a testa e bufou. "Chalá", cuja pronúncia é *rralá*, e não "ralhar". Foi isso o que Addie ouviu. Ele empurrou a porta para fechá-la, mas o sujeito do outro lado do vidro se manteve firme no lugar.

— Foi isso o que você disse para a minha empregada? — perguntou Moshe.

O homem deu uma risadinha.

— Outro judeu americano que tem empregada. Ela é muito rude.

— Vá para Reading. Eles têm várias opções kosher por lá! E empregadas rudes também, se quiser uma — retrucou Moshe. Empurrou a porta de novo, e o homem mais uma vez resistiu.

— Mas fica a vinte quilômetros daqui!

— Tenho cara de quê, táxi? Arranje um cavalo e uma carruagem então! — Moshe fez mais força contra a porta. Para sua surpresa, o homem, que ele conseguia ver através do vidro, era muito menor que ele e mesmo assim resistia com facilidade.

*Preciso me alimentar melhor e dormir mais,* pensou Moshe. Ele empurrou com mais força e, incrédulo, viu que a porta continuava aberta. O homem a mantinha na metade do caminho sem esforço.

— Qual é o seu problema? — explodiu Moshe. Frustrado, forçando o ombro contra a porta. O homenzinho fez o mesmo, e a fresta continuou entreaberta por alguns preciosos centímetros, o bastante para que ele pudesse ver o contorno do rosto de seu adversário, que, para sua grande consternação, não dava indícios de esforço algum. — Mas que tipo de diabo é você?

— Eu só preciso de farinha! Para fazer chalá.

— Vá comprar em outro lugar!

Então Moshe empurrou com toda a força. Suor brotou em sua testa. Seus dentes se cerraram, a lateral de seu rosto pressionada contra a beirada da porta. Ele olhou o adversário através do vidro; sua cabeça estava a meros centímetros de distância. O homenzinho, ainda sem fazer esforço, manteve-se no lugar. Parecia estar se divertindo. Era algum tipo de demônio? *O anjo da morte,* pensou Moshe. *Veio atrás da minha esposa!* De repente, sentiu-se impotente. Desejou que Nate estivesse ali. Nate era forte o suficiente para bater a porta com um braço e jogar aquele sujeitinho para o meio da rua. Ou seu primo Isaac. Uma encarada de Isaac espantaria aquela mula para bem longe. Mas ele estava sozinho. Quase chamou Addie, então desistiu, seria vergonhoso demais. Em vez disso, empurrou com tudo agora, cada músculo se retesando. Ainda assim, o estranho, que parecia ter o vigor de três homens, se manteve firme.

Moshe sentiu suas forças se exaurirem. Estava exausto. Entre administrar o teatro, as vigílias noturnas ao lado de Chona e a parca alimentação, ele já não tinha muita energia de qualquer forma. Sentiu o próprio espírito se esvair pelos seus pés. *Ridículo,* pensou.

— Por favor, vá embora — arfou.

— Eu quero falar uma coisa para você — disse o homem.

— Você é um diabo! — Moshe grunhiu em iídiche entre dentes cerrados, então pensou: *Por que estou falando iídiche? Eu odeio iídiche.*

Do outro lado da porta, o homenzinho argumentou, calmamente:

— Não me chame de diabo. Eu sou um dançarino.

— Dance rua abaixo então, ou vou gritar para chamar a polícia. Você está invadindo a minha propriedade!

— Eu não estou invadindo.

— Vá embora! Minha esposa está doente.

— É por isso que eu estou aqui — disse o estranho. Com um grande empurrão, ele terminou de abrir a porta e fez Moshe cambalear para trás, depois cair sentado na madeira fria do piso perto do balcão de carnes com um pesado baque, que fez as garrafas e os produtos das prateleiras balançarem.

Do chão, ele escutou Addie gritar lá de cima:

— O que está acontecendo aí embaixo? Façam silêncio!

Moshe olhou para cima, esperando que o estranho entrasse na mercearia, se inclinasse e o espancasse.

Em vez disso, o homenzinho ficou à porta, a alguns passos de distância, olhando para baixo, com as mãos na cintura e o corpo robusto cobrindo a entrada. Havia um talit pendurado em seu cinto. Seu chapéu fedora era puído e seu terno estava se desfazendo, como se camundongos houvessem roído as beiradas. Sua camisa era branca, e uma gravata de cordão com fivela pendia até a cintura. Ele inflou as bochechas e correu os olhos pela mercearia escura.

— Não se preocupe com sua esposa de ideias liberais, meu amigo. Ela não vai bater as botas tão cedo. Ela é da estirpe de judeus que se dá bem neste país. Eu já vi.

— Que cresçam cebolas do seu umbigo por falar desse jeito da minha esposa!

— Essa expressão vem do espanhol, meu amigo. Você fala espanhol?

— Não. Você fala?

— Por acaso, falo. Já estive na Espanha.

— Então me faça um favor, seu lunático. Volte para lá!

— Não até eu conseguir a minha farinha!

Moshe instintivamente recorreu a um dos muitos truques espertos que aprendera quando era criança na Romênia, quando os líderes da trupe judaica itinerante da qual participava ficavam à entrada de alguma cidade, encarando multidões de camponeses russos armados com rifles e porretes, exigindo pagamentos de última hora por alguma infração, normalmente imaginária, por parte da trupe, pois era mais fácil se recusar a pagar por um entretenimento já oferecido, em especial quando as adoráveis jovens judias cuja dança inspirara os camponeses a gostar da trupe não cediam às suas investidas. Além disso, desde então Moshe aprendera alguns truques por conta própria nos doze anos de negociação com gerentes de banda esquentadinhos em seu teatro.

Sentado no próprio traseiro, com uma mão apoiada em um expositor de vidro cheio de balas, agulhas de costura e outros produtos da mercearia, ele olhou para cima e disse, gentilmente:

— Vou deixar para você, amigo, decidir o que é melhor fazer; porque embora seja um estranho para mim, é meu dever recebê-lo bem, pois *a necessidade* não é estranha para mim, já que vim de uma terra em que os cascos de um cavalo valem mais do que um pedaço de pão. Os cascos de um cavalo, veja bem, podem ajudar a arar um campo e alimentar uma vila inteira. Mas pão? O que o pão faz? Você come, depois precisa fazer outro. Eu não tenho nenhum dos dois. Sou só um pobre mercador que vende balas e não perecíveis. Entre. Pegue toda a farinha que quiser. E vou deixar que você decida o quanto quer pagar.

O estranho deu uma risadinha e disse, em iídiche:

— Cuidado, sua escória romena!

— Você é húngaro?

— Polonês.

— Eles têm schmeichlers (espertinhos) na Polônia também.

— Olhe quem fala. A única coisa que se consegue com essa esperteza na Polônia é uma sensação de vazio. — Ele olhou ao redor da mercearia. — Pobre você não é, meu amigo. Mas o importante é que trago boas notícias. Vim contar que encontrei uma esposa.

— Encontrou o quê?

— Uma esposa.

Moshe, sentado no chão, o encarou, em choque.

— E de que me importa se você encontrou uma esposa? Tenho a minha própria esposa com quem me preocupar.

Pela primeira vez, o homem à entrada, com a expressão irradiando confiança, pareceu estremecer. Dava a impressão de estar genuinamente magoado.

— Mas você disse que eu deveria encontrar uma!

— Eu tenho cara de quê, purê de batatas? E daí que você tem uma esposa? Minha mulher está doente neste exato momento. Maldito seja você por me incomodar numa hora dessas. Que sua cara fique amarela e verde! Leve toda a farinha que quiser e vá tagarelar em outro lugar, seu polonês estúpido! Só me deixe em paz!

— Mas eu fiz o que você falou!

— Vá vender seu peixe em outro lugar, senhor!

— Você me perguntou por que eu iria a um baile sem esposa. Mas não me fez ir embora. Me deixou ficar. E eu dancei. Por isso estou aqui agora. Você me convidou.

— Não fiz nada disso.

— Fez sim. Disse que onde quer que eu more, é o lar do melhor dançarino do mundo.

— Do que você está falando? Saia da minha casa!

— Você não se lembra do baile?

— Que baile?

O homem jogou a cabeça para trás em descrença. Ergueu as mãos abertas, desapontado.

— Que baile? — repetiu, animado. — Que baile? O único baile. O *melhor* baile. O melhor baile de diversão em família e animada dança que este país já viu. O melhor baile do mundo!

Moshe, de onde estava no chão, encarou a figura enquanto fragmentos de memória flutuavam em sua mente como páginas em um livro. Sob a luz incipiente da manhã, enquanto o sol dava sua primeira espiadela por cima dos vales a oeste e brilhava sobre as cabanas e casebres de Chicken Hill, invadindo o exato prédio em que, no porão quente doze anos antes, o amor pousou em seu coração com a graciosidade de uma borboleta, e uma bela jovem, agora sua esposa, transformava nata em manteiga, mostrando-lhe a magia das palavras da Torá, um livro que ela era proibida de tocar, suas mãos percorrendo a página, revelando a promessa que existia em palavras de santidade, amor e história... As cortinas da memória se agitaram de novo e ele viu entre a multidão do lado de fora de seu teatro o rosto divertido, o chapéu, o talit, as covinhas de um homem jovem de pé em meio a judeus de todos os tipos; então, como um sino soando ao longe, como um trem apitando distante, ele escutou, na memória longínqua, o maravilhoso lamento do clarinete de Mickey Katz.

E se lembrou daquela maravilhosa tarde de dezembro quando, recém-casado e no ápice do amor, ele dobrou a esquina da rua High e ergueu os olhos e avistou mais judeus juntos na América do que já havia visto em toda sua vida, a multidão ganhando foco como os grandes templos do Egito se erguendo à luz do sol do amanhecer árabe, centenas e centenas de judeus, reunidos em frente ao seu teatro, ansiosos para cruzar a porta, para deixá-lo rico, para abrir caminho e entrar a fim de poder vibrar, gritar, dançar e ter um momento de alegria como nos velhos tempos.

E entre eles, um jovem hasid que anunciou que não dançaria com mulher alguma. Porque estava procurando uma esposa.

Olhando para o homem, Moshe sentiu a mesma leveza que sentira quando dobrou a esquina na rua High e viu todas aquelas pessoas; foi como se um grande peso lhe fosse retirado do peito e colocado nas costas, no seu devido lugar, imóvel e sólido. Doze anos descamaram e caíram, e ele era jovem de novo, de pé nos bastidores de seu teatro assistindo à animada banda de Mickey Katz quase derrubar as paredes com sua música enquanto centenas de judeus americanos dançavam felizes. E entre eles estava o corpo rodopiante e retorcido do maluco dançarino hassídico. O jovem que anunciara que não queria dançar com mulher alguma. O jovem que proclamara que não estava buscando uma dançarina e, sim, uma esposa, e que mesmo assim dançou com cada mulher da pista. E que dançarino ele era!

— Eu me lembro de você! — exclamou Moshe, animado. — Você é o melhor dançarino que já vi na vida. Qual seu nome?

Em vez de responder, o jovem hasid orgulhosamente tirou o chapéu, coçou a testa e olhou para baixo por cima do nariz para Moshe, que ainda estava no chão perto do balcão de carnes. Ele falou lentamente, como se fosse um sábio idoso:

— Nossos magos rabínicos dizem que temos três nomes. Um é dado pelos nossos amigos. Outro pela família. E o terceiro nós damos a nós mesmos.

— Devo chamá-lo de ervilhas, tomates ou cebolas?

— Malachi.

Ele começou a dizer mais alguma coisa, mas Moshe, com a memória vívida, estava explodindo de empolgação, pois uma pergunta lhe corroía há anos e ele não conseguia acreditar na própria sorte.

— Eu vi você no dia seguinte! — exclamou. — Depois que Katz foi embora. Do lado de fora do teatro. Você me deu uma garrafa de destilado de ameixa. Nós escutamos alguma coisa estourar na colina. Vimos fumaça preta. Você disse que era um mau sinal.

— Aquela foi uma época ruim — disse Malachi, entrando na loja e estendendo uma mão para ajudar Moshe a se levantar. — Aqueles tempos passaram.

# 6

# CHALÁ

A febre de Chona passou dois dias depois. Seus delírios febris cessaram no terceiro dia. No quarto, ela se levantou, então uma paz pareceu descer sobre sua pequena silhueta, e o bem-estar começou seu longo e lento retorno. Porém, que infortúnio, ela não conseguia ficar muito tempo de pé nem andar sem ajuda. A visita de um médico especialista da Filadélfia que o primo Isaac de Moshe havia conseguido confirmou que algum tipo de problema no sangue havia causado um derrame no cérebro que, dado o pé ruim dela, poderia causar ainda mais dificuldade de se locomover sozinha. Moshe não se importava. Mesmo que ela precisasse de uma cadeira de rodas para o resto da vida, desde que pudesse voltar a ser a Chona de sempre, ele estava feliz.

Depois de uma semana, ele viu a luz retornar aos olhos dela. Depois de duas, ela começou a falar sentenças longas, embora devagar. Na terceira, conseguia ficar de pé com o apoio de Addie e já dava ordens, exigindo descer as escadas e abrir a mercearia.

Moshe obedeceu, contente. Atribuiu a melhora dela à chegada de Malachi, que insistiu em passar no teatro todos os dias para entregar um de seus pães chalá para ele levar à esposa em casa.

— Será parte do processo de cura dela — disse, satisfeito e pomposo.

Ele entregou seu primeiro pão chalá para Moshe no teatro, ainda vestindo seu traje surrado: terno casual, talit e chapéu homburg. Ele segurava o pão com orgulho, como se carregasse uma criança.

— Você será meu primeiro cliente — anunciou.

Moshe pegou o pão com o mesmo cuidado e delicadeza que havia sido oferecido. Embora nunca tenha gostado de chalá, ficou encantado. Preferia pão branco comum, de forma, e sanduíches americanos de presunto e queijo, que eram, como tudo na América, práticos e rápidos, em vez de fofos, grossos que lembravam sopa como as comidas antigas da Europa. Mas o pão de Malachi era novidade e algo acerca do homem aqueceu o coração de Moshe, então ele prontamente arrancou um pedaço, enfiou na boca e quase engasgou. Conseguiu murmurar um obrigado só para não vomitar no chão a massa inchada de algo com gosto de cebola, areia e gordura.

— Fantástico — disse.

— Levará cura para onde quer que vá — respondeu Malachi, orgulhoso. — Será como seu maravilhoso teatro. Vai unir as pessoas.

*Em um hospital, talvez,* pensou Moshe, assentindo. Mas ele sorriu e não falou nada. Odiava a ideia de magoar seu novo amigo. Prometeu levar o pão para a esposa naquela mesma noite, mas em vez disso o ofereceu a Nate enquanto caminhavam juntos para casa depois que o teatro fechou, os dois subindo as ruazinhas de terra de Chicken Hill tarde da noite. Ele o fez com um aviso:

— O novo padeiro ainda está aprendendo.

Nate deu uma mordida no pão, ficou em silêncio e jogou a maçaroca toda para um vira-lata malhado de marrom que saiu de um dos casebres detonados que beiravam todas as ruas da colina. O cachorro era um inconveniente que sempre os aterrorizava em suas caminhadas noturnas para casa, e quando Moshe voltava sozinho, dava a volta por um caminho alternativo para evitar a criatura.

O vira-lata engoliu o pão em uma mordida, assim, quando Malachi perguntou no dia seguinte se sua chalá estava "levando cura" para o seu lar, Moshe ficou feliz em informá-lo que:

— Sim, de fato. E paz também. — Pois, para sua surpresa, o cachorro o deixou em paz pela primeira vez.

Realmente, por mais horrível que a chalá fosse, era prova da mágica que parecia acompanhar tudo que Malachi tocava, já que o cachorro nunca mais incomodou Moshe. Calamidade e desorganização pareciam seguir seu novo amigo por onde quer que fosse, mas nunca o tocavam ou abalavam. Malachi não era um homem bem-arrumado. Seu terno estava eternamente amassado, o chapéu cheio de marcas e dobras, o talit desfiando, os olhos azul-claro sempre distantes de alguma forma. Sua cabeça ficava o tempo todo abaixada, a atenção mergulhada nas páginas de seu livro de preces, às vezes por horas a fio, mesmo enquanto cozinhava, deixando suas tortas e pães queimarem. Estava claro para Moshe que esse novo amigo não era um padeiro nato. Ele percebeu que o apartamento de Malachi sobre a padaria estava cheio de tralhas, itens que ele juntava, vendia, comprava e dava um jeito de conseguir em um canto ou outro, pois Malachi confessou que havia sido algum tipo de vendedor ambulante quando chegou ao mundo novo vindo de sua terra natal. Suas viagens claramente abriram sua mente, porque ele era uma fonte infindável de conhecimento sobre tudo, desde carros às fábricas de ferragem de Pottstown. Apesar de seus péssimos dons culinários e total desorganização, Malachi tinha certa leveza e entusiasmo sem limites por assuntos mundanos. Ele parecia levar luz, ar e boas vibrações a tudo que tocava. Maravilhava-se com os itens mais simples — um descascador de maçãs, um barril, uma menorá, um copo de papel, uma bolinha de gude —, cheio de empolgação e bom humor, frequentemente erguendo o objeto e exclamando:

— Maravilhoso! Imagine só, quem será que inventou isso?

Moshe tinha poucos amigos. Àquele ponto, a maioria dos judeus de Pottstown havia deixado Chicken Hill. Nate era um amigo, mas ele era negro, então havia uma lacuna entre eles. Mas com Malachi, não. Os dois eram fugitivos que, depois de suportar a chegada à Ilha Ellis e escapar das massacrantes fábricas ilegais e do crime voraz do Lower East Side infestado de ratos, chegaram aos trancos e barrancos na terra da oportunidade que era a Pensilvânia, lar dos quakers, mórmons e presbiterianos. Quem se importava que a vida era solitária, o trabalho, pesado e ingrato, que a imagem romântica do orgulhoso estado americano era um mito, que as regras da vida eram cuidadosamente anotadas em livros organizados e as leis escritas por europeus severos que assombravam a cidade e o estado como um anjo da morte, com suas igrejas moralistas gritando que os judeus mataram seu precioso Jesus Cristo? Os outros habitantes da Pensilvânia não sabem nada sobre as shtetlech devastadas e sinagogas destruídas de sua terra natal; não haviam presenciado os atordoados imigrantes de idade passando fome nas pensões de Nova York, os idosos que chegaram sozinhos, e só falavam iídiche, cujos filhos morreram ou os abandonaram para viver em instituições de caridade, as mulheres aterrorizadas até os fins de seus dias, os homens condenados a uma vida vendendo frutas e verduras em carroças puxadas a cavalo. Eles eram uma nação perdida espalhada pelo campo americano, estarrecidos, sua educação yeshivá inútil, sua amada história ignorada, enquanto o ressoar metálico das indústrias americanas ecoava ao redor deles, seu orgulhoso passado como relojoeiros e alfaiates, acadêmicos e historiadores, músicos e artistas... abandonado, desperdiçado. Americanos se importavam com dinheiro. E poder. E com o governo. Judeus não tinham nada disso; seu trabalho era caminhar na ponta dos pés pela terra do leite e do mel e agradecer por serem livres para fazer isso sem ter os traseiros chutados — ou pior. A vida na América era difícil, mas era livre, e se a pessoa trabalhasse duro, talvez ganhasse uma oportunidade, talvez conseguisse até abrir uma loja ou um comércio de algum tipo.

Moshe, o realizado dono de dois teatros de sucesso e uma mercearia que dava prejuízo todo ano graças à esposa judia nascida na América, tinha orgulho de ser americano. Ele amava a vida americana. Esforçou-se para convencer seu novo amigo das coisas boas do jeito de ser americano. Deu-lhe uma mezuzá, um ornamento normalmente colocado na porta de uma casa judaica. Mas esta podia ser usada ao redor do pescoço, e tinha uma inscrição especial no verso que dizia "Lar do Melhor Dançarino do Mundo". Assim, explicou Moshe, Malachi se sentiria em casa e bem-vindo onde quer que fosse.

Mas Malachi, normalmente empolgado acerca de gestos de gentileza e pequenos presentes, devolveu a mezuzá e implorou de maneira educada para que Moshe o desse a Chona, o que ele fez, para a alegria dela. Ao contrário da maioria dos judeus, Malachi tinha orgulho do que chamava de forma brincalhona de sua vida "tilintante" na Europa, que agora deixara para trás. Ele não se importava de ser um recém-chegado ao novo país. Recusava-se a usar roupas de americano e preferia usar seu talit sob a camisa, com as pontas pendendo até a calça. Ele era kosher a um nível que Moshe considerava inútil. Um livro de preces grosso e gasto, um Machzor, estava sempre com a ponta espiando para fora de seu bolso, como o talão de multas de um policial de cidade grande. Ele o levava para toda parte. E constantemente o sacava do bolso, parando o que quer que estivesse fazendo, abrindo com precisão em alguma passagem já muito lida, às vezes tão tocado pelo trecho que colocava o livro contra o peito e abaixava a cabeça, murmurando uma prece fervorosa em hebraico. Certa tarde, enquanto os dois tomavam chá, Malachi pousou o livro de preces na mesa. Moshe batucou o indicador na capa e disse, com cautela:

— Sou tímido com coisas judaicas neste país.

— Por quê?

— Não é muito bom perder tempo com coisas antigas.

Malachi sorriu.

— As orações nesse Sidur não são antigas. — Ele pegou o velho Machzor. — Estas são para as grandes festas como Pêssach e Sucot. Não são para questões do dia a dia. Mas eu uso para questões do dia a dia mesmo assim.

— Isso não é errado? — perguntou Moshe.

Malachi deu uma risadinha.

— O profeta Isaías condena preces rotineiras e mecânicas, de qualquer forma. Então não importa.

— Você é um rebe?

— Depende de quem está perguntando.

— Um rebe não precisa ser educado na yeshivá?

— Por que você está preocupado em saber se eu sou um rebe ou não? Desde que as palavras sejam proferidas com cuidado e intenção plena, não importa. Nossos costumes oferecem conforto em vez de causar sofrimento. Eles trazem alegria e não dor. Eu falei para você que sua esposa ficaria bem. E ela ficou. De que importa se um rebe diz as palavras ou eu? Eu não sou rebe, a propósito. Só sigo o Talmude, embora meu pão tenha de fato feito sua esposa melhorar.

Moshe riu.

— Meu primo Isaac disse que foi o médico dele.

Malachi abriu um sorriso torto.

— Amigo, a verdade é que nenhum dos dois a fez melhorar. Não foi meu pão. Não foi o médico chique do seu primo. A plenitude da terra foi o que a fez melhorar. O Salmo 24 diz que a humanidade deve aproveitar a plenitude da terra. O pão não faz parte da plenitude da terra?

Moshe deu de ombros e deixou o assunto morrer. Estava tão feliz que Chona vinha melhorando que tinha medo de quebrar o encanto.

— Por que você não vai jantar lá em casa? — convidou. — Ainda não conheceu minha esposa.

— Tudo a seu tempo — respondeu Malachi.

Era exatamente o tipo de resposta que deixava Moshe com os nervos à flor da pele e ao mesmo tempo curioso acerca de seu novo amigo, essa série de comportamentos estranhos que pareciam ser parte integrante dele. Imaginava que talvez Malachi não quisesse conhecer Chona porque era proibido, ao menos na sua cabeça, de tocá-la. Mesmo assim, passava no teatro com um pão quase todas as tardes depois de fechar a padaria e estava sempre animado e alegre, cheio de perguntas sobre o teatro, a equipe de Moshe, seus negócios, a vida na América. E embora sempre questionasse sobre a melhora contínua de Chona, Malachi se recusava a falar da própria esposa, da qual havia se gabado tanto quando chegara. Moshe nunca perguntava nada. Entendia que o casamento era um assunto complexo para novos judeus na América. Alguns homens tinham esposas lá na Europa e arrumavam novas mulheres aqui. Outros sentiam tanta falta delas que qualquer menção os fazia chorar, urrar, e até xingar e brigar. Alguns trabalhavam por anos para poupar o suficiente para mandar buscar as esposas, só para descobrir depois que elas chegavam que ambos haviam mudado tanto a ponto de o casamento não ser mais tolerável. Moshe, ciente dessas questões e feliz de a própria união estar intacta, não falava no assunto. Ainda assim, a relutância de Malachi em relação ao passado e à esposa era uma barreira estranha entre eles, e só aguçava a curiosidade de Moshe. Ele queria superar essa barreira e o teria feito se a padaria dele não estivesse penando para sobreviver, o que se tornou uma questão mais premente, pois seu fracasso começou quase de imediato.

Mesmo se Malachi fosse o melhor padeiro do mundo, havia chegado a Pottstown em má hora. Fabicelli, o gentil padeiro italiano que, todo domingo à tarde, costumava colocar seus produtos com mais de uma semana em um caixote de madeira para quem da colina os quisesse, e de quem Malachi comprara a padaria, era um dos últimos comerciantes brancos de Chicken Hill. Só a Casa de Gelo de Herb Radomitz, que entregava gelo numa carroça, e os intratáveis lituanos donos da loja de sapatos, Irv e Marvin Skrupskelis, que metiam medo em todo mundo, continuavam lá. Os outros comércios de brancos haviam descido para os pastos mais verdes da rua High, a apenas dez quarteirões dali.

E embora o gentil e idoso Fabicelli tenha ficado feliz em vender a antiga caminhonete de entregas, a padaria e o prédio que continha o apartamento no andar de cima para o judeu errante, ele obviamente não vendeu suas receitas, pois o restante dos produtos de panificação que Malachi produzia era tão ruim quanto seu pão chalá, ou pior. Seus bolos eram uma catástrofe, pareciam pinturas a guache de uma criança de 6 anos, com glacê escorrido e beiradas irregulares. Seus pãezinhos tinham gosto de patê de fígado picado. Os recheios de suas tortas de carne pareciam rosbife mofado, tão desbotado que precisavam de uma bela demão de tinta vermelha. Até os negros de Chicken Hill, há muito acostumados com alimentos estragados e produtos vencidos, evitavam a padaria de Malachi. O fato de o estabelecimento ter sobrevivido às primeiras semanas era um testemunho da presença das dezessete famílias judaicas de Pottstown.

Moshe observava a derrocada com preocupação, e uma tarde, quando Malachi passou no teatro para entregar seu presente usual de farinha e água disfarçadas de chalá, Moshe decidiu puxar o assunto. Os dois estavam conversando perto da frente do teatro enquanto Nate e uma pequena equipe preparavam o palco para o espetáculo daquela noite com a grandiosa Count Basie Orchestra.

Antes que Moshe pudesse comentar algo, Malachi, com disposição para falar sobre seus negócios, jogou um pão chalá embrulhado em papel pardo no canto do palco e confessou:

— Eu fechei a padaria mais cedo hoje.

— Por quê?

— Está sem movimento. As pessoas não gostam do meu pão. O que tem de errado com ele? É um bom pão.

Ele se apoiou na lateral do palco, olhando de relance para Nate e os outros três negros ao fundo que limpavam mesas e esvaziavam o lixo do evento da noite anterior.

Moshe perguntou com cautela:

— Você já teve uma padaria antes?

— Claro que não.

— Por que comprou uma então?

— Porque estava à venda.

— Tem muitos outros ramos para seguir.

— O que tem de errado em comprar uma padaria?

— Nada. Mas essas coisas exigem aprendizado.

— Por quê? Eu cozinho bem.

— Mas fazer pão é diferente de cozinhar. Serviço de padeiro, pelo que eu sei, exige precisão. Você fazia pão, torta, alguma coisa assim no país antigo?

Malachi não respondeu diretamente. Em vez disso, tirou o chapéu, passou os dedos pelo cabelo espesso e encaracolado, colocou o chapéu de volta na cabeça, então pescou dos bolsos do casaco toda uma sorte de ferramentas de padeiro: fuê, peneira, esteira para massa, espátula, boleador de massa e rolo. Ele colocou todos no canto do palco, com cuidado, alinhando perfeitamente.

— Estas são minhas ferramentas. Eu pratico o tempo todo. Sou autodidata.

— Você não pode praticar e vender ao mesmo tempo, amigo.

— Por que não? Não é assim que fazem na América?

— Talvez. Mas *antes* de comprar um negócio. Não depois.

Os olhos normalmente brilhantes de Malachi escureceram um pouco.

— Estou confuso. Quando eu cheguei à América, fui para Pittsburgh. Mas ninguém queria me contratar porque eu frequentei a yeshivá. Achavam que eu era intelectual demais. Fui a uma grande loja de departamentos. Falei: "Eu posso ser um intérprete porque falo várias línguas. Falo iídiche, alemão, polonês, russo e espanhol. Posso falar com os clientes na língua deles e sugerir coisas." Em vez disso, me colocaram para etiquetar vestidos. Então eu trabalhei em um carrinho de verduras. Mas o dono queria que eu trabalhasse no Shabat, então fui embora. Aí trabalhei em uma lanchonete limpando barris de picles. Meus dedos ficavam inchados por causa da conserva. Depois vendi utilidades domésticas com um cavalo e carroça. Com o tempo, comprei o cavalo e a carroça. Dali em diante, poupei o suficiente para comprar uma padaria. Levou nove anos.

— Sua esposa estava ao seu lado esse tempo todo? — perguntou Moshe.

Os olhos de Malachi marejaram e ele ignorou a pergunta, apontando para os utensílios de cozinha sobre o palco.

— Eu pratico o tempo todo. Até de noite. Faço os bolos mais bonitos. Você já provou minhas tortas?

Dada sua experiência com o pão chalá do amigo, Moshe não tinha intenção alguma de fazer isso. Ele apontou gentilmente para Nate limpando e arrumando os fundos do teatro com sua pequena equipe.

— Meu Nate pode ajudar você a encontrar alguns funcionários de cor.

Malachi balançou a cabeça.

— Ele segue uma dieta kosher?

— Uma padaria kosher não precisa de um padeiro kosher — retrucou Moshe.

Malachi ficou em silêncio por um momento, então disse:

— Não é inteligente misturar as coisas do jeito que fazem aqui na América.

Moshe ficou chocado com a alegação, que considerava ignorante.

— Que diferença faz? Você quer que seu negócio seja bem-sucedido ou não?

Mas Malachi não estava ouvindo. Estava olhando para Nate e seus homens, ocupados organizando cadeiras e mesas, colocando toalhas brancas, posicionando velas. Ele apontou para o fundo do salão.

— Quem é aquele menino?

Moshe acompanhou a direção do dedo de Malachi, que indicava o único menino negro entre os homens que limpavam mesas perto de uma das saídas. Era alto e magro para a sua idade, não mais do que 10 ou 12 anos, supunha Moshe, de porte atlético, com braços e pescoço compridos e um tom de pele que parecia que ele havia sido mergulhado em um balde de chocolate. Tinha um rosto oval, nariz largo, maçãs do rosto altas e os cílios mais longos que qualquer outra criança que Moshe já havia visto. Olhos lindos, expressivos. O menino estava varrendo pipoca e papéis de bala das cadeiras com uma vassourinha de mão. Ele notou os olhares, sorriu envergonhado, então abaixou a cabeça para trabalhar conforme Nate havia instruído, com movimentos rápidos como se quisesse desaparecer entre as mesas e cadeiras.

Moshe ficou observando, fascinado. Estava acostumado a ver negros desaparecerem, sumirem e partirem de forma furtiva. Mas enquanto olhava o menino negro trabalhar pela pista de dança bagunçada, ajuntando o lixo, reorganizando mesas e cadeiras com agilidade e desesperada eficiência, sentiu uma onda de memórias, como se seu passado houvesse de súbito invadido o salão e bafejado a nuca de seu colarinho, como a brisa de uma porta aberta que sopra para dentro de um escritório e faz voar todos aqueles papéis soltos, atirando-os ao chão. Ele se viu de volta à Romênia, com 9 anos de idade, faminto e exausto, de pé do lado de fora de uma padaria em Constanta, com um olho apavorado à procura de soldados na rua, e o outro na porta do padeiro, enquanto Isaac disparava para fora com um pão chalá debaixo do braço como se fosse uma bola de futebol americano e uma mulher vinha logo atrás em seu encalço, Isaac sibilando: "Corra, antes que os soldados venham!" Os dois meninos correram, engolindo o pão como lobos ao fugir. Não era de se espantar que ele odiasse chalá.

Desviou os olhos do menino e encontrou Malachi encarando-o.

— Uma memória muito maluca sobre chalá — disse Moshe. — Quer que eu conte?

— Não.

— Por que não?

— Porque eu sei que não é da minha comida que você não gosta, amigo — respondeu Malachi. — É do que se agita dentro de você. E nisso, não posso ajudar. Só orações podem.

Os olhos de Moshe se arregalaram. Como ele poderia saber?

— Do que você está falando? — perguntou. — Está inventando coisas. É só pão.

Malachi ignorou o comentário. Ele se ergueu para poder se sentar na beirada do palco, com as pernas penduradas, observando o menino negro trabalhar entre a fileira de homens que avançava ágil pelo salão de dança. Olhou para o relógio, então para o garoto.

— É uma da tarde. Aquela criança deveria estar na escola.

Moshe deu de ombros. A educação do menino não era de sua conta.

— Nate o trouxe. Ele traz todos os meus funcionários.

Os olhos de Malachi perderam o brilho. Um desalento percorreu seu rosto enquanto olhava os homens trabalhando.

— Quando desembarquei na Ilha Ellis, o primeiro americano que eu vi era negro. Achei que todos os americanos fossem negros.

Moshe deu uma risadinha nervosa. Conversas sobre raça sempre o deixavam desconfortável. Tentou mudar de assunto.

— Eu nunca tinha provado um tomate antes de vir para cá — comentou animado. — Nunca tinha comido uma banana. Quando experimentei, não gostei.

Mas Malachi parecia distraído. Olhava fixo para o menino, observando-o jogar papéis em uma pequena lixeira enquanto seguia para os fundos do salão.

— É isso o que tem de errado com este país — disse. — Os negros.

Moshe deu ombros.

— Eles não fizeram nada de errado. São bons amigos… meu Nate. A esposa dele, Addie, os ajudantes que trazem. Eles me ajudam muito.

Malachi torceu o nariz.

— Sabia que todas as fontes histórias do Chanucá estão em grego?

— O que isso tem a ver com meus funcionários negros?

— A luz só é possível por meio do diálogo entre culturas, não por meio da rejeição de uma ou de outra.

Moshe riu e apontou com a cabeça para Nate, que havia chegado aos fundos e instruía o menino.

— Meu Nate não fala grego.

— *Seu* Nate? Ele pertence a você?

Moshe pareceu chocado.

— Você entendeu o que quis dizer — murmurou.

Malachi franziu a testa.

— Os modos americanos que você aprendeu… — Ele balançou a cabeça. — Este país é sujo demais para mim.

— Qual o seu problema? Nate é meu amigo.

— Ah, é mesmo?

— Claro que sim.

— Porque você paga para ele?

— Claro. Era para ele trabalhar de graça? — disparou Moshe.

Mas Malachi não estava ouvindo. Encarava Nate e o menino trabalhando atrás dele, e os outros negros. Ele os observou por vários longos momentos, então murmurou:

— Eu acho que os negros levam vantagem neste país.

— Como assim?

— Pelo menos eles sabem quem são.

Ele saltou do palco e começou a reunir suas ferramentas de padeiro, o rolo, a espátula, enfiando-os nos bolsos imensos de seu casaco puído, os utensílios tilintando com o gesto. Quando voltou a falar, foi em iídiche:

— Estamos nos integrando a uma casa em chamas.

— Do que você está falando? — perguntou Moshe.

Malachi se virou para ver o fundo do salão, com os olhos azuis focados nos negros. De súbito, um deles começou a cantar baixinho um hino de igreja; e os outros acompanharam, movendo-se em sincronia, trabalhando mais depressa agora, conforme reposicionavam mesas e jogavam lixo em barris.

*Eu irei para onde Você quiser que eu vá,*
*Além da montanha, da planície, ou do mar.*
*Eu direi o que Você quiser que eu diga,*
*Senhor, serei o que Você quiser que eu seja.*

A música se elevou e deslizou pelo salão de dança frio, úmido e escuro.

Malachi escutou por um momento, então disse em iídiche:

— Quero que você venda minha padaria para mim. Vou deixar a papelada com você amanhã cedo. Se tiver lucro, por favor me envie.

— Para onde você vai?

Mas Malachi já estava passando uma porta lateral e desapareceu.

Moshe ficou olhando a porta fechar, confuso. Olhou para o palco. Malachi havia deixado várias ferramentas para trás, uma forma de torta, um fuê. *Entrego essas coisas quando encontrar com ele amanhã*, pensou.

Mas ele não viu Malachi no dia seguinte. Nem no seguinte. Ele levou três anos para reencontrá-lo.

# 7

# UM NOVO PROBLEMA

Um mês depois de Malachi deixar Pottstown, Moshe estava no teatro reorganizando mesas na pista de dança depois de limpar os resquícios do blues *sock hop* estrelado por Jay McShann da noite anterior quando Nate parou a vassoura e se aproximou.

— Podemos conversar?

Moshe quase não o escutou. Ainda estava perturbado com o desaparecimento súbito de Malachi. Havia mandado Nate à padaria alguns dias depois, e ele dissera que estava tudo fechado, e o apartamento do andar de cima, às escuras. Passados mais alguns dias, Moshe recebeu uma carta com carimbo de Chicago e, dois dias depois, uma segunda, de Des Moines, Iowa, ambas na maravilhosa letra cursiva de Malachi, dando-lhe instruções para a venda da padaria, o que deveria ser feito com todas as ferramentas e utensílios, e para onde enviar o dinheiro quando a transação fosse concretizada. Era uma dor de cabeça com a qual Moshe não queria se envolver.

Ele esperou uma semana, com a esperança de que, de alguma forma, Malachi fosse mudar de ideia. Depois de perguntar para algumas pessoas, seu sogro em Reading encontrou dois irmãos judeus da Lituânia que ficaram contentes em comprar a padaria. Eram novatos, recém-chegados que não conheciam o estilo americano. O que significa que Moshe teve de ir até a prefeitura lidar com os góis e suas perguntas debochadas e formulários confusos. Isaac ofereceu enviar um advogado judeu de Reading para ajudar, mas Moshe recusou. Conhecia todos os funcionários da cidade. Resolveria rápido. Além disso, Malachi era um amigo mesmo que acreditasse em coisas que ele, Moshe, agora que era um americano, não acreditasse. Malachi, decidiu ele, era parte do passado. Os antigos costumes simplesmente não se encaixavam na América. Mesmo assim, suas palavras o incomodavam. *"Este país é sujo demais para mim"*, dissera. Como ousa! A América era limpa, limpa, limpa, muito mais limpa do que a Europa. Qual era o problema dele, falar assim deste país maravilhoso? Olhe o que o país havia feito por ele!

Era o que Malachi falara sobre os negros, no entanto, que mais incomodava Moshe. *"Eu acho que os negros levam vantagem neste país. Pelo menos eles sabem quem são."*

*"Isso é ridículo"*, dissera Moshe.

Ele ergueu os olhos e encontrou Nate encarando-o.

— Para que isso? — perguntou o homem, olhando para as mãos dele.

Moshe descobriu que estava segurando uma nota de dez dólares. Era uma gorjeta que pretendia dar a Nate por ter lidado com a banda de McShann com sua graciosidade usual. Sempre lhe dava gorjetas. Nate era seu braço direito.

Com a expressão distante, estendeu-lhe o dinheiro:

— Para você.

Nate o encarou.

— Está tudo bem, Senhor Moshe?

Moshe correu os olhos pelo teatro. Ao fundo, dois dos ajudantes de Nate, inclusive o menino que Malachi notara um mês antes, haviam voltado. Ele apontou com a cabeça para o garoto.

— Quem é aquele? — perguntou.

O olhar tranquilo de Nate se transformou em preocupação.

— É sobre ele que eu vim conversar com você. É meu sobrinho, Dodô.

— Que tipo de nome é esse para uma criança?

— É apelido. Ele é um menino bom. É surdo-mudo... Bom, mudo não.

— Tem problema mental?

Nate balançou a cabeça.

— Não... Ele sofreu um acidente, bom... o fogão da irmã de Addie explodiu um dia e alguma coisa entrou no olho dele. Ficou sem enxergar por um tempo e ainda não consegue ouvir direito. Mas fala bem.

— Você o levou para ver o Doutor Roberts?

Nate sorriu. Era, Moshe notou, um sorriso amargurado. Doutor Roberts marchava todo ano no desfile local da Klan. Foi Chona quem o delatou por isso. Moshe achava que as cartas dela ao jornal protestando contra os homens que marchavam pela rua principal usando lençóis brancos, forçando mercadores judeus a fecharem seus negócios, só causavam um monte problemas desnecessários e não conseguiam nada com isso. A carta posterior denunciando a exclusão de judeus do clube de tênis local e do rinque de patinação, a qual o *Mercury* de Pottstown teve a coragem de publicar, não ajudou. Isso causou um alvoroço não só na cidade, mas também no shul. A maioria das dezessete famílias judaicas originais de Chicken Hill eram alemãs e gostavam de manter a paz. Mas os judeus que chegaram depois, vindos do Leste Europeu, eram impacientes e difíceis de controlar. Os húngaros eram mais propensos a entrar em pânico, os poloneses eram carrancudos, os lituanos, furiosos e imprevisíveis e os romenos... bem, este seria Moshe, o único romeno, ele fazia tudo o que a esposa mandava, mesmo que às vezes não concordasse. Mas os judeus recém-chegados não tinham medo de revidar. Eles pareciam operar com base no princípio de que, embora brigas fossem ruins para os negócios, se os judeus da cidade deixassem seus empregos e comércios, Pottstown entraria em colapso em cerca de cinco minutos. Chona, uma búlgara nascida na América, tinha proteção, seu pedigree americano lhe dava uma posição de prestígio entre os judeus intelectuais das agências de serviço social que torciam o nariz para a penca de novos judeus que chegaram em roupas fedidas, recém-saídos de seus navios e falando apenas iídiche. O pai dela havia começado o shul. Seu marido era o mercador mais rico da cidade mesmo que traficasse peças iídiche e shows de negros, e o primo de seu marido era o maior dono de teatros da Filadélfia, com contatos que chegavam até Hollywood. A aparição de Isaac na chevra, na qual defendeu a decisão de Moshe de abrir seu teatro para os negros, havia tido um grande impacto. Então ninguém a desafiava abertamente. Chona era deficiente, de qualquer forma. Quem poderia discutir com uma deficiente? Deixe que ela faça seus discursos extravagantes, eles pareciam dizer. Mas os judeus mais antigos da cidade a observavam com atenção temerosa.

A doença dela complicava as coisas, porque Chona se recusava a deixar Doutor Roberts tratá-la. Ele era o orgulho da cidade, um menino local que cresceu para o sucesso, e a história das longas viagens dela a médicos em lugares distantes era um constrangimento. Doutor Roberts havia até enviado uma mensagem de que subiria a colina para vê-la e sido ignorado. Moshe tentava evitar conflitos alegando que a doença de Chona exigia especialistas, o que era, até certo ponto, verdade — se tivessem um diagnóstico. Mas não tinham, na verdade. Sua melhora começara, ela dizia com gosto às pessoas, quando Malachi apareceu e rezou por ela com seu grosso Machzor. E declarava que, como esperado, o coitado não durou cinco minutos em Pottstow. Porque as pessoas não lhe deram suporte. Agora está em outro lugar curando o mundo. Pottstown que se dane! E nós estamos presos com Doutor Roberts marchando em sua fantasia branca de palhaço todo ano. Onde foi que ele aprendeu a ser médico, afinal?

Moshe escutava essas coisas em casa e agradecia às suas estrelas da sorte pelas complicações físicas de Chona dificultarem idas ao centro. Mas isso ainda não resolvia o problema com Doutor Roberts. Ele ficava incomodado toda vez que surgia o assunto.

Nate, como que a confirmar o problema, imediatamente descartou a sugestão de procurar Doutor Roberts.

— Dodô não precisa de médicos — disse. — Ele teve um acidente. Ficou doente. Depois melhorou. Ele está bem.

— Então qual é o problema? — perguntou Moshe.

As mãos de Nate corriam nervosas pelo cabo da vassoura enquanto ele falava.

— Eu queria perguntar para você... se não tem problema se eu o trouxer para ajudar, animar um pouco o ambiente e tal.

— Você pode trazer quem quiser.

— É, mas eu queria saber se posso, como dizem... ter sua benção nisso.

Moshe olhou para o menino, que se aproximara, limpando o chão. Era um garoto bonito. Tinha a pele retinta mais lisa e mais brilhante que ele já havia visto. Brilhava como uma luz. Moshe sorriu para ele. O menino o espiou de relance, então desviou os olhos, ocupando-se em pegar o lixo.

Um pensamento lhe veio à mente ao se lembrar das palavras de Malachi acerca do garoto. Moshe olhou para o relógio. Eram quase 13h.

— Quantos anos ele tem?

— Uns 10.

— Não era para ele estar na escola?

Nate se apoiou na vassoura.

— Bom, aí é que está. Dodô é filho da irmã de Addie, Thelma. Lembra da Thelma?

Moshe se lembrava vagamente de uma mulher negra silenciosa que Nate chamava de vez em quando para ajudar no teatro.

— Acho que sim.

— Thelma ganhou suas asas mês passado.

— Ganhou asas?

— Faleceu.

— Ah.

A sobrancelha de Nate franziu e suas mãos envelhecidas subiram e desceram lentamente o cabo da vassoura. Ele disse, baixinho:

— Eu e minha esposa estamos cuidando ele.

Moshe olhou para o chão por um momento, envergonhado. Raramente lhe ocorria que ele e Nate tinham algo em comum. As esposas de ambos não podiam ter filhos. Eles trabalhavam juntos todos os dias no teatro há doze anos, mas quase nunca conversavam sobre suas esposas ou assuntos domésticos. Por que se dar ao trabalho? As mulheres faziam a parte da conversa de qualquer forma. A doença de Chona havia abalado todos eles, e sua recuperação lhes dado algo para celebrar. Ou será que não? Ele percebeu então que sempre evitava perguntar para Nate como estavam as coisas em sua casa. Era melhor assim, uma regressão à própria infância fusgeyer, quando ele fazia amizade com crianças cujas famílias se juntavam à trupe de teatro, e então um dia os amigos subitamente partiam, alguns eram adotados, outros levados por doenças, má sorte, morte ou, em casos raros, oportunidades. A comida era escassa. A vida era barata. A vida de um judeu não valia de nada em sua terra natal. Era preferível nem fazer amigos. Como Malachi *ousava* chamar este país de sujo? Era tão melhor aqui.

— Bom, eu acho que tudo bem — disse Moshe. — Você pode conduzir as coisas como preferir.

Nate franziu a testa.

— Um homem que trabalha pro governo apareceu em casa semana passada. Disse que vai levar Dodô para uma escola especial em Spring City. Dodô não quer ir para nenhuma escola especial. Ele está bem aqui com a gente.

O coração de Moshe acelerou. Sentia um pedido a caminho, mas Nate continuou:

— O homem disse que volta para buscá-lo semana que vem. Estou pensando se você não me deixaria esconder Dodô aqui no teatro hoje à noite, só por alguns dias até o homem ir embora. O menino é quieto. Não escuta nada. Não vai ficar com medo nem fazer barulho. E pode trabalhar, ele é bom com limpeza e tal.

— Por quanto tempo?

— Só uns dias até o homem ir embora.

— Mas não tem onde dormir — protestou Moshe. — É frio demais.

— Ele pode dormir no porão. Tem um colchão lá embaixo, e a velha lareira de tijolinho. Ele vai ficar bem.

— E o sujeito do governo?

— O governo não vai se esforçar muito por causa de um menininho de cor, Senhor Moshe.

Moshe sentiu uma onda de medo percorrê-lo com a menção ao governo. Os EUA. A lei. Só a imagem de Addie inclinada sobre sua esposa, com lágrimas escorrendo, cuidando dela até muito depois de ter adormecido, e a lembrança de acordar na cadeira dele e ainda ver Addie ali de manhã, lutando contra a doença, lutando contra o diabo que estava tentando privá-lo do amor da mulher que lhe dera tanto. Só essa imagem lhe deu coragem para ignorar o completo terror que lhe subiu a garganta quando falou:

— Eu preciso falar com minha esposa, Nate.

— Tudo bem.

Mas Moshe já sabia a resposta quando entrou na cozinha aquela noite. Não esperava nada diferente, na verdade, porque Chona não tinha medo do governo. Quando o pai dela foi para Reading e insistiu que Moshe vendesse o teatro e se mudasse para ficar perto dele, Chona insistiu que ficassem. *"Estamos construindo nosso próprio futuro"*, dissera. Ao contrário de Moshe, que tinha pavor da polícia, Chona não tinha medo de desafiá-los. Quando o fazendeiro cujo poço ficava mais perto da sinagoga se recusou a vender água para o shul para o ritual de banho mensal das mulheres, Chona chamou a polícia. E quando a polícia se recusou a agir, alegando que seus carros não conseguiam subir as ruas de terra da colina, ela andou até a delegacia e os fez escutarem tudo o que pensava sobre o assunto. Então, sem perguntar a ninguém no shul, ela contratou um negro com uma carroça, foi na traseira enquanto o sujeito descia até a cidade, encheu barris na torneira pública sozinha, e fez o homem levar os barris para dentro do micvê desocupado e derramar a água nas banheiras. Os líderes do shul ficaram tão revoltados que ameaçaram expulsar Moshe e Chona. O rancor durou por anos, e o resultado era que Moshe tinha certeza de que quando ele e Chona morressem não seriam enterrados no cemitério do shul com seus avós que os precederam, mas, sim, em um trecho estreito de terra judaica do shtetl perto da rua Hanover e ao lado do cemitério usado pelos pobres e negros da cidade.

Chona havia dado de ombros. *"Quando eu estava morrendo, onde estavam eles?"* Ela rira. *"Ocupados tentando fazer o dinheiro trocar de mãos, é lá que estavam. Eles me chamam de kolyekeh, a doente. Vou viver mais que todo mundo."*

Quando entrou em casa naquela noite, Moshe a encontrou ao fogão cozinhando *gefilte fish* e cebolas, cantarolando para si mesma. Ele contou que a mãe do menininho surdo havia morrido, que Nate e Addie o acolheram, e que ele havia permitido que o menino dormisse no porão do Salão de Dança e Teatro 100% Americano aquela noite para que o governo estadual não pudesse levá-lo para longe da única família que tinha.

Chona estava de costas para ele, mexendo a panela com uma mão, e a outra apoiada no balcão para manter o equilíbrio. Ela o olhou por cima do ombro, e um vislumbre de seus olhos brilhantes cheios de irritação lhe disseram tudo. Então ela voltou para sua panela e disse, de costas para ele:

— Qual seu problema?

— Eu falei sim.

— Você o mandou dormir no porão frio do teatro? Com os ratos?

— Tem um forno lá embaixo. Eu e Nate acendemos para ele.

— E daí?

— É problema, Chona. O governo está atrás dele.

— Por quê?

— Para colocá-lo num lugar especial.

— Que tipo de lugar?

— Um lugar para crianças como ele.

Moshe podia ver, e quase sentir, a nuca dela ficando vermelha. Ela permaneceu quieta por um momento, então disse:

— Crianças como ele. — Falara em iídiche, o que significa que estava furiosa.

— Mas eu permiti — retrucou ele. — Até pedi para Nate colocar alguns carvões a mais no forno para mantê-lo aquecido.

— Você acha que só porque uma criança não escuta ela não sente frio à noite? Acha que ele não tem medo do escuro? Que ele está feliz de dormir em um teatro gelado? Que só porque os ouvidos dele não funcionam ele não sente frio? Ou solidão? Ou que o coração dele não está partido por perder a mãe? Você acha isso?

— Eu sou dono de um teatro. O que sei sobre crianças?

Chona bateu com a colher de pau na beirada da panela, colocou-a no fogão e falou por cima do ombro:

— Vá apagar aquele fogo e trazê-lo para casa.

# 8

# GAZETA

A decisão de Chona de esconder Dodô do estado da Pensilvânia não era nem a história de destaque quando Patty Millison — conhecida como Gazeta Diária, ou só Gazeta para encurtar — fez seu usual comício dentro da Mercearia do Céu e da Terra de Chona no sábado seguinte.

Gazeta — cuja pele lisinha de um tom marrom-chocolate-amargo, seios firmes, traseiro delicado e cabelo indomável com tranças nagô eram complementados por sua boca ágil que não conseguia conter nem segredo nem comida, pois ela comia como um boi e nunca ganhava um quilo sequer — era uma lavadeira que fazia seus comícios todo sábado dentro da mercearia. Sábado era o dia do Shabat de Dona Chona, o que dava à Gazeta rédeas soltas para trocar comentários divertidos, fofocas quentes e outras informações vitais sobre o bairro longe dos ouvidos de Chona. As empregadas domésticas, governantas, faxineiras de salões, operários e porteiros de hotel negros que moravam em Chicken Hill e se reuniam perto do estande de verduras todo sábado de manhã para escutar as notícias de Gazeta amavam o bate-papo. Gazeta sabia mais do que os jornais locais, os quais nunca lia. Na verdade, corria o boato de que Gazeta nem sequer sabia ler — havia sido vista na Segunda Igreja Batista segurando o livro de hinos de ponta-cabeça mais de uma vez. Não importava. Sua ajeitada casa de madeira na rua Franklin empoleirava-se em uma das principais ruas que subia Chicken Hill, dando-lhe uma vista para a cidade à frente e para a colina aos fundos. Ainda assim, não era a localização de sua casa que permitia que Gazeta servisse como fonte dos mais intrépidos relatórios da colina ou que ela fosse tão capaz quanto os mais habilidosos repórteres do ligeiro *Mercury* de Pottstown ou até do poderoso *Philadelphia Bulletin*. Era, na verdade, seu efeito sobre a espécie masculina. Sua beleza, sua risada descontraída, seus olhos brilhantes e um sorriso imediato para qualquer estranho que encontrasse a tornavam um ímã de homens. Eles se jogavam aos seus pés. Bandidos durões que destripavam um aos outros a facadas em becos escuros a observavam descer silenciosa as ruas enlameadas da colina no final da tarde e sentiam um súbito desejo de se arrepender, relembrando a inocência de sua infância, a gloriosa luz amarela do sol que beijava suas faces quando saíam da igreja depois da escola dominical, de camisa e gravata no Domingo de Ramos, girando folhas no ar enquanto suas mães riam. Diáconos bem centrados que se sentavam às varandas com expressões sombrias depois de trabalhar duro o dia todo — como sorridentes garçons vestindo paletós brancos e servindo refeições no Pottstown Social Club para os fundadores brancos da cidade — observavam os orgulhosos seios de Gazeta balançarem livres sob seu vestido enquanto ela passava depressa, e subitamente escutavam o rufar de milhares de tambores descer o Amazonas, acompanhado de visões sobre afogar seus chefes. Pedreiros revestiam a chaminé dela só para vê-la se inclinar sobre as petúnias em seu glorioso quintal cheio de flores. Carroceiros levavam barris de água potável até sua casa só para escutar o som de sua risada. Os mais importantes carregadores de malas da ferrovia de Reading, que ficava próxima, passavam regularmente na varanda dela para deixar suas roupas sujas e contar histórias inacreditáveis de suas viagens para lugares distantes, como Iowa, Flórida e até Los Angeles, sonhando em fazer o *bunga-bunga* com Gazeta, que eles viam como a exótica local. Homens brancos a achavam irresistível, e esse era o motivo de ela não ter um trabalho lucrativo como doméstica. "*Estou aposentada do serviço diário*", dizia aos amigos, rindo. "*Muito problema. Os homens se aproveitam e as mulheres lamentam.*" Donas de casa brancas da cidade, que queriam que os maridos galgassem a escorregadia escada da oportunidade nos prósperos mundos da indústria e dos bancos de Pottstown, faziam uma peregrinação constante até a casa de Gazeta levando a roupa suja de seus maridos, pois ela lavava com tamanho esmero e passava com habilidade tão profissional que até Willard Millstone Potts, o maior banqueiro da cidade, neto do próprio Senhor John Potts, o velho detestável que jazia no cemitério colecionando vermes, graças a Deus — mandado de paraquedas ao inferno caso a ponte estivesse indisponível, esperavam os afrodescendentes mais antigos — mandava *suas* camisas à casa dela para serem limpas e alisadas. Gazeta, como diziam os idosos, era *prendada* — talentosa. Mulheres a achavam divertida e interessante, pois, ao contrário da maioria dos homens, ela tinha curiosidade acerca de suas opiniões, *ainda* não era casada, e jurava que não tinha planos de subir ao altar. "*Eu me viro melhor sem um homem*", declarava, o que a colocava em posição privilegiada em relação à mais respeitada líder de Chicken Hill, Addie, esposa de Nate, que era uma Townsend, e todo mundo sabia que aqueles Townsend eram ousados demais para viver bastante, de qualquer forma. Estavam longe do Sul há tempo demais.

Eram negros demais, fortes demais, valentes demais. Recusavam-se a trocar de calçada quando uma mulher branca se aproximava, esqueciam-se de não olhar um branco nos olhos. Esqueciam-se de todos os comportamentos que, lá de onde vieram, poderiam fazê-los ver a vida passar diante dos olhos enquanto uma forca era colocada ao redor de seu pescoço — ou pior, encarar grades de ferro por vinte anos com as esperanças mais mortas do que a cerveja de ontem, sonhando com tralhas velhas que deveriam ter vendido, ou veados que deveriam ter abatido, mas erraram o tiro, ou mulheres com as quais deveriam se casar e não o fizeram, já que caíram de cara no pesado golpe de karatê das leis do homem branco. Uma pessoa negra não tinha como sobreviver no mundo do homem branco sendo ignorante. Ela precisava saber as notícias. Por isso Gazeta era tão importante. Ela era a edição especial de Pottstown.

Assim, quando decidiu que a manchete de seus anúncios daquele sábado de manhã na Mercearia do Céu e da Terra não tinha nada a ver com a decisão de Dona Chona de esconder Dodô do homem do estado, nenhuma das donas de casa, desempregados e zeladores de fábrica do grupo de pé ao seu redor questionou. Todo mundo sabia que Dodô estava condenado de qualquer jeito. Era sobrinho de Addie, filho de sua falecida irmã, Thelma, que morrera três anos depois da explosão do fogão de sua casa que levou embora a audição do menino. A "escola especial", que todos sabiam não se tratar de escola nenhuma, e sim, do horrível sanatório Pennhurst subindo a estrada em Spring City, era só mais uma injustiça em um mundo cheio delas, então por que se demorar no assunto? Além disso, a fofoca de Gazeta naquele sábado era suculenta demais para ignorar. Ela declamou assim:

— O Propinão arrancou o dente de ouro do Gordo no soco.

Propinão era quase um novato e o preferido da colina, um italiano gigante chamado Enzo Carissimi — um sujeito de dois metros por dois, com porte majestoso e ombros largos, mãos imensas, sedutores olhos castanhos e natureza gentil — que estava constantemente caindo na risada. Havia emigrado da Sicília para a América aos 12 anos, com todos os parentes, uma das poucas famílias brancas que ainda morava em Chicken Hill. Gordo Davis, um golpista esperto, robusto, forte e sociável, dono do único bar clandestino da colina, também tinha 12 anos à época, e os dois imediatamente se tornaram amigos. Gordo se dispôs a ser tradutor e professor de inglês para Propinão, já que ambos compartilhavam do amor por arranjar e multiplicar dólares. Depois de se formarem no ensino médio, trabalharam juntos em várias fábricas, das quais a mais recente era a Flagg Industries, que fazia bicos de aço e encaixes para canos de vapor e ficava em Stowe, o vilarejo vizinho. Eles costumavam voltar do serviço caminhando juntos para casa.

O anúncio de Gazeta atraiu depressa uma multidão. Ferrugem, de pé ao fundo do grupo, recebeu a notícia com descrença.

— Você está contando uma coisa que viu acontecer, Gazeta? Ou que alguém contou?

Os grandes olhos castanhos de Gazeta pararam sobre Ferrugem, cuja silhueta magra tensionou com a encarada.

— Ferrugem — disse ela, paciente —, eu *vi* Propinão arrancar o dente do Gordo, está bem? Com meus próprios olhos. Foi ontem.

— Como é que eu não escutei nada disso do Gordo? Eu passei no bar dele ontem à noite.

— Para fazer o quê?

— Não é da sua conta.

— Você viu o Gordo ontem à noite?

— Eu não estava procurando por ele. Estava cuidando dos meus negócios.

— Bom, o que quer que fossem esses negócios, Gordo não estava no meio. Porque ele dirigiu até a Filadélfia ontem para consertar a boca. O lábio de cima dele inchou do tamanho de um cachorro-quente.

As mulheres no círculo riram. Addie, que estivera trabalhando no canto do balcão dos fundos, veio mais perto para escutar.

— Eles estavam bebendo? — perguntou.

— Acho que não — respondeu Gazeta.

Ferrugem fez uma careta:

— E como é que você sabe? Cheirou o bafo deles?

Gazeta inclinou a cabeça de lado e o encarou, calma. Ferrugem era bonito, pensou, mas ficava horrível quando fazia careta. Ela se indagou se ele sabia o quanto ficava bem quando mantinha a calma em vez de fazer aquelas expressões estúpidas. Decidiu que ele não sabia. Era, afinal, exatamente igual a maioria dos homens: um imbecil.

— O que você tem contra mim, Ferrugem? — perguntou Gazeta, fria.

Ferrugem, de pé e com as mãos enfiadas no sobretudo, foi pegar um cigarro e subitamente não conseguia lembrar em qual bolso estavam. Tateou o casaco, sentindo dificuldades para respirar. Sempre ficava assim quando Gazeta estava por perto.

— Esse monte de acusações sem sentido aí não significa nada a não ser que você tenha visto a coisa toda, Gazeta. Você viu?

— Só o final.

— Que foi...?

— Acabei de contar. Propinão deu um soco nele.

Ainda dando tapinhas no sobretudo para encontrar os cigarros, Ferrugem desistiu e deixou as mãos caírem dentro dos bolsos, com a sensação de que estava deixando alguma coisa passar. Escutou a si mesmo insistir:

— Ah, vai, Gazeta… conte essa história do jeito que você costuma fazer. Dê uma temperada aí, uma temperadinha só, vai.

— Por que eu faria isso?

— Porque se contar de qualquer outra forma, vai parecer mentira.

Pela primeira vez, Gazeta cedeu um pouco e sorriu. Ferrugem, ela precisava admitir, tinha seus atrativos. Havia uma inocência em sua pessoa, e apesar das roupas largas, os braços musculosos e o peitoral firme mexiam com ela, uma sensação que não tinha há anos, não desde que era uma adolescente de 17 primaveras e fez sua primeira e última viagem de ônibus para fora de Vestavia, Alabama, rumo a algum ponto desconhecido do Norte.

— Ouvi dizer que sua tia Clemy vai levar os biscoitos de queijo dela para o cafezinho da igreja amanhã.

— Ela chama de palitinhos de queijo.

— Não dou a mínima se ela chama de George Washington. Se ela levar, você vai se lembrar dos seus amigos?

— Talvez.

Satisfeita e agora com a plateia completamente atenta, Gazeta começou:

— Eu estava arrancando ervas daninhas do meu jardim quando vi Gordo e Propinão subirem a colina na volta do serviço. Eles pararam a poucos passos da minha casa, e Gordo disse: *"Vai, Propi, vai em frente. Eu sei que você está morrendo de vontade. Vai. Faça. Anda logo."*

Aqui ela fez uma demonstração, erguendo o queixo, curvando o corpo com as costas arqueadas. Isso fez cair na risada o grupo todo, que agora incluía vários novos clientes que haviam entrado, desconhecidos negros das proximidades, Hemlock Row, Phoenixville e Stowe, alguns trabalhadores diários que moravam nas fazendas dos brancos nos arredores da cidade e iam para a Mercearia do Céu e da Terra nos finais de semana para aproveitar a vista e o som ambiente.

Gazeta, correndo os olhos pela plateia, precisou se segurar para conter o sorriso ao continuar:

— Vocês conhecem o Propinão. Ele não machucaria uma mosca. Disse: *"Não vou fazer isso, Gordo."* Mas o outro ficou provocando: *"Vai em frente, vai, anda logo."*

E neste ponto os olhos dela faiscaram e ela endireitou as costas, com o rosto lindo brilhando sob os raios de sol que reluziam para dentro da janela da mercearia, a luz ricocheteando das frutas e verduras e se derramando em cascata para todos os cantos do lugar, iluminando as pimentas e cenouras, as bolachas água e sal e os descascadores de maçã, fazendo a vida parecer tão completa, nova e fresca quanto a promessa da Pensilvânia tinha sido um dia para tantos daqueles que estavam ao redor e haviam vindo do Sul para o Norte, uma terra de suposta liberdade boa e plena, onde um homem podia ser um homem e uma mulher podia ser uma mulher, em vez da realidade onde agora se encontravam, um amontoado de casinhas envoltas na sujeira das fábricas que arrotavam fumaça azeda num céu cinzento e quintais apertados cheios de cabras e galinhas em uma parte da cidade que ninguém queria, em lares sem água corrente ou banheiro. Morando como se estivessem na sua terra natal. Só que não estavam. Estavam *nesta* terra aqui de cima. E era tudo igual. Mas momentos como este faziam tudo valer a pena, pois Gazeta era um tambor ressoante. E espalhar boatos e notícias era sua música, sempre melodiosa e alegre.

Ela estava no meio deles, com os olhos brilhando.

— Propinão não queria ceder, mas Gordo continuou alfinetando, dizendo: *"Vai, Propi. Eu sou homem. Vai."* Dava para ver que a coisa meio que afetou o Propinão. Foi crescendo dentro dele. E com o Gordo pressionando mais, acho que a cabeça dele falou que tudo bem. — E aqui ela deu uma risadinha. — Então ele fechou os dedos... e, juro, aquele branquelo preparou o golpe e fez aquele punho gigante passar por quatro ou cinco estados antes de falar oi pro Gordo. Começou no Mississippi, passou pelas Carolinas e... *bam!* Ele queria mandar Gordo pra fora deste mundo. Acertou o rosto dele em cheio. Ainda consigo escutar o barulho que fez. Nocauteou Gordo pro chão e fez aquele dente de ouro dele, o da frente, voar para longe.

— E depois? — perguntou Ferrugem.

— Não teve um *depois*, Ferrugem. Propinão deu meia-volta e foi pra casa. E Gordo ficou sentado no próprio traseiro. Depois que descobriu que a cabeça ainda estava sobre os ombros, ele levantou e começou a engatinhar igual a um cachorro cagando um osso.

— E o que você ficou fazendo o tempo todo?

— O que você acha? Fui até lá, oras.

— Mentira!

— Claro que não. Eu saí do meu jardim e perguntei: *"Gordo, que foi?"* Ele disse: *"Meu dente de ouro sumiu!"* A gente levou um bom tempo procurando na terra, mas encontramos. Isso deu uma abaixada na crista dele, colocar aquele negócio no bolso. Saiu andando com um buraco nos dentes do tamanho de Milwaukee.

Ferrugem e os outros racharam o bico, e quando as risadas se dissiparam, Gazeta enfiou um palitinho na boca.

— Dick Clemens, que trabalha na Flaggs, passou em casa depois e me contou o que aconteceu. Parece que um inspetor importante foi lá. Peixe dos grandes. Aparece duas vezes por ano, vem da Filadélfia. Eles precisam deixar o lugar um brinco quando ele vem. Lavar tudo: as máquinas, as janelas, as vigas, os pilares, todas as bugigangas. Precisam dar um tratamento de beleza em tudo. Bom, Gordo tinha acabado de receber uma promoção lá, e Propinão era seu subordinado. Eles eram uma equipe, mas Gordo ficou cheio de si. Virou arrogante mandando naquele branco por aí. Fez Propinão fazer todo o serviço enquanto ele mesmo ficava sentado cochilando.

Ela fez uma pausa, avaliando a plateia, e por instinto fixou os olhos sobre ponto ao final do balcão onde Dona Chona normalmente se sentava, supervisionando os doces. A cadeira estava vazia.

— Quando o inspetor importante entrou na sala onde Gordo e Propinão estavam, apontou para uma das mangueiras de incêndio penduradas na parede e disse: *'Alguém tirou aquilo do suporte para testar?'* Gordo respondeu: *'Sim, senhor. Foi testada.' 'Por quem?' 'Ah, pelo Propinão aqui.'*

"Propinão sabia tanto sobre testar mangueiras quanto um porco sabe sobre as festas de fim de ano. Mas como ele é italiano e não fala inglês muito bem, viu o Gordo fazendo que sim com a cabeça, então disse: *'Aham, aham, sì sì'*, ou seja lá como os italianos falam sim.

"Então o inspetor puxou a mangueira do gancho e chacoalhou. Caiu um amendoim da ponta. Ele disse: *'Eu coloquei esse amendoim aqui seis meses atrás na minha última visita.'*

"Gordo disse: *'Mas é um amendoim limpo, senhor.'*

"Bom, aquele peixe grande surtou e demitiu os dois na hora. No caminho pra casa, imagino que Gordo quisesse resolver a situação, já que ele sabia que a mãe do Propinão vai arrancar o couro dele por ter perdido o emprego. Vocês sabem como ela é. Aquela senhorinha dá uma surra até num gigante! Vai acabar com a raça dele!"

A plateia explodiu em risadas, e, conforme dispersavam, vários comentaram que Gordo, imprestável como era, simplesmente tinha empregos demais, isso sim. Ele dirigia um táxi. Tinha um serviço de lavanderia. Trabalhava na fábrica. Além disso, administrava seu bar clandestino e sua barraca de hambúrguer. Outros especulavam que o coitado do Propinão se sentia em dívida com Gordo, já que ele havia lhe conseguido o emprego na Brigada de Incêndio Empire antes dos dois trabalharem na Flagg e lhe apresentado para o irlandês lá de baixo da colina que ficava sentado bebendo cerveja e jogando cartas o dia todo enquanto Propinão lavava o caminhão de bombeiros novinho e dava voltas no quartel com a antiga carroça puxada a cavalo só para provar para todo mundo que se encaixava lá, porque ele era o primeiro italiano da história do corpo de bombeiros. Todos concordavam que Propinão havia simplesmente escolhido os amigos errados.

Enquanto o grupo conversava, Gazeta escapuliu para os fundos, onde Addie estava. Ela esperou até o restante se afastar o suficiente para que não fosse ouvida e se debruçou no balcão.

— Me vê uma caixa de aspirina efervescente? — pediu, casual, apontando para além dos ombros da amiga.

Addie se virou, esticou o braço, pegou o remédio e jogou no balcão. Seus olhos se desviaram para a esquerda, para a porta perto das verduras, e pararam em um negro desconhecido de camisa branca e chapéu de feltro que estava inclinado sobre os legumes fingindo escolher cebolas. Gazeta olhou de relance para ele, então envolveu a caixinha de aspirina com seus longos dedos bonitos.

— Está com dor de cabeça, Gazeta?

— Nem, mas aquele negro ali vai ter uma. Precisei me segurar para não contar dele pro Ferrugem, ele faria picadinho do homem.

— Vai ver ele é de Hemlock Row.

— Não. Os negros de lá é mais baixo, a cabeça é diferente, e eles prefere ficar com a própria gente. Esse aí trabalha para o estado.

— O governo não tem nenhum funcionário negro. Pode ser que ele seja um carregador de malas da ferrovia.

— Se for, caso com ele. Olhe os sapatos. Que tipo de carregador usaria sapatos detonados assim? Além disso, eu conheço todos os homens da ferrovia que passam por aqui. Acho que ele é do governo. Talvez do sanatório Pennhurst. Mandado para buscar Dodô.

— Um homem “de cor”? Negros não fazem nada além de limpar chão e levantar os ânimos em Pennhurst, até onde eu sei. Dá na mesma. Pode ser que ele seja. Como vamos ter certeza?

Gazeta pensou por um momento, então disse:

— Miggy Fludd, de Hemlock Row, ela conhece todos os negros de lá. Pode ser que saiba quem ele é.

Addie analisou o homem, em seguida desviou os olhos, preocupada.

— O estado mandou um sujeito branco para buscar Dodô, três vezes. O mesmo cara.

— Você deve ter pisado feio no calo dele quando o botou para correr.

— Não botei, foi Dona Chona.

— Bom, ela espantou o cara.

As duas ficaram observando o homem virar a cabeça depressa, correndo os olhos pela mercearia lotada, e andar das cebolas até os quiabos, cutucando um, depois o outro. Gazeta torceu o nariz.

— Que coisa. Nunca encontrei nenhum negro que trabalhasse pro governo. Quer que eu o enrole na conversa?

— Não — respondeu Addie. — Ele vai precisar passar pela sua casa quando for embora. Se ele estiver de carro, anote a placa.

Gazeta deu uma risadinha.

— Tenho alergia a isso. Posso até escrever umas letras velhas num papel ou outro, mas para por aí. Quer que eu conte pro Gordo? Ele pode dar um jeito no cara.

— Você não disse que ele foi para a Filadélfia resolver o dente?

— Mas vai voltar.

— Não, deixe Gordo de fora disso.

— E Dona Chona?

— Deixe-a de fora também, pelo amor de Deus. Ela não está tão bem quanto parece. Se descobrir quem ele é, vai armar um barraco. Ou, pior, ficar mais doente ainda, o que vai criar mais problema com os brancos. Eles gostam tanto dela por aqui quanto gostam de cascas de amendoim. Só deixa quieto.

Addie coçou o queixo por um instante, então se apoiou sobre o balcão para chegar mais perto de Gazeta.

— Mas tem uma coisa — disse, com a voz mais baixa. — Dona Chona disse *três vezes* pro homem do governo que o menino não está mais por aqui. Por que continuam procurando?

— Porque alguém da colina está abrindo o bico.

— Como vamos descobrir quem é o infeliz?

Gazeta sorriu, e seus olhos maravilhosos refletiram um tom de quase verde com ansiosa antecipação.

— Deixa comigo.

# 9

# O TORDO E O PARDAL

A casa ao lado da Mercearia do Céu e da Terra de Chona era da adorável Bernice, irmã de Gordo Davis. Assim como Gordo, Bernice era parente de praticamente todos os afrodescendentes da colina. Era prima de segundo grau de Earl "Chuchuzinho" Davis, o motorista do vice-presidente do Banco de Pottstown; prima de segundo grau também de Bobby Davis, que já trabalhou como faz-tudo para Buck Weaver, o grande jogador de beisebol da cidade que na época estava no Chicago White Sox; e, por conta de um casamento depravado e complexo entre seu avô e a enteada do filho dele, era tia-avó da Senhora Traffina Davis, esposa do Reverendo Sturgess, o que significa que Bernice era, na verdade, doze anos mais nova do que sua sobrinha-neta. Também tinha o cargo de irmã adotiva de Ferrugem Davis, o faz-tudo que, de fato, consertava tudo; prima de quarto grau de Hollis Davis, o único chaveiro da colina; e, para fechar com chave de ouro, sobrinha de Chulo Davis, o lendário baterista de jazz que foi embora de Chicken Hill para tocar com os famosos Harlem Hamfats em Chicago logo antes de morrer baleado por causa de uma tigela de feijões.

Bernice também era a orgulhosa mãe de, pela última contagem, oito crianças, todas parecidas de uma forma ou de outra com ela em variados tons de pele que iam do marrom-claro ao retinto.

Isso não era algo ruim. Nem bom. Todo mundo sabia que Bernice tinha o tipo de rosto que poderia fazer um homem penhorar a casa por dinheiro. A grande questão: quem era o homem e onde estava o dinheiro?

Chona, apoiada em uma bengala, foi até a pia da cozinha que dava vista para a pequena casa de madeira onde Bernice morava. Ficou olhando para fora da janela por um bom tempo. Os dois terrenos eram idênticos, divididos por uma cerca, e ficavam a seis metros um do outro. Apesar disso, ela não via a vizinha cara a cara há anos. Recebia todas as informações dela por meio de Addie, uma das poucas pessoas da colina que conversava com Bernice, a quem descrevia como "a criatura mais carrancuda, fechada, insolente e maluca" da colina, empatada com Irv e Marv Skrupskelis, para quem, ironicamente, Bernice trabalhava como cozinheira, o que Chona achava ser uma boa combinação, já que se fosse para eleger os judeus mais cruéis, deprimentes e briguentos de Chicken Hill, aqueles dois venceriam. Ela escutara rumores de que Bernice estava "dando" para Irv há décadas, depois o boato mudou para Bernice e Marv, então voltou a ser Irv até ele se casar e pôr um fim na fofoca, ou pelo menos parte dela. Ninguém, nem mesmo Nate, ousava puxar o assunto do pai dos filhos de Bernice. Até Gordo, que adorava conversar com todo mundo, quando questionado acerca da irmã, dizia: *"Eu não pergunto nada para ela, não. Gosto de continuar respirando."*

Chona olhou para a casa e suspirou. Nos últimos quatorze anos em que eram vizinhas, ela e Bernice não trocaram mais do que cinco palavras.

Nem sempre foi assim. Quando Chona era uma menininha, o pai dela, Yakov, e o de Bernice, Shad, haviam sido bons amigos. Yakov chegou da Bulgária em 1917, um dos primeiros judeus em Pottstown. Ele veio como vendedor ambulante, igual a muitos judeus, com uma mochila cheia de utensílios de cozinha, ferramentas usadas e dispositivos artesanais que conseguira em Lower East Side, onde foi parar depois de ser liberado da Ilha Ellis com seis centavos no bolso, uma minúscula mezuzá que sua mãe lhe dera e uma toranja que lhe fora entregue por um negro gentil de uma banca de frutas que o havia visto chorando na rua Delancey e teve pena. Yakov nunca havia visto uma toranja antes. O negro precisou mostrar como descascá-la, e quando Yakov mordeu, era tão azeda e ácida que seus olhos marejaram ainda mais, e ele percebeu que precisava dedicar a vida a espalhar a Palavra Judaica ou acabaria como aquele americano estranho, condenado a distribuir frutas que faziam chorar. Ele era um sujeito gentil e generoso que trabalhava duro; e depois de alguns meses como operário em uma fábrica de calças ganhando um dólar e cinquenta por semana e estudando a Torá à noite, ele juntou uma pilha de tralhas, um pouco de suas economias e o desejo de espalhar a Palavra. Foi para o oeste.

Chegou em Pottstown com as tralhas e um inglês limitado. Vendia seus artigos a um preço baixo, mas foi logo expulso do ramo pelo dono da loja de ferramentas da cidade, que chamou a polícia para botá-lo para correr da rua principal até Chicken Hill, onde Reb, como era chamado, conseguiu emprego em um curtume ao lado de trabalhadores negros, e então um segundo emprego no ramo da pecuária com ainda mais negros. Reb era uma pessoa animada, um homem de entusiasmo sem limites, que acreditava que o Talmude o empoderava com a benção de tornar todos ao seu redor mais felizes e confortáveis, inclusive os negros, que ele via como colegas imigrantes que, como ele mesmo, eram forçados pela pobreza e falta de recursos a aprender muitas ocupações e se ajustar constantemente. Depois de juntar dinheiro o suficiente para trazer a esposa da Europa, Reb comprou uma máquina de costura velha e os dois passavam as noites costurando casacos, calças e paletós, que ele vendia aos colegas negros do curtume que queriam roupas bonitas e baratas para ir à igreja. Aos domingos, ele entregava leite nas primeiras horas da manhã, vendia frutas e verduras frescas durante a tarde e, à noite, vendia ingressos no rinque de patinação local, pois, embora os poderosos de Pottstown houvessem proibido judeus de patinar em seu maravilhoso parque, eles não tinham problema algum com a raça que assassinou seu amado Jesus Cristo quando envolvia as incríveis, saborosas, excelentes e maravilhosas castanhas assadas que eram tão populares a ponto de ornar a mesa de toda casa protestante da cidade durantes as festas de Natal, preparadas por ninguém menos do que o próprio Reb, já que era um excelente cozinheiro. "*Aquele judeu tem talento*", havia comentado um vereador da cidade.

Reb transformou seus talentos em seiscentos dólares, metade dos quais usou para comprar uma antiga casa de gelo em Chicken Hill, onde planejava montar uma mercearia com um apartamento em cima para acolher sua família; a outra metade foi para adquirir uma antiga destilaria no topo de um morro a dois quarteirões dali para construir um shul que pretendia chamar de Ahvat Achim para atender os novos judeus da cidade, que ele tinha esperanças que chegassem logo. Em quatro anos, eles chegaram. A população judaica cresceu de duas para dez e depois dezessete famílias, parando por aí quando os poderosos da cidade decidiram, por meio de intimidação, leis astutas e bandidagem descarada, que dezessete famílias judaicas bastavam. Embora o Congresso estivesse começando a transformar quotas de imigração em lei, essas dezessete famílias — alemãs, polonesas e uma lituana — decidiram permanecer ali. Os grupos não se davam bem. Os alemães e os poloneses se odiavam, e ambos temiam o líder da única família lituana, Norman Skrupskelis, um homem forte, de corpo largo e silêncios perigosos que raramente se aventurava para fora da própria casa modesta de tijolinhos que ficava entre um chiqueiro de porcos e um casebre detonado. O boato era de que a esposa de Norman o mantinha preso numa gaiola e só o deixava sair para o Yom Kippur, o Dia da Expiação, época em que ele emergia, caminhava até a casa-de-gelo-transformada-em-shul-temporário de Reb, orava por alguns minutos, então desaparecia de volta para seu porão, onde fazia sapatos sofisticados com incrível destreza, os quais sua esposa vendia para um mercador local por um alto preço. Os sapatos de Norman Skrupskelis eram extraordinárias obras de arte, tão confortáveis quanto elegantes. Mais tarde, seus filhos Irv e Marv herdaram seu grande talento e abriram uma sapataria, embora ambos tenham herdado também sua personalidade. Só Marv conseguia conter o temperamento para administrar as vendas na loja — a não ser que alguém se arrependesse da compra. Sapatos Skrup, como eram chamados, não podiam ser devolvidos.

A primeira tarefa de Reb Flohr foi construir a própria casa. Ele gostava de brincar que o nascimento do shul tinha tanto a ver com a obra de sua casa quanto com a vontade de D'us, mas a verdade é que a construção da casa exigia habilidades que ele não tinha à época. Músculos fortes. Cálculos. Tijolos. Madeira. E gente. Homens que pudessem carregar e transportar coisas pelos caminhos íngremes de Chicken Hill, lamacentos e intransitáveis depois de cada chuva de verão, frios e inclementes depois de cada nevasca. Ele não tinha ninguém para ajudá-lo após poupar os seiscentos dólares para construir sua casa e um shul, então Reb contratou quatro negros e um colega de trabalho do curtume chamado Shad Davis, que tinha uma mula gorda de 450 quilos chamada Trovoada. Shad morava em uma cabana velha ao lado da casa de gelo onde seria construída a mercearia, e Reb percebeu que ele havia feito um ótimo trabalho de restauração da própria cabana. Ele era um negro que se vestia de forma modesta e arrumada e que, ao contrário dos outros negros da colina, evitava macacões e roupas da roça — preferia seu elegante sobretudo, um puído chapéu homburg e sapatos de couro, não importa qual fosse o serviço que tivesse em mãos. Como ele conseguia manter limpos aquele gasto casaco e o chapéu era, pensava Reb, um verdadeiro milagre, mas é verdade que Shad, com sua voz suave, acabou provando ser o melhor pedreiro que ele já vira. O homem conseguia olhar para um terreno e farejar as fissuras debaixo da terra. Conseguia segurar uma pequena rocha na mão, balançar, sentir o peso e decidir onde seria encaixada, quanta argamassa precisaria e em que posição deveria ser colocada para sustentar centenas de quilos de alvenaria. Ele e sua equipe de negros construiu a casa de três andares de Reb, completa com a Mercearia do Céu e da Terra no primeiro piso, em cinco semanas.

Depois que as dezessete famílias chegaram e decidiram estabelecer o shul, Reb sugeriu que contratassem Shad como o encarregado da obra de seu primeiro templo. Mas a congregação, liderada pelos alemães, que sempre se esforçavam para ganhar respeito entre os nativos cristãos da cidade, expressaram sua desaprovação alto e bom som. Insistiram que um jovem arquiteto recém-chegado ficasse responsável tanto pelo projeto quanto pela construção, já que havia frequentado uma das grandes universidades americanas.

Reb concordou, com relutância. Depois de receber 1.700 dólares, que representavam a totalidade dos fundos da congregação para a obra, o arquiteto, um jovem sério com bigode pontudo, vestindo botas chiques de borracha com cano até o joelho, um belíssimo chapéu-coco e um casaco de pele de carneiro, marchou até o topo dos barrancos enlameados de Chicken Hill e parou sobre o morro designado. Lançou um olhar arrogante para as ruas de terra abaixo, para os agitados campos cheios de galinhas, porcos e cabras, para as valas de esgoto a céu aberto, para os negros perambulando, e desceu a passos firmes de volta para a cidade, onde desapareceu dentro de seu escritório, fez alguns esboços, passou-os para a empreiteira local junto com trezentos dólares, enfiou o restante do pagamento no bolso, e partiu de Pottstown para um destino desconhecido. Nunca mais foi visto.

A empreiteira começou o projeto e, quando o dinheiro acabou um mês depois, largou a obra. Três meses mais tarde, a estrutura pela metade desmoronou.

Foi então, com seu amado shul transformado em uma pilha de entulho — parte do qual era mármore, vindo de uma pedreira de Carrara, na Itália, e comprado a preços absurdos por Norman Skrupskelis, já que seria usado para o micvê das mulheres, que por sua vez seria nomeado em homenagem à sua falecida mãe, Yvette Hurlbutt Nezefky Skrupskelis, a quem ninguém jamais havia visto já que ela morreu na Europa em uma cidade de nome tão complexo que os alemães chamavam de Dedo-no-Nariz —, que a congregação enfrentou sua primeira grande crise. Seu fundo para a construção estava zerado. Era impossível conseguir outros 1.700 dólares entre as 17 famílias, compostas de lojistas, trabalhadores da ferrovia e operários. Para piorar, Norman Skrupskelis havia contribuído com quase um terço do valor inicial, além de doar o maravilhoso pergaminho da Torá que havia trazido a grandes custos da Europa.

A ideia de um Norman Skrupskelis irado depois de ter seiscentos de seus preciosos dólares desperdiçados em um projeto fracassado era mais assustadora do que a ideia de D'us fazendo chover sua fúria sobre Moisés e proibindo sua entrada na terra de Israel. *"Se eu tivesse escolha entre ser Moisés ou eu mesmo agora, escolheria Moisés"*, dissera o líder da chevra a Reb Flohr. A congregação agiu depressa, ligaram para parentes e amigos em Reading, Filadélfia, Baltimore e até Vermont, lembrando seus conterrâneos da incrível passagem da prece Kadish que diz *"Que Seu nome seja bendito eternamente e para todo e todo o sempre"*, e também anunciando que um lituano maluco do bairro deles havia investido seiscentos dólares em um acordo que fora por água abaixo e que ele era um ciclope que destruiria tudo ao seu alcance se descobrisse isso. Com a ajuda deles, o shul conseguiu depressa e do nada outros 350 dólares e ofereceu a Reb, dizendo: *"Você é o chefe. Mexa-se."*

Foi então que Reb convocou Shad. O esbelto homem negro subiu até o topo do morro, conduzindo Trovoada e uma carroça cheia de pedras. Parou em meio à madeira lascada, paredes tombadas e pedra esmigalhada, e correu os olhos em silêncio ao redor, tirando o chapéu-coco para bloquear o sol e erguendo a mão em frente ao rosto. Enfim, apontou para um canto específico dos destroços em ruínas.

— O norte fica para cá. Sua fundação precisa ir até a borda. Até o fim. Siga com ela pela beirada, recue três metros do lado sul, por aqui, afaste dois sentido oeste e terá uma parede que ficará de pé. Assim, suas janelas continuarão para o leste onde bate sol e você terá seu prédio.

Reb, com o dinheiro levantado pela congregação no bolso, concordou e fez um acordo discreto com Shad pelos 350; assim, quando a pedra angular do Ahavat Achim foi assentada um mês depois, foi pelas mãos de Shad Davis.

Era uma amizade estranha, pois Shad, até onde Reb sabia, não era nem profundamente religioso nem muito amigável com ninguém, incluindo o próprio povo. E embora ele construísse incríveis casas de alvenaria ou pedra para os outros, mal mantinha de pé a própria casinha decrépita que ficava ao lado da Mercearia do Céu e da Terra de Reb. A casa não era feita de tijolo, nem pedra. Era principalmente madeira e metal. Abrigava Shad, a esposa chamada Lulu, que quase nunca falava com ninguém, e duas crianças silenciosas e respeitosas. Seus dois quintais se juntavam, os dois terrenos idênticos se estendiam por quase quatro mil metros até o riacho Manatawny, mas as similaridades terminavam por aí. O quintal de Reb tinha ferramentas, barris, uma vaca e várias galinhas para fins kosher. O quintal de Shad era quase vazio, exceto por sua mula, Trovoada, e alguns poucos vegetais que a esposa plantava. Os dois homens raramente conversavam fora do trabalho, pois Reb havia aprendido que, na América, o que um homem faz para viver em geral não tem nada a ver com a forma como vive. Além disso, a genialidade de Shad na construção do shul lhe rendeu vários trabalhos entre os moradores judeus da cidade, que o contratavam para consertar as casas decrépitas de tijolos, pedras e argamassa que haviam comprado mais perto do centro assim que conseguiam bancar a mudança para fora da colina.

Reb achava que o gênio empreiteiro fosse provavelmente um beberrão ou um viciado em apostas, até que descobriu por meio da esposa, que conversava com a de Shad, que ele não tinha planos de continuar em Chicken Hill por muito tempo. Estava poupando cada centavo para se mudar para a Filadélfia, educar os filhos pequenos lá, depois enviá-los para a Lincoln University, uma faculdade para negros em Oxford, Pensilvânia, ou talvez até para a Oberlin College, em Ohio, a primeira universidade da América a abrir suas portas para negros. Reb respeitava essas aspirações. Encaixavam-se com suas crenças de que na América tudo era possível, e que Shad, um homem de plenitude, determinação e talento, fiel às suas promessas, merecia o melhor que a nação tinha a oferecer.

Que infortúnio, porém, que seus sonhos nunca se tornariam realidade.

Pouco depois de construir o shul, Shad adoeceu e morreu, e sua família ficou devastada. Reb imaginou que sua poupança os sustentaria, pelo menos por um tempo, já que Shad raramente gastava o dinheiro para consertar a casa caindo aos pedaços. Mas de acordo com a esposa dele, Shad suspeitava dos bancos e havia depositado sua confiança em um conselheiro financeiro que se mostrou tão desonesto e ligeiro quanto o primeiro arquiteto do shul. O homem desapareceu logo depois que Shad morreu, deixando a família do atencioso empreiteiro totalmente falida.

Foi só por conta da amizade entre os dois homens que a família sobreviveu, pois Reb se acostumou a fazer vista grossa quando sua esposa contrabandeava pão, leite e manteiga da mercearia para a viúva de Shad. E quando o estranho e singular Marv Skrupskelis, filho de Norman Skrupskelis, começou a aparecer na casa dos Davis para fazer pequenos reparos e às vezes espreitar a filha de Shad, Bernice, pelo quintal, Reb optou por não fazer especulações, pois crianças eram crianças.

Assim, as famílias provavelmente teriam se afastado se não fosse por Chona que, apesar de ter contraído pólio aos 4 anos, era uma criança ativa e de personalidade forte. Colocá-la na escola foi um desafio desde o começo, porque a Chona de 6 anos se recusava a andar em qualquer veículo, carroça, cadeira de rodas ou na traseira da velha caminhonete que Reb havia comprado para a mercearia. Ela preferia caminhar como as outras crianças de Chicken Hill, e já que as escolas de Pottstown integravam brancos com um punhado de negros, os dois filhos de Shad, Bernice e Gordo, eram sempre acompanhados pela fofa menininha judia de saia preta e cabelo cacheado que emoldurava seu rosto oval, que mancava atrás deles enquanto desciam a colina para o prédio de tijolinhos da escola.

Aos 9 anos, Gordo não tinha o mínimo interesse em ter outra menina a seus calcanhares. Já não suportava nem a irmã. Mas Bernice ansiava por uma irmã mais nova. As meninas começaram o primeiro ano juntas apesar de Bernice ser um ano mais velha. Em sua primeira caminhada até a escola, Chona comentou que a amiga era alta demais para estar naquela turma. Bernice engoliu o insulto em silêncio, mas as duas fortaleceram a amizade na mesma tarde quando a professora se sentou ao piano e tocou *Polly Parrot Ate the Carrot*, uma popular canção infantil. Ela chamou cada aluno para a frente da sala e tocou a melodia, exigindo que a criança cantasse. Se o fizesse, ela lhe dava o rótulo de tordo. Se não, era um pardal.

Chona se tornou um tordo com facilidade depois de saltitar para a frente da sala e cantar com uma voz clara e forte. Mas Bernice, o único rosto negro da turma, quando convocada, recusou-se a cantar.

— Você é um pardal — anunciou a professora. — Sente-se.

Chona observou, abismada, enquanto Bernice voltava para sua carteira. Elas eram vizinhas, escutavam as vidas uma da outra: as brigas, as cadeiras arrastadas pelo chão da cozinha, as tábuas rangendo na varanda, as portas batendo. Um som constante que Chona amava era o da voz de Bernice. Em casa, ela cantava como um passarinho. Tinha uma voz soprano maravilhosa, ressoante, bela, um tom sofrido cheio de tristeza e anseios. Cantava por todo canto, no quintal enquanto arrancava ervas daninhas da horta, na varanda enquanto varria, durante as tardes em que escolhia verduras na Mercearia do Céu e da Terra para a mãe, com uma voz tão clara e angelical que quando Chona passava em frente à Segunda Igreja Batista aos domingos com a mãe, as duas paravam só para escutar a voz de Bernice flutuar acima das outras, mais forte e mais bela do que nunca.

Quando a amiga se sentou, Chona protestou:

— Bernice não é um pardal. Ela é um tordo.

O comentário rendeu uma onda de risadas da classe e uma visita à sala do diretor para ambas, por falarem fora de hora. Naquela tarde, enquanto as duas voltavam lentamente para casa, Chona tentou puxar o assunto de novo:

— Você não é um pardal, Bernice. Você é um tordo.

Mas a menina estava quieta e cabisbaixa. Chona percebeu, pela primeira vez, que ela era como os gêmeos do shul, Irv e Marvin. O pai deles, Norman, que fizera sua bota especial com tanto esmero, era igualzinho. Fechados dentro de si. Havia algo trancado ali. Chona percebeu, olhando para Bernice, que algo havia sido desligado em seu interior, como um lustre encaixotado ou uma lâmpada que se recusa a acender. Mas aos 6 anos, Chona não sabia dizer o que era. Em vez disso, pegou a mão da amiga e disse:

— Eu gosto mais de flores do que de pássaros. — Ela recebeu um sorriso discreto em resposta.

Com o tempo, a lacuna entre elas foi diminuindo. Chona ensinou Bernice a jogar pinocle, que ela aprendeu observando o pai jogar com outros judeus nos fundos da mercearia, a fazer crochê com a mão esquerda ou a direita e a descer depressa um lance de escadas escorregando pelo corrimão, sem os pés tocarem os degraus. Bernice ensinou

Chona a fazer mantas quentes de lã que isolavam o frio e a plantar salsinha, verduras e todos os tipos de legumes em seu quintal. As duas se tornaram próximas.

A amizade durou até o ensino médio e elas estavam sempre juntas, já que ambas não participavam de nenhum clube ou esporte. Precisavam trabalhar em casa. Quando ambas receberam a tarefa de fazer um vestido para a aula de economia doméstica, Chona tirou o pó da velha máquina de costura do pai no porão, um resquício de seus primeiros dias em Pottstown, e ensinou Bernice a fazer costura francesa, com os primeiros pontos de um lado, depois virando e fazendo os pontos de novo do outro. Elas trabalharam primeiro no vestido de Chona, depois no de Bernice.

— Vou fazer a primeira fileira na máquina — anunciou Chona. — Você faz a segunda.

Elas trabalharam no vestido uma da outra e ficaram radiantes com o resultado. No dia da avaliação, levaram-nos para a escola e colocaram com orgulho sobre uma mesa cheia de vestidos feitos pelas outras alunas. Chona usara um tecido roxo com azaleias; Bernice, um preto com margaridas amarelas.

A professora, uma mulher de cabelo grisalho e rosto pálido e fino que sempre usava preto, ergueu cada vestido, examinou um a um e comentou o trabalho.

Quando chegou no de Chona, ficou satisfeita. Mas ao pegar o de Bernice, que era claramente o mais bonito de todos, chamou a aluna à frente da sala.

Bernice obedeceu, piscando os olhos de vergonha. A jovem alta e magra deslizou até a mesa da professora, que mostrou o vestido no alto e disse:

— Este não é o ponto que eu mandei você usar. — Então puxou a costura das costas, desfazendo o vestido.

Quando estavam voltando para casa depois da escola, Chona disse:

— Eu vou ensinar outro ponto para você. Conheço um melhor.

Mas Bernice não respondeu. Olhou-a de uma forma como nunca fizera antes.

— Você me fez usar o ponto errado — anunciou, enfim.

Antes que Chona pudesse lembrá-la de que também havia usado costura francesa e que não sabia por que a professora não dissera nada, já que os dois vestidos eram idênticos, Bernice fez algo que nunca havia feito em todos aqueles anos que se conheciam.

Ela apertou o passo e simplesmente andou mais depressa, deixando Chona para trás.

No dia seguinte, quando Chona saiu de casa para se unir ao grupo de crianças negras que desciam a colina até a escola, Bernice não estava entre elas.

E não voltou à escola no dia seguinte. Nem no seguinte. Nem nunca mais. Passou a ficar dentro de casa e raramente aparecia.

Para Chona, o dia em que Bernice Davis se fechou para o mundo foi o início de sua idade adulta, pois a percepção de sua realidade começou a lhe pesar, e ela pôde ver Chicken Hill e a cidade pelo que realmente eram. Começou a ter opiniões sobre o futuro e ver as limitações da própria vida. Sua mãe queria que ela se casasse com um judeu ortodoxo de Reading que havia encontrado. Era um polonês bom o suficiente, baixinho, sério, que estava na linha de sucessão para herdar a sapataria do pai, tinha modos gentis e parecia aberto a novas ideias. Mas ele tinha um hábito de estalar a língua que ela achava desconcertante, e depois de jantarem juntos uma vez, ela decidiu que ele era horrível e evitou encontrá-lo de novo. Via os casamentos infelizes da comunidade judaica — as donas de casa deprimidas, os maridos frustrados; notava as disputas exaustivas entre a população judaica dominada pelos nascidos na Alemanha, que esticavam os pescoços para espiar os demais cristãos por cima dos ombros, desdenhando suas agências de serviço social e organizações esnobes, olhando com ares de superioridade para seus conterrâneos das províncias europeias que falavam iídiche, enviando-lhes dinheiro, roupas usadas e conselhos de segunda mão — em inglês, nada de iídiche. Enviando tudo menos amor. Ela havia sonhado em deixar Chicken Hill depois de se formar no ensino médio e até elaborou alguns planos experimentais nesse sentido, mas quando Moshe apareceu no porão de seu pai e trouxe o amor para sua vida, tudo mudou. Lá estava um homem que queria que ela fosse completa, que nunca bloqueava a entrada para as portas do conhecimento, crescimento, paixão e visão de mundo, que lhe levava livros, discos e música. Quando se casou com ele, ela se esqueceu de Bernice e dos Davis que moravam ao lado, pois a vida aconteceu. Sua mãe faleceu dois anos depois do casamento; seu pai foi embora para Reading e para um shul maior; e os desafios de direcionar o sereno marido para que não seguisse o restante dos judeus da cidade para o obscurantismo a dominaram, sucedidos pela própria doença, que engoliu seu mundo. Ela tinha a própria vida e nenhum filho do qual se orgulhar. Além de um apressado cumprimento a Bernice, cuja crescente prole de crianças adoráveis passava por ela na mercearia e eram belas sombras quietas como a mãe, e uma risada ocasional com o irmão dela, Gordo, que continuava o mesmo, Chona não tinha espaço na própria rotina para acompanhar a de Bernice. Como ela produzia seus filhos, com quem, por que tinha tantos, ou como conduzia a vida, Chona nunca perguntava. Sua própria vida era plena, mas ela se sentia incompleta. Não tinha filhos. Bernice, ao contrário, tinha o bastante. Tinha uma fartura de crianças, mas, ainda assim, culpava Chona pelo vestido com costura francesa, o que era injusto. O negócio todo era complicado demais e velho demais, como raízes de uma árvore antiga que cresceram em excesso.

Mas agora ela tinha um problema.

Chona tinha sua própria criança para cuidar. Não era filho dela, mas era o mais perto disso que tinha. Pelos quatro meses anteriores, o menino surdo, Dodô, havia sido um sonho. Não importava como os outros membros do shul o chamavam quando ela não estava por perto. Ele havia chegado em sua vida por motivos de consciência, mas agora era questão de amor. Era esperto. Sensível. Via coisas que as outras pessoas não viam. Mesmo sem a audição, compreendia tudo. Era inteligente. Brilhante. E necessário. Por anos, ela orou por filhos, e quando nenhum veio, aceitou como parte da vida. Passou horas lendo sobre política e socialismo e mudanças que aconteciam em lugares como Nova York, o mundo desenfreado de Emma Goldman e dos progressistas judeus, anarquistas, baderneiros, sindicalistas e pacifistas que se livravam das amarras que lhes eram impostas e exigiam a mesma plenitude de vida americana que outros recebiam — judeus que tentavam, à própria maneira, levar luz para o mundo. Não é isso o que o judaísmo deveria fazer, levar luz e reflexão entre culturas? Toda aquela conversa autoritária sobre o judaísmo parecia cada vez mais inútil e distante conforme ela crescia, mas se revelou perfeitamente na ensolarada realidade que chegou na forma de Dodô. O menino levou sua própria luz. Ela preparou o cômodo aos fundos da loja para ele, onde ela frequentemente ficara deitada quando estava doente, e ele levou luz a um quarto sombrio de forma a apagar a dor da memória dela. A recém-chegada criança silenciosa e cabisbaixa trouxera vida nova. Ele era uma fagulha, um raio. Estava lá de manhã quando ela acordava. Entrava em seu quarto para dar boa-noite. Tinha 12 anos de idade e estava aprendendo todas suas coisas de menino longe da vista dos outros; ele desenhava, brincava com balões e lia quadrinhos no quarto. Pescava no riacho à noite. Limpava a mercearia depois que fechava. Era incrivelmente perceptivo para alguém que não tinha audição. Lia lábios com facilidade. Colecionava tampinhas de garrafa e bolinhas de gude, amava maçã caramelada e castanhas torradas, e tocava terrivelmente mal o acordeão do pai de Chona que encontrara no porão. Ele enchia a cozinha dela de caroços de pêssego. Nos Shabats, estava lá de manhã quando ela acordava, depois de apagar as luzes na noite anterior e ligar o forno ao amanhecer. Não conseguia ficar parado. Conforme ela e Moshe liam em silêncio no andar de cima, o bater e tilintar de panelas subia do cômodo aos fundos da loja onde ele dormia, que era equipado com uma pia e forno a lenha. Em outras noites, Chona descia até lá, acendia as luzes e encontrava o lugar uma bagunça de alegria, cheio de esfregões usados como vassouras de bruxa, quadrinhos velhos, giz, pedras, pontas de flecha e arames. No ventilador de teto, ele pendurava invenções que pendiam de arames e giravam em círculos. Em quatro meses, havia se tornado a encarnação do l'chaim, o brinde à vida. Um menino. Um menino vivendo a vida. Algo que ela queria e pelo que orava desde que era garota. De que importava ele ser negro? Era dela.

E ele correspondia. Ela não tinha ideia do quanto seria fácil. Nunca precisava lhe dizer algo ou dar uma ordem duas vezes. Escove os dentes. Penteie os cabelos. Lave o rosto. Pendure as roupas. Reabasteça prateleiras. Ele amava chocolate. Ela precisava se controlar para não lhe dar muito. Todo dia ele varria, limpava e trabalhava com tamanha força e foco que ela tinha de pedir para pegar leve, e então, no final da semana, ele aparecia nos fundos da mercearia depois de fechar e estendia a mão com uma bolinha de gude, indicando que gostaria de usá-la para pagar por seu pedaço de chocolate. Era um jogo que ela fazia com várias crianças do bairro. Elas vinham com fome à mercearia, com os olhos desejosos vidrados em uma lata de sopa, e perguntavam:

— Quanto custa aquilo?

Ao que Chona respondia:

— Quanto você tem?

— Só uma bolinha de gude vermelha.

— Tem alguma verde?

— Talvez tenha em casa.

— Está bem. Pegue a sopa, vá para casa e me traga a bolinha verde amanhã, então decidirei se é a que eu quero.

No dia seguinte, a criança aparecia com uma vermelha. E ela dizia:

— Não, não é essa que eu quero. Não gosto da cor. Quero uma azul.

Então a criança desaparecia e voltava no dia seguinte com uma bolinha de gude azul. Depois uma verde. Até que os dias passavam, a bolinha era esquecida, e a criança voltava na semana seguinte pedindo um vegetal específico ou um pacote de bolachas e pagava com a bolinha de gude da cor errada, e o jogo recomeçava.

E assim ia, às vezes por semanas. Havia várias crianças das bolinhas de gude, e Dodô se tornou uma delas, unindo-se ao Coral das Bolinhas. Ela nunca cedia, nunca lhe dava chocolate em excesso. Uma bolinha azul aqui, um pedaço de chocolate ali. As bolinhas que recebia das crianças do bairro colocava em um pote. A pilha no pote diminuía de maneira misteriosa, e, uma semana depois, a mesma bolinha aparecia na mão de uma criança. Ela não se importava. Entendia. Amava a generosidade de Dodô. Ele era simplesmente uma criança do amor, fácil de satisfazer, fácil de ceder.

Ela sabia, desde o começo, que o sonho não duraria. Não tivera a intenção de amá-lo tanto. Era só um abrigo que ofereciam, em gratidão aos sempre fiéis Nate, Addie e a irmã Thelma, que de vez em quando ajudara a cuidar de Chona em seus muitos períodos acamada. Mas agora, quatro meses depois de manter Dodô em segurança, o homem do estado descobriu o paradeiro do menino. Ela conhecia o sujeito de longe, Carl Boydkins. Tinham idades parecidas. Haviam frequentado o ensino médio ao mesmo tempo. Ela se lembrava de ele ser algum tipo de atleta, futebol americano, talvez. E de ele, como a maioria de seus colegas, não ser muito fã de judeus. Era de uma das famílias que tinham fazenda e haviam saído no prejuízo ao não vender a terra quando as grandes empresas do aço compraram centenas de hectares perto do Manatawny. As coisas não haviam dado certo para as famílias que ficaram.

Então quando Carl Boydkins foi à mercearia fazendo perguntas, ela tentou ser educada. Mas ele não estava com paciência para isso. Fez alguns comentários sobre descumprir a lei e abrigar fugitivos. Ela ficou grata por Moshe não estar em casa quando o homem apareceu, porque ele teria entregado Dodô na mesma hora. Moshe tinha medo das autoridades. Mas ele não sabia. Não ainda. Só que acabaria sabendo. A notícia de que dois homens do estado, primeiro Carl Boydkins e agora o negro, haviam ido à mercearia para encontrar Dodô correria depressa de Addie a Nate, e de Nate para Moshe.

Por isso ela precisava de Bernice. Bernice tinha todas aquelas crianças — oito da última vez que contou. Elas pareciam as cores do arco-íris, do claro ao escuro, do baixo ao alto. De onde vieram, e quem era o pai, não era da conta de Chona. Mas nenhum deles se parecia com os demais — todos pareciam negros, e isso bastava.

Chona se afastou da janela, com a bengala em mãos, e andou lentamente para a porta da frente da mercearia. Addie estava atrás do balcão. Dodô estava sobre um engradado de leite, amontoando pacotes de bolacha nas prateleiras. Ela ergueu a bengala no ar para chamar sua atenção. Quando ele olhou, ela disse:

— Venha comigo.

Ele atendeu. Os dois saíram da mercearia e andaram dez passos até a porta de entrada de Bernice. Chona bateu. Bernice abriu.

A luz havia desaparecido de seus olhos. Ela parecia cansada e envelhecida. Seu rosto, magro e acabado, dava a impressão de que ela ficara horas demais olhando para o Sol. Mas ainda era bonita, pensou Chona, mais bonita ainda por conta da luz que tinha dentro de si, aquela que nunca se acendia. Atrás dela, várias crianças espiavam Chona com curiosidade.

— O que foi? — disse Bernice. Falou com calma, casual, como se elas houvessem acabado de conversar semana passada, e não como se tivessem trocado não mais do que cinco palavras em quatorze anos.

Chona sentiu o rosto enrubescer. Pegou-se gaguejando, procurando as palavras.

— Eu queria que você conhecesse... Este é o filho da Thelma.

— Eu conheço o Dodô — retrucou Bernice.

— Ele está ficando comigo agora.

— E daí?

— Eu estava me perguntando se... — Chona fez uma pausa. — Tem um homem do governo do estado...

Mas Bernice não a deixou terminar. Apontou com a cabeça para os fundos da casa, por cima dos ombros, para os quintais adjacentes.

— Faça um buraco na cerca onde ninguém consegue ver — disse. — Quando o homem do estado vier, coloque Dodô no meu quintal enquanto meus filhos brincam. Criança negra é tudo igual.

Chona sorriu e se virou para explicar a Dodô que ele tinha a permissão de Bernice para escapulir para o seu quintal, e que, na verdade, ela e aquela gentil moça já haviam sido grandes amigas antes. Mas foi dominada por emoções confusas, pois também queria agradecer Bernice, apertar sua mão, segurar sua mão como havia feito quando eram pequenas e dizer: "*Você não é um pardal. Você é um tordo*". Perguntar por que não escutava seu canto há anos, uma voz que lhe despertara para um mundo de compreensão quando era pequena.

Mas antes que Chona pudesse se voltar para ela, Bernice já havia fechado a porta e desaparecido.

# 10
# O SAPATO SKRUP

Earl Roberts, mais conhecido em Pottstown como "Doutor", há muito havia escutado os boatos da judia de Chicken Hill que estava escondendo ilegalmente um menino negro do estado. Ele ficara sabendo por meio de seu primo distante, Carl Boydkins. Carl trabalhava no departamento de seguridade social do estado. Os dois não eram próximos. Haviam crescido em fazendas vizinhas. Dizia-se que ambas as famílias eram descendentes de dez gerações dos Blessington, que supostamente chegaram no *Mayflower* lá em 1620. Era motivo de orgulho em ambas, embora, na verdade, nenhuma das duas tivesse ligação alguma com o *Mayflower.* A realidade era que a família descendia de um marinheiro irlandês chamado Ed Bole, um parente distante que trabalhou como criado do imperador chinês Chaing Kai Wu da Província Monashu em 1774. Bole, um marujo inglês beberrão, havia sido expulso do cargueiro *Maiden* naquele ano depois que o capitão se cansou de suas vigarices alcoolizadas e o deixou no porto de Xangai. Ele foi capturado pelas autoridades chinesas e levado à presença do imperador, que achou muito satisfatória a ideia de um branco lhe servir chá e bolinhos chineses conhecidos como *mantou.* Depois de três anos, Bole escapou e conseguiu voltar à Inglaterra, apresentando-se como Lorde Earl Blessington de Sussex, e, com seu novo conhecimento da língua e dos chás chineses, conseguiu um emprego em uma empresa de navegação britânica, onde com o tempo fez uma fortuna de sal e remédios da medicina chinesa e casou-se com a filha de um mercador em Londres. Em 1784, quando um primo distante chegou da Irlanda e começou a fazer perguntas, Bole enfiou depressa a esposa e os quatro filhos em um navio chamado *Amendoim* e os despachou para a América, uma terra em que ninguém fazia perguntas sobre o passado de gente branca. Três dias depois da partida do navio, Bole morreu engasgado com um pãozinho *char siu bao* de porco, pelos quais havia desenvolvido uma predileção enquanto vivia na Terra das Maravilhas. Felizmente, enviou a esposa e os filhos para o exterior com uma quantia considerável de quatro mil dólares, uma fortuna à época, e uma babá para ajudá-los, com a intenção de poder reencontrá-los meses depois — uma ideia que teve fim, que infortúnio, quando aquele pãozinho *char siu bao* de porco deslizou para dentro de sua traqueia.

Quando a notícia da morte de Lorde Blessington, leia-se Bole, chegou à viúva na América, causou o usual retorcer de mãos, urros e arrancar de cabelos, depois dos quais ela desmoronou em lágrimas nos braços da fiel babá. A babá a abraçou com força. Faíscas voaram. As duas mulheres imediatamente se apaixonaram, decidiram morar juntas, pegaram um mapa, viram um riacho perto de Pottstown, Pensilvânia, longe dos olhares curiosos da sociedade nova-iorquina — que já achava a viúva suspeita de qualquer foram, já que não olhava para a espécie masculina nem com desdém nem desprezo, mas, sim, com total desinteresse — e se mudaram como "as irmãs Blessington" para Pottstown, onde compraram uma imensa parcela de terra às margens do riacho Manatawny. Elas criaram as crianças, com ajuda de criados locais e fazendeiros, e, quando morreram, a fazenda foi dividida entre os quatro filhos da viúva.

Nem Doutor nem Carl tinham interesse em questionar a linhagem familiar, pois suas infâncias haviam sido tão repletas de alegria quanto qualquer descendente do *Mayflower* poderia desfrutar. Eram homens brancos e cristãos, nascidos em uma América aparentemente pré-fabricada para eles. As duas famílias, agora ramificadas e com nomes diferentes, estavam contentes e estabelecidas em suas fazendas vizinhas em Pine Forge, margeadas pelo riacho Manatawny, cheias de girassóis, pasto e solo rico. As duas famílias viviam separadas pelo riacho: a do médico, os Roberts, em uma margem; a de Carl, os Boydkins, na outra. Aos domingos, as duas costumavam ir juntas à igreja, de carruagem — igreja presbiteriana, é claro. Os cultos solenes lotavam o santuário de pessoas brancas e dignas. Aqueles foram dias maravilhosos, a infância de Doutor, ao lado de homens fortes cujo aperto de mão era a palavra de honra e de mulheres que sabiam cozinhar e criar filhos. Famílias boas, decentes. Isso foi antes de a "gente nova" — os judeus, os negros, os gregos, os menonitas, os russos ortodoxos — chegar.

As duas famílias viveram em paz até pouco antes do grande *crash* da Bolsa de Valores, quando a família de Doutor previu o futuro e vendeu tudo que tinha, graças a Deus. Mas os Boydkins permaneceram na fazenda, e sofreram, pois o novo proprietário das terras dos Roberts era um bom cristão que forjava ponteiras de ferro e peças de aço, o que produzia detritos fedidos e um esgoto preto de corantes mesmo que ele houvesse prometido aos Boydkins que enterraria o lixo em vez de despejar os resíduos de sua forja no belo riacho. Eles ficaram contentes com a promessa e acreditaram nele. Tratava-se, afinal, de um bom cristão.

Pouco depois, uniu-se a ele um sócio, outro bom cristão, que também manteve sua palavra. Então um terceiro homem veio, outro bom cristão... que, bem, dizia-se que ele *queria* ser um bom cristão, o que já contava alguma coisa, embora tenha deixado a esposa por uma menina de 15 anos chamada Uma que tinha seios do tamanho de melões e sobre quem corriam boatos de ter passado um tempo na penitenciária de Muncy. O sujeito acabou se mudando para Nova Orleans com a nova esposa e foi substituído por um novo homem, um irlandês chamado Fritz-Hugh que, diziam, havia conquistado sua fortuna com o ópio. Fitz-Hugh comprou a propriedade dos antigos donos e, assim, a pequena oficina de um homem só se tornou duas oficinas com quatro funcionários cada. Depois três, então quatro. O clã dos Boydkins logo se viu acordando de manhã, olhando para fora da janela da cozinha e dando de cara com oito trabalhadores arrastando-se para cima e para baixo pelas margens do Manatawny, derramando baldes de dejetos lodosos na água o dia todo. Em seis meses, os oito funcionários viraram nove, então doze, depois dezenove. As quatro oficinas se tornaram sete, então oito, multiplicando-se como amebas, pipocando pela paisagem até as oficinas virarem pequenas fábricas que faziam encaixes metálicos para tubos, pequenos parafusos e peças de ferro, soprando fumaça de pequenas chaminés para o céu limpo da Pensilvânia. Depois, as pequenas fábricas dividiram-se em grandes fábricas que produziam tubos de ferro, esquadrias de aço e garrafas de vidro para destilarias de uísque, e foram posteriormente substituídas por fábricas ainda maiores que faziam lajes de ferro com mais de dois metros, vigas, barris, encaixes para tubo, formas de ferro, letreiros, esquadrias de janelas inteiras e tesouras de aço para telhado. Em meros oito anos, a pequena oficina desapareceu e em seu lugar havia uma fortaleza de quase um quilômetro de extensão que rugia e roncava vinte e quatro horas por dia, cuspindo pela chaminé de trinta metros uma fumaça cinzenta para o céu. Os trabalhadores que jogavam dejetos pretos no Manatawny sumiram, substituídos por três canos de seis polegadas que vomitavam um lodo imundo e borbulhante nas antes límpidas águas que alimentavam as vacas dos Boydkins e irrigavam suas plantações. Quando eles finalmente reclamaram, já havia três chaminés de trinta metros; 255 trabalhadores xingando, rindo e falando todas as línguas deste mundo de Deus, que entravam e saiam em tropas dos prédios em três turnos diferentes; e o apito de voltar ao trabalho gritava três vezes por dia, inclusive aos domingos — tudo a quarenta e cinco metros da janela da cozinha deles.

A família protestou, alegou que os xingamentos profanos, que podiam ser ouvidos de sua mesa de jantar e pelas crianças, eram absurdos e que o lodo estava destruindo sua terra e adoecendo suas vacas. Mas era o ano de 1932, e a essa altura a companhia de aço e motores de avião Flagg, Bethlehem Steel and Jacobs Aircraft Engine Company havia chegado para ficar — assim como seus advogados espertos em colarinhos engomados e Packards reluzentes. E eles eram firmes: temos de fazer motores para as aeronaves que carregarão a liberdade pelo mundo, disseram. Temos de fazer os grandes suportes de aço para a ponte Golden Gate que permitirá a passagem de fantásticos automóveis. Precisamos de pólvora e balas e aço para a guerra que está vindo. Em desespero, os Boydkins abordaram os poderosos de Pottstown, que decretaram: a guerra está vindo. Vocês precisam se mudar. Então a família Boydkins foi forçada a vender a preço de banana sua fazenda de sessenta hectares margeada pelo riacho para manter a América livre. Tinha de ser feito.

Havia sido uma decisão ruim continuar no Manatawny em 1929, e Doutor era grato pela vidência do pai.

Ele e Carl não eram muito próximos no ensino médio, em parte porque Carl era alto e bom atleta e as garotas o adoravam, enquanto Doutor era um rato de biblioteca que havia tido pólio, o que afetou seu pé esquerdo. O pé se enrolava de uma forma estranha e tinha uma fenda no meio onde o segundo e o terceiro dedos deveriam estar. Doía desde que se lembrava. Quando ele era criança, sua mãe o instruiu a sempre mantê-lo coberto, mas a dor era tanta e nenhum sapato servia direito, então ele ignorava as ordens dela sempre que possível. Secretamente sentia que seu pé esquerdo não parecia tão diferente do direito, mas aprendeu uma dolorosa lição no primeiro ano quando tirou as meias na aula de educação física. Os meninos viram seu pé e zombaram, chamando-o de Casco. Dali em diante, ele nunca mais tirou os sapatos em público.

Mas isso não impediu Doutor de aproveitar o ensino médio. Ele amava biologia, foi eleito presidente da equipe de debate da escola e, apesar de ter o que as meninas chamavam de "nariz de noz" — que sobressaía de seu rosto como uma noz gorda —, descobriu que elas gostavam de caras inteligentes. Ele lia livros de comédia, romance, biologia e sexo, este último revelando todos os tipos de segredos acerca do que as garotas gostavam, incluindo pontos secretos em que dedos ágeis fazendo um trabalho leve como pena poderiam levar uma jovem a fazer tudo o que um cara quisesse. Ele memorizou alguns desses truques e testou-os no penúltimo ano em Della Burnheimer, uma líder de torcida loira e saltitante que tinha pena dele e concordara em fazer um piquenique às margens do riacho no parque Saratoga. Enquanto estavam deitados em uma manta depois do almoço, Doutor lhe confessou que nunca havia beijado uma garota e que gostaria de tentar. Della, uma alma generosa, olhou para o sapato estranho dele, sentiu ainda mais dó, e concordou. Doutor provou-se um beijador entusiasmado, saltando para cima dela e dando-lhe uma ressuscitação boca a boca completa conforme as mãos deslizavam para dentro de sua lingerie, onde ele fez bom uso das técnicas de dedos ágeis que havia lido. Para surpresa dos dois, Della gemeu sua aprovação. Mas em um choque de autocontrole, ela subitamente se sentou e sugeriu que caminhassem até o riacho e dessem as mãos como um verdadeiro casal em vez de fazer coisas que lhes criariam problemas na igreja que ambos frequentavam. Doutor concordou, uma decisão da qual se arrependeria depois, pois quando tirou a meia e os olhos de Della pousaram sobre seu pé fendido, ela declarou que queria ir para casa. Acabou a festa, parceiro.

Doutor não era uma pessoa particularmente sensível, mas sua mãe, sim, e quando ele lhe confessou o que havia acontecido com Della Burnheimer — omitindo os detalhes mais picantes envolvendo dedos, calor e beijos fervorosos —, ela marchou com ele Chicken Hill acima, onde morava o melhor sapateiro da cidade, Norman Skrupskelis. Todo morador de Pottstown tinha medo de Norman, um judeu sério mascador de charutos que raramente falava e, dizia-se, perambulava à noite pelas enlameadas ruas da colina na forma de um corcunda, aterrorizando os negros do bairro e tomando seu dinheiro. Mas ele era um gênio na arte de fazer sapatos, pois seus calçados reluzentes adornavam as vitrines de todas as três lojas da cidade.

Quando eles bateram à porta, Norman os levou a uma oficina escura no porão — sem jaulas à vista, notou a mãe de Doutor. Ele se sentou em um banco perto de uma estação de trabalho cheia de coisas e não olhou o menino no rosto nem por um instante. Em vez disso, focou o pé deficiente dele, envolto por um calçado feito por um sapateiro da Filadélfia — um calçado pelo qual seus pais haviam pago caro —, apontou para uma cadeira perto da mesa e disse com um sotaque pesado:

— Tire o sapato.

Doutor se sentou e obedeceu, entregando-lhe o sapato.

O senhor arremessou o item para o lado como se fosse uma garrafa vazia e pegou o pé dolorido e latejante do menino com suas mãos ásperas. A mão dele parecia uma garra, os dedos duros tinham a textura de uma lixa virando o pé para cá e para lá, como se fosse uma peça de bife velho, cuidadosamente examinando-o, girando de um lado a outro em suas palmas rígidas. Quando terminou, ele soltou o pé como se fosse o jornal de ontem e se virou para a estação de trabalho, puxando couro e ferramentas das prateleiras sobre sua cabeça.

Ele não disse palavra alguma, então passado algum tempo, a mãe de Doutor, parada de pé ao seu lado e piscando sem graça, disse:

— O senhor não vai medir?

O homem só lhe balançou uma mão acima do ombro.

— Volte em uma semana — disse.

— E o preço?

— Conversamos sobre isso quando você voltar.

Uma semana depois, eles voltaram, e o sapato era mágico. Uma extraordinária obra de arte de couro brilhante, belamente costurada, um encaixe perfeito no arco do pé de Doutor, com uma palmilha que havia sido cuidadosamente projetada para lhe dar conforto e suporte enquanto a aparência externa era próxima da de seu outro sapato. Aquele velho até havia acrescentado uma pequena plataforma à sola, inclinada com precisão, que fazia o coxear do menino ser menos notável e proporcionou um alívio quase que imediato para seu pé dolorido e até para as suas costas. Tudo isso por um valor surpreendentemente baixo. Sua mãe estava eufórica de satisfação.

Embora Doutor estivesse grato, também se sentia humilhado. O idoso nunca lhe direcionou uma palavra. Nem sequer um oi. Mas havia feito um sapato maravilhoso, e Doutor era obrigado a voltar todo ano para substituí-lo. Ele detestava as idas ao porão de Norman, pois, apesar dos dons do sapateiro, achava sua arrogância inaceitável. Ele não sabia com quem estava lidando? Não conhecia respeito?

O ressentimento perdurou por anos, e, depois que Norman morreu e seus filhos Irv e Marvin assumiram os negócios, Doutor os evitou, pagando três vezes mais para mandar fazer o sapato especial na Filadélfia. E daí que os gêmeos Skrupskelis eram tão talentosos quanto o pai e faziam alguns dos melhores sapatos do estado e eram recomendados por médicos de todo canto? Ele os conhecia desde pequenos! Eram exatamente como o pai: arrogantes. Como ousavam? Doutor comprava seus sapatos de uma loja americana na Filadélfia, não de judeus imigrantes em Chicken Hill que não conheciam seu devido lugar.

Depois do encontro desastroso com Della, Doutor desistiu de suas aventuras românticas. Mesmo assim, não lhe passou despercebido que durante aqueles anos de ensino médio havia outra pessoa na escola de Pottstown que compartilhava de seu destino com sapatos e o velho Skrup: a judia Chona. Ela estava no ano anterior ao dele, mas, quando passou mancando naquele primeiro dia de aula, ele a notou imediatamente, pois o coxear era familiar. Ele baixou os olhos para os pés dela e identificou de imediato: o Sapato Skrup. A menina desapareceu pelo corredor e ele ficou grato por isso. De início, evitava-a, o que não era difícil, já que a maioria daqueles judeus de Chicken Hill ficava junta e evitava o clube de coral, excursões de classe e atividades extracurriculares. Mas ele notou que a judia era sempre seguida por uma jovem negra e esbelta da colina.

Ela sumiu de vista naquele ano e no seguinte, mas no último ano dele, os dois receberam escaninhos no mesmo corredor, e, no primeiro dia de aula, ele a viu de costas, ajeitando alguma coisa no armário. Quando ela fechou a porta e se virou para o corredor, ele teve um vislumbre de seu rosto e subitamente viu um halo de estrelas e ouviu o som de milhares de trombetas de jazz ecoando no Réveillon. A menina manca, quieta como um camundongo, havia se metamorfoseado em uma fascinante, direta e despreocupada beldade da cabeça aos pés. Uma orgulhosa adolescente de postura ereta e cabelo preto encaracolado, seios balançantes, belos quadris, tornozelos adoráveis, com as pernas escondidas por um simples vestido de lã, e uma luz irradiando dos olhos escuros que parecia iluminar o corredor todo. Olhando-a de seu armário, Doutor esqueceu-se completamente de Della Burnheimer. Chona era magnífica. Como ele não havia notado isso antes?

Observou-a em maravilhado silêncio até ela desaparecer pelo corredor. Admirou-a de maneira clandestina ao longo daquela primeira semana. Imaginou-se criando coragem para levá-la para sair. O que os outros alunos diriam? O que sua mãe diria? Seu pai? E daí que ela era judia? Era linda. Ele imaginou os dois andando juntos às margens do riacho Manatawny e conversando sobre coisas importantes, talvez sobre ele se tornar um médico um dia; contando-lhe sobre sua família, sua história incrível, os grandes Blessingtons de Pottstown que chegaram no *Mayflower*, e sobre como o Manatawny era bonito antes de surgirem as fábricas, indo à missa aos domingos e tomando sorvete depois. Talvez ela pudesse se converter. Podia ser flexível, não podia? Claro que sim. Ela sabia como era se sentir excluída, por causa daquele pé. Tinham ao menos isso em comum. Ela podia se converter, é claro que podia!

As emoções floresceram dentro dele, semana após semana, e depois recuaram, então voltavam de mês em mês e recuavam de novo; até que uma tarde de primavera, perto da formatura, ele finalmente reuniu coragem para convidá-la para a equipe de debate, da qual era presidente.

Ele ficou nervoso e estabanado — não estava acostumado a conversar com judeus — e as coisas foram de mal a pior, pois ele havia visto um filme de Dana Andrews pouco antes e começara a falar do jeito que viu o ator fazer. Chona estava de pé ao lado do armário dela quando ele se aproximou, e ao se virar e vê-lo tão próximo, pareceu levar um susto. Ele conseguiu murmurar seu convite e observou, com o coração disparado, seus belos olhos dançarem por cima dos ombros dele, depois voltarem para encará-lo.

Ela deu uma risadinha de nervoso. Disse:

— Ah, não, não posso fazer isso. — E escapuliu pelo corredor, seguida pela menina negra magra que a acompanhava como uma sombra.

Ele ficou olhando as costas dela, sentindo-se destruído. Um dia depois, sua desolação havia se transformado em indignação e, enfim, em ódio. Havia agido de maneira cristã. Estendido a mão para erguê-la a seu nível, e ela era cega demais para perceber. Morava em Chicken Hill, pelo amor de Deus! O pai dela tinha uma mercearia que atendia pretos, enquanto o pai dele era um conselheiro da cidade e pastor presbiteriano associado. Ele era um homem importante. Estendera a mão para baixo a fim de içá-la a seu nível, e ela o recusou. Imagine só! Era igualzinha aquele velho judeu que fazia sapatos, Norman, com seu ar arrogante e maldoso. A coisa toda o enojava. Judeus. Ela e o velho Norman provavelmente riam dele pelas costas.

Aquele calo só parou de doer quando ele foi embora para fazer faculdade de medicina na Penn State, mergulhando em um redemoinho de biologia, cadáveres e estudos clínicos, lado a lado de alunos de famílias nobres da Filadélfia, de Pittsburgh e até de Nova York. E, embora seus colegas tivessem grandes planos de voltar para suas cidades grandes depois de se formar, ele não conseguia imaginar viver em lugar algum que não fosse sua terra natal. Já havia sonhado em se mudar para alguma metrópole no passado, trabalhar em um grande hospital, viver em um apartamento em um arranha-céu com uma empregada negra e uma glamourosa esposa loira. Mas como se manteria a salvo nesses lugares? Eles tinham um excesso de gente estranha — italianos e pessoas de cor, grandes mercados e carros chiques e famílias cujo dinheiro vinha de gerações e gerações atrás. A ideia o apavorava. Era mais seguro ficar em casa, voltar para sua cidade natal e curar os doentes de lá. Até seus sarcásticos professores de medicina, dois alemães e um judeu, respeitavam-no por sua determinação.

Mas a cidade para a qual ele voltou depois da faculdade, onde brancos decentes costumavam conhecer uns aos outros por nome, frequentar a mesma igreja presbiteriana e tomar sorvete na Bristol Ice House depois do culto, havia se tornado uma terra de imigrantes. Gregos que dirigiam caminhões, judeus que eram donos de prédios, negros que andavam pela rua principal como se fossem donos dela, russos, menonitas, húngaros, italianos e irlandeses. Os tradicionais cavalos e coches de sua infância haviam sido substituídos por carretas que transportavam aço, as fazendas de leite trocadas por fábricas escuras e sujas que sopravam fumaça. Agora, a rua principal ficava cheia de carros aos domingos, e havia não um, mas dois semáforos e um bonde. Sua amada Pottstown havia se transformado em uma cidade em que ninguém parecia conhecer ninguém. Ainda assim, quando ele escolheu uma esposa que seu pai aprovava, uma menina simples de fazenda da cidade próxima de Fagleysville, o casamento saiu na primeira página do *Mercury* de Pottstown. Isso era algo grande, e bom.

Mas os anos tratando de pernas quebradas e costurando dedos de volta nas mãos feridas de operários o desgastaram, e sua frustração aumentou. Mais fábricas soltavam fumaça e mais estrangeiros chegavam. E quando a menina simples de fazenda com quem havia se casado provou-se uma alma preguiçosa e sem sal que vivia só para as noites de bingo, romances baratos e torta de mirtilo, o que acrescentava volume à sua cintura conforme dirigia com as crianças pela cidade no novíssimo Chevrolet que insistia que ele comprasse a cada dois anos, ele perdeu o interesse. Havia visto a própria juventude passar, a cidade desmoronar, o sangue de seus orgulhosos ancestrais brancos ser diluído por invasores: judeus, italianos e até pretos que vagavam por Chicken Hill vendendo sorvete e sapatos uns para os outros enquanto pessoas brancas decentes lutavam contra os mercadores judeus e imigrantes italianos que pareciam estar comprando tudo. Sem falar nos menonitas da cidade, com seus cavalos e coches. E nos irlandeses do corpo de bombeiros. E nos gregos discutindo negócios em restaurantes. E nos italianos mandando ver nos laticínios. E nos pretos da colina que queriam empregos em fábricas em vez de serem faxineiras e zeladores como deveriam. Agora os judeus estavam comprando casas na rua Beech, fazendo planos de construir uma sinagoga judaica maior, e, pior, eles estavam corrompendo os bons adolescentes brancos cristãos da cidade com música de negro — jazz — levado para a cidade por ninguém menos do que o marido de Chona, mais um judeu que era dono não de um, mas de *dois* teatros. Onde estava a América nisso tudo? Pottstown era dos americanos. Deus havia predestinado isso. A constituição garantia isso. A Bíblia dizia isso. Pai amado! Onde estava o Pai Amado nisso tudo? Doutor sentiu seu mundo ruir.

Assim, alguns anos depois de se formar, quando amigos o convidaram para uma reunião dos Cavaleiros de Pottstown com o objetivo de disseminar bons valores cristãos, ele concordou. E quando a reunião dos Cavaleiros de Pottstown se revelou, em vez disso, ser dos Cavaleiros Brancos da Ku Klux Klan, ele não viu diferença alguma. Os homens eram como ele. Queriam preservar a América. O país era uma selva antes do homem branco chegar. Precisava de salvação. A cidade, as crianças, as mulheres, elas precisavam ser resgatadas daqueles que queriam macular a pura raça branca com ignorância e sujeira, estragando as coisas ao misturar a pureza do povo branco, anglo-saxão e protestante com os gregos, os italianos, os judeus que haviam matado seu precioso Jesus Cristo, e os pretos que sonhavam em estuprar mulheres brancas e cujas vadias pretas eram um perigo para cada homem branco decente temente a Deus. Nem todos eram ruins, é claro. Os Cavaleiros Brancos decidiam os que eram. Havia alguns bons. Doutor conhecia vários.

As reuniões eram mais como encontros de um clube de aficionados do que eventos irados que faziam chover enxofre e fogo. Os homens falavam do agronegócio e de propriedades perdidas, dos desafios de cultivar e semear as plantações no mau tempo, do custo do gado e do transporte, e da alta dos preços. Muitos costumavam ser fazendeiros, outros eram operários e banqueiros. Pessoas boas. Pessoas de Pottstown. Pessoas que Doutor conhecia a vida toda. Então quando Carl o abordou uma tarde ao final de uma reunião dos Cavaleiros Brancos para falar sobre o problema da judia que escondia um menino surdo e negro ilegalmente, forçando-o a trabalhar em sua loja e mantendo-o afastado da escola mesmo que uma boa escola estivesse pronta para recebê-lo, Doutor ficou interessado. Ele disse a Carl para que passasse em seu escritório na semana seguinte.

Conhecia Chona, é claro. Ela havia feito uma consulta com ele uma vez, por conta de seus desmaios, logo que ele começara a praticar a medicina. Naquela visita, nenhum dos dois mencionou o fato de ele ter tentado fazer amizade com ela na escola, anos atrás. Ele suspeitava, em parte desejava, que ela houvesse se esquecido. *Ele* não havia se esquecido, e quando ela entrou em seu consultório, ele ainda sentiu o rufar de milhares de tambores irromper no peito, pois o tempo havia sido gentil com ela. Os belos seios, os quadris esguios, os olhos brilhantes e reluzentes continuavam lá, assim como o Sapato Skrup em seu pé. O estilo Skrup, notou ele, havia se transformado em uma peça fina e bonita, mil vezes melhor do que o tijolo que adornava e machucava seu próprio pé no momento, e pelo qual havia pago uma nota. Mas era esse o custo de ter princípios, e ele pagava contente.

Manteve um clima profissional naquela visita, prescreveu alguns analgésicos e a mandou ligar de novo se as crises continuassem, esperando que ela o fizesse. Mas ela nunca telefonou, e, mais uma vez, ele ficou ofendido. Ela achava que ele não entendia seu caso só porque era um médico de cidade pequena? Ele tinha amigos da área médica em Reading e na Filadélfia. Lia todos os mais recentes periódicos de medicina. Na verdade, menos de duas semanas depois de ela ir embora de seu consultório, dois médicos da Filadélfia o telefonaram pedindo sua opinião acerca de suas misteriosas crises de desmaio. "*O que ele havia descoberto?*", perguntaram. Eles o respeitavam mais do que ela.

Ele acompanhou o caso quando ela quase morreu, sentiu-se estranhamente aliviado quando Chona se recuperou, depois ficou revoltado quando ela teve a coragem de escrever para o jornal reclamando de ele marchar como um Cavaleiro Branco no desfile anual. Como ousa! Os desfiles deles não faziam mal para ninguém. Eram uma celebração da verdadeira América.

A coisa toda lhe dava nos nervos. Mas quando Carl apareceu em seu consultório para falar sobre ela estar escondendo um menino negro de 12 anos, Doutor teve o cuidado de manter um distanciamento profissional, pois não era muito fã do primo. Carl havia sido um pavão conquistador no ensino médio, mas seu abdômen, antes atlético, agora se derramava por cima do cinto. Seus ombros esculpidos murcharam. Seu rosto antes liso tinha vestígios de um bigode deixados por um barbear malfeito. Seu chapéu fedora estava gasto, e a gravata barata, manchada. Ainda assim, Carl jogara uma carta que Doutor achava impossível ignorar.

— O estado vai pagar você para examinar o menino negro — disse. Ele estava sentado na beirada da mesa de Doutor ao dar a notícia, tirando um maço de cigarros do bolso. Doutor estava em sua cadeira enquanto conversavam.

— Por que precisam de um exame, para começar? — perguntou. — Ele está doente?

— É surdo e talvez mudo — respondeu Carl, puxando e acendendo um cigarro. — O estado quer mandá-lo para uma escola especial. Precisam de um médico para assinar a papelada. Simples assim.

— Que escola?

— Pennhurst. Tem uma escola lá.

Doutor já havia visto a Escola Estadual e Hospital de Pennhurst. Ficava descendo a estrada em Spring City. Era um pesadelo horrível e superlotado, mas ele soltou um "*tsc-tsc*" e perguntou:

— Eles aceitam negros?

— Aceitam qualquer um que seja louco.

— Surdo e talvez mudo não é louco, Carl.

— Eu tenho cara de tabuleiro ouija, Earl? — retrucou Carl, usando o nome verdadeiro de Doutor, um sinal de familiaridade e, pensou o médico carrancudo, desrespeito. — O menino tem 12 anos. Faz um bom tempo que não vai à escola. Eles têm coisas especiais para crianças como ele lá. É melhor do que o que ele tem hoje, morando na colina e trabalhando para os judeus de lá. O estado o quer. Estão gastando uma nota preciosa me mandando subir e descer aquilo atrás dele. Toda vez que subo, ninguém sabe de nada. Mandei até um homem de cor que não conseguiu encontrá-lo. Os pretos estão escondendo o menino. E ela está ajudando.

— É filho dela?

Por um momento, Carl olhou sem expressão para Doutor, então disparou:

— Como é que é? Ela é casada, Doutor.

— E daí?

— O que quer que você esteja pensando, Doutor, não quero saber. — Carl tragou o cigarro com um ar pensativo, depois disse: — Agora que você falou, tem bastante pulação de cerca nesta cidade. Principalmente na colina. Tudo é possível.

O rosto de Doutor corou. Esse tipo de conversa o deixava desconfortável. Sentia-se um tolo. Não sabia por que havia tocado no assunto.

— Eu nunca vi a criança, para ser sincero — continuou Carl. — Mas pelo que ouvi, é um preto puro. Não tem pai. A mãe morreu não faz muito tempo.

— Do quê?

— O médico aqui é você. Só sei que o menino está escondido em algum lugar da mercearia, acobertado pela judia e o marido, o cara do Salão de Dança e Teatro 100% Americano. Ele financia o esquema todo. Posso pedir para a polícia subir lá com você se quiser.

— Deixe que eles resolvam e não me meta no meio disso.

Carl franziu a testa.

— Não é muito inteligente irritar aqueles pretos de Chicken Hill. Ela tem bastante contato com eles. Quase morreu nesta mesma época ano passado, doente de alguma coisa, e toda gente de cor ficou agitada com isso. Ela que escreveu a carta sobre o nosso desfile, lembra?

Doutor deu de ombros:

— Quem é que lê aquele jornal estúpido por aqui? E o negro que você mandou subir lá? O estado tem investigadores pretos agora?

— Não, é só um motorista. Ele leva o superintendente para os lugares. Nós recebemos uma denúncia de que a judia estava escondendo o menino no quintal da vizinha, então pagamos uns dólares extras para ele e o mandamos subir lá de carro e perguntar. Ninguém abriu o bico. Ele escapuliu para os fundos para dar uma olhada no quintal e disse que deveria ter umas vinte crianças lá. Não conseguia diferenciar uma da outra e teve de ir embora logo. Disse que as pessoas de cor conseguiram farejar quem ele era. São todos parentes na colina, sabe como é, primos e sei lá o quê. Vai, Doutor, meu supervisor está espumando de raiva. Consegue dar uma olhada? Examina o menino, assina a papelada, eles o colocam em Pennhurst. Vão pagar você para escrever um pequeno relatório. Caso resolvido. É fácil.

— Está bem. Eu escrevo o relatório.

— Não precisa ver o menino antes?

Doutor pensou por um momento. Não via Chona há anos. Nunca se esqueceu da deusa judia de pé em frente ao armário no ensino médio, seus olhos brilhantes, os seios fartos, os dois jovens e inocentes, o futuro parecendo tão promissor. Esse futuro já era agora. Estavam ambos na meia-idade. Ainda tinham algo em comum. *Sapatos Skrup.* Era alguma coisa. Talvez ela realmente fosse como ele. *Talvez o marido dela seja como a minha esposa,* pensou ele. *Um perdedor. Um desastre ambulante. Por que não? O que eu tenho a perder?*

Assentiu.

— Certo, Carl. Eu vou ver o menino. Deixe a polícia de fora por enquanto.

# 11
# PARTIDA

Era perto das 14 horas quando a lâmpada nua que ficava no meio da Mercearia do Céu e da Terra piscou, sinalizando a Dodô que alguém estava entrando. A luz era um pouco temperamental. Às vezes piscava sozinha, ou o tremer do chão a fazia falhar. Então quando piscou pela primeira vez, ele ignorou, porque era pouco depois do almoço, o horário normalmente calmo na mercearia. Tia Addie havia ido buscar gelo na casa de gelo. Senhor Moshe estava no teatro. Poucos clientes entravam esse horário.

Dodô estava subindo a escada que dava para o porão, com a cabeça quase emergindo no piso da mercearia, o alçapão de acesso ficava escondido atrás do balcão de carnes, longe das vistas de qualquer um que entrasse. Foi uma sorte, também, pois quando a luz piscou pela segunda vez, ele viu Dona Chona, sentada em uma cadeira alta atrás do balcão, pegar a bengala e dar a volta para a frente. Estava de costas para ele quando deu alguns passos para chegar ao final do balcão, porém, quando ela contornou o canto e andou até o centro do cômodo para receber o visitante, o menino viu o rosto dela pela primeira vez. O olhar alarmado em seus olhos o fez congelar onde estava.

Dona Chona não era de perder a compostura com facilidade. Apesar de estranhos tremores e ocasionais desmaios assustadores causados por sua doença, ela perambulava desimpedida pela mercearia, fazendo todo tipo de tarefas. Se havia um engradado a ser erguido, ela tentava levantá-lo sozinha. Se havia alimentos a empilhar ou verduras a escolher, ela o fazia. Não gostava de ser ajudada, e o menino havia aprendido a não ajudar exceto quando ela pedia. O único momento em que ela o deixava fazer serviços que o permitiam vagar livre por aí, porque ele odiava ficar parado, era quando ela estava lendo. Dodô nunca havia visto alguém gostar tanto de ler. Ela lia o dia todo. Lembrava-o da mãe. Mas a mãe dele costumava ler mais a Bíblia. Dona Chona lia de tudo — livros, revistas, jornais — e o incentivava a fazer o mesmo. Ele havia aprendido a gostar de ler nos últimos cinco meses, com o encorajamento dela, mas não tanto quanto fingia gostar. Na maior parte do tempo, ele lia de mentirinha, só para ela ver. Achava que um dia, quando crescesse, iria se sentar e ler um dos muitos livros que ela lhe dera em vez de fingir que lia. Mas não aconteceria logo. Por ora, preferia trabalhar na mercearia, e brincar no quintal vizinho com os filhos da Srta. Bernice. Era o único lugar onde ele podia andar livre por onde quisesse. Havia começado a se ressentir daquela prisão. Não era justo. Ele deveria ter liberdade para perambular pela colina como fazia antes. Mas Dona Chona e Tia Addie ficaram martelando na sua cabeça: *Fique por perto. Fique de olho no homem do estado. Ele vai levar você para uma escola especial. Você não quer ir para lá.*

Dodô não fazia ideia de como era o homem do estado, mas uma fagulha de medo nos olhos de Dona Chona quando o cliente se aproximou do outro lado do balcão de carnes o fez paralisar, e ele instintivamente se encolheu para dentro do porão.

Não tinha como ser visto onde estava a não ser que alguém se inclinasse por cima do balcão e olhasse direto para a porta do alçapão. E também não conseguia ver com clareza quem estava do outro lado. Mas conseguia sentir, e isso bastava. Sentir e identificar o cheiro. Vibrações, quase tão boas quanto o som e a visão. E havia algo errado com a energia que captava naquele momento.

Ainda parado na escada, ele apoiou a palma da mão nas tábuas do piso à esquerda. Reconheceu o quicar desigual dos passos pesados de Dona Chona conforme se aproximavam do meio da mercearia. O tamborilar foi seguido por um som desconhecido, o *tum-tum* sinistro de uma marcha semelhante vinda da entrada. Os dois batuques pararam em frente ao balcão de carnes, a menos de um metro e meio de sua cabeça.

Ele podia ver o rosto de Dona Chona logo acima do balcão. O olhar de alerta em seus olhos enquanto conversava com o visitante — um homem de fedora e casaco preto — era desconcertante.

Então o homem virou um pouco a cabeça por um momento, e Dodô viu o rosto de perfil. Pânico lhe subiu à garganta ao descobrir quem era.

Doutor Roberts.

Para os brancos de Pottstown, Doutor Roberts era o tipo de homem cujo rosto cheio de pintinhas pertencia a uma caixa de cereais. O bom e gentil doutor do interior. Amigo de todos, trazedor de bebês ao mundo, um homem maravilhoso, um presbiteriano. Mas para os afrodescendentes de Chicken Hill, Doutor era uma piada ambulante: *"Para que ir ver Doutor Roberts, quer pagar para morrer?"* Ele era uma figura especial nas histórias de terror das crianças da colina, o vilão de milhares de pesadelos fomentados pelas mães exaustas que precisavam dormir. Mães cujos filhos continuavam inquietos, cheios de energia até muito depois da hora de ir para a cama, entravam de supetão em quartos escuros e avisavam: "*Se não fechar os olhos agora, vou levar você no Doutor Roberts!*", o que interrompia imediatamente as risadas e as brincadeirinhas. Pequenos que se recusavam a tomar o óleo de bacalhau de gosto horrível e remédios sinistros do interior usados para curar resfriados, febres e doenças desconhecidas, recebiam logo um "*Engula isso agora mesmo ou vou buscar o Doutor Roberts. Ele vai fazer você tomar... na cadeia!*", e goela abaixo ia aquela terrível mistureba. Dodô tinha medo de médico. Depois que o fogão explodiu nele, sua mãe passou três longos e dolorosos dias juntando dinheiro para levá-lo de trem a um médico negro em Reading. O doutor negro, com firmeza e sem cerimônias, cobriu seu rosto inchado com uma gosma e ataduras, enroladas sobre seus olhos e orelhas, o que o deixou totalmente dependente. Depois que os curativos foram removidos, o problema com seus olhos se resolveu aos poucos, e Dodô viu a mãe chorar com amargura, sussurrando as palavras "infecção" e "médico" para Tio Nate e Tia Addie. Mas nenhum dos dois mencionou qualquer possibilidade de levá-lo a Doutor Roberts para tentar resultados melhores. O médico era sinônimo de problema.

E agora estava a pouco mais de um metro dele, falando com Dona Chona.

Dona Chona estava apoiada no balcão, com a mão esquerda batucando nervosamente o vidro. Doutor estava de costas para ele, então Dodô não conseguia ler seus lábios. Mas conseguia ver a boca de Dona Chona, e, de onde estava, ele viu que a conversa decaiu depressa de cautelosa e educada a turbulenta.

"*Tempo ótimo... chuva semana passada... faz tanto tempo assim?... ensino médio... formatura... estou bem*", disse ela.

Mas aparentava estar qualquer coisa menos bem. Seu rosto estava pálido, e ele notou que a mão esquerda tremia um pouco. Vendo isso, entrou em pânico, pois era um sinal de que ela estava prestes a desmaiar ou, pior, ter uma de suas convulsões. Ele já as presenciara, e elas o apavoravam. Dona Chona estivera trêmula e fraca na última semana, e isso, Tia Addie havia dito, era um sinal. Na verdade, pouco antes de ela sair para buscar gelo, pediu a ele que ficasse de olho em Dona Chona, não a deixasse carregar peso e ficasse atento para que ela não caísse. *Fique por perto*, foram suas palavras.

Ele só havia ido buscar engradados de latas no porão porque Dona Chora insistira. Tentou ser rápido, mas obviamente não foi o suficiente, pois agora estava preso sob a abertura do alçapão atrás do balcão e não tinha certeza se deveria aparecer, mas não queria que ela desmaiasse enquanto ele estivesse lá embaixo. Se isso acontecesse, a ira de Tia Addie não seria nada agradável.

Justo quando ele estava prestes a colocar a cabeça para fora, Dona Chona tirou a mão do balcão e apontou para a entrada da mercearia, o que fez Doutor se virar para a porta. Naquele instante, enquanto o rosto dele estava virado, ela lhe lançou um olhar rápido no alçapão e esticou a palma, com os dedos afastados, como o gesto de um policial que diz "Fique aí!", então ele ficou onde estava.

Teve a urgência de correr escada abaixo para a relativa segurança do porão, mas Doutor havia se virado para ela de novo, e o menino ficou olhando assustado a situação escalar, vendo apenas o rosto e lábios de Dona Chona de seu poleiro ali embaixo conforme ela falava, com o rosto cada vez mais vermelho de raiva: *"Marchando no seu desfile... seu problema... que vergonha... impostos... eu sou americana também"*, esta última fala saiu raivosa, apontando um dedo trêmulo para Doutor. Ele viu a nuca do médico enrubescer e seus ombros subirem quando respondeu. Estavam discutindo de verdade agora, sem dúvidas, e o rosto de Dona Chona, que demonstrara surpresa quando a porta se abriu, estava agora tenso de ódio, as sobrancelhas arqueadas conforme ela continuava. *"Pessoas de cor... negros... não sei do que você está falando... polícia."* Ele ficou olhando Doutor responder, a cabeça dele se mexendo enquanto tagarelava, interrompendo-a.

Ela estava pronta para responder, mas assim que abriu a boca para falar, Dona Chona ficou pálida, o ar lhe falhou e os olhos viraram para cima; ela tremeu violentamente por um segundo e de súbito caiu para fora do campo de visão dele, o rosto desaparecendo atrás do balcão de carnes. Foi como se alguém a houvesse puxado por um buraco no chão.

Dodô não precisava ouvir para saber o que acontecera. O *tum* do piso tremendo lhe dizia que ela havia tombado como um saco de batatas.

Instintivamente ele tapou a boca com a mão, sabendo por experiência que até mesmo suas menores reações produziam sons — aprendera isso com Tio Nate quando estavam caçando. *Nada de barulho. Cubra a boca ou você vai acabar assustando a presa.* Mas isso não era uma excursão de caça com o velho rifle de Tio Nate que derrubava você quando cuspia fogo de seu cano na direção de um veado ou esquilo. Esse estrondo vinha de dentro, como se o medo explodisse por seu corpo com o súbito vibrar do piso, e, por um momento, ele não conseguia se lembrar de onde estava. Muitos meses depois, iria se lembrar do apavorante *tum* que correu pela tábua do chão sob sua mão esquerda e mudou sua vida, e de como aquela mesma mão estapeou sua boca com tanta força que ele mordeu o próprio lábio, pendurado na escada do alçapão com o braço direito enganchado em um degrau, pois se esse braço não estivesse lá, ele teria caído de vez, já que suas pernas cederam no momento em que foi dominado pela mesma sensação que teve quando estava ajoelhado em frente ao fogão na casa da mãe três anos antes e ele explodiu, lançando lascas de ferro quente em seu peito, braços e rosto que pareciam milhares de facas com um calor tão intenso que ele sentiu frio por semanas depois. A dor em sua cabeça foi tão forte que havia se tornado uma coisa viva; a queimação em seus olhos, tão intensa que os ouvidos, raciocinou ele, haviam se fechado para se proteger, então quando as ataduras foram finalmente removidas, ele foi forçado a cambalear de óculos escuros por meses, o que odiava; o fato de o som lhe ter sido arrancado do mundo parecia quase secundário ao real problema: a doença súbita de sua mãe, a vida dela recuando para longe conforme sua audição gradualmente desaparecia. Então lhe restou Tio Nate, Tia Addie, e depois? Nada além de Dona Chona e os ouvidos dele. Conseguia escutar algumas coisas de vez em quando. O estouro do escapamento de um carro. O cavalo do homem das verduras quando passava trotando. Mas a visão e os sons foram substituídos por visão e vibração — barulhos que vinham de dentro. De dentro de seu coração. Assim, quando Dona Chona caiu, ele pensou ter ouvido o som do próprio coração se partindo, como se existisse de fato um som, rompendo-se lá no fundo, pois parte dele sabia que jamais a veria de novo como era, se a visse. Partindo... Partindo... para sempre. Exatamente como a sua mãe. Exatamente como tudo.

Essa ideia recobrou as forças de suas pernas bambas e ele se içou para cima, respirou fundo, depressa, e saiu pela porta do alçapão, saltando de quatro como um gato no chão, onde se abaixou atrás do balcão de carnes. A frente do balcão era de vidro. Dodô espiou em silêncio por ali, respirando pesado. O que viu por cima dos pés de porco, peças fatiadas, joelho suíno, partes de vaca e carne moída determinaria o resto de sua existência: Doutor Roberts, de costas para ele, agachado sobre o corpo caído de bruços de Dona Chona.

Cada caminho que Dodô havia tomado na vida até aquele momento, cada curva, cada fissura, cada instante, havia sido delimitado pelas regras dos adultos de seu mundo em quem ele confiava — sua falecida mãe, seu tio Nate e tia Addie, seu primo Ferrugem, Dona Gazeta, e até a sombria Srta. Bernice da casa ao lado. Para o mundo exterior, para os desinformados, ele era considerado um menino negro "lento" e "burro". Só muita insistência nos meses anteriores, por parte desses mesmos adultos, inclusive Dona Chona, fizeram-no permanecer parado naquele momento: *Fique por perto. Faça-se de bobo. Não saia da mercearia. Não passe do quintal da Srta. Bernice ao lado. Não corra por aí. Finja que você não entende nada.* Fazer o contrário, ele entendia, seria um desastre para si mesmo. Até Dona Chona havia acabado de repetir essas mesmas ordens pouco antes, antes de cair com aquela mão estendida. *"Fique aí!"*, ela havia dito. *Fique aí. Só faça silêncio. O problema vai passar.*

Mas agora...

Foi a imagem de Tia Addie, de sua fúria — ou pior, de seu desapontamento — que o fez colocar o pé sobre o balcão e saltar por cima dele.

Dodô tinha apenas 12 anos, então sexo não passava de figuras estranhas em sua mente e uma curiosidade ocasional sobre uma das filhas da Srta. Bernice que ele gostava por motivos que não entendia muito bem. Sua compreensão acerca de garotas era de que elas eram necessárias, um dia se tornariam mulheres, seriam de alguma forma importantes em sua vida e vice-versa; mas até lá, eram impedimentos em sua missão diária de juntar bolinhas de gude, rochas e pedrinhas, e fazê-las quicar pelo riacho que corria atrás dos quintais tanto da Mercearia do Céu e da Terra quanto da casa da Srta. Bernice. Garotas não eram importantes. Aparentemente, Doutor discordava, pois estava correndo as mãos pelo cabelo de Dona Chona e por dentro das roupas dela de um jeito que fez o menino sugar o ar e perder o fôlego.

Dona Chona havia desmaiado completamente. Era óbvio que tivera uma de suas convulsões — elas duravam só alguns segundos —, mas depois costumava ser colocada de lado por Tia Addie, que secava seu rosto, e, após alguns minutos, ela melhorava e se sentava. Mas Doutor não esperou ela se sentar. Virou-a de barriga para cima e, quando a convulsão passou, ele a puxou de forma que ficasse completamente esticada, com as costas no chão. Depressa, pôs a mão direita no seio dela e apertou. Então segurou-a no lugar com a mão esquerda e apertou o peito com a outra, trabalhando depressa em sua blusa, imobilizando-a enquanto descia os dedos para sua barriga, então sua virilha, puxando a saia para cima, expondo as pernas até a coxa, com a bota que ela vestia estranhamente à vista, a blusa amarrotada onde Doutor apalpara com tanta liberdade. Era uma memória que iria durar por muito mais tempo do que o menino gostaria.

Dodô não se lembrou de gritar. E, depois, quando lhe questionaram sobre isso, insistiu que não, dizendo que do contrário saberia. *"Eu sei ficar quieto"*, disse a Tia Addie. Mas isso foi depois, muito depois. Naquele momento, sem pensar, ele pulou o balcão e cruzou a mercearia num salto, arremessando Doutor nas prateleiras de latas e bolachas.

Nunca havia encostado em um homem branco antes, nunca na vida, e ficou surpreso com o quanto Doutor era macio e gordo, e com a facilidade que ele voou para traz quando Dodô o atropelou, tirando-o de cima de Dona Chona e o jogando nas prateleiras que derramaram uma cachoeira de produtos sobre os três.

Doutor se recuperou e o empurrou, mas antes que pudesse se levantar, Dodô já estava de pé, lançando seu corpo contra o dele como um jogador de futebol americano; o menino era magro, mas forte, e seu peso e sua força mantiveram Doutor no lugar. Se ele de fato golpeou o médico com os punhos como alegaram, não sabia, pois Dona Chona teve uma segunda convulsão então e, embora elas normalmente durassem segundos, essa foi pior do que a primeira, e muito mais longa.

A imagem do corpo dela se contorcendo pareceu despertar alguma força em Doutor, e o menino conseguia senti-lo vibrar e sabia que ele estava gritando. Dodô ignorou os gritos, segurando-o contra a prateleira com a cabeça e os ombros, olhando de relance para trás, pois Dona Chona chacoalhava vigorosamente, o corpo sacudindo em espasmos violentos. Ele sentiu mãos em seu pescoço. Doutor estava estrangulando-o e sua batalha pela vida se tornou real então. Conseguia sentir a fúria do homem e escapuliu de suas mãos, empurrando-o com mais força para cima das prateleiras, mas Doutor havia se recuperado e o menino ergueu o rosto bem a tempo de sentir o golpe atingi-lo. Por instinto, golpeou de volta, duas vezes, com força, no rosto, e a boca de Doutor parou de se mexer por um momento, e sangue jorrou de seus lábios, e naquele momento o menino percebeu que estava bem encrencado.

Com o canto dos olhos, viu a lâmpada piscar no teto, indicando que a porta de entrada havia aberto, e então Tia Addie estava correndo até Dona Chona. Vê-la o fez aliviar a pressão sobre Doutor, que o arremessou ao chão e engatinhou até Dona Chona, que sacudia violentamente, a cabeça batendo no chão. Tia Addie colocou a mão sob a nuca dela. A boca estava escancarada. Ele viu a tia olhar de relance para o balcão e, sem que ela precisasse pedir, Dodô pulou por cima dele, agarrou uma colher e lhe entregou.

— Eu tentei ajudar — choramingou.

A mulher o ignorou e enfiou a colher na boca de Dona Chona conforme Doutor se aproximava. Os dois estavam agachados sobre ela agora, tentando evitar que chacoalhasse com tanta brutalidade, Doutor com as mãos sob suas costas. Ela pareceu tremer por uma eternidade.

Tia Addie, ainda segurando Dona Chona de lado, virou-se para Dodô e ele viu seus lábios se mexerem, dizendo, com calma:

— Vá buscar água. Depressa.

Ele obedeceu.

Muitos longos segundo depois, Dona Chona parou de se debater e ficou imóvel, com os olhos fechados, parecendo morta, cercada por Addie e vários vizinhos que haviam entrado e estavam envolvendo seu rosto em toalhas. Dodô olhou preocupado para a porta. Doutor havia sumido. Ele percebeu que os vizinhos estavam arrumando tudo, espiando-o com expressões nervosas, reposicionando as prateleiras e repondo os itens caídos. Vários moradores da colina observavam através da vitrine da mercearia também.

Tia Addie secou o rosto de Dona Chona, alisou seu cabelo e endireitou suas roupas, e um olhar rápido para Dodô deixou claro que estava furiosa. Ele foi até ela e cutucou seu ombro. Queria explicar, mas ela o ignorou, falando com um vizinho. Ele conseguia ver seus lábios se mexerem. O que dizia?

Então alguém encostou em seu braço e apontou para a porta de entrada.

Ele olhou.

Doutor estava de volta, com dois policiais atrás. Por cima dos ombros deles, havia vários vizinhos com olhares sombrios.

Doutor apontou para ele. Dodô leu seus lábios com clareza:

— É aquele ali.

Não havia nada a fazer a não ser correr. Ele ficou de pé num salto e disparou para o quarto aos fundos da mercearia, voando pela porta de trás com um policial colado em seus calcanhares. Ele correu pelo quintal, desviando da solitária vaca que Dona Chona tinha para vender leite kosher, mas quando chegou à margem do riacho, não tinha mais para onde correr. Porém, era um menino rápido, ágil e esguio, e quando deu meia-volta, se abaixou e esquivou das mãos do homem, então escapou do segundo policial atrás e disparou de volta para a mercearia.

Sabia que não podia voltar para dentro. Em vez disso, tomou a direção da escada de incêndio que descia ao lado da janela do segundo andar. Ficava a um metro e oitenta do chão, fora de seu alcance, mas havia um engradado que ele deixava ali justamente por isso. Com um salto preciso, ele subiu no caixote, agarrou um degrau com uma mão, depois outro, içou-se para cima e subiu depressa para o telhado.

Era uma laje reta. Ele imaginou que talvez pudesse correr para a frente do prédio, escalar para baixo de alguma forma — algo que ocasionalmente pensara em fazer, mas nunca havia tentado — e chegar aos trilhos do trem. Ele conhecia cada cantinho do pátio da ferrovia. Conhecia a maioria dos trens que passavam por lá. Os policiais nunca conseguiriam pegá-lo.

Mas quando chegou ao telhado, um terceiro homem apareceu da porta que levava ao sótão da mercearia, a dez metros de distância, e correu na direção dele. Dodô parou onde estava, correu de volta para a escada de incêndio e olhou para baixo. Os dois policiais estavam subindo, e tinham pressa. Ele estava apavorado agora. Precisava escapar.

Olhou para os homens que vinham pela escada, viu o terceiro policial que se aproximava, e olhou para o quintal. Da altura de três andares, não parecia longe, não tão distante pelo menos. Ele conseguia dar aquele salto, depois cruzar o riacho para a segurança. Já havia pulado de trens antes, e trens eram bem altos.

Ele saltou — no exato momento em que o braço do policial no telhado alcançou sua gola. Mas não agarrou com força suficiente. Só o bastante para atrapalhar sua decolada. Dodô sentiu-se girar de cabeça para baixo, e girar, e girar. Então a adorável escuridão veio conforme o silêncio que vivia dentro de sua cabeça explodiu em um *bang* esmagador e emudeceu de novo. E este silêncio era real.

PARTE 2

# Separação

# 12
# CALÇA DE MACACO

Calça de Macaco foi a primeira pessoa que Dodô conheceu na Ala C-1. Ele ficava deitado no outro único berço do quarto. Um menino da sua idade, a apenas quinze centímetros de distância. Dentro de um berço de aço com grades altas adjacente ao próprio berço de aço com grades altas onde Dodô estava deitado todo engessado, em uma ala superlotada com noventa leitos. Foi o primeiro golpe de sorte que ele teve em muito tempo.

Seu vizinho era um menino branco, pequeno e dolorosamente magro, com cabelo escuro — perto dos 11 ou 12 anos, presumia Dodô. Ele não usava um avental hospitalar, mas, sim, uma fralda e uma camiseta leve, e estava contorcido de um jeito que não parecia ser possível. Deitava-se de lado, encolhido como uma bolinha, com o pescoço e os ombros curvados, enrolados em uma confusão estranha de mãos e pés retorcidos, uma perna esticada em direção ao rosto em um ângulo impossível — o tornozelo quase tocava o queixo —, a outra perdida em uma cacofonia de braços, cotovelos, joelhos e dedos torcidos, com uma mão estendida para fora do caos de membros próximos do peito para cobrir os olhos. O menino parecia ter dado mil nós no próprio corpo, escondendo-se de si mesmo.

Dodô nunca havia visto nada do tipo. Mas como a criança estava contorcida de uma maneira impossível e enrolada como um primata, Dodô o chamou de Calça de Macaco, pois parecia um macaco sem calças. Na verdade, nunca soube seu verdadeiro nome.

Foi a imagem inacreditável de Calça de Macaco que puxou Dodô de volta à consciência e à realidade, enquanto a explosão de sofrimento e choque que lhe cobrira durante os primeiros dias no Hospital Estadual de Pennhurst para Lunáticos e Débeis Mentais somava-se aos ferimentos causados pela queda do telhado de Dona Chona. O acidente o reduzira a um estado de absoluta imobilidade. Havia quebrado os dois tornozelos, despedaçado o quadril e partido a fíbula direita ao meio. Ele ficou deitado no hospital de Pottstown, algemado à cama, com os membros engessados e suspensos, por uma semana. As algemas nunca o abandonaram depois de recobrar a consciência, mesmo estando imobilizado. Os policiais eram obviamente malucos.

Mas as algemas foram removidas quando ele chegou de maca na recepção de Pennhurst, onde outro médico o examinou.

Chegou confuso, pois fora levado à ala hospitalar da instituição, não de volta para casa para enfrentar as consequências do desastre na mercearia de Dona Chona. O fato de Tia Addie e Tio Nate não estarem no hospital não lhe deu uma dica, pois ele nunca estivera em um hospital, nem mesmo quando perdeu a audição. Simplesmente presumira que as pessoas brancas do lugar estavam preparando-o para a chegada dos tios, que o levariam para casa.

Porém, depois de vários minutos deitado na maca sem ver o tio ou a tia em lugar algum, ele ficou impaciente, e começou a se debater para sair da cama. Dois cuidadores o seguraram enquanto o médico aparecia com uma seringa cheia de alguma coisa que o deixou tonto, e, após alguns instantes, sua mente se encobriu de névoa.

O doutor mediu sua altura, estimou seu peso, movimentou seus braços, examinou seus olhos, falou brevemente para Dodô alguma coisa que o menino não entendeu pois ele murmurava com um sotaque estrangeiro, e, mesmo que não murmurasse, a névoa tornava impossível para Dodô decifrar o que lhe era dito. Levou não mais do que meia hora para o médico declará-lo um imbecil.

Os cuidadores lhe enfiaram um avental hospitalar, juntaram seus pertences — que alguém, provavelmente Tia Addie, havia cuidadosamente embalado, incluindo uma camisa, uma gravata, alguns itens menores, sapatos, meias e várias bolinhas de gude, um presente de Dona Chona, que ele levava para todo canto a fim de dar sorte — e colocaram-nos em um saco. Ele nunca mais os veria.

Foi empurrado de maca por duas fileiras de portas e vários longos corredores, então algo terrível começou a penetrar a densa névoa que pairava em seu cérebro. Seu olfato, sempre aguçado, havia se aprimorado após a perda da audição, e embora tenha captado traços de algum terrível novo odor, um resquício, algum tipo de alerta, só de leve, como um minúsculo fiapo se soltando de uma camiseta, quando ele acordou, o cheiro de súbito aumentou e desapareceu, como um gnomo que de repente enfia a cabeça para fora da terra por um instante e depois some de novo. Só uma leve fagulha de algo horrendo.

Mas agora, conforme a maca era empurrada pelos andares agitados, polidos e reluzentes da recepção e manobrada por vários conjuntos de portas e corredores, por um túnel subterrâneo e subindo uma rampa, a atmosfera vivaz deu lugar a um corredor escuro, e o odor aumentou, passou por uma metamorfose e ganhou vida. Parecia emanar das paredes de granito conforme a maca avançava, como um musgo ou trepadeira subindo do chão e cobrindo as paredes. O cheiro se tornou uma coisa viva e pulsante, dominando paredes, janelas e, enfim, ele mesmo, envolvendo-o de um jeito forte, horrível, devastador. Dodô sentia-se sufocar. Conforme a maca manobrava pelos corredores, virando aqui e ali, ele quase desmaiou, mas o movimento o manteve acordado e o cheiro se derramou sobre ele, golpeando de novo e de novo, cada vez mais forte, tomando uma nova forma como faziam seus girassóis no quintal de Dona Chova. Ele amava vê-los crescer, cheirá-los enquanto o faziam. Tinham um perfume tão maravilhoso que ele frequentemente imaginava que era o cheiro que dava forma às flores, e não o contrário. Aquele perfume passava mensagens fantásticas. Beleza. Felicidade. Alegria. Mas os cheiros aqui traziam um presságio diferente. Crueldade. Raiva. Solidão poderosa. E morte. Conforme a maca deslizava mais para dentro dos corredores, a garganta dele finalmente se encheu e o conteúdo de seu estômago subiu à boca.

Ele levantou a cabeça e vomitou por cima da lateral da maca. O vômito aterrissou na calça de um dos cuidadores que o acompanhava, ao que os dois homens pararam, partiram por um momento, e voltaram com uma camisa de força. Eles o puseram sentado — as pernas ainda engessadas — e colocaram a camisa ao redor de seu peito e seus braços; apertaram, então procederam. Empurraram-no para um canto aos fundos de um quarto abarrotado de camas — Ala C-1 — e foram embora.

Ele tentou se sentar, mas não conseguia se mexer, então ficou deitado de costas, exausto. Chorou e soluçou por um tempo, depois dormiu.

Quando acordou e virou a cabeça para olhar ao redor, Calça de Macaco foi a primeira coisa que viu.

Os dois estavam a apenas quinze centímetros de distância e, à primeira imagem do menino enrolado em terríveis nós, Dodô caiu no choro mais uma vez.

Calça de Macaco parecia indiferente a tudo. Aparentemente imóvel, com um olho espiando sem interesse por entre o emaranhado de braços e pernas enquanto o outro chorava. Dodô notou a indiferença do menino e achou que ele estava sendo cruel, então decidiu contar a alguém sobre Calça de Macaco e, no mínimo, não olhar para ele nunca mais.

Dodô estava engessado com os membros suspensos e não conseguia se virar para o lado, mas conseguia girar a cabeça no sentido oposto, então o fez.

Não havia ninguém do outro lado, mas a vista não era reconfortante. Havia fileiras de camas na ala lotada, todas vazias, graças a Deus, pois era dia e aparentemente as pessoas estavam em outro lugar.

Então ele se virou de volta para Calça de Macaco, que ainda o observava com um olho só por entre braços e pernas contorcidos.

Os dois meninos ficaram se encarando por um bom tempo, e, naquele momento, Dodô teve seu segundo golpe de sorte do dia — o primeiro havia sido terem o desovado na ala no meio do dia quando os cuidadores já haviam desfilado os infelizes pacientes para a sala de convivência. Pois Calça de Macaco, cuja condição se enquadraria em trinta anos no sinuoso labirinto de tortuosas terminologias médicas conhecidas como "paralisia cerebral", um termo descuidado e inútil, quase tão inútil quanto a ideia de confinar uma criança com as dificuldades de mobilidade dele a um manicômio onde era normalmente sedado todas as manhãs, havia de alguma forma sido esquecido pela enfermeira que deveria dar as gotas de tranquilizante naquela manhã. Enquanto olhava para o olho de Calça de Macaco, Dodô conseguia ver, tão claro quanto a luz do sol, que havia um menino ali dentro.

— Calça de Macaco — disse.

O menino só conseguia vê-lo com um olho, o outro estava coberto pela mão. Mas a pupila que espiava Dodô se mexeu um pouco. A sobrancelha subiu alguns milímetros. Então Calça de Macaco trocou a posição dos dedos e revelou um segundo olho.

E foi aí que Dodô viu, ou pensou ter visto, Calça de Macaco dar uma risadinha.

Ele não conseguia escutá-la, mas o amontoado de membros para o qual olhava chacoalhou de leve. Dodô sabia reconhecer uma risadinha.

O fato de Calça de Macaco ter rido dele o irritou, então ele repetiu:

— Calça de Macaco.

E desta vez, viu. Com certeza. O menino abaixou a mão e sua boca formou um sorriso retorcido. E ele falou.

Seu rosto se contorceu com o esforço, e Dodô não conseguia entender nada porque tudo o que podia fazer era ler lábios. E os de Calça de Macaco se mexiam de um jeito estranho. Mas Dodô estava tão grato por falar com outro ser vivo! Foi como se alguém houvesse aberto uma janela e deixado entrar um sopro de ar fresco. Eles não haviam permitido que ninguém o visitasse no hospital. Ele captou os lábios de um dos policiais de guarda à porta de seu quarto dizendo a uma enfermeira algo sobre ele atacar pessoas. E, embora não tenha tido a chance de explicar a ninguém o que acontecera, nem mesmo a Tia Addie, ele sabia que qualquer que fosse a encrenca em que estivesse metido envolvia gente branca, e isso era um problema. Se ao menos Dona Chona estivesse ali, ela resolveria as coisas. Ajudaria a explicar. Tia Addie e Tio Nate ficariam irritados, mas eles também ajudariam. Onde estavam? Então a memória de Dona Chona caída no chão com o vestido levantado, tremendo tão violentamente, a subsequente briga com Doutor Roberts e a lembrança do rosto furioso de Tia Addie quando ele fugiu da polícia o dominaram e as lágrimas escorreram de novo.

Os gessos em suas pernas coçavam. Ele estava com dor de cabeça. Precisava ir ao banheiro e temia acabar fazendo nas calças. Sentia uma sede insana. Havia camas vazias por todo o lugar, e, no meio da parede mais distante, um recinto de vidro no qual os cuidadores se sentavam para vigiar os pacientes. Estava vazio.

Ele se virou de novo para Calça de Macaco e soluçou:

— Quero ir para casa.

Calça de Macaco se remexeu. O espasmo daquele amontoado de braços e pernas pareceu se contorcer ainda mais quando ele lenta e dolorosamente desenrolou um braço da face, revelando uma cabeça cheia de cabelos pretos e um rosto quadrado e bonito. Sua boca se moveu de novo, mas o rosto e a boca se contorceram e Dodô não conseguiu ler seus lábios. Ele balançou a cabeça, sem entender.

Calça de Macaco fez uma pausa, parecia pensativo, depois mexeu os olhos.

Virou-os para a esquerda. Para a direita. Para cima. Para baixo.

Dodô, encarando-o, resmungou impaciente:

— O que você está fazendo, Calça de Macaco?

Foi só muito mais tarde que ele percebeu sua sorte. Os dois meninos estavam sozinhos na ala aquele primeiro dia, e que incrível golpe do destino foi esse, pois seus ferimentos e o diagnóstico errado de suas capacidades mentais o haviam colocado na ala das pessoas com "funções limitadas", como eram chamadas. Os cuidadores haviam levado a ala toda, um grupo de dar dó composto por seres humanos drogados, noventa homens no total, em um desfile diário da ala para a sala de convivência, um cômodo nu sem mobília alguma exceto por dois bancos, para ficar horas olhando fixo janela afora, atirar excremento um no outro e bater a cabeça contra a parede se assim desejassem. Os dois pacientes designados a limpar urina e fezes da ala e polir o chão com uma enceradeira antes de voltar a atenção aos dois "bebês", Dodô e Calça de Macaco, dois meninos entre homens, e limpar suas camas e dejetos corporais, virando-os de um lado a outro como se fossem pedaços de bife, ainda não haviam chegado. Eles estavam sozinhos. E ao longo das primeiras quatro horas, Calça de Macaco deu a Dodô uma enfeitiçante e extraordinária aula performática sobre a arte da sobrevivência em uma das piores e mais antigas instituições da história dos Estados Unidos.

Mas isso não foi fácil. Assistir Calça de Macaco dar uma aula era como presenciar um polvo tentando apertar a mão de um lança-chamas. Nada funcionava direito. O menino batalhava para se comunicar. Seu peito se contraía. Seus lábios se contorciam. Seus membros se debatiam descontrolados em crises de espasmos. Pareciam ter vontade própria a respeito da direção que gostariam de tomar. Ele trabalhou como um louco, braços e pernas serpenteavam, a boca movia-se em ininteligíveis torrentes, então parava quando ele se esgotava, apenas para continuar de novo depois de recuperar o fôlego, e se esgotar mais uma vez. Isso se repetiu continuamente até Dodô deduzir que Calça de Macaco estava tentando dizer algo importante.

— O que você quer?

O menino recomeçou a coisa toda, mas os membros ondulantes e o tremor espasmódico da cabeça não faziam sentido, e depois de algum esforço e semicerrar de olhos confusos, Dodô explodiu em lágrimas de frustração e desespero.

— Qual o seu problema?

A explosão e o choro não inspiraram simpatia. Ao contrário, Calça de Macaco também começou a demonstrar frustração e impaciência. Seu peito se contorceu e seus membros chicoteavam para todo canto em convulsionante aborrecimento e ainda mais agitação, o que fez Dodô ficar olhando fixo e espantado, pois havia um transtorno evidente no movimento.

Então, de maneira tão súbita quanto, Calça de Macaco desistiu. Seus braços e pernas que se debatiam e golpeavam as barras de aço do berço pararam. Ele ficou de costas e seus quatro membros lentamente se uniram e ergueram como as patas de uma aranha, enrolando uns nos outros de uma forma impossível perto de sua cabeça. E dali, com os braços e pernas contorcidos como pretzels e amontoados perto de seu peito e cabeça, ele encarou Dodô com olhos tão firmes quanto as luzes do teto.

Dodô ficou olhando conforme esses olhos viraram para cima. Depois para baixo. Depois para cima. E para baixo. E esquerda. Direita. Então tudo de novo. Cima. Baixo. Esquerda. Direita. Ele estava tentando falar alguma coisa. Mas o quê?

Sem conseguir entender aquela coisa toda sem pé nem cabeça, Dodô ficou cansado, e uma música de súbito lhe veio à mente. Por que isso aconteceu, ele não sabia. Mas a perda da audição não havia diminuído seu amor pela música. Na verdade, havia o intensificado. Ele frequentemente arrastava seu tio Nate para um camarim aos fundos do salão de dança do Senhor Moshe onde Tio Nate escutava discos em uma vitrola velha que era guardada lá. Gostava de colocar a mão sobre o alto-falante do fonógrafo para escutar a música conforme o disco girava. Não importava que ele ouvisse só um pouquinho. O mero ato de escutar despertava a música dentro de si. E quando Tio Nate às vezes puxava entre os trabalhadores que limpavam o teatro de Senhor Moshe seu hino de igreja preferido, *Eu irei para onde Você quiser que eu vá*, Dodô cantava junto, desafinado, o que divertia os adultos.

— Eu conheço uma música, Calça de Macaco — disse. — Quer ouvir?

Sem esperar por uma resposta, ele cantou.

*Eu irei para onde Você quiser que eu vá,*
*Eu direi o que Você quiser que eu diga,*
*Senhor, serei o que Você quiser que eu seja.*

Calça de Macaco ficou encarando sem piscar, com os olhos arregalados, a sobrancelha erguida. Sua expressão suavizou em algo como um sorriso, e, naquele momento, Dodô se sentiu confortado e um pouco menos sozinho.

Calça de Macaco subitamente agitou-se de novo. Deitado de costas, começou a balançar, virando para a esquerda e a direita, seus braços e pernas finos e estranhos se mexendo sem parar enquanto ele tentava desenterrar o rosto do meio dos membros. Parecia impossível. Seus braços e pernas se retorciam em si mesmos como espaguetes, então se afastavam, depois se enrolavam de novo; mas com grande esforço, seus membros começaram a se desdobrar e seus braços se esticaram para o teto. O direito, que parecia se mexer por conta própria mais do que qualquer outra parte do corpo, aparentemente se libertou primeiro. Fez um grande arco pelo ar sobre seu rosto em direção ao teto, depois se firmou na lateral direita do berço, como se uma mangueira de pressão houvesse escapado e jorrado água para todo lugar. Então foi a vez do braço esquerdo, que agarrou um tornozelo que parecia querer se mover sozinho, lentamente empurrando uma perna toda amarrotada para longe do peito; assim, a parte superior de seu corpo estava mais uma vez livre de seus tornozelos, pernas e pés. A seguir, o braço esquerdo girou para fora das barras do berço de aço em direção a Dodô.

Dodô conseguia ver o rosto do menino por completo agora, deitado de costas, com a cabeça virada para ele.

Os dois ficaram encarando-se, e naquele momento algo memorável aconteceu.

Foi como se a mágica do hino que Dodô cantara houvesse marchado para dentro do quarto. Os dois meninos tornaram-se totalmente conscientes da batalha pessoal um do outro. Um reconhecimento, uma sabedoria, passou por entre eles, algo que ninguém de fora poderia possuir — o reconhecimento de que eram meninos entre homens, com mentes incríveis trancafiadas em corpos que não permitiam emergir nem um milésimo de quaisquer ideias ou sensações que possuíssem. Calça de Macaco fez Dodô tomar ciência de que, se quisesse sobreviver como um menino entre aqueles homens, precisava ser sábio e escutar o que ele tinha a dizer.

Dodô se viu encarando fixamente Calça de Macaco, que fez então algo extraordinário. Ele ergueu uma mão trêmula até o rosto e colocou um dedo na frente dos lábios, como se dissesse "shiu".

E foi naquele instante que Dodô entendeu: Faça-se de bobo. Aja como um idiota. Não diga uma palavra. É o único jeito.

Dodô pressentiu movimento e virou a cabeça para ver o que estava atrás de si. Olhou aterrorizado quando a porta da ala se preencheu com uma forma escura, depois outra, e vários homens vagaram para dentro — figuras grandes, com todos os tipos de deficiência, apalpando umas às outras, alguns seminus, tremendo, assentindo com a cabeça, e nenhum menino entre eles. Ele se virou em pânico para Calça de Macaco, mas o outro havia se enrolado de volta no que Dodô entenderia mais tarde como sua posição de segurança: o joelho perto do peito e os braços enrolados acima da cabeça, a outra perna jogada por cima do tronco a ponto de o tornozelo quase tocar o rosto. Dodô sentiu o cheiro de fezes frescas vindo da direção da cama de Calça de Macaco e imaginou que o menino havia enchido a fralda. Conforme pacientes se aproximaram dele para ver a novidade recém-chegada, cutucar, apalpar e tocar, Dodô entendeu, mesmo então, que seu novo amigo estava defecando em si mesmo para atrair o perigo para longe dele, chamar a atenção dos homens para longe de Dodô, dar-lhe uma nova luz em uma terra de escuridão. Apesar do cheiro de urina e fezes, Dodô percebeu o ato pelo que era: um gesto de amor e solidariedade. E por isso, era grato.

# 13
# COWBOY

Moshe se inclinou sobre o parapeito do pavilhão externo que ficava acima do rinque de patinação Ringing Rocks e olhou distraído para os patinadores lá embaixo, com uma mão enfiada no bolso para combater o frio congelante. Atrás dele, vários adolescentes riam e bebiam chocolate quente, esquivando e lançando bolas de neve que passavam zunindo perto do baixinho homem robusto de chapéu fedora e sobretudo, segurando um charuto pela metade, apagado. Moshe os ignorou.

Ele amava ir ao rinque Ringing Rocks, "Rochas Cantantes", na saída da cidade. As rochas que davam nome ao parque eram uma atração turística, uma curiosidade geográfica deixada pela Idade da Pedra. Quando atingidas por um martelo, elas cantavam em vários tons. O rinque e a torre com o pavilhão haviam sido construídos ao lado do amontado de rochas para acomodar os visitantes. Subir ao topo e ver as montanhas que circundavam a floresta do condado de Berks era um alívio para Moshe. Ele oferecia uma Birkhot Hashachar, uma oração matinal que o ajudava a libertar e clarear a mente e aproveitar uma pausa momentânea do caos de seu teatro. Foi por conselho de seu velho amigo Malachi que ele começou a fazer esses tipos de passeios. Seu amigo que empolgara o teatro com sua dança livre ao som da gloriosa música do grande Mickey Katz, que havia lhe escrito várias vezes de uma pequena comunidade judaica em Janów Lubelski, Polônia, onde finalmente abriu, quem diria, uma granja, e vendia ovos e frango kosher. As cartas de Malachi eram cheias de seu infinito entusiasmo, exaltando as virtudes da vida no campo e as rotinas divertidas dos clientes que encontrara. Moshe admirava a habilidade de Malachi em se adaptar depois de cada fracasso apesar de seu apego aos costumes antigos. As cartas dele estavam sempre repletas de piadas e humor leve, e Moshe sempre tentava retribuir o gesto.

Havia ido ao pavilhão naquela manhã para escrever ao velho amigo, e planejara manter as notícias o mais leves e arejadas o possível, pois era uma regra silenciosa entre os dois, manter as novidades positivas e alegres. Só que agora não havia nada pelo que se alegrar. Sua esposa estava em coma em um hospital em Reading. Os médicos não tinham certeza do que aconteceria depois. O menino estava nas mãos do governo. Moshe não queria pensar nisso. Era uma terrível montanha-russa. Como foi que tudo isso aconteceu?

Ele olhou para os patinadores lá embaixo e suspirou. Chona havia insistido em escapar com ele para o rinque de patinação depois que o menino viera. Eles eram uma família peculiar, o empreendedor judeu, sua esposa deficiente e seu protegido negro de 12 anos subindo tranquilamente a colina e entrando com seu velho Packard no estacionamento, parando a menos de dez metros da entrada do rinque onde uma placa havia sido colocada não muitos anos antes dizendo "Proibido judeus, cachorros e negros". A placa fora removida desde então, mas, em suas visitas, Chona nunca patinou. Nem uma vez. E também não permitia que o menino patinasse. Reclamava que seu pé a impedia, mas Moshe sabia que não era verdade. Chona conseguia fazer o que quisesse. Podia mandar confeccionar patins especiais. Marv Skrupskelis faria qualquer coisa por ela — teria feito um em segundos. E o menino... ele não precisava de patins. Podia voar pelo rinque nos próprios tênis, era tão atlético. Moshe tentou convencer Chona a deixá-lo patinar. Em vez disso, ela ordenou: "Vá à torre e fume seu charuto", e ele obedeceu contente, subindo até o topo, onde ficaria soprando fumaça em paz e observando do alto enquanto os dois escalavam as pedras abaixo. Ficaria olhando quando ela batesse nas rochas com um martelo e a criança colocasse as mãos sobre elas para sentir as vibrações. Ele achava a coisa toda muito tola, mas Chona discordava. "As rochas são tão velhas quanto a Terra. Ele consegue escutá-las um pouco. Elas o ajudam", dizia.

*Ajudam*, pensou Moshe, todo amargo. *Era assim que ela pensava. Ajudar isso, ajudar aquilo. E veja só. Quem está ajudando eles dois agora?*

— Bom, tudo isso é passado — disse em voz alta, ignorando os adolescentes que davam risadinhas atrás dele e corriam ao redor do estranho homem apoiado no parapeito mascando o charuto apagado e fingindo que eles não estavam lá. Uma bola de neve errante aterrissou perto dele, então Moshe se mudou para um banco. Tirou a fina camada de neve que cobria o assento, sentou-se, pegou papel e caneta e começou a escrever a carta para Malachi.

Escrevia rápido, com o charuto apagado pendurado no meio dos dentes, ignorando o frio nas mãos. Não era só o fato de Chona estar no hospital, escreveu. Nem o menino negro enfiado no hospício, isso era ruim também. É o teatro, explicou. As coisas estão mudando. *Você tinha razão,* escreveu ele. *Os judeus daqui não querem mais um teatro iídiche e música iídiche e a boa dança e diversão dos velhos tempos. Eles querem coisas americanas. Querem ser cowboys. Até os músicos negros do jazz se tornaram difíceis. Noite passada foi a gota d'água.*

Ele fez uma pausa, determinado a contar a Malachi, em detalhes, os eventos da noite anterior. Tentou três vezes, riscou o que havia escrito, depois parou a caneta e ponderou sobre como explicar. Ficou sentado por um momento, remorando o acontecido, sem saber como proceder, enquanto o frio começava a lhe subir a nuca, pois havia esquecido de vestir um cachecol. Enfiou a mão no bolso para pegar um fósforo para acender o charuto, não encontrou nenhum, pensou mais um pouco, então rabiscou: *Só para você saber, estou pensando em sair do ramo.*

Foi o incidente da noite anterior que fez isso vir à tona. Depois de deixar Chona no hospital, ele correu para o teatro e chegou às 19h30 — terrivelmente tarde para um show agendado para as 20 horas — e encontrou-se em meio a uma grande bagunça.

Lionel Hampton e Machito e seus Afro-Cubanos estavam programados para tocar em um evento duplo. Os Afro-Cubanos eram uma substituição de última hora para o destaque principal, Louis Armstrong, que estava preso em Denver por conta do mau tempo. Já não era uma boa situação para começar. O agente de Armstrong era o poderoso Joe Glaser de Nova York. Glaser havia oferecido uma segunda opção, mas Moshe, distraído com a doença de Chona e cansado de pagar a comissão gigante de Glaser, recusou e decidiu agendar o substituto por conta própria. Ligou para o seu velho amigo Chick Webb. Mas, que infortúnio, seu camarada de longa data, o primeiro negro que agendara na vida, o maravilhoso corcunda que era um gênio musical, estava muito doente.

— Chame Mario Bauzá e seus Afro-Cubanos — disse Webb, rouco, pelo telefone. — Eles são fantásticos.

Foi em tributo ao enfermo Webb que ele agendou os Afro-Cubanos, pois tinha certeza de que sua audiência de Chicken Hill não fazia ideia de quem eram Mario Bauzá, Machito e os Afro-Cubanos. Mario era um ótimo músico, e Moshe não tinha dúvidas de que os Afro-Cubanos fossem fantásticos. Mas assumira que eles abririam o show para a banda de Hampton, a principal. Deveria ter definido isso antes dos dois chegarem. Em vez disso, quando entrou nos bastidores na noite anterior, as duas bandas estavam dando voltas a esmo enquanto a esposa de Lionel Hampton, Gladys, que administrava os negócios do marido, e Mario Bauzá, que gerenciava os Afro-Cubanos, estavam quase estrangulando um ao outro para decidir quem tocaria por último.

— Nós vamos tocar por último — disse Gladys. — Nós somos a banda principal.

— Vocês podem abrir o show — retrucou Mario.

— Aja de acordo com a sua idade, não sua cor, Mario. Suba logo naquele palco.

— Primeiro as damas, Gladys.

Quando Moshe passou pela porta, os dois se viraram para ele.

— Moshe — explodiu Gladys. — É melhor você resolver isso.

Moshe ficou à porta que dava para o palco, com medo de falar — odiava conflitos —, enquanto os membros das duas bandas, de terno e gravata, andavam ansiosos para lá e para cá, apertando trompetes e fumando de nervoso, fingindo não escutar.

Ele olhou para o relógio.

— São quase oito horas — disse, gentil. — Vocês não podem resolver entre si?

Falou para ambos, mas estava, na verdade, dirigindo-se a Mario, o mais calmo dos dois. Calmo e didático. Gladys, por outro lado, era um furacão. Uma bela mulher negra, sempre vestida com trajes formais, que comprava briga com qualquer homem no ramo.

Em vez de responder, Mario, um educado latino de terno azul, gravata-borboleta e óculos com armação de arame, andou até um grande pôster pendurado na parede, um dos poucos que Moshe conseguira imprimir de última hora para promover o evento. Ele cravou o dedo nas palavras "Com Mario Bauzá e Machito e os Afro-Cubanos". Ele o fez com calma, como um professor de economia apontando uma equação para a sala, e disse:

— Gladys, o que isso quer dizer?

— Que você sabe ler.

— Que nós somos a banda principal.

— Não, senhor. Pops era o principal — retrucou Gladys, usando o apelido carinhoso que músicos usavam para Louis Armstrong.

— Exato — argumentou Mario — e nós o estamos substituindo.

— Mario, você pode olhar dez vezes no espelho e pentear dez vezes o cabelo, e não vai ver Pops encarando de volta.

A calma de professor de Mario dissipou-se, ele murmurou em espanhol:

— *Tienes razón. Te pareces mucho más a Pops que a mí. Y eso es um hecho.* (Tem razão. Você se parece muito mais com Pops do que eu. E isso é um fato.)

Vários Afro-Cubanos que estavam por perto riram.

Gladys se virou para um membro da própria banda:

— Pedro, o que foi que ele acabou de falar?

O homem desviou os olhos e respondeu baixinho:

— Não sei, Gladys.

Gladys se virou de volta para Mario e apontou para o palco:

— Certo, sua bosta de vaca ambulante! Vá trabalhar!

— Eu estou trabalhando!

— No palco, já!

— O contrato diz que nós somos os principais!

— Que contrato? — perguntou ela.

— Você leu o contrato, Gladys?

— Nós tocamos com Pops na capital mês passado e *nós* fomos os últimos, Mario!

— Na capital! — cuspiu Mario. — Isto aqui é Potthead... Pottsville...

— Potts*town* — interferiu Moshe, educadamente.

Mario estava espumando de raiva. Olhou para Moshe e resmungou em espanhol:

— *Todo el mundo alrededor de este maldito lugar está en la niebla!* (Todo mundo ao redor deste lugar maldito está em uma névoa!)

Gladys o cortou:

— Pare de tagarelar, seu *chiquito* de quinta categoria! A plateia está esperando! Suba logo naquele palco para que a gente possa ganhar uma grana e seguir a estrada!

O insulto atingiu o civilizado Mario como um raio, e a fúria lhe subiu ao rosto. Antes que ele pudesse rebater, Moshe interveio:

— Gente, por favor!

Então os dois o fuzilaram com os olhos. Ele estava paralisado, olhando para as tábuas do piso, desejando poder desaparecer por debaixo delas. Odiava momentos assim. Não fazia ideia de como proceder. Se ao menos Chona estivesse ali! Quantas vezes ela o ajudara a resolver essas coisas com antecedência, resolvido problemas no diálogo, feito-o colocar os pés no chão e lhe mostrado a direção certa a seguir? Ele olhou para o marido de Gladys, Lionel Hampton, na esperança de receber alguma ajuda, mas o grande líder da banda estava de pé no canto mais distante com seu vibrafone munido de rodinhas, pronto para ser empurrado para o palco. Hampton parecia focado em suas baquetas, que subitamente precisavam de todo tipo de modificação e ajuste.

— Talvez Mario possa ir por último... hoje — disse Moshe, com a voz fraca. — E vocês podem tocar por último aman...

Gladys deu meia-volta e saiu pisando forte em direção ao orelhão aos fundos do camarim antes mesmo que ele terminasse.

— Vou ligar para Joe Glaser — anunciou.

Isso bastou para Moshe. Se Joe Glaser descobrisse que ele havia agendado outra banda pelas suas costas, seria seu fim. Glaser era uma potência no ramo. Se o irritasse, as lucrativas datas de escala durante as turnês das quais pequenos teatros como o dele dependiam — os Louis Armstrong, os Duke Ellington, os Lionel Hampton — desapareceriam.

Ele gritou:

— Espere, Gladys, por favor! Só me dê um minuto!

Ela parou e olhou para trás, assentindo satisfeita quando Moshe tocou o cotovelo de Mario e conduziu o grande músico por uma porta lateral o mais longe possível dos demais. A porta dava para um corredor que separava o palco da pista de dança.

Moshe ficou de costas para a pista, o murmurinho do salão lotado zumbia atrás de si, e olhou para Mario, cujo rosto estava tenso de raiva.

— Nunca mais vou tocar nesta cidade de merda — disse o músico.

— Eu errei, Mario. Sinto muito.

— Você deveria ter resolvido isso antes. Sabe como a Gladys é.

— Não consegui falar com ela.

— Aquela maluca vive no telefone.

— Ela estava na estrada, Mario. E eu... minha esposa está doente.

Mario assentiu brevemente, acalmando-se um pouco.

— Fiquei sabendo. O que ela pegou?

Moshe suspirou. "Pegar" não parecia a palavra certa. As pessoas "pegavam" gripe.

— É um tumor no cérebro... ela teve uma convulsão feia. Não acordou ainda.

O grande músico, segurando o trompete contra o peito com as duas mãos, encarou Moshe por um longo momento, e seu rosto recuperou a cor natural. Então a usual gentileza paciente pela qual o grande trompetista era conhecido lhe voltou à face. Ele baixou os olhos para o instrumento, dedilhando as válvulas de nervoso.

— Isso é mau, *mijo*. Está dando por aí. Chick está doente também.

— Eu sei. Você encontrou com ele?

Mario assentiu, franzindo a testa para o chão.

— Não está bem, *mijo*. Ele não está nem um pouco bem.

Os dois homens ficaram em silêncio por um instante. Moshe, pensando no grande Chick Webb, tão bondoso e talentoso, tocando sua bateria, rindo com alegria, gritando para sua banda trovejante enquanto os clientes dançavam, sua música rugindo pelo grande Salão de Dança e Teatro 100% Americano, levando luz à vida de Moshe, ao seu teatro, sua cidade, e sua esposa. Era demais, e ele se pegou secando lágrimas dos olhos.

— Estou perdendo tudo — confessou.

Mario suspirou e disse:

— Nós vamos abrir o show.

Moshe se recuperou e pigarreou.

— Meu primo Isaac é dono dos teatros Seymour na Filadélfia. Vou pedir para ele agendar vocês lá. Ano que vem, quando vocês estiverem indo para o oeste. Aí podem vir aqui depois.

— Vai marcar com Joe Glaser ou direto comigo?

— Como você preferir.

— Não quero ter nada a ver com Glaser. Quero fazer as coisas com a minha própria gente. Deixe eu mostrar uma coisa para você.

Moshe estava apoiado no batente. Mario gentilmente o afastou e abriu um vão da porta. O som de conversas em espanhol invadiu o corredor. Então Mario tornou a fechar a porta.

— Escutou aquilo?

— Aquilo o quê?

— É espanhol, *mijo*. É o som do futuro. Essas pessoas não querem ouvir swing. Querem a *descarga, ponchando, tanga, piano guajeos, mamba,* Africano-Cubano. Swing não é suficiente.

Moshe não se conteve. O promotor dentro de si veio à tona e ele pensou: *De onde vêm essas pessoas? Reading? Phoenixville? Onde foi que Nate colou aqueles pôsteres?* Sentiu-se envergonhado naquele momento, pensando em negócios enquanto a esposa estava no hospital batalhando pela vida. Mas era, afinal, uma oportunidade.

— Eu não sabia que tinha tantos latinos aqui — murmurou.

Mario sorriu.

— Para você, eles são latinos. Para mim, são porto-riquenhos, dominicanos, panamenhos, cubanos, equatorianos, mexicanos, africanos, afro-cubanos. Uma diversidade de etnias diferentes. Um monte de sons diferentes misturados. Isso é a América, *mijo*. Você precisa conhecer seu povo, Moshe.

Mario abriu a porta que dava para o camarim, chamou sua banda, e, momentos depois, Moshe assistiu deslumbrado enquanto os Afro-Cubanos quase derrubaram as paredes do Salão de Dança e Teatro 100% Americano com os ritmos latinos mais selvagens e quentes que ele já havia escutado. A plateia foi à loucura, dançando como demônios. E quando a banda de Mario terminou, a impetuosa banda de Lionel Hampton subiu ao palco sem ânimo algum, e sua música swing caiu em ouvidos indiferentes, deixando até mesmo os usuais clientes negros colados em seus assentos, bebericando, conversando, dando risadinhas, rindo, aproveitando o momento para beber e contar piadas e descansar os pés exaustos, que os haviam carregado a semana toda enquanto varriam chão, serviam café, esvaziavam lixeiras e penduravam gelo. Era uma lição. E Moshe aprendeu.

Sentado na plataforma acima do rinque de patinação no gelo Ringing Rocks conforme a neve começava a cair, Moshe pegou a carta de volta. *Você tem razão,* escreveu. *Os costumes antigos não vão sobreviver aqui. Tem muitos tipos diferentes de gente. Muitos costumes diferentes. Talvez eu devesse virar cowboy.*

Ele selou a carta e enviou.

Três semanas depois, Moshe recebeu um pacote pelos correios que fora cuidadosamente embalado dentro de três caixas, com jornal em todas, cada uma amarrada com um barbante e etiqueta de "Frágil". Ele levou uns bons vinte minutos para conseguir abrir, e quando finalmente o fez, caiu na risada, pois dentro havia uma minúscula calça de cowboy feita do que parecia ser algum tipo de tecido moleskin, pequena demais para ser usada, de tamanho infantil, com franjas nas laterais e uma pequena Estrela de Davi costurada na parte de trás. Junto havia um bilhete de Malachi que dizia em iídiche: *Prove essa, cowboy.*

Moshe respondeu enviando a calça horrível de volta em um pacote ainda mais difícil de abrir. Enrolou-a em uma bola apertada, enfiou em uma lata de tabaco, encheu o topo com jornal e cascas de milho, então colocou a lata dentro de outra ainda maior, de café, e vedou com cera. Colocou isso em uma lata grande de pretzel cheia de embrulhos de papel e celofane, depois foi ao teatro e disse a Nate, que estava no topo de uma escada consertando a polia da cortina, que queria soldar a tampa.

Nate, do alto dos degraus, olhou para baixo por um momento, e enfim disse:

— Você quer o quê?

— Soldar a tampa. Vou mandar para o outro lado do oceano para o meu amigo Malachi. É uma brincadeira.

— Eu não sei fazer solda.

— Conhece alguém que sabe?

— Gordo aprendeu a soldar na fábrica Flagg. Ele sabe. Ele solda coisas o dia todo.

— Pode pedir para ele?

Houve um longo silêncio. Do chão, Moshe ficou olhando Nate erguer o rosto e encarar as sombras escuras da passarela acima, a rede de polias, cordas e hastes de metal que ficavam sobre o palco.

— Deixe que eu resolvo.

Moshe colocou a lata no chão. O deleite dessa pequena troca lhe tirou um peso do coração, e ele começou a pensar com mais clareza sobre as coisas — sua esposa, a situação deles, e a de Dodô, de quem sua esposa gostava tanto. Uma luz lhe iluminou a mente pela primeira vez, e ele gritou para cima:

— Nate, pode pedir a Addie para passar aqui no teatro? Quero conversar sobre Dodô.

— Por quê?

— Você sabe para onde o mandaram, não sabe?

Houve um silêncio. De onde estava, Moshe só conseguia ver as solas dos sapatos gastos de Nate, pois o rosto dele estava virado para cima ao trabalhar na polia alta nas vigas do palco.

Nate falou devagar e sem emoção. Havia algo naquela voz morta que não soava certo.

— Acho que você pode conversar com Addie quando for visitar Dona Chona hoje — disse.

— Está bem. Trago ela para cá. Quero conversar. Com você. E com ela. E com o meu primo Isaac.

— Está tudo bem, Senhor Moshe. O senhor já fez bastante por nós. Está nas mãos de Deus agora.

— Pennhurst não é lugar para uma criança.

Outro silêncio momentâneo do topo da escada, então:

— Como eu disse, Senhor Moshe, está nas mãos de Deus.

Moshe deu meia-volta e foi embora para o escritório, confuso. *Ainda tem tanto sobre a América, e os negros, que eu não entendo*, pensou.

Mas se houvesse subido o andaime até a passarela sobre o palco e visto direito o rosto de Nate, mesmo a alguns passos de distância, ele teria virado de costas, saltado do andaime e corrido para fora do palco e do teatro, pois Nate, no topo da escada e com um martelo em uma mão e uma chave de boca na outra, encarava a parede com olhos distantes, queimando com um ódio sombrio e assassino.

# 14

# DOIS PESOS, DUAS MEDIDAS

No final de Pigs Alley em Chicken Hill, do lado de fora de uma cabana detonada com uma placa que dizia "Bar do Gordo. Cuidado. A diversão mora aqui", o proprietário estava na varanda da frente, seu rosto um reflexo de qualquer coisa menos diversão. Seu olhar parou sobre uma pilha de lenha perto dos degraus da varanda. A pilha, com quase um metro de altura, era um emaranhado de cadeiras quebradas, madeira descartada e galhos usados para alimentar o forno do bar. Gordo, de camiseta flanelada, colete cinza, calça gasta e chapéu *pork pie*, desceu até a pilha e sentou-se sobre ela, com os braços cruzados e pensamentos distantes.

Eram 2 da manhã e o bar ainda fervilhava lá dentro. Normalmente, a jukebox toda arranhada grasnando os uivos de Erskine Hawkins que flutuavam acima das risadas e gargalhadas dos clientes no interior era um bom sinal. Mas naquele momento, para Gordo, não era bom sinal. Nem um pouco. Havia um problema lá dentro. Um grande problema.

Nate Timblin estava lá, sentado sozinho a uma das mesas bambas, bebendo.

Gordo se inclinou para a frente sobre a pilha de lenha, amaldiçoando em silêncio sua má sorte.

A porta do bar abriu. Ferrugem, segurando uma garrafa aberta de cerveja, saiu, sentou-se na pilha ao lado de Gordo e deu um gole.

— Ele ainda está lá? — perguntou Gordo.

Ferrugem assentiu.

— O que ele está bebendo?

— Virando todo aquele destilado, Gordo. Um copo atrás do outro, e só o diabo sabe a conta.

Gordo suspirou e olhou fixo para o beco, ponderando o problema.

— Por que você está tão preocupado? — perguntou Ferrugem.

— Nate Timblin, no meu bar, enchendo de álcool aquela goelazinha vermelha dele. É com isso que estou preocupado.

— Você deveria ter pensado nisso antes de trazer aquele barril de destilado ilegal aqui para cima.

Gordo concordou em silêncio. Recostando-se, encarou Pigs Alley e ponderou a questão friamente, como um advogado. Era um problema complicado.

— Quer que eu peça para ele parar? — perguntou Rusty.

— Claro, vá lá enquanto eu cavo a sua cova — retrucou Gordo.

— Nate não machucaria ninguém. Nunca vi ele ficar bravo. Nunca.

— E nem quer ver.

— Você já viu?

Gordo, normalmente uma pessoa animada, ficou subitamente irritado.

— Quem disse que já?

Ferrugem deu de ombros, levantou, subiu os degraus da varanda e voltou para dentro.

Gordo ficou olhando ele ir, então passou a língua pelo inchado lábio superior, do qual doze pontos haviam sido removidos recentemente. Era por causa daquele lábio cortado e do dente faltando — presente de seu camarada Propinão — que ele tinha se metido naquela furada de bar para começar. Se Propinão houvesse limpado aquela mangueira de incêndio como lhe mandara, o inspetor não teria encontrado aquele amendoim. E se ele não houvesse encontrado o amendoim, os dois não teriam sido demitidos. Se não houvessem sido demitidos, ele não teria deixado Propinão lhe dar um soco. E se Propinão não fosse um completo idiota de levar a provocação a sério e arrebentar seu lábio em dois lugares e arrancar seu dente, ele não teria ido à Filadélfia e tropeçado naquele barril de destilado ilegal e se metido nessa bagunça toda para começar.

— Puta merda, viu. Preciso de novos amigos.

Ele massageou o maxilar, tentando clarear a mente. Seu lábio havia sido rasgado e seu dente arrancado e ele precisava de algum tipo de conserto para os dois. Não havia lugar algum em Pottstown que fosse seguro para isso. Nenhum negro em pleno poder de suas faculdades mentais veria Doutor Roberts mesmo antes daquele bruxo de carne e osso mandar o sobrinho de Nate, Dodô, para trás das grades. A sala de emergência do hospital de Pottstown chamava a atenção da polícia, então estava fora de questão. Sobrava o médico negro de Reading, Doutor Hinson. Mas Doutor Hinson era um daqueles negros do tipo Booker T. Washington de verdade. Não era fã de negros que tinham bares clandestinos divertidos. A Filadélfia era mais segura. Então ele entrou no carro e foi para a casa de seu primo Gene, onde encontrou mais catástrofes.

Gene, quatro anos mais velho e fonte de inspiração para Gordo quando eles eram mais novos, era uma das grandes histórias de sucesso negro de Pottstown — se descontassem Chulo Davis, o fantástico baterista que foi baleado por causa de uma tigela de feijão quando tocava com os Harlem Hamfats em Chicago. Gene, ao contrário de Chulo, direcionou suas ambições para a Filadélfia, onde trombou com uma garota negra da alta sociedade cujo pai era dono de uma lavanderia a seco no bairro Nicetown. O pai morreu de ataque cardíaco pouco depois de os dois se conhecerem, e Gene, um sujeito brilhante e empreendedor, subitamente encontrou-se cheio de amores, o coração repleto de anseio, sobrecarregado com um profundo e devastador desejo por uma garota que era, disse a Gordo, "um prato cheio". Gordo achava o rosto dela azedo o suficiente para coalhar uma vaca, mas é verdade que o próprio Gene era feio o bastante para espantar um bosque inteiro, então os dois formavam um baita par. Depois que se casaram, Gene assumiu a lavanderia. Sempre gostava das visitas de Gordo. Eram um respiro da insistência constante de sua esposa de que ele preparasse a filha para seu baile da Jack and Jill, em que negros da aristocracia se encontravam para ficar de *tsc-tsc* e reclamação e segurar copos finos de champanhe barato em mãos deformadas pelos anos de tanto arrancar e esmagar tabaco e tatuar a boca de porcos lá no Sul de onde a maioria deles havia vindo, algo de que se esqueciam agora que estavam desfrutando da vida na Filadélfia e tentando com muito esforço serem brancos. Gene ficava maluco, e várias vezes pedira a Gordo, que não era casado, para ir morar com ele, declarando que havia mulheres de sobra na Filadélfia.

Gordo ignorava essas súplicas, mas depois que detonou o lábio, Gene era a resposta perfeita. Seu plano era ir à casa do primo, encontrar alguém para consertar sua boca, ficar entocado por lá um ou dois dias, depois voltar a Pottstown o mais rápido possível. Em vez disso, chegou dois dias depois de o primo se afundar em um desastre.

Gene havia comprado uma bomba d'água puxada a cavalo de uma brigada de incêndio da Filadélfia que ficava na rua de sua casa. A bomba era uma relíquia, uma tralha sobrando da qual a empresa queria se livrar, já que havia trocado por veículos a gasolina anos antes. Gene pagou pelo velho trambolho, rebocou até seu quintal com sua caminhonete antiga, encheu o reservatório com 150 litros de água, então foi a um elegante clube hípico em Chestnut Hill onde, em uma explosão de simpatia de Pottstown e parcialidade sulista pelos brancos com a qual os negros de Pottstown tinham muita prática, já que passavam a maioria de seus anos de trabalho como zeladores e faxineiras, ele convenceu o dono a deixá-lo alugar um de seus cavalos de montaria. Os animais da Chestnut Hill Riding Company eram criaturas magníficas: corredores aposentados, belos e de boa linhagem, poupados de uma bala na cabeça pelos amantes de cavalo da alta sociedade local. Os orgulhosos corcéis desfrutavam do restante de suas vidas com tranquilidade, treinados para trotar por uma trilha de cavalgada em Fairmount Park, um dos maiores parques municipais da América. A Chestnut Hill Riding Company era um clube exclusivo, proibido para negros e judeus, é claro, e a ideia de um negro sequer perambular até a entrada para pedir para entrar no clube e cavalgar uma de suas fabulosas montarias era absurda. Mas aconteceu de, na tarde de domingo em que Gene chegou, o orgulhoso dono da instituição, um quaker idoso chamado Thomas Sturgis, completamente ciente do histórico abolicionista de seu grupo, assim como da afiliação deles com o negro, havia acabado de receber uma carta de um camarada quaker moribundo lembrando-o de um glorioso sermão sobre a autossuficiência negra que os dois haviam desfrutado por meio de Booker T. Washington, um dos grandes líderes negros, que havia falado em sua casa de encontros quaker alguns anos antes. O lembrete das palavras daquele grande líder negro, e a lembrança de seu amigo que estava agora à beira da morte incentivando-o a ir àquela palestra inspiradora, tocou Sturgis, e o idoso quaker decidiu que naquele ano de 1936, setenta e uma primaveras depois do final da Guerra Civil, que aboliu a escravidão, já estava na hora de um bom negro se juntar à Chestnut Hill Riding Company.

Sturgis havia acabado de chegar a essa conclusão na manhã do dia em que Gene, formosamente vestido com terno, gravata, chapéu-coco e botas de montaria (pois tinha o hábito de se apropriar de vários itens "perdidos" por seus clientes da lavanderia a seco) chegou, anunciando ser o dono de um empreendimento próprio, e declarou que queria alugar um cavalo. Aos olhos de Sturgis, o educado jovem afrodescendente com sorriso contagiante e dono de sua própria lavanderia era o exemplo perfeito do tipo de negro necessário para quebrar o gelo, e Sturgis prontamente aceitou, acreditando que o Senhor o havia enviado como um sinal. Ele conduziu Gene ao estábulo e apontou para um grande cavalo de pelagem clara.

— Serve este palomino? — perguntou. — É um Quarto de Milha.

— Um quarto só? Eu pretendo cavalgar várias milhas — respondeu Gene, pois a figura do poderoso garanhão, que tinha quase um metro e oitenta até a cernelha, o deixou nervoso. Então disse: — Não preciso de um cavalo tão jovem. Vou ficar com um mais velho. Ou até uma mula. Tem uma mula?

O senhor quaker riu, achando que o negro bem-vestido estava brincando.

— Tuas criaturas de Deus com quatro patas são melhores em julgar tua alma interior do que tuas criaturas do homem. O tamanho não importa.

— De fato, o senhor está certo.

— Teu cavalo é frequentemente melhor juiz de teu caráter do que tua esposa, ou até teus filhos, que são muito mais hábeis nisso do que se imagina — continuou Sturgis. — Embora não tão sagazes quanto um cavalo. Um cavalo imediatamente sente tua natureza.

O fato de Gene, um homem confiante e esperto que nunca terminou o sexto ano, não ter se ofendido nem se abalado com o uso de "teu" e "tua", pelo qual os quakers eram famosos, e até usou as palavras ele mesmo quando respondeu, ajudou, pois não fazia ideia do que o homem estava falando. Mas percebeu que a vitória estava próxima e disse:

— E eu sinto a gentileza na tua alma privada. — Sem perceber até falar as palavras que eram provavelmente um insulto, mas supondo corretamente que o idoso provavelmente não escutara bem ou não sabia o que significava "privada"; só para garantir, no entanto, Gene rapidamente virou o jogo ao tagarelar mais sobre seu passado, com efusivos elogios à sua infância na adorável Pottstown, no condado de Montgomery, que descreveu como "uma terra farta de cavalos, vacas e sereias", deixando de fora a parte de ter nascido em Chicken Hill e de que o único cavalo no qual já havia de fato encostado era uma égua baixinha chamada Stacy que havia conduzido por aí para um andarilho judeu quase cego chamado Adolph de quem conseguiu surrupiar o salário de uma semana antes de fugir para a Filadélfia três anos antes.

O acordo estava firmado, a taxa foi paga, e Gene montou o cavalo e saiu pela trilha, desfrutando da vista no topo do fabuloso animal. O bicho conhecia o caminho de cor, e eles procederam sem incidentes. Onde a trilha seguia para a entrada do parque perto de Nicetown, a apenas dois quarteirões de sua casa, Gene, em uma onda de empolgação, conduziu a criatura para fora do caminho, para fora do parque, pela rua de paralelepípedos e para dentro de seu quintal. Ele atrelou o cavalo à sua recém-adquirida bomba d'água de bombeiro do ano de 1865, ainda cheia com 150 litros de água, e tentou dar uma voltinha no quarteirão para exibir seu novo brinquedo aos vizinhos do norte da Filadélfia. O pobre cavalo, que não conhecia os arreios e tirantes de uma carroça, disparou, galopando loucamente pela rua de paralelepípedo, fazendo a bomba tombar de lado e arremessando Gene, que quebrou três costelas e perfurou um pulmão. O cavalo arrastou a bomba caída por metade da rua até pessoas que estavam por perto conseguirem contê-lo. Quando Gordo chegou dois dias depois, Gene estava em uma cama de hospital, o quaker furioso de Chestnut Hill havia prestado queixa, e não restava ninguém para administrar a lavanderia a seco além da esposa de Gene, que estava distraída demais com fofocas sobre o baile para encarar o balcão de qualquer negócio. Ela implorou para Gordo ficar por mais duas semanas e tocar a lavanderia enquanto o irmão dela chegava da Carolina do Norte.

— Eu não posso cuidar de lavanderia nenhuma — disse Gordo. — Olhe isso aqui. — Ele apontou para a boca e o dente faltando. — Preciso dar um jeito. Quem vai deixar as roupas com um cara sem o dente da frente?

A esposa de Gene varreu o ar com a mão, em um gesto de dispensa, e, para a surpresa de Gordo, toda a sua arrogância tola desapareceu e ela foi direta com ele:

— Você não tem que comer as roupas, Gordo. Só juntar e entregar para o cliente. Vou arrumar um dentista para você. Conheço um bom.

— Não tem como arranjar outra pessoa para cuidar disso? — implorou Gordo.

— Ninguém sabe conduzir um empreendimento melhor do que você. Gene disse que você consegue administrar qualquer negócio.

Era verdade. Além de ser dono do único bar clandestino de Chicken Hill, Gordo dirigia seu Ford 1928 como táxi, entregava gelo com a própria mula e carroça uma vez por semana, podava árvores para as casas vizinhas, coletava tralhas velhas pela cidade de quem quisesse se livrar delas, operava uma barraca de hambúrguer e refrigerante em frente ao bar durante o dia, agendava ensaios para um fotógrafo negro de Reading fotografar casamentos negros e trabalhava no turno das 15 às 23 horas na Flagg com seu camarada italiano Propinão até ele conseguir fazer os dois serem demitidos. Gordo era um homem ocupado.

Ele explicou à esposa do primo que tinha de voltar para seus muitos negócios. Mas a garantia de que ficaria com os lucros de uma semana do bem-sucedido empreendimento de Gene o convenceu, isso e a promessa de que o irmão dela traria vários litros de um destilado ilegal caseiro — "coisa das boas", dissera ela, "não aquela merda aguada que fazem por aqui" — para ele levar de volta para casa. Isso selou o acordo, sem mencionar o conhecimento dela acerca de destilados que o convenceu de que a moça não era tão cheia de melindres quanto parecia.

Assim, Gordo passou duas semanas atrás do balcão da lavanderia de Gene antes de voltar a Chicken Hill.

À época, parecia um bom negócio. Ele recebeu pontos no lábio. A esposa do primo manteve a promessa, meio ou menos. Ela encontrou um dentista que substituiu o dente de ouro perdido por um de madeira. E quando estava tudo feito, ele tomou a estrada de volta para Chicken Hill, com seu cansado Ford 1928 carregado com 50 litros do melhor destilado ilegal que ele já havia tomado — o suficiente para vender até a primavera.

Havia funcionado bem até aquela noite, quando Nate Timblin entrou no bar e pediu uma bebida.

Ainda sentado na pilha de lenha do lado de fora enquanto Erskine Hawkins uivava da jukebox, Gordo olhou para a porta e pensou em suas opções. Realmente considerou descer o beco até a loja de Dona Chona, entrar pela porta dos fundos, que estava destrancada — ela nunca trancava, para que roubar se ela vendia fiado tudo que a pessoa quisesse e nunca cobrava o pagamento — e usar o telefone para ligar para a polícia e denunciar o próprio bar. Imaginou a cena: fazer a ligação, correr de volta para avisar Nate e os outros antes que os policiais chegassem, esconder o álcool no bosque atrás do bar e deixar a polícia fazer uma batida no lugar, onde não encontraria nada e iria embora. Mas esse plano tinha uma grande falha. Ele conhecia os quatro policiais da delegacia da cidade. Dois eram beberrões, facilmente subornados com bebida. O terceiro, David Hynes, era um cristão devoto com um coração gentil que fazia vista grossa a não ser que o desrespeitassem. Mas o quarto, Billy O'Connell, era um vigarista e também um sargento dos bombeiros da Brigada de Incêndio Empire. Gordo havia feito tudo o que podia para cair nas boas graças de O'Connell: fornecia cerveja barata com desconto para o quartel — na verdade roubada, mas os bombeiros de bom coração não se importavam. Dava-lhes frango de graça da grande promoção anual do Reverendo Spriggs. Havia até arrastado Propinão até lá e lhes entregado o homem, já que ele era forte o bastante para puxar os trinta metros de mangueira de incêndio molhada, feita em couro, até o topo da torre do quartel para deixar secando após o uso. Os caras da Empire eram loucos por Propinão. Todos gostavam dele.

Exceto Billy O'Connell.

Billy O'Connell não gostava de Propinão, nem de seus próprios bombeiros. Billy O'Connell não gostava de ninguém. Gordo nunca havia conhecido um irlandês como ele. Isso o tornava perigoso.

Gordo se inclinou sobre a pilha de lenha, considerando a opção. Era quinta-feira. O'Connell estaria de folga — a não ser que não estivesse. Se um dos outros três policiais houvesse faltado por doença, O'Connell seria chamado para substituí-lo, já que a cidade sempre mantinha três policiais de plantão.

Rememorou o plano. Quem saberia se O'Connell estava trabalhando?

*Gazeta saberia*, pensou. Aquela mulher sabia tudo. Mas devia estar dormindo ou em um encontro romântico com algum carregador qualquer da ferrovia. Ele reprimiu o próprio ciúme. Que mulherão ela era. Se ao menos soubesse dos sentimentos dele. Afastou a ideia depressa e voltou a refletir sobre o problema. Uma batida convocaria os três policiais, já que sempre levavam a força policial inteira para subir Chicken Hill. O'Connell estava de plantão ou não? Valia a pena só para tirar Nate dali antes que ele fizesse algum estrago? Ele pensou um pouco. Sim, definitivamente sim! Mas então se lembrou de que lhe haviam contado que O'Connell era o policial que perseguira Dodô e o levara a Pennhurst. E se Nate soubesse que havia sido ele que ajudara Doutor Roberts a mandar seu sobrinho embora? Não daria certo, Nate bêbado e O'Connell aparecendo por lá.

*Esta cidade,* pensou carrancudo, *é um maldito ovo.*

Descartou o plano, considerou brevemente um esquema para esvaziar o bar entrando e anunciando que vários negros de Hemlock Row, uma vizinhança pequena nos arredores de Pottstown, estavam a caminho, loucos como o diabo, com armas e tacos de beisebol — ouvira dizer que um maluco de lá chamado Filho do Homem estava aparentemente fazendo todo mundo mijar nas calças de medo —, mas então abandou a ideia. Os negros da colina podiam acabar puxando uma briga feia com os caras de Hemlock Row. Nada bom, nada bom.

Enfim, decidiu tomar o caminho mais direto. Levantou-se, respirou fundo, subiu os degraus da varanda, voltou para dentro do bar, andou a passos largos até a parede, desligou a jukebox e anunciou:

— Fechando mais cedo, pessoal. Amanhã eu trabalho.

— Ah, vai, Gordo — reclamou um dos homens. — Deixe Erskine Hawkins terminar!

— Erskine vai continuar na jukebox amanhã. Para casa, todo mundo.

Havia sete pessoas no bar, e elas enrolaram, degustando lentamente as bebidas, até que viram Gordo ir à mesa aos fundos onde Nate estava sentado em silêncio, com uma jarra do Sangue de Cristo da Carolina do Norte e um copo meio vazio à frente. Isso os fez se mexer. Viraram o álcool e se arrastaram até a porta, exceto Ferrugem, que continuou atrás do balcão, uma peça improvisada com uma tábua de madeira e sarrafos de pinus.

Gordo se sentou e gesticulou para Ferrugem se unir a eles, o que ele fez enquanto Gordo falava.

— Boa noite, Nate.

Nate estava encarando o copo. Depois de um longo momento, seus olhos vidrados levantaram lentamente para focar Gordo, então voltaram devagar para o copo.

Durou só um instante, aquele olhar de Nate, mas bastou. Gordo olhou para o chão, com os cabelos da nuca arrepiados. *Puta merda,* pensou, *o que foi que eu fiz?* Quando Gordo tinha 19 anos, havia passado dois anos na prisão de Graterford por um contratempo que preferia esquecer, e depois de batalhar por comida e tratamento melhores, havia sem querer insultado um prisioneiro antigo chamado Sujo, líder do bloco e que estava cumprindo uma sentença de prisão perpétua por três assassinatos. Sujo, à primeira vista, parecia uma borboleta: um idoso magro, com aparência frágil, óculos grossos e ombros pequenos, enquanto Gordo era um jovem robusto, cheio de energia, de tronco largo. Gordo não pensou muito no insulto até dois dias depois. Estava sentado no refeitório quando Sujo, à outra mesa, levantou-se, espreguiçou tranquilo, andou até a mesa com um garfo na mão e calmamente arrancou o olho do homem sentado na frente de Gordo. Fez tudo com a serenidade de uma dona de casa amamentando um bebê.

Gordo estava perto o suficiente para escutar o som esponjoso do garfo aterrissando no olho do pobre coitado, e ele nunca se esqueceu da tranquilidade na expressão de Sujo ao espetar o garfo, e o olho do infeliz saltar para fora e rolar pelo chão como uma bolinha de gude. Foi uma operação limpa e precisa. O senso de propósito o abalou. No minuto em que Sujo saiu da solitária — e Gordo notou que foi uma estada curta, outro reconhecimento do poder e influência daquele homenzinho — ele foi aos tropeções até sua cela para pedir desculpas por sua leve transgressão. O idoso foi surpreendentemente cortês. Perguntou:

— Você vem de Pottstown?

— Isso.

— Então conhece o Nate.

— Só tem um Nate naquela cidade. Todo mundo o conhece. É casado com uma das minhas primas. Todos lá somos parentes de um jeito ou de outro.

— Nate esteve aqui há alguns anos — anunciou Sujo.

Gordo ficou surpreso.

— Ele nunca me contou isso. É bem mais velho. Olhe, Sujo, eu queria dizer que sint…

Sujo ergueu uma mão e o interrompeu:

— Eu arranquei o olho daquele cara porque ele roubou uma coisa que me pertencia. Mas se Nate pegasse alguma coisa minha, eu não mexeria um dedo. Não contrario Nate nem por todo o queijo e bolachas do mundo.

— O velho Nate? Estamos falando do mesmo cara? Nate Timblin?

— Não era esse o nome que ele tinha aqui, meu filho. Pode perguntar pro pessoal.

E Gordo o fez. Descobriu dos outros prisioneiros que o Nate que ele conhecia — o Nate calmo e confiável, o senhor que viera do Sul a Pottstown e trabalhava no Salão de Dança e Teatro 100% Americano do Senhor Moshe, e que seguia a esposa Addie por aí como se fosse um cachorrinho, que levava seu sobrinho surdo Dodô para caçar — não era o mesmo Nate que cumprira pena na prisão de Graterford. Ali, ele era uma história, uma centelha, uma lenda, uma força da natureza, um símbolo do medo. Por que ele fora preso ninguém parecia saber, mas havia rumores e eles não eram bons. Ninguém parecia se importar muito com o onde e o porquê exceto por uma questão: o nome dele não era Nate Timblin. Os prisioneiros o chamavam de Love.

— Nate Love — disseram —, não Timblin. O nome dele é Love, de amor. Nate Love. Não conhecemos nenhum Timblin. Vimos a papelada. Love. Este é o sobrenome dele, meu filho. Nate Love, dizem que veio da Carolina do Sul. As Terras Baixas, como chamam. Homem melhor, impossível; a alma mais gentil que já andou por entre estas paredes de prisão. Mas se ele encucar com você, vira o escolhido da semana.

Quando ouviu isso, Gordo voltou à cela de Sujo e perguntou:

— Você conhecia bem o Nate?

— Muito bem — respondeu o senhorzinho.

— O que ele fez para vir parar aqui?

Sujo deu de ombros.

— Não é o que ele fez para vir parar aqui, meu filho. É o que tem dentro dele. Pode chamar de maldição, possessão, o que quiser. Seja lá o que for, vive dentro de algumas pessoas. Não tem muitos desse tipo no mundo. Mas Nate é um deles. Tem essa *coisa* por dentro, meu filho, bem, bem lá dentro. É uma pena, na verdade, porque ele é boa gente, meu tipo de gente. Mas um homem não tem como controlar o que carrega por dentro na hora que a coisa escapa, é como se eu ou você tentássemos não soltar uma sacola de compras se fôssemos atropelados por um ônibus. Algumas coisas está simplesmente lá, esperando para ser solta. É assim que é. Você não vai querer conhecer esse lado dele, meu filho. Se for burro o bastante para soltar esse diabo de dentro dele, vai estar com a água até o pescoço.

Gordo, sentado à mesa bamba de frente para Nate, sentiu a boca ficar seca. Engoliu saliva ao observar o homem encarar o copo meio vazio de destilado ilegal. Seus olhos brilhavam de um jeito sinistro. Gordo viu então. Viu o que o homem vira. Nate Love, chamando de um outro mundo, com os olhos calmos e intensos, quase transbordando uma ira fervente. Resistiu à urgência de dar um pulo e correr para longe noite afora. Em silêncio, xingou a si mesmo, xingou Propinão por ferrar as coisas na fábrica da Flagg, xingou seu primo Gene e a esposa de Gene e o irmão da esposa de Gene também, que lhe deu aquele destilado Sangue de Cristo da Carolina do Norte, e por último xingou a si mesmo de novo.

— Eu nunca deveria ter trazido esse destilado para cá — disse em voz alta.

Nate o ignorou e continuou sentado, sem se mexer, com os longos dedos ainda envolvendo o copo. Gordo olhou de relance para Ferrugem, que também estava abalado. Era um cara grande, forte, largo e jovem; Gordo também não era um sujeito pequeno.

Mas naquele momento, vendo o medo subir ao rosto de Ferrugem e sentindo o próprio pavor cravando as unhas em suas entranhas, ele soube que mesmo se os dois se unissem contra Nate, seria como tentar apagar um incêndio com um copo d'água.

Gordo decidiu que não falaria mais nada. Foi Ferrugem quem falou. Apontou para o copo meio vazio:

— Está bom isso aí, Nate?

Silêncio.

— Você está bem?

Nate não respondeu, seus olhos não vacilaram, focados no copo.

Enfim, Gordo encontrou a própria voz:

— Nate... eu preciso fechar mais cedo hoje.

Os olhos de Nate lentamente desviaram do copo ao rosto dele, e Gordo virou a cara. *Minha nossa,* pensou. *Fiz merda.*

Gordo olhou de lado para Ferrugem, que, graças a Deus, quebrou o gelo da maneira mais estranha possível. O jovem Ferrugem estava cansado. Inclinou-se sobre a mesa, colocou a mão no rosto e esfregou os olhos. Havia certa inocência no menino que parecia levar novos ares para qualquer cômodo em que entrasse. Todos da colina amavam Ferrugem, que faria qualquer coisa por qualquer um. O simples bocejo, seu cansaço, pareceu aliviar um pouco da tensão na sala. Só um pouco, e Gordo decidiu fazer algo raro: ficar quieto. E não se arrependeu, pois Ferrugem tirou as mãos do rosto e continuou:

— Eu também não estou feliz com o que aconteceu, Nate. Não é certo. Dodô não fez nada errado. Doutor Roberts... ele simplesmente não presta.

Os olhos de Nate desviaram para Ferrugem. A ira calma que brilhava com tanta força em seus olhos a ponto de fazer parecer que eles estavam olhando para o sol parou sobre o rosto inocente de Ferrugem, e o brilho diminuiu um pouco. Ferrugem começou a falar alguma coisa e desistiu, até que disparou:

— Talvez tenha um jeito de sair dessa.

— É isso aí — incentivou Gordo. — Eu conheço um pessoal lá de Pennhurst.

Nate olhou em sua direção, e ele sentiu como se o burburinho elétrico houvesse diminuído no cômodo. A ira afiada do homem amenizou, a energia de ódio que emanava daquela força da natureza à sua frente aplacou-se enquanto Nate dedilhava o copo, mexendo as mãos pela primeira vez. Então Gordo viu seus lábios se moverem e ouviu, como que num sonho, Nate murmurar alguma coisa.

O cômodo estava quieto. Gordo havia desligado a jukebox e só o rangido das cadeiras bambas e o estalar do forno a lenha em seus últimos suspiros enchiam seus ouvidos; mesmo assim, não escutara.

— Pode repetir, Nate?

Tanto ele quanto Ferrugem se inclinaram sobre a mesa, com as orelhas perto dos lábios de Nate conforme o homem grande repetia, sussurrando em uma voz tão baixa que ambos tiveram de se esforçar para escutar. Mas depois que ele falou, Gordo assentiu e disse:

— Está bem, Nate. Nós vamos levar você pra casa agora.

Os dois se levantaram, um de cada lado de Nate, e o seguraram gentilmente pelas axilas, levantando-o, e o conduziram até a porta. Dez minutos depois, colocaram-no na cama sem incidentes, pois ele não dissera mais nenhuma palavra. Deixaram-no deitado de roupa e tudo e saíram depressa da casa, dando graças a Deus por Addie não estar lá, já que passava a maior parte das noites no hospital de Reading cuidando de Dona Chona, que estava morrendo, diziam, desta vez para valer.

Foi só depois que deram as costas para a casa escura e estavam andando pela descida enlameada a caminho de Pigs Alley para fechar o bar que Ferrugem perguntou:

— Você ouviu o que ele disse?

— Ouvi — respondeu Gordo.

— O que significa aquilo?

— Significa o que ele disse que significa.

— Que é...

— Dois pesos, duas medidas. Só o Senhor conhece ambos.

— Isso não é da Bíblia? Melhor eu perguntar para o Revendo Spriggs?

— Nem morto — explodiu Gordo. — Deixe-o de fora disso.

— O que significa então?

— Significa que temos que arrancar aquele menino de Pennhurst ou a coisa vai ficar feia.

# 15

# O VERME

Dona Fioria Carissimi, mãe do jovem Enzo Carissimi, que todos da colina chamavam carinhosamente de Propinão, ficou sabendo por duas pessoas da história do comerciante judeu e do menino negro surdo. A primeira foi Vivana Agnello, presidente da Associação de Mulheres Voluntárias da igreja católica St. Aloysius do centro de Pottstown, onde Fioria ia à missa todos os dias. O grupo se encontrava duas vezes por mês no porão da igreja para tomar café, fofocar e decidir quem da cidade precisava do que em termos de moda. Vivana anunciara que os judeus haviam escondido o menino surdo do estado para pedir um resgate para os negros que o queriam escondido, depois ficaram com o dinheiro e chamaram a polícia mesmo assim. Sabia disso com certeza, alegou, pois seu marido era supervisor na fábrica Enlevra Stove que fez o fogão que começou a coisa toda três anos atrás. A empresa pagou 1.200 dólares para a família depois que um dos seus fornos explodiu e matou a mãe do menino, deixando aquele pequeno parvo bem rico. Desde que a mãe morrera, os negros da colina se aproveitaram dele e roubaram quase todo seu dinheiro, gastaram em material de pesca e uísque até um deles dar o que sobrou para os judeus da mercearia protegerem o menino do estado, que estava atrás dele — aí eles o entregaram para o governo mesmo assim.

A história parecia tão estúpida que talvez fosse verdade, mas a fofoca de Vivana se tornou inútil depois que ela criticou Eugenio Fabicelli por vender a padaria para um judeu chamado Malachi em vez de oferecer para o primo dela, Guido, que queria comprá-la.

— O judeu afundou o negócio até falir e foi embora da cidade — disse. — Tão idiota, aquele Eugenio.

O último comentário, feito em inglês, causou certa comoção entre o grupo normalmente calmo de mulheres da St. Aloysius porque a irmã mais nova de Eugenio, Pia, calhou de estar presente. Pia falava pouco de inglês, e embora não tenha processado o comentário na hora, uma tradução tardia mostrou-se eficiente, pois ela abandonou imediatamente a associação. E como trabalhava de faxineira no escritório do prefeito, que também servia de delegacia e sede dos departamentos de água e luz, além de usual ponto de encontro para as reuniões periódicas dos poderosos da cidade — um terço dos quais alegam ser descendentes diretos dos passageiros do *Mayflower* —, lá se foram metade das notícias úteis de Pottstown, incluindo informações sobre valiosos imóveis prestes a ir para leilão, doações de terras, permissões para desfile, leilões bancários de ferramentas de fazenda, e outras informações vantajosas, muitas das quais eram rabiscadas em papéis amassados que Pia pescava dos cestos de lixo e enfiava no bolso do avental para levar à reunião das mulheres e compartilhar com o grupo, sem mencionar sua receita secreta de torta de moranga que, depois de muita insistência, ela havia prometido compartilhar. Acabou-se. Tudo. Por causa de um comentário bobo.

Fioria recebeu a notícia com tranquilidade. Não tinha interesse nas notícias da cidade e nem na receita de torta de moranga de Pia — na verdade, ela era a única pessoa que sabia que ia mais abóbora barata do que moranga na torta de Pia. Ela também não era uma participante muito interessada do grupo de mulheres de Vivana, pois todo mundo sabia que Vivana havia conseguido o cargo porque seu marido, Enrico, alegava ser um supervisor na fábrica da Enlevra e até vestia camisa e gravata ao sair para trabalhar de manhã, só para enfiar um macacão por cima das roupas chiques quando chegava na fábrica e ficar na caldeira como o resto dos imigrantes. Fioria achava a insistência de Vivana em falar inglês e sempre tentar ser tão americana um pouco desagradável ao encorajar as outras donas de casa a dar hambúrgueres e Coca-Cola para os filhos em vez de *arancini* e *ribollita*. Mas é verdade que Vivana vinha de Gênova, onde ninguém era feliz, então o que dava para esperar? Em contraste, Pia era uma conterrânea da Sicília que morava na mesma rua que Fioria em Chicken Hill. Então embora Fioria tenha continuado a frequentar o grupo de mulheres voluntárias, manteve também relações com sua boa amiga, e certa tarde menos de uma semana depois de Dodô ser enviado a Pennhurst, ela estava na cozinha de Pia assistindo à jovem mulher amassar seu ingrediente secreto — abóbora barata — em pequenos montinhos para fazer sua torta de moranga.

Foi depois que Pia enfiou uma das tortas no forno e as duas mulheres se sentaram para tomar café com leite evaporado, conversando em italiano sobre o incidente na Mercearia do Céu e da Terra, que Pia soltou a bomba sobre Doutor Roberts.

— A mulher não fez nada de errado em esconder o menino — comentou Pia. — Ela ainda está viva?

Fioria deu de ombros.

— Está em um hospital em Reading. Em coma, dizem, se Deus quiser vai acordar — respondeu, fazendo o sinal da cruz.

— Ela tem filhos?

Fioria decidiu ser cautelosa. O assunto era delicado, pois Pia, nove anos mais jovem, ainda não tinha nenhum filho e havia começado a ver médicos americanos para procurar uma cura, o que Fioria desencorajava.

— Não — respondeu —, mas quer saber? Esse é só um jeito de viver mais. Crianças podem ser uma baita dor de cabeça.

Pia pareceu subitamente irritada, então explodiu:

— Onde é que dá para esconder um menino por aqui? Não tem nada aqui além de cerca de tela e bosta de cavalo.

Fioria deu de ombros de novo, não gostava de repetir boatos.

— Só sei que a polícia foi buscá-lo e o povo de cor ficou irado e a coitada se meteu no meio de algum jeito. Foi o que o Doutor Roberts contou para o padre na missa.

À menção de Doutor Roberts, o rosto de Pia enrubesceu e ela se levantou da mesa. De costas para Fioria, pegou a colher de pau do balcão, encheu de abóbora e derramou com raiva o conteúdo numa travessa.

— O que foi? — perguntou a mais velha.

— Nada — respondeu Pia, misturando furiosamente o recheio da torta.

— Você a conhece?

— Quem?

— Chona. A mulher judia.

— Eu não saberia reconhecê-la nem se ela entrasse aqui vestida de camundongo e jogasse sal e azeite de oliva na cozinha toda — disse Pia. Ela ficou olhando fixo para a porta, embora a casa estivesse vazia, então desatou a soltar maldições em gíria siciliana. — *Mi farei controllare in manicomio prima di lasciare che il dottor Roberts mi mettesse le mani addosso. È un verme cattivo.* (Mas eu me internaria em um manicômio antes de deixar Doutor Roberts colocar as mãos gordas em mim de novo. É um verme maligno.)

Fioria recebeu a informação com choque e alarme. Era sinal de problema. O marido de Pia, Matteo, era gesseiro, um sujeito gentil e amigável exceto quando se tratava da esposa, pois ela era uma criatura magra e bonita.

Fioria mudou rápido de assunto:

— Estou velha demais para médicos americanos. Graças a Deus tive meus filhos na Itália. Nunca vou em médico nenhum aqui. É um atalho para a morte.

Pia marretou o recheio na massa, colocou a assadeira no forno e tornou a se sentar na mesa, bufando. Então disse baixinho:

— Não comente nada. Se Matteo for para a prisão, o que vai ser de mim?

Fioria esticou o braço por cima da mesa e colocou a mão no ombro da amiga. Isso pareceu confortá-la, pois o coração de uma mulher boa pode guardar segredos melhor do que qualquer cofre, e Fioria era uma mulher boa. Porém, mais tarde aquele dia, enquanto estava ao fogão preparando o jantar para o marido e Enzo, Fioria sentiu um pânico súbito lhe subir às têmporas tão repentinamente que precisou se sentar à mesa e mergulhar os dedos no saleiro para mascar o sal, o que fazia em momentos de extrema preocupação. *Esta cidade é pequena demais,* pensou, *e o tipo de problema que Pia mencionou é bem amplo.* Havia escutado um ou dois boatos sobre Doutor Roberts, mas era melhor ficar longe dessas coisas. Ainda assim, se o marido de Pia descobrisse sobre o médico... sentiu todos os pelos do corpo arrepiarem e fez o sinal da cruz, pensando no filho. Enzo conhecia bem Matteo. Na verdade, conhecia bem todo mundo. Era um coração mole. Faria qualquer coisa por qualquer um. Esse era o problema.

Ponderou o assunto em sua cabeça. Se Matteo arrumasse confusão, Enzo iria junto, e também seu amigo Gordo e, pensou com súbita clareza, também *la polizia*, pois eles nunca estavam muito longe de Gordo. Que seu filho fosse grudado como um carrapato no negro com a pior má fama de Chicken Hill era algo que a preocupava cada vez mais. Os meninos eram amigos desde a infância. Quando ela e o marido chegaram a Pottstown uma dúzia de anos antes, vindos da Sicília, Enzo tinha 12 anos de idade e não falava inglês. Mas Gordo, que morava na esquina, falava inglês o suficiente pelos dois. Os imigrantes italianos da colina normalmente conviviam só entre si, mas as crianças brincavam juntas sem fronteiras, e embora a maioria voasse de volta para a própria tribo quando crescia, Enzo e Gordo continuaram grudados como unha e carne. Jogaram no mesmo time de futebol americano no ensino médio e até conseguiram emprego na mesma fábrica depois da formatura. Embora seu marido não aprovasse a amizade do filho com Gordo, Fioria o achava encantador e engraçado, e seus esquemas malucos eram divertidos, como a vez em que ele juntou todo tipo de lixo de metal que encontrou em uma velha carroça de gelo — colheres, conchas, latas, tubos de aço — e conduziu-a pela colina, puxada por uma mula, operando a coisa toda como se fosse um táxi. Até o marido dela caiu na risada quando viu. E Gordo era prestativo. Sabia consertar carros e caminhonetes, era um bom carpinteiro e excelente serralheiro, e ensinou todas essas coisas a Enzo. E embora Enzo houvesse recentemente arrancado seu dente da frente em alguma disputa, eles raramente discutiam. Gordo havia até conseguido colocar Enzo no corpo de bombeiros — o primeiro italiano da história da corporação. Isso foi algo grande.

Mas agora era diferente. Enzo havia acabado de arranjar um novo serviço na fábrica da Dohler depois que alguma situação com Gordo lhe custou o último emprego. Não precisava de mais problemas. Ela decidiu que falaria com ele sobre meter o nariz no problema dos outros.

Já eram mais de 16 horas e a fábrica da Dohler já encerrara o turno, o que significava que Enzo não estava no trabalho. Ela sabia exatamente onde encontrá-lo.

Tirou o avental, desligou o fogão, saiu de casa pela porta da frente, marchou pelas espremidas casinhas geminadas da rua, virou para o leste na intersecção, atravessou um terreno baldio cheio de mato e pegou a trilha enlameada que levava ao bar clandestino de Gordo, onde seu filho passava todo dia depois do trabalho para tomar cerveja e escutar música e jogos de beisebol no rádio com os outros clientes regulares, a maioria jovens negros.

Vários deles estavam sentados em caixotes bebendo cerveja perto do uma mesa improvisada na frente, ao lado de uma churrasqueira com uma placa que dizia "Hambúrguer 10 centavos", e eles conseguiam ver Fioria a duzentos metros enquanto se aproximava, uma coisinha minúscula num vestido simples marchando determinada em direção a eles, as mãos unidas às costas ao encarar a colina com esforço e agilidade, à moda italiana, inclinada para a frente. Conforme se aproximava, ela viu a uns cem metros de distância a silhueta imensa do filho. Aos 24 anos, Enzo tinha um metro e noventa e oito e a robustez de um muro de tijolos. Era um dos homens mais altos de Pottstown, difícil passar despercebido. Estava sentado em um engradado e inclinado sobre um tabuleiro de damas na varanda do bar. Algo na imagem do filho gigante de frente para o muito mais baixo e largo Gordo fez o sangue lhe subir ao rosto e ela ficou furiosa.

Nem Gordo nem Propinão a viram chegar, mas os outros jovens afrodescendentes sim, e eles rapidamente viraram seus engradados, enfiaram cervejas debaixo da varanda, apagaram cigarros, ajustaram o colarinho e sibilaram:

— Propinão! Propinão! Sua mãe está vindo.

Mas era tarde demais. Quando ele finalmente escutou e virou a cabeça, viu o dedo da mãe apontado direto para o seu nariz. Ele era tão alto que, mesmo sentado, ficava maior que ela, então o dedo apontava para as narinas. Fioria ralhou com ele em italiano:

— Não me vá se meter em problemas, mocinho.

— Como é que é?

— O que aconteceu na mercearia?

— Que mercearia?

— Você fique longe disso — insistiu ela.

— Longe do quê?

— Longe do que aconteceu na mercearia.

Propinão olhou para Gordo, que estava sentado em silêncio, e revirou os olhos de maneira descontraída. Estava envergonhado. Mas como ele e a mãe eram os únicos que falavam italiano, decidiu seguir o jogo, falando calmamente em sua língua materna:

— O que foi que eu fiz, Mama?

— Não se faça de bobo! A polícia esteve lá! Você estava também?

— Lá onde?

— Eu tenho cara de idiota? O que foi que aconteceu?

— Do que você está falando?

— Do hospício! Você quer ir parar lá?

— Que hospício? Eu acabei de vir do trabalho!

Daí em diante, Fioria perdeu a paciência e não lembraria no dia seguinte, nem no próximo, o que foi dito. Mas para os jovens que assistiam à cena, a torrente de italiano derramada pela mãe, seguida pelas respostas gaguejadas de Propinão, era puro entretenimento, e eles encheram o ar de bufos e risadinhas abafadas, todos exceto Gordo, que desceu com cautela da varanda e ficou perto de Ferrugem, ambos olhando, pasmos, a interação entre mãe e filho.

— Você fique longe da polícia ou vai acabar no hospício também! — disse Fioria.

— Eles não podem me levar para o hospício se eu estiver trabalhando — retrucou Propinão.

— Quem disse que você estava trabalhando? A polícia sabe? Quem quer falar de trabalho com a polícia? Você acabou de perder um emprego e já vai perder outro. Por quê? Porque fica falando com a polícia! Não fale com a polícia! Nunca!

— Quem disse que eu falei com a polícia?

— Não zombe da minha cara! — Ela apontou para Gordo, então de volta para Propinão, e desembuchou em italiano: — Gordo tem quinze empregos. Você tem um. Acha que emprego dá em árvore? Fique longe de problemas ou não vai mais ter serviço! A polícia mandou a criança de cor para o hospício! E você é o próximo, do jeito que fica falando! E fique longe daquele médico. *Medici americani! Ciarlatani com mani veloci. Una pillola per tutti.* (Médicos americanos! Charlatões com mãos ágeis. Uma pílula para tudo.) Não dá para confiar neles. Eu deveria contar para o seu pai.

E assim foi.

Ferrugem inclinou-se para perto de Gordo:

— Gordo, o que foi que o Propinão fez?

— Sei lá — respondeu o outro, franzindo a testa. — Mas ele não vai fazer de novo nunca mais.

Vendo Dona Fioria esbravejar assim, Gordo ficou preocupado. A mulher morava no pé da colina perto da rua principal, só um quarteirão acima de Gazeta. Gazeta, que lavava as roupas em um tanque que dava para a rua principal, era um megafone. Basicamente vivia no canteiro de flores do jardim quando não estava lavando roupas ou partindo o coração de algum pobre coitado da ferrovia. A casa dela era como uma guarita para Chicken Hill. Ela via tudo e todos que subiam a colina. O que significa que havia visto Dona Fioria subir até o bar dele, porque não havia *nada* depois do terreno com mato a não ser seu bar, o que significa que a notícia se espalharia em minutos. *Na verdade*, pensou, *a essa altura já se espalhou.*

Ele suspirou, observando Dona Fioria ralhar com Propinão. Gordo gostava dela. Era boa gente, praticamente uma segunda mãe. Havia lhe dado umas surras de cinta quando eram crianças e estava punindo Propinão por alguma coisa — e ambos mereciam. Mas ela era branca. E brancos perambulando por seu bar em Pigs Alley atraiam a polícia. E a polícia acabava com as finanças. Eles podiam aparecer naquele exato instante e prendê-lo por vender hambúrguer e Coca-Cola durante o dia se quisessem. E se fosse Billy O'Connell, nada o impediria de fuçar por aí e encontrar seu destilado ilegal enterrado no bosque, sem contar outros bens tangíveis que ele havia escondido lá atrás, inclusive uma esmerilhadeira de bancada de oitocentos cavalos de potência que ele havia pegado da fábrica da Dohler no ano anterior e mais alguns outros itens que "encontrara" em algumas indústrias da região para vender depois.

Ele queria intervir, mas sabia ser mais esperto do que isso. Como alternativa, sua mente remoeu soluções. Como voltar ao normal? Nate estava se recuperando da ressaca, provavelmente estaria normal em um dia ou dois. Resolvido, próximo. A esposa de Nate, Addie, estava incomunicável, acompanhando Dona Chona no hospital em Reading. Resolvido, próximo. O pobre Dodô havia partido. Mandado para o hospício em Pennhurst. Fazia duas semanas que estava lá. Talvez Nate e Addie desistissem dele e fossem deixar seu precioso Bom Senhor que tudo resolve cuidar do menino. Resolvido, próximo. Doutor Roberts iria querer abafar a coisa entre os brancos de qualquer forma. Resolvido. Sem problemas. Tudo passaria logo. Dona Fioria que gritasse o quanto quisesse, depois o assunto morreria. Não era razoável esperar que tudo simplesmente passasse?

Para o alívio de Gordo, Dona Fioria terminou seu sermão, virou de costas e começou a marchar Pigs Alley abaixo. Para seu espanto, ela de súbito deu meia-volta e se aproximou dele pisando forte, apontando um dedo minúsculo e falando com pesado sotaque italiano:

— Você *diveria* se envergonhar, Gordo.

Gordo lhe ofereceu um sorriso do tipo "quem, eu?" e abriu os braços.

— Dona Fioria, eu não estav...

— Problema, problema, problema! A pobrezinha está doente *perché* um... — Então ela parou e o encarou confusa. — Que *cosa* é essa na sua boca?

— Na minha boca?

— *Tuo* dente. O que houve?

— Ah, eu pus um novo.

— Deixe-me ver.

Gordo abriu a boca. A mulher minúscula chegou mais perto e espiou para dentro, examinando o dente de madeira, agarrando o queixo dele e virando sua cabeça de um lado para o outro antes de soltar e dizer:

— Você *diveria* pegar seu dinheiro de volta.

Atrás de si, Gordo ouviu vários homens rindo, mas Dona Fioria não estava achando nada engraçado. Estava olhando fixo para ele com as mãos na cintura.

— O que aconteceu na mercearia? — Exigiu saber.

— Não sei. Ouvi dizer que Dona Chona cai...

E ela recomeçou, ralhando com uma cachoeira de italiano:

*— Ti porterò a casa e ti laverò la bocca con sapone di liscivia se hai intenzione di darmi un sacchetto di gomiti, ok? Cucinavo il cibo e vivevo prima che i tuoi primi denti crescessero.* (Eu vou levar você para casa e lavar sua boca com sabão de soda cáustica se for me dar um saco de cotovelos, ok? Eu preparava comida e era viva antes dos seus primeiros dentes nascerem.) — Então ela voltou para o inglês, finalizando com: — Não fale *assi* ou assado comigo! Dona Chona isso, Dona Chona aquilo... o que aconteceu lá?

Pela primeira vez, Gordo percebeu que não sabia exatamente o que havia acontecido na mercearia. Não estava lá no dia. Estava na Filadélfia arrumando o dente e administrando a lavanderia estúpida do primo. Mas com Dona Fioria encarando, percebeu que precisava ligar os pontos de qualquer jeito. Ela conhecia Bernice, que morava na casa ao lado da Mercearia do Céu e da Terra. Se ela subisse à casa da irmã dele e perguntasse o que aconteceu, ia criar problema, porque Bernice era santificada, consagrada ao Senhor, o que significava que ela era imprevisível. Odiava o bar do irmão. E mais, ajudara Dona Chona a esconder Dodô do estado, deixando-o brincar no quintal com seus filhos quando mandaram aquele negro atrás dele. Isso fazia dela uma cúmplice. E o homem do estado era negro também. Haviam lhe dito isso. Quem abrira a boca? De qualquer forma, Dona Fioria ir até Bernice só jogaria lenha na fogueira. Tudo havia começado com Nate arrastando os judeus para aquela situação.

Com Dona Fioria encarando, Gordo lhe ofereceu o que sabia:

— A mãe de Dodô morreu.

— Quem é Dodô?

— O menino. O nome dele é Dodô...

— *Aspere* um minuto — interrompeu Fioria. Ela balançou a cabeça para o filho, e Propinão suspirou e se aproximou. Ela precisava de um tradutor. Então assentiu para Gordo. — Continue.

Gordo falou enquanto Propinão traduzia.

— Dodô é filho de Thelma...

E assim, Gordo Davis, a última pessoa do mundo a se importar com alguém que não fosse ele mesmo, encontrou-se relatando o que sabia. Que três anos atrás uma mulher negra chamada Thelma Herring, irmã de Addie, que morava na colina, tinha um fogão Enlevra, feito em uma das fábricas de Pottstown. E o fogão explodiu. Por que explodiu, ninguém sabia. Mas o dia em que aconteceu é um dia do qual todos os negros de Chicken Hill se lembravam. O filho de Thelma, Dodô — cujo verdadeiro nome era Holly Herring — estava perto do forno quando houve a explosão. E isso de alguma forma afetou seus olhos e ouvidos.

— Ele ficou cego e surdo por um tempo — disse Gordo. — Os olhos voltaram. Os ouvidos não.

— E o fogão não matou a mãe dele?

— Já falei que não, Dona Fioria.

— A empresa pagou indenização?

Gordo parecia incrédulo.

— Um cachorro sabe que é Natal?

Propinão traduziu e Dona Fioria deu uma risadinha.

— Então ela não morreu?

— Não — respondeu Gordo. — Mas nunca mais foi a mesma. Ficou doente este ano e morreu, só isso. Ninguém recebeu indenização nenhuma. A tia e o tio de Dodô o acolheram. Ele não queria ir à escola porque não escutava nada. O estado queria mandá-lo para uma escola especial, então os tios pediram para a Dona Chona ficar com ele até conseguirem juntar o dinheiro para enviá-lo para o Sul. Eles têm família lá, vão cuidar dele.

— Tem certeza?

— Dona Fioria, acha que eu mentiria para a senhora?

— Para o seu bem, espero que não — disse ela, balançando uma mão com a palma aberta para o ar.

Gordo riu, pois podia ver que a raiva da Dona Fioria estava passando.

— Por que o médico veio? — perguntou ela. — O menino estava doente?

— Não sei. Doutor Roberts não costuma tratar negros.

— Como ele sabia que o menino estava aqui em cima? Eu moro aqui e *eu* não sabia que ele estava na colina.

— Eles estava evitando espalhar a notícia.

— Como o médico descobriu?

— Alguém deve ter contado, imagino.

— Foi assim que começou a briga na mercearia?

Pela primeira vez, Gordo pareceu confuso.

— Não teve nenhuma briga lá, não.

Fioria foi firme:

— Teve sim. Foi assim que a moça judia se machucou.

— Ela não se machucou em briga nenhuma. Juro por Deus.

— Então o que aconteceu com ela?

— Bom... ela caiu... meio que... não sei. Eles a encontraram com as roupas... meio rasgadas.

— Ela caiu e rasgou as roupas sozinha?

— Eu juro que não sei, Dona Fioria.

Fioria correu os olhos pelos jovens que estavam ao redor. Conhecia a maioria deles desde a infância, alguns há mais de uma década. Um punhado deles havia feito pequenos serviços em sua casa, outros comeram sua macarronada, pois depois de servir o marido e o filho, se via uma criança com fome passar, ela não conseguia se conter. Havia algo acerca de uma criança faminta que mexia com o coração de Fioria Carissimi, que crescera em um pequeno vilarejo siciliano perto de Palermo onde um jantar de arroz com azeite de oliva e carne de verdade era algo que acontecia uma vez por ano no Natal. Simplesmente não suportava ver uma criança com fome. Seu olhar penetrante parou sobre Ferrugem, que estava fumando um cigarro, nervoso. Ela apontou para ele e perguntou:

— Você estava lá?

— Eu... vi uma parte, Dona Fioria.

— E...?

— Bom, a Dona Addie chegou lá antes de mim.

Fioria soltou uma rajada de italiano, e Propinão revirou os olhos.

— Ferrugem, desembucha de uma vez antes que ela mate alguém.

Ferrugem abriu os braços para explicar:

— O que eu vi, quando entrei, foi Dona Chona deitada no chão com o vestido... bom, Addie estava ajeitando o vestido e as roupas dela. Como se estivessem amarrotadas. Como se alguém houvesse tentado tirar dela, sabe?

— O médico estava lá?

Rusty engoliu em seco e ficou quieto por um momento.

— O Doutor Roberts, você diz?

— Ele estava lá ou *no*?

— Estava saindo correndo quando eu entrei. Voltou cinco minutos depois com a polícia.

— E o menino?

— Dodô estava lá. Com certeza estava. E bem chateado. Gritou algumas coisas sobre Doutor Roberts quando os policiais estava correndo atrás dele. — E aqui Ferrugem empalideceu e disse: — Dona Fioria, eu não vi nada mesmo. Juro por Deus. A única pessoa que viu alguma coisa mesmo foi Addie. Ela está em Reading no hospital com Dona Chona. Pode perguntar para ela o que ela viu. Eu acho que as únicas pessoas que viu o que aconteceu com Doutor e Dona Chona foi o Doutor e a Dona Chona.

— O menino estava lá — argumentou Fioria. — Alguém perguntou para ele?

— Ele é surdo e mudo — respondeu Gordo.

Fioria franziu a testa quando foi traduzido, então falou direto com Gordo, em inglês:

— Surdo. — Apontou para as próprias orelhas. — *Però* mudo...? — Apontou para Ferrugem, Propinão e Gordo, contando enquanto gesticulava, dizendo em inglês: — Um, dois, três.

Então para o resto dos jovens homens ao redor, levantou um dedo como que a dizer "Cuidado. Estou de olho em vocês." Depois se virou para Gordo, falou mais algumas palavras em italiano e marchou colina abaixo.

Eles ficaram olhando ela ir. Gordo perguntou a Propinão:

— O que foi aquela última coisa que ela falou?

— Nada. Disse que a gente está encrencado.

— Não me enrole, Propinão. Eu sei como se diz problema em italiano. *Guaio.* Lembro dessa palavra de quando ela dava uma surra nos nossos traseiros. Não escutei isso no meio do que ela disse agora, não. Estava falando de mim?

— Não estava.

— Então o que ela disse?

— Disse que Deus está vendo o que nós estamos fazendo.

Gordo suspirou.

— Prefiro Ele irritado comigo do que ela.

# 16
# A VISITA

Chona estava em um quarto no último andar do hospital de Reading, em uma ala normalmente reservada para os doentes críticos e terminais. Foi nisso que insistiu o cavalheiro da Filadélfia, um rico dono de teatro de algum tipo, e pelo que ele pagou — em dinheiro. *"Quero que seja silencioso"*, dissera às enfermeiras da recepção. Ele estava aparentemente acostumado a dar ordens, o que causou certo ressentimento entre as atendentes. Havia boatos de que a judia no quarto 401 era de Pottstown e estava envolvida em algum tumulto ilegal. Elas não haviam visto muitos judeus naquele andar, nem muitos negros como a cuidadora que ficava sentada ao lado da cama da mulher o dia todo, com o rosto enterrado na Bíblia. A negra raramente sorria. Dirigia-se à equipe de maneira direta e concisa. Era arrogante e desrespeitosa, decidiram as enfermeiras. Para piorar, o marido judeu ia e vinha em horários estranhos, sem falar que parecia ter negros entrando e saindo daquele quarto o dia todo. Era um pouco demais — judeus pagando por quartos particulares, inundando o andar com negros. Este país, murmuravam entre si, está indo de paraquedas para o inferno.

Addie não sabia desses comentários, nem Chona, que estava inconsciente há quatro dias e presumia-se estar em um segundo coma do qual, diziam os médicos, não havia esperanças de que despertasse. Addie não tinha tanta certeza. Toda manhã, Chona se agitava, murmurava algo e voltava à inconsciência. No primeiro dia, Addie não deu muita importância. Mas após três dias, suspeitava que a mulher dentro daquele corpo estava viva.

Disse isso a Moshe quando ele chegou no terceiro dia acompanhado de Nate, com quem ela não falava desde o incidente. Os dois homens entraram parecendo exaustos. Explicaram que três dias seguidos de *Hamlet* com a trupe iídiche de teatro vinda de Pittsburgh haviam exigido muito tempo para montagem e desmontagem.

— Contanto que as pessoas tenham gostado — disse Addie. Tentou soar confortadora.

Moshe a ignorou e se sentou ao lado da cama da esposa sem falar nada. Estava um caos. Sua camisa estava manchada, o casaco gasto. As olheiras sob seus olhos pareciam grandes o suficiente para servir de porta-ovos. Ficou olhando para Chona por vários momentos, então perguntou:

— Alguma novidade?

— Ela está tentando colocar para fora.

— Colocar o que para fora?

— Aquilo que ela faz de manhã. Tenta toda vez. — Havia uma palavra judaica para isso, Addie sabia, mas não conseguia se lembrar. — Um dizer. Alguma oração. Ela está tentando fazer isso. Toda manhã. Há três dias já.

Moshe encarou a esposa comatosa, desviou os olhos para Addie e balançou uma mão.

— Deixe-nos por um instante — pediu.

Addie e Nate saíram para o corredor. Ao notar os olhares ameaçadores das enfermeiras, foram à escadaria, desceram os degraus e andaram até o saguão que dava para a entrada gramada do hospital, longe de olhos e ouvidos brancos. Era a primeira vez que ficavam sozinhos desde o incidente quatro dias antes.

— Não precisa dar falsas esperanças para ele — disse Nate.

— Não estou — replicou Addie. — Ela realmente ainda está viva.

— Deixe isso para os médicos decidirem.

— Eu não iria a um médico daqui nem por cem perus de Natal. Muito menos o Doutor Roberts.

— Você não tem como consertar o mundo inteiro.

— E o que isso tem a ver?

Nate apontou com a cabeça para dentro do hospital, para os médicos brancos, as enfermeiras de roupa impecável que passavam em ronda.

— Se alguém perguntar para você o que aconteceu na loja, fale que não estava lá. É assim que vamos jogar esse jogo.

— Mas eu *estava* lá. E vi coisas. Entrei pela porta dos fundos e vi o que vi.

— Que foi...?

— O Doutor Roberts rasgando as roupas dela, passando as mãos pelo corpo todo dela como se fosse um pedaço de carne.

Nate lançou um olhar de relance para os funcionários do hospital que passavam, os médicos e enfermeiras encarando-os ao cruzar o saguão e sair para a área movimentada do gramado da frente, para a longa e arqueada entrada de embarque e desembarque onde carros esperavam. Dois visitantes negros, vestidos de ajudantes, de pé no reluzente saguão do hospital de Reading, não era uma imagem bem-vinda.

— Não fale o nome dele aqui — disse Nate. — Pode ser que o conheçam.

— Devem conhecer mesmo, patife do jeito que ele é.

— Isso é problema de gente branca. Não se meta.

— Se não fosse por ele, o Doutor teria conseguido o que queria.

— O Doutor está conseguindo o que queria — disse Nate. — É a palavra dele contra a de um menino negro, surdo e mudo. Isso é mamão com açúcar para ele.

— Foi isso o que ele disse?

— A história que está contando é que ele foi buscar Dodô e o menino ficou maluco e o atacou. Dona Chona caiu por causa disso. Sentiu-se sobrecarregada e desmaiou.

— Com o vestido puxado até a cabeça? — questionou Addie.

Nate olhou para trás com olhos estreitos e sibilou:

— Puta merda, você vai criar um baita problema por se meter com essas mentiras de branco. Fique fora disso. Não tem o que fazer! — Ele falou com intensidade na voz, mas manteve o rosto impassível quando um grande grupo de médicos vestidos de branco passou apressado por eles, rindo de alguma piada particular.

— É por isso que você estava enchendo a cara no Gordo duas noites atrás?

Nate franziu a testa.

— Não vai acontecer de novo.

— O que Dodô disse?

Ele não respondeu. Addie o encarou, fechando a cara. Agora era a vez dela ficar brava:

— Você não foi vê-lo?

— Não.

— Por que não?

— Não sei se vão me deixar entrar.

— Eles deixariam até uma vaca entrar. É um hospício, não uma prisão. Não vão colocar você para trabalhar. Eles têm horário de visita.

— Eu tenho vergonha de ir nesses lugares.

Addie franziu a testa. Era isso então. Um homem com um passado que não revelava tinha medo de entrar em um lugar trancado a chave. Mesmo que fosse para uma visita. Não quando ele mesmo já esteve trancafiado.

— A Carolina do Sul é bem longe — disse ela, então assentiu. — O que quer que tenha lá, não importa mais. É o que está à sua frente que conta agora. Ninguém conhece você aqui.

— Nem deveriam — retrucou Nate —, porque eu mudei meu nome também.

Addie absorveu a informação em silêncio. Essa era nova.

Ficou observando-o murchar e se apoiar contra a parede. Sua silhueta alta curvou-se para a frente, os olhos envergonhados fixos no chão. Ela amava o arco gentil do seu nariz, a curva do seu maxilar, a forma como a cabeça se movia quando ele olhava para baixo, o tombar arredondado de seus ombros. Colocou uma mão na bochecha dele e afagou, gentil.

— Você pode se lembrar para sempre dos erros cometidos contra você — disse. — Mas se esquecê-los e seguir em frente com a vida, é quase tão bom quanto o perdão. Eu não me importo com quem você era, o que fez, nem com o seu nome. Conheço seu coração. E você parece tão cansado!

Ela pegou a mão dele com firmeza e segurou contra o próprio peito, na altura do coração. Nate sentiu uma onda daquele sentimento antigo, aquele brilho, a luz que ela acendia dentro dele, e a bigorna que pesava em seu coração ficou mais leve.

— Eu planejava ir. Peguei folga no serviço e tudo. Mas não tive coragem — confessou. — Então em vez disso fui no Gordo e banquei o idiota.

— Você não é a primeira pessoa do mundo a afogar as mágoas na bebida.

— Pior. Estava virando aquele destilado caseiro. Lá do Sul.

Addie deu uma risadinha.

— Isso explica porque está com essa cara.

Nate abriu um sorriso amargo.

— Acordei na manhã seguinte com a sensação de que a fanfarra do estado da Carolina do Sul estava tocando na minha cabeça. Já vi a apresentação deles uma vez, sabia? Estava trabalhando com um pessoal da rodovia, asfaltando uma estrada. Dava para escutar os tambores deles a quase dois quilômetros de distância. Minha nossa, quando viraram a esquina, deveria ter uns cem deles, da faculdade negra de lá, batucando os tambores e soprando as tubas, vestidos de um jeito chique igual pavões. Foi memorável. — Ele suspirou, então massageou a testa e olhou através do vidro para o interior calmo do hospital. — Esperava que Dodô pudesse ir para uma faculdade assim algum dia, garantir um futuro. Ele é esperto, você sabe. Consegue falar, ainda escuta coisas, sabe, coisinhas pequenas. Ele tinha uma chance.

— Como assim *tinha?*

— Ele não vai sair lá de onde o enfiaram.

— Quem disse que não? Temos que falar com alguém sobre isso.

— Daria na mesma se você quisesse cantar para um javali morto.

— E o Senhor Moshe? Ele tem um pouco de ginga.

Nate chacoalhou a cabeça.

— O Senhor Moshe não está bem. Mal consegue administrar os teatros. — Ele pensou por um momento, então disse: — Talvez o Revendo Spriggs. Ele conhece um monte de gente branca.

— Não conhece ninguém útil — retrucou Addie depressa.

— Não custa perguntar. Eu posso falar com ele.

— Deixe ele quieto. Está ocupado demais trovejando, balançando a Bíblia no ar e gritando sermões.

— O que foi que ele fez para você?

Addie desviou os olhos, não confiava em si mesma para falar, pois, se o fizesse, tinha medo de que a verdade revelasse uma história que poderia fazer Nate, como um relativo recém-chegado a Pottstown que só estava ali há nove anos, disparar para cima de Ed Spriggs com uma faca, pois ela conhecia Ed desde a infância. Ele era uma mistura de bandido com nervos de gelatina. Assustava-se com facilidade, podia ser comprado com facilidade, e amedrontado com facilidade, principalmente quando envolvia o homem branco. *Seu chamado para Deus,* pensou ela, *era ou um milagre ou uma desculpa, mas não importava.* Havia sido Ed Spriggs, ela tinha certeza, quem denunciara Dodô para o homem negro do estado. O reverendo era um dos poucos em Chicken Hill que sabia que Dona Chona havia escondido Dodô no quintal de Bernice, porque Bernice frequentava a igreja dele. Ela era uma mulher durona, difícil, não se deixava abalar nem por ameaças nem baboseiras. Não contaria nada ao homem branco. Mas os filhos dela iam à igreja de Ed Spriggs também, e Ed, cobra como era, não precisaria perguntar nada a Bernice sobre quem brincava no quintal dela. Bastava perguntar a um de seus filhos. Com certeza um deles deixaria escapar.

— Ed Spriggs não me fez nada — respondeu Addie.

— Ele e Bernice tiveram uma discussão acalorada ontem na igreja.

— Sobre o quê?

Nate deu de ombros, então perguntou:

— Bernice passou por aqui?

— Veio ontem. De roupa de igreja. Deve ter sido logo depois do culto.

— O que ela disse?

— Não ouvi Bernice falar mais do que dez palavras desde que o pai morreu e isso já faz anos. Ela se sentou com a Dona Chona por um tempo, e aí foi embora.

— Está me parecendo… — disse Nate. Depois parou, e perguntou: — Como o Doutor Roberts sabia que Dodô estava na colina?

— O homem negro do estado deve ter contado.

— E quem contou para o homem negro do estado?

— Ninguém que eu conheço. Dona Chona escondia Dodô no quintal de Bernice quando o cara vinha. Eu estava lá a maioria das vezes. Ele nunca nem olhou para o quintal.

— Talvez Bernice tenha contado.

Addie estreitou os olhos para ele:

— Bernice jamais contaria.

Nate falou devagar:

— A Gazeta me contou ontem que Bernice estava furiosa na casa dela, dando uma surra feia numa das crianças. Uma das mais novas.

— Não é da conta de ninguém como ela cria os filhos — disse Addie, mas ficou olhando nervosa enquanto Nate começou a ligar os pontos sozinho. Ela viu a ideia se formar em sua mente, a silhueta alta parecendo pensativa. Ele estivera cabisbaixo e cansado ao chegar, mantendo os olhos no chão quando os médicos e enfermeiras passavam espiando curiosos para os dois negros no saguão. Mas agora, conforme a possibilidade de que o Reverendo Spriggs pudesse ter dedurado Dodô para o estado, entregando o único bom segredo que Nate tinha pelo preço de um bolo de café ou de uma entrada em um carro ou por um mísero reconhecimento dos brancos, foi como se uma lagarta houvesse se libertado de seu casulo e uma borboleta do mal estivesse emergindo.

Ele se inclinou contra uma parede e apoiou o braço, um movimento lento, suave, que normalmente dava a impressão de um sujeito tranquilo se mexendo calmamente, com um objetivo gentil. Mas o brilho sinistro em seus olhos tinha um tipo de fúria contida, e dava ao movimento lento a impressão de um tigre se preparando para atacar.

Ele perguntou em voz baixa:

— O Reverendo Spriggs veio ver Dona Chona? — Antes que ela pudesse falar, ele respondeu à própria pergunta. — É claro que não.

Olhava fixo para a frente ao falar, ignorando agora os brancos que passavam. Havia uma criatura selvagem dentro dele, tentando se libertar, debatendo-se logo atrás de seus olhos, esperando a chance de explodir para fora. Ao ver a coisa crescer, Addie ficou assustada. *O diabo,* pensou. Ao vê-lo apoiar seu longo braço musculoso contra o vidro da janela, ela pensou por um breve instante que estava ficando louca, pela exaustão da falta de sono. Nate nunca havia levantado um dedo sequer contra ninguém, nunca em todos os seus anos juntos, nem contra Dodô quando o menino merecia. Ela não conseguia imaginar. Mas havia sido avisada. Gazeta passara no hospital no dia anterior e dera um alerta explícito de Gordo.

*"Gordo mandou ficar de olho em Nate."*

Addie havia captado o nervoso na voz de Gazeta. E agora, vendo o marido de pé no saguão do hospital, com o rosto revelando uma raiva suprimida, engatilhada, ficou com medo. Então disse:

— O Reverendo Spriggs não tem por que vir até aqui visitar Dona Chona.

— Ele é um reverendo, não é? Não é trabalho deles visitar os doentes?

— Ela tem um reverendo judeu próprio. Não precisa do Spriggs.

— Ele foi visitar o Senhor Eugenio, padeiro, quando ele ficou doente, não foi? Acho que o Senhor Eugenio era católico.

— Um reverendo não tem tempo de ver todo mundo — disse Addie, tentando desviá-lo da ideia. — Eles costumam visitar gente da própria igreja.

Nate ficou em silêncio por um momento, depois falou:

— Spriggs é próximo daquele Doutor Roberts. Até eu sei disso.

— Vamos fazer o que você falou — respondeu Addie depressa. — Vamos ficar longe dos problemas de gente branca, meu bem.

Nate não respondeu. Estava inacessível.

Addie tentou mais uma vez:

— Pode me fazer um favor, benzinho?

Nate olhou para ela com o canto do olho:

— O que você quer, mulher?

— Não me chame de mulher! Eu sou sua esposa!

Ela viu a ira nos olhos dele ceder espaço para desânimo e dor, e, naquele momento, Addie sabia que ainda tinha seu coração. Assim, tentou convencê-lo de novo.

— Vá ver como Dodô está. Eu juntei algumas coisas para ele em casa. Roupas, doces. Vá buscar essas coisas, depois desça até a mercearia, Gazeta está lá, e coloque ela no telefone com o pessoal de Pennhurst. Ela é boa em falar com gente branca. Deixe ela arranjar para você ir visitá-lo. Vai lhe fazer bem.

Nate olhou dentro dos olhos castanhos, inquisitivos e suplicantes da esposa, então para a mão que ela ainda mantinha no peito dele. Os dedos longos que tiravam o suor de seu rosto depois do trabalho, que costuravam suas calças, afagavam sua orelha e cuidavam dele de formas que ninguém nunca fizera em sua infância. E a ira que o havia dominado se dissipou.

— Eu não sou bom nesses tipos de lugar — disse. — Mas vou pensar.

# 17
# A RÃ-TOURO

A notícia da hospitalização de Chona e as circunstâncias que a cercavam não poderiam ter vindo em pior hora para a congregação Ahavat Achim de Pottstown. O templo minúsculo, construído no topo de Chicken Hill pelo pai de Chona quinze anos antes, havia sido virado de ponta-cabeça com a chegada de novos membros húngaros — e um de quatro patas, uma rã-touro gigante. A criatura enorme foi descoberta por uma das esposas recém-chegadas no micvê, ou piscina de banho das mulheres. O marido dela, um chapeleiro de sucesso vindo de Budapeste, chamado Junow Farnok, que chegara há pouco de Buffalo, Nova York — e que insistia em ser chamado pelo nome americano que adotara, Senhor Hudson —, ficou revoltado. Ofereceu injetar 145 dólares no shul para construir um novo micvê, com a exigência de que o novo fosse o dobro do tamanho e construído com o melhor mármore de Carrara, Itália.

Esse era um pedido incomum para o minúsculo shul, cujos baús continham um total de 59,14 dólares, sem contar dezenove pares de sapatos John Keasler novinhos e uma pilha de sobras de ferro, ferraduras e retalhos, todos doados por um mercador itinerante que costumava ser da congregação e partiu às pressas no ano anterior com a esposa de um fazendeiro menonita da cidade próxima de Pennsburg. Os dois se conheceram quando o mercador fazia sua rota usual. Haviam barganhado e negociado bastante leite fresco e pão recém-assado ao longo dos anos, e aparentemente uma coisa levou à outra. Ela era uma mulher alta, com quase um metro e oitenta, e robusta como um caminhão, enquanto ele era tão magro que parecia um esfregão com cabelo. Nenhum dos dois falava inglês — ela falava alemão, e ele, iídiche. Mas o amor é a língua universal de toda a humanidade, e antes de ir embora ele deixou para trás todas as economias de sua vida, 27 dólares, assim como seu carrinho de mercador e todo seu conteúdo para o templo que amava tanto, com uma carta ao seu melhor amigo que dizia, em certo ponto, "Cuidado na América. Uma boa foda pode acabar com você." E assim ele partiu, visto pela última vez a caminho de Indiana.

Não afetou muito o shul, já que sua congregação explodira de dezessete para quarenta e cinco famílias em 1936, incluindo os serviços do ainda nervoso, porém sempre empolgado, Rabino Karl Feldman, uma alma caridosa ainda chamada pelas costas com carinho de Fertzel pelos membros que preferiam iídiche — ou Flatubino pelos membros que preferiam inglês. Feldman era grato por ter um emprego. Foi sobre suas costas franzinas que caiu a questão do que fazer a respeito do novo micvê, pois embora estivesse salivando com a ideia de uma imensa doação em dinheiro pelo novo membro húngaro, que gostava de camisas brancas elegantes com um brasão de família recentemente elaborado com monogramas e bordado nos bolsos do peito, havia falhado em mencionar ao cavalheiro que existia a questão de onde viria a água para o novo micvê.

O assunto veio à tona na reunião mensal da chevra, o grupo de homens que decidia questões importantes no templo, da qual participaram o Rabino Feldman; Irv Skrupskelis, a metade menos pior dos gêmeos Skrup; cinco membros chamados de sacos de batata, porque ficavam quietos e votavam em quem precisasse; o novo doador, Senhor Hudson, que estava vestido com um elegante casaco de couro, luvas, suspensórios, gravata-borboleta, cartola, botas até o joelho e camisa branca engomada; e as usuais vítimas arrastadas à força, já que eles precisavam de dez pessoas para formar um minian e normalmente só tinham oito. Neste caso, as vítimas sequestradas eram dois novos imigrantes da Áustria, os irmãos Hirshel e Yigel Koffler, abordados na rua quando voltavam do trabalho como guarda-freios, para o qual haviam sido recentemente contratados pela Ferrovia da Pensilvânia. Os exaustos irmãos Koffler se jogaram nas cadeiras da reunião cobertos de fuligem e graxa. Viraram vários copos de café e engoliram pedaços imensos de bolo húngaro de café e imediatamente caíram no sono quando a conversa usual sobre jogos de carta e beisebol americano começou em inglês, língua que nenhum dos dois falava. O Rabino Feldman, que não gostava nem de cartas nem de beisebol, rapidamente trocou a conversa para iídiche, ao que o assunto virou o crescente tumulto político na Alemanha, onde o presidente Paul Von Hindenburg havia escolhido um jovem austríaco chamado Adolf Hitler para ser chanceler e manter o partido nazista "com rédeas curtas" — neste ponto, os dois irmãos Koffler imediatamente despertaram e soltaram uma onda de xingamentos e maldições, depois da qual o grupo se conteve e focou na doação do Senhor Hudson para o micvê.

O Senhor Hudson era um homem de detalhes, e colocou o Rabino Feldman contra a parede.

— Podemos dobrar o tamanho do micvê sem problemas? — perguntou.

— Sim, claro — respondeu o Rabino Feldman.

— Você pareceu hesitante quando eu perguntei antes.

— Ah, não. Nós damos conta.

— E a rã?

— O que é que tem? Já foi embora, não foi?

— É necessário saber de onde ela veio. Como foi parar no micvê?

— Um dos moleques provavelmente jogou lá.

— Minha esposa disse que veio de baixo — argumentou Hudson. — De um cano.

Nesse momento, o Rabino Feldman olhou de relance para Irv Skrupskelis e empalideceu.

— Vamos investigar — disse.

— Ela também comentou alguma coisa da água — acrescentou Senhor Hudson. — Uma das mulheres disse algo.

— A água?

— Sim. Algo sobre não ter o suficiente, ou algum questionamento para saber de onde vem. De onde vem a água?

— De onde vem *toda* a água? — disse Feldman, dando uma risadinha de nervoso. Os olhos dele viraram para o teto de um jeito divertido, mas o Senhor Hudson não viu graça.

— Bom, e então? — pressionou.

— Então o quê?

— A água. De onde vem?

— Bom, este lado da cidade já teve problemas para conseguir água encanada em quantidade suficiente — explicou Feldman. — Mas a prefeitura acabou de construir um reservatório na colina no ano passado. Já tivemos de fazer alguns ajustes antes.

— Que tipo de ajustes?

Feldman deu de ombros.

— Nada grandioso. É um problema ocasional — disse —, conseguir água para o micvê de tempos em tempos. É só que não tem muita água por aqui.

Senhor Hudson, um homem franzino de óculos, pinçou o bigode encerado e torcido nas pontas e franziu a testa.

— Isso aqui não é Nevada. Como vocês têm um micvê sem água o suficiente?

— Nós temos água, só não é *exatamente suficiente.*

— Como assim?

— Às vezes... ocasionalmente, nós temos um problema de fornecimento de água.

Isso era novidade até para Irv Skrupskelis, que era um membro original do shul e estava presente quando o micvê original foi construído.

— Karl, como assim não temos água o suficiente? Ou temos o necessário ou não temos.

— Temos o necessário... a não ser quando não temos — respondeu o rabino.

— O registro está quebrado?

— Não.

— O que isso quer dizer? A água é fornecida pela prefeitura, não? — questionou Irv.

O Rabino Feldman chacoalhou a cabeça.

— Na verdade... — explicou — tivemos um probleminha nesse quesito.

O rosto de Irv ficou vermelho:

— Tem quatorze igrejas nesta cidade e você está me dizendo que nosso shul é a única casa de adoração que não recebe água da prefeitura? Você chama isso de *probleminha?*

Feldman suspirou.

— Quando construíram o shul, a cidade não mandava água pra Chicken Hill. A água vinha das torneiras públicas e era transportada até aqui em barris.

— Nós não temos um poço?

— Não — respondeu Feldman. — Tem uma fazenda no topo da colina, dos Plitzka, que tinha um poço. Nós fizemos uma oferta pela água deles, mas recusaram. Então a administração anterior — ele não mencionou o nome de pai de Chona, nem precisava; todo mundo sabia que o templo só tivera um rabino antes de Feldman — fez um esquema.

— Isso é novidade para mim — disse Irv.

— Funcionou bem por anos. Só que agora tem um problema com esse esquema. Por quê? Porque, ãhn... o administrador anterior, ãhn... o que fez o acordo, ele morreu quatro anos atrás.

— Você está me dizendo que Yakov, o pai de Chona, não fez nenhum contrato?

— Nada.

— De onde vem a água?

— Bom... — E aqui Rabino Feldman empalideceu. — É, ãhn, não temos muita certeza. Mas temos algumas hipóteses.

— Não se preocupe com isso — disse Irv. — Nós vamos resolver. Eu vou até a prefeitura fazer os arranjos para conectar na água da cidade. Já tem água encanada por aqui agora, não tem? É para isso que serve o novo reservatório no topo da colina.

— Não é tão simples assim.

— Como não?

— Ainda estamos presos ao acordo anterior.

— Que diabos significa isso?

Feldman suspirou antes de responder:

— Você se lembra, Irv, de que a construtora original do nosso templo, ãhn... sumiu com o dinheiro, e o nosso fundador foi forçado a fazer um acordo com outro homem, um empreiteiro local, que fez um trabalho fantástico. Infelizmente, o arquiteto que fugiu com nosso dinheiro não verificou o lençol freático debaixo do shul para saber se havia água. Então quando o templo foi construído, não tinha água nenhuma por perto.

— E então?

— Como a cidade não fornecia água para esses lados, nossos problemas pioravam durante longas estiagens. Fizemos várias ofertas para o Senhor Plitzka para comprar água do poço dele, mas ele recusou, e certo ano, durante uma seca prolongada, uma jovem boa do nosso shul, que ela seja abençoada com um milagre, pois está doente agora, chamou a polícia para cima dele, o que só piorou as coisas. Ela acabou trazendo água em barris da torneira pública por um tempo, ou pelo menos foi isso o que me disseram.

Isso fez surgir um sorriso de dor no rosto de Irv, que costumava ser muito sério, pois ele e o irmão adoravam Chona.

— Você já foi vê-la no hospital? — perguntou a Feldman.

— Ainda não.

— Está esperando o quê?

— Eu... faz só quatro dias que ela foi internada. Está em Reading.

— Eu sei onde ela está.

— Bom, é que o meu carr...

E aqui o Senhor Hudson interrompeu:

— Podemos lidar com um assunto de cada vez? O que aconteceu com a água?

Irv fuzilou Hudson com o olhar, depois assentiu para Feldman, que parecia um tanto atordoado.

— Conte-nos o que está acontecendo com a água agora, Karl.

— Como eu expliquei — disse Feldman —, depois que Chona irritou o velho Senhor Plitzka, ela trouxe manualmente a água para o micvê. Isso criou alguns problemas.

— Então agora basta darmos um jeito de trazer nossa água do reservatório da cidade — argumentou Senhor Hudson.

— Esse é o problema — disse Feldman. Ele explicou que o filho mais velho de Plitzka nunca se esqueceu do insulto à memória do pai, já que Chona escreveu uma carta detalhada para o *Mercury* de Pottstown reclamando do Senhor Plitzka, da polícia e do departamento de águas da cidade. O filho guardou a carta de Chona ao editor por anos e saiu brandindo-a por aí durante sua candidatura a vereador, esbravejando sobre os judeus de Pottstown "dominarem tudo". Foi eleito e reeleito duas vezes com essa premissa. — Toda vez que perguntamos, a cidade diz que não tem dinheiro para trazer água encanada para o nosso lado de Chicken Hill. Dizem que estão trabalhando nisso. Ou que logo será feito. Ou que o reservatório está com problemas. É uma desculpa atrás da outra.

— Isso é ridículo! — Senhor Hudson bufou. — Nós podemos arranjar um advogado e forçá-los a trazer água para nós. Eles estão instalando canos por aqui o tempo todo.

O Rabino Feldman parecia cético.

— O velho Plitzka era popular.

— Qual era o primeiro nome dele? — perguntou Irv.

— Gustowskis.

— O líder da câmara de vereadores?

— Não — respondeu Feldman. — Esse aí é o filho dele. Gus Plitzka Júnior.

Irv revirou os olhos.

— Eu me lembro do pai. Um *ferd* (cavalo) velho e malvado com três dentes na boca. A cara dele fazia parecer que ele tinha o hábito de pisar em ancinhos. Costumava vender salsicha treif e trigo sarraceno na feira do produtor. Estamos sem a nossa água por causa dele?

— Ele não. O *filho* dele. O líder da câmara municipal. Gus Plitzka *Júnior*, como falei.

— Faz quanto tempo que Chona escreveu essa carta mesmo? — perguntou Irv.

— Anos. Ela era menina. Antes de se casar com Moshe.

— Só para eu entender, como é que isso está ligado à rã-touro no micvê? — questionou Senhor Hudson.

Irv se virou para ele e disse:

— Podemos esquecer da rã por um minuto? — Então de volta a Feldman: — O micvê está funcionando bem. Ou isso ou minha esposa está mergulhando em cuspe pelos últimos seis meses. Temos água de vez em quando. Então de onde está vindo?

O Rabino Feldman suspirou.

— O shul não queria criar confusão, então pelo que entendi nós simplesmente conectamos um cano no poço que traz água para a torneira pública perto da fazenda de laticínios Clover Dairy. Nós não pagamos à cidade pela pequena quantidade de água que usamos.

— Bom, vamos começar a pagar então — disse o Senhor Hudson. — Podemos resolver isso agora mesmo. Vou dar um jeito.

Feldman suspirou de novo.

— Vai ser difícil dar esse jeito aí.

— O dinheiro move montanhas — argumentou o Senhor Hudson.

— Não esta montanha — retrucou Feldman. Pigarreou. — Ãhn... como o acordo original foi feito antes de eu chegar, nunca pediram permissão para ligar o nosso cano na torneira do poço. Simplesmente foram lá e fizeram.

— Quem fez? — questionou Hudson.

Feldman o encarou, nervoso.

— Está brincando, certo?

— Não estou.

— Bom, pelo que entendi, o rabino anterior pagou um homem para juntar uma equipe, cavar, enfiar uma conexão em Y no cano da cidade e cobrir tudo de volta. A conexão está enterrada a um metro e vinte de profundidade, atravessando a rua do prédio da fazenda de laticínios na esquina da Hayes com a Franklin. É de lá que vem a nossa água.

— Bom, está na cara que não estamos conseguindo o bastante — disse Hudson.

— Esta cidade está crescendo, Senhor Hudson. A fazenda, que puxa água do mesmo poço, aumentou sua produção. E o nível do lençol freático está diminuindo. Então ocasionalmente o poço seca. Por isso às vezes leva um bom tempo para encher o micvê. Por isso construíram o novo reservatório.

— E por isso a rã-touro apareceu?

Irv era o irmão mais tranquilo dos Skrupskelis, mas não tão tranquilo assim. Voltou-se para Hudson e rosnou irritado:

— Você pode por favor parar de gastar saliva falando dessa rã até nós resolvermos esse problema?

O rosto do Senhor Hudson ficou vermelho.

— Isso nunca teria acontecido em Buffalo!

— Tenho certeza de que todos vivem em harmonia lá — cuspiu Irv. Ele se virou para Feldman: — Karl, nós vamos conversar com o pessoal da fazenda de laticínios. Vamos pedir permissão para ir até o poço tirar o Y e conectar nosso próprio cano à mesma tubulação que atende a fazenda deles, a tubulação da cidade. Vamos contratar um advogado e resolver tudo.

Feldman pigarreou.

— Não é tão simples assim.

— Por que não, inferno?

— A fazenda de laticínios foi vendida há um mês. Adivinhe quem é o novo dono.

— Plitzka?

Feldman assentiu.

Irv pensou por um momento, então disse:

— Esta cidade é administrada por bandidos. Entre ele e o Doutor Roberts... — Ele chacoalhou a cabeça. — É verdade que o doutor foi à mercearia de Chona? É verdade o que os negros estão falando?

Feldman apertou os lábios.

— Não conheço muitos negros.

— Você falou com Moshe?

— Ainda não.

— Está esperando o quê?

Hudson interveio:

— Do que vocês estão falando?

Feldman se virou para ele:

— Houve um incidente... uma das mulheres do shul, filha do nosso fundador, ela está bem doente. Faz anos. O médico da cidade foi vê-la. Há certa desconfiança em relação ao comportamento dele.

O Senhor Hudson revirou os olhos.

— Como é que fomos de uma rã-touro no micvê para isso?

Irv se voltou para o Senhor Hudson de novo, e desta vez a besta conhecida como "os Skrupskelis" estava solta.

— Escute aqui, seu *pisher* (presunçoso), se você mencionar essa rã mais uma vez, eu vou aterrissar um *zets* (soco) na sua cara.

— Controle-se, homem! — explodiu Hudson. — Minha esposa usa esse micvê!

— Bom, aquela *alt mekhasheyfe* (bruxa velha) pode esfregar as rugas em casa!

— Pegue leve, Irv — pediu Feldman.

— Pegar leve? Chona está no hospital e você nem foi vê-la! Já pensou no que fez ela ir parar lá? Estou ouvindo muitos boatos.

— Ela sempre foi doente.

— Não tão doente assim. Você deveria perguntar.

— Perguntar para quem?

— Qualquer um. A polícia, talvez. Que tal?

— O que é que tem para perguntar?

O Senhor Hudson ficou irritado:

— Vocês dois resolvam isso entre si. Nesse meio-tempo, vou até a prefeitura e pagar para passarem um cano novo.

— Leve uma prensa para escrever todos os cheques — disse Irv. — Plitzka e Doutor mandam em tudo por aqui. Na polícia. No departamento de águas. Faz anos. Acha que góis assim vão deixar um punhado de judeus cavar perto da fazenda do Plitzka? Vão nos multar primeiro, depois cobrar um rim... se é que vão nos deixar cavar.

Isso fez a sala toda ficar em silêncio. Até os austríacos, que não entendiam muito de inglês, pareceram relutantes.

O Senhor Hudson se levantou e andou para a frente e para trás, com as mãos nas costas.

— Esse é um problema legal muito sério — disse. — Estamos roubando água de uma cidade governada por um gói que odeia judeus. Poderiam nos processar por isso.

— *Nós* não conectamos aquele cano ao poço da prefeitura — disse Feldman. — A pessoa que fez o esquema já morreu. Nenhuma única alma do nosso shul estava envolvida. Disso tenho certeza. O próprio pai falecido de Chona me disse.

— Quem fez a conexão?

O rosto de Feldman ficou vermelho, e neste ponto ele olhou para Irv:

— Tem um negro local envolvido.

O Senhor Hudson parou de andar.

— Um preto?

Os irmãos Koffler estavam acordados agora.

— O que é um preto? — perguntou um deles, em iídiche.

— Um negro — explicou Feldman em inglês. — Nós falamos *negro* aqui.

— Qual negro? — questionou Irv Skrupskelis.

— Não o conheço — respondeu Feldman. — Mas ele... ãhn... o marido de Chona trabalha com vários negros. Pode ser que ele conheça.

— Sabe o nome dele?

— Do marido de Chona? Mas é claro.

— Não o Moshe, Karl. Do homem de cor que cavou a terra e fez a conexão com o poço da cidade — retrucou Irv, irritado. — Quem é ele?

— Um sujeito daqui. Já está morto. Fazia vários bicos anos atrás. Era algum tipo de pedreiro. Talentoso, como você pode ver pelo nosso shul. O nome dele era Shad, acho. Shad Davis. Tem um filho. É um catador de sucata, faz bicos e esses tipos de serviço para as pessoas de cor da colina. Acredito que o chamem de Gordo.

Aqui, de novo, os irmãos austríacos se entreolharam. Hirshel perguntou em inglês:

— Gordo?

— Sua primeira palavra em inglês — murmurou Yigel, carrancudo. — Já estava na hora. O que significa?

— Nós precisamos tirar esse shul de Chicken Hill — anunciou Senhor Hudson. — Os dias de acordos ruins com treif e pretos e nadar com rãs são passado. Estamos em 1936. Venham à era moderna, cavalheiros. — Ele se virou para Feldman. — Vou deixar você resolver isso. — Para Irv, disse: — Vou fingir que você não me insultou. — Ele andou em direção à porta, então parou. — A mulher da congregação que está no hospital. Ela está morrendo?

Com isso, o pobre rabino empalideceu de novo, pois o rosto de Irv Skrupskelis ficou sombrio de raiva.

— Vou descobrir — respondeu Feldman.

Senhor Hudson assentiu e saiu.

Irv se virou para o rabino:

— Você nos fez vir aqui para escutar esse *schmuck* ficar reclamando?

— Eu deveria ter feito o quê? Dado um jantar de boas-vindas?

— Só se for para afundar a cara dele no prato — rebateu Irv. Ele encarou a porta por onde Hudson havia saído. — Babaca. Ele e a maldita rã dele.

# 18
# O CACHORRO-QUENTE

Uma semana depois de ser atacada, Chona, deitada em sua cama de hospital, encontrou-se despertando com as palavras da prece cantada Baruch She'amar flutuando ao redor de sua cabeça como borboletas. Ela mais sentiu do que ouviu a oração; começou em algum lugar bem lá no fundo e subiu espiralando para a sua cabeça como pequenos pontinhos de luz, minúsculos faróis chamando e se movendo como um cardume de peixes, continuamente nadando para longe da escuridão que ameaçava engoli-los. Ela estava presenciando uma dança, percebeu, uma que nascera em algum lugar longe de seu campo de visão, algum lugar onde ela nunca estivera antes. Seus lábios subitamente pareceram secos. Ela foi tomada por uma sede avassaladora e deve ter anunciado isso, pois água surgiu de algum lugar. Sentiu o líquido tocar sua garganta e escutou as palavras da prece: "*Abençoado seja Aquele que com Sua palavra criou o mundo*". Sentiu-se agradecida. Amava essa oração quando era criança. Cantava com o pai ao segurar a mão dele nas manhãs do Shabat enquanto os dois caminhavam até o shul. Sempre conquistava a mesma reação. Ele ria e dizia: "*Você nunca tem como errar quando expressa seu amor ao mestre do mundo*", então colocava uma bolinha de gude, moeda ou presentinho em sua mão. Incrível. Como ela não se lembrava disso antes? Então percebeu, mais do que sentiu, uma mão deslizar para a sua, e soube então que estava viva e que ele estava por perto, em algum lugar, o seu Moshe; e no fundo da mente, longe do lugar consciente onde deveria estar, e para onde talvez jamais voltasse, ela escutou mais uma vez o doce trompete, a adorável corneta, aquele belo anseio, a mensagem de que o amor eterno — para sempre gravado ali, carimbado, registrado, a grande peça de sensibilidade estampada na vida daqueles que têm sorte o bastante para recebê-la — permanecia. Ela também soube naquele momento que não continuaria neste mundo por muito tempo, que estava morrendo, e que precisava contar a ele e libertá-lo.

Com essa percepção, veio o cheiro de algo estranho. Algo treif, proibido. Inconfundível em seu odor. E delicioso.

Um cachorro-quente.

Havia um cachorro-quente em algum lugar ali, em seu sonho. Naquele quarto. Algum lugar próximo. O aroma era inconfundível. Tão forte e presente, ela sentiu-se envergonhada e impura, pois as duas coisas não pertenciam juntas — o precioso chamado do universo e o espúrio e feliz pedaço de treif que sua amiga Bernice considerava a grande alegria da vida quando elas estavam na escola. Provara uma vez. Estava delicioso. Ela e Bernice haviam ido à barraca de hambúrguer caindo aos pedaços de Gordo em Pigs Alley quando... *Tinha o quê, 15 anos à época? Foi depois da aula de culinária da professora Patterson?* Então, conforme sua mente combateu a memória, sentiu a dor lhe cortar e esmagar a lembrança em pedacinhos, tornando-a fria — dor, dor real, no meio de seu corpo, dentro, em algum lugar profundo — e a nebulosa e frágil memória e o aroma desapareceram; e lentamente, gradualmente, ela abriu os olhos e viu o quarto.

Encontrou a própria mão na de Moshe, que dormia em uma cadeira ao seu lado. Ele estava sentado paralelamente a onde ela estava deitada, de lado a fim de que seu rosto pudesse ficar perto do dela, a poucos centímetros, mas em um sono profundo, com o queixo sobre o próprio peito, a mão envolvendo a dela. Estava pálido, fantasmagórico, e exausto, e o sentimento de culpa dela era tamanho que queria gritar "O que foi que eu fiz?" Mas não conseguia. O jovem que caminhara para dentro do porão de seu pai naquela tarde de novembro doze anos atrás, tão divertido e inocente, com o bolso cheio de panfletos e nenhum dinheiro, tão encantador, sempre tão positivo, havia desaparecido. Em seu lugar havia um homem de meia-idade assustado, subjugado. Ela queria bater com a própria cabeça na parede pelas vezes em que o repreendeu por ser tão ingênuo, por engolir prejuízos de músicos que o esfolavam vivo com suas bebedeiras, empréstimos e brigas constantes, e por martelar no ouvido dele, dizendo *"Por que você faria algo tão estúpido assim?"* Ela sentiu-se quebrar em duas com a culpa, pois nenhuma vez em todos os seus anos juntos ele havia dado um pio de reclamação ou protesto sobre a mercearia dela, que nunca rendia nem um dólar de lucro, e sua insistência em não se mudar da colina ou o fato de ela jamais ter podido lhe dar um filho ou uma filha. Ele era um verdadeiro judeu, um homem inteligente e cheio de ideias que entendia o significado de celebração e música, e que sabia que a união das duas era a própria vida. E como ela se arrependeu, vendo o rosto dele aprisionado pela dor mesmo ao dormir, seu lábio trêmulo, de ter perdido horas e mais horas lendo sobre socialistas, sindicatos, progressistas, políticos e corporações, brigando por causa de uma bandeira sem valor algum que dizia "Tenho orgulho de ser americana", quando deveria dizer "Sou feliz por estar viva", e qual era a diferença, e como a tribo de um não tinha como ser melhor que a tribo de outro porque eram todos uma única tribo. Uma sabedoria extraordinária lhe atingiu, uma que ela não imaginava ser possível, e que queria compartilhar com ele naqueles primeiros — ou talvez últimos — momentos de sua consciência. Mas depois de ver o adorável rosto dele, sentiu de novo uma enorme explosão de dor em sua barriga e sua cabeça. Era tão forte que parecia que suas artérias estavam rasgando a parte de trás de seu crânio, e as pequenas centelhas brancas de magia que disparavam adiante afastando a escuridão enquanto o Baruch She'amar dançava em seu sonho correram depressa, então *puff!*, flutuaram para longe e foram engolidas pelo escuro e pelo maravilhosamente horrível odor do cachorro-quente que parecia fazer pressão contra seu nariz. Ela balançou uma mão na frente do rosto e disse:

— Jogue essa coisa fora.

Com o canto do olho, viu figuras se mexerem no quarto. Passos rápidos, e então Moshe estava acordado.

Ele a viu olhando para si e seu rosto se iluminou.

— Jogar o que fora? — perguntou.

— O cachorro-quente — disse.

Moshe correu os olhos pelo quarto. O olhar dela acompanhou o dele. Ao redor de sua cama estava o primo de Moshe, Isaac, o Rabino Feldman, os gêmeos Irv e Marv Skrupskelis e, atrás deles, Addie, Nate e Bernice.

Faltava alguém.

— Onde está Dodô? — perguntou ela.

— Nós vamos trazê-lo de volta — disse Moshe.

Mas ela não escutou o restante, pois o sofrimento naquele momento era grande demais para se delongar no que acontecera na mercearia. Dodô havia tentado defendê-la, pobrezinho, e pagado caro por isso. Ela viu Moshe girar para fora da cadeira, ainda segurando sua mão, e colocar a outra mão no rosto dela, ajoelhando-se ao lado da cama. Ele lhe disse algumas palavras, mas ela não conseguia ouvir nem falar. Percebeu movimento do outro lado da cama, virou-se e viu Addie, que pegou uma toalha e secou seu rosto. Bernice estava atrás dela e parecia pálida, abalada, o que emocionou Chona, pois Bernice era muito tímida e ela não a havia visto fora de sua casa em Chicken Hill desde que eram crianças.

— Você está comendo um cachorro-quente, Bernice? Isso é trapaça.

Era uma brincadeira, e Chona arrependeu-se imediatamente de ter dito, não porque as duas sabiam que Bernice não era kosher, mas porque o ato de falar fez milhares de adagas de dor cravarem em seu peito. Bernice pareceu confusa, e foi só depois que Moshe se virou para ela e traduziu que Chona percebeu que havia falado em iídiche. Bernice, seu maravilhoso rosto escuro sempre tão sombrio, a macia pele negra como uma armadura impenetrável envolvendo o belíssimo nariz e os lábios carnudos, sorriu com tristeza. Era algo raro de se ver. Foi como se uma doce garoa do deserto houvesse entrado no quarto e banhado a todos.

Bernice, com uma avalanche de tristeza se derramando de seu longo e belo rosto, disse, suave:

— Não, Chona. Não estou comendo um cachorro-quente.

Foi a última vez que Chona viu Bernice, pois a dor era forte demais para ela manter os olhos abertos, então os fechou. Ela escutou outro ruflar de pés e o Rabino Feldman cantando, entoando a prece de cura do Mi Sheberach, mutilando a melodia com seu canto horrível, e ela queria agradecê-lo e dizer "Bom, você está melhorando", mesmo que não estivesse, pois ela era muito grata por sua presença. Então escutou a voz de Moshe falar firme, quase brava, para o quarto:

— Saiam. Por favor. Todos.

Chona ouviu mais farfalhar de passos e percebeu vultos saindo. Os dois estavam sozinhos. Como sempre, Moshe sabia o que fazer.

No corredor do hospital de Reading, o estranho grupo de visitantes reuniu-se em frente ao posto de enfermagem. Três enfermeiras brancas olharam de relance para eles, então voltaram às suas pranchetas. Ninguém se deu ao trabalho de mencionar se havia um lugar para onde o grupo poderia ir, então ficaram ali. Não havia onde se sentar, nem café para tomar, nenhum ministro presbiteriano gentil para oferecer palavras de conforto. Eles só ficaram desconfortavelmente de pé como o punhado singular de americanos que eram: judeus e negros, juntos — Marv Skrupskelis apoiado na parede em roupas de trabalho, seus punhos grandes cerrados dentro dos bolsos; Irv, recém-saído do serviço na sapataria, de uniforme de vendedor, suspensórios e camiseta branca; Isaac, alto, orgulhoso, imponente e impecável, coberto por um terno de lã e chapéu homburg preto, o rosto sério marcado por um sofrimento agudo; Rabino Feldman, as mãos impacientes remexendo um gasto Sidur (livro de preces). A alguns centímetros deles, estavam Nate e Bernice, a um mundo de distância um do outro, olhando para Addie mais adiante no corredor, que estava parada de pé, nervosa, à porta do quarto de Chona, com as mãos unidas à frente do peito, espiando para dentro.

Não havia nada a fazer além de conversar, o que em momentos como esses é tudo o que resta.

O Rabino Feldman tocou com gentileza o braço de Isaac e perguntou em inglês:

— Como foi a viagem da Filadélfia?

Isaac deu de ombros.

— Imagino que você tenha recebido a minha carta?

— Que carta? — perguntou Isaac.

— A que eu mandei, falando do shul e sobre os rumores do que aconteceu na mercearia. Nós queríamos chamar a pol…

Isaac ergueu um ágil dedo no ar para silenciar Feldman, que se intimidou com o estranho bem-vestido e de peitoral largo com uma expressão dura como pedra. Não conhecia o primo de Moshe. Só escutara os boatos. Um homem severo. Do tipo com o qual não se brinca.

Isaac virou-se para os gêmeos Skrupskelis. Falou em iídiche:

— Qual de vocês estava aqui quando o pai de Chona construiu o shul?

Marv estava calado e desviou os olhos. Era o mais carrancudo dos dois, e nenhum romeno rico dono de teatros na Filadélfia falaria com ele como se fosse um pedaço de bife. Foi Irv quem respondeu:

— Nós estávamos aqui.

— E…?

— E o quê?

— Ele construiu o shul?

— É claro que sim.

— Sozinho?

Irv deu de ombros. Não estava com paciência para responder donos de teatro romenos que lhe davam um tratamento de segunda categoria.

Foi Marv quem falou. O rude lituano respondeu da maneira séria e direta que Isaac apreciava:

— Ele construiu com um homem de cor chamado Shad.

— Então esse negro saberia onde o cano está ligado à torneira pública? — perguntou Isaac.

— Ele contaria se não estivesse morto.

— Quem trabalhou com ele?

Marv apontou com a cabeça para Bernice.

— Aquela é a filha dele. Talvez o irmão dela saiba.

Isaac olhou de relance para Bernice, então para Nate, de pé ao lado dela. Ele começou a dizer algo, mas parou e recomeçou:

— Vou resolver isso.

Marv deu de ombros.

— Vá em frente se quiser. Doutor Roberts, no entanto, são outros quinhentos.

— Não estou familiarizado com esse nome.

O Rabino Feldman interveio:

— Eu escrevi sobre ele na carta que mandei para você.

Isaac não respondeu. Nem sequer olhou para Feldman. O homem era fraco. Judeus fracos eram uma perda de tempo. Judeus fracos nunca sobreviveriam na América. Ou em lugar algum. Ele manteve os olhos focados em Marv. Os dois homens se entreolharam por um instante. Então ele se virou para Feldman e disse:

— Eu já disse que não estou familiarizado com esse nome.

— Estava na minha carta.

— Eu não recebi carta nenhuma. E nunca escutei esse nome na vida.

O Rabino Feldman começou a retrucar que já havia detalhado tudo em sua carta, que provavelmente fora extraviada ou perdida, mas foi interrompido pelo longo e penetrante urro de Moshe, que ecoou pelo corredor. O grupo se virou e viu Addie à porta, com as mãos sobre a boca agora, os ombros caídos ao entrar no quarto.

O estranho grupo de visitantes avançou lentamente pelo corredor enquanto os soluços de Moshe cascateavam acima e abaixo pelas paredes, ricocheteado de um lado a outro. O discurso sobre Doutor Roberts foi esquecido agora que o grupo marchava adiante, uma mistura confusa de viajantes percorrendo cinco metros como se fossem cinco mil quilômetros, todos lentos, vindos de terras diferentes, trilhando um caminho por entre valas baixas em um país que alegava ser tão alto, um país que lhes dava tanto e ainda assim exigia muito mais. Eles se mexiam devagar, como fusgeyers, andarilhos buscando um lar na Europa, ou homens éru das tribos do Oeste da África encurralados em um barco na costa da Virgínia e olhando de volta para o outro lado do Atlântico na direção de sua terra natal uma última vez, seguindo rumo a um destino em comum, todos eles — Isaac, Nate e o resto —, rumo a um futuro americano vazio. Era um futuro que não conseguiam ver direito, onde a riqueza de tudo o que haviam trazido à grandiosa terra de grandes promessas seria um dia obliterada, a gloriosa tapeçaria de sua história reduzida a uma série de comerciais de TV de dez segundos, feriados vazios e jogos esportivos cheios dos patrióticos vermelho, azul e branco, os torcedores vibrando com o feitiço que acompanha o ambiente sem fazer ideia alguma das batalhas horríveis e passados orgulhosos de seus antepassados que tornaram suas vidas tão mais fáceis. A história coletiva dessa triste trupe avançando pelo corredor do hospital se tornaria pequenos borrões no futuro americano que um dia misturaria suas orgulhosas histórias como quem prepara um omelete, disseminando-as pela população enquanto serve lixo mental ao povo em dispositivos que se tornariam tão comuns e pequenos quanto o cachorro-quente do qual a mulher moribunda pensou ter sentido o cheiro; pois, na morte, Chona não sentira o odor de um lanche, e sim do futuro, um futuro no qual aparelhos que cabem no bolso e fazem zip-zip-zap entregam um perigo muito mais sedutor e poderoso do que qualquer cachorro-quente, um aparelho pelo qual crianças do futuro clamariam e no qual se tornariam viciadas, um aparelho que lhes alimentaria com opressão disfarçada de livre-arbítrio.

Se o disperso grupo de estranhos vagando pelo corredor houvesse visto *este* futuro, teriam dado meia-volta, disparado do hospital para o céu aberto lá fora e chorado aos soluços como crianças. Porém, sem saber, avançaram como tartarugas rumo ao quarto de Chona enquanto os urros de Moshe ecoavam. Não tinham pressa. A jornada à frente era longa. Não havia promessas adiante. Agora não havia mais necessidade de se apressar.

PARTE 3

# O Último Love

# 19
# OS LOWGOD

Era quase nove horas da noite e chovia forte quando o velho Packard dobrou a esquina da rua enlameada e parou devagar em Hemlock Row, um grupo decrépito de casebres localizado a quase cinco quilômetros a oeste de Pottstown, Pensilvânia. Gordo olhou através do para-brisa cheio de barro para as casas com aparência gasta, algumas construídas com nada mais do que tábuas padrão pregadas juntas com compensado e chapas de metal, depois franziu a testa para Gazeta, que estava sentada ao seu lado. Ela usava um casaco pesado e calça, o cabelo preso e um puído chapéu clochê de algodão encerado no topo da cabeça. Sentava-se com as mãos sobre o colo, paciente, olhando pela janela molhada de chuva. No banco de trás, a silhueta imensa de Propinão, que dormia profundamente com a cabeça enfiada no canto do banco de trás, bloqueava a visão de boa parte do vidro traseiro de Gordo.

— Eu deveria ter trazido a minha pistola — disse Gordo.

— Uma arma não serviria para nada aqui — retrucou Gazeta.

— Como eu sei se um desses cowboys daqui não vai aparecer e estourar meu para-brisas?

— Se você me mostrar um par de botas de cowboy por esses lados, lhe pago cem dólares agora mesmo. Não é esse o tipo que tem por aqui.

Gordo franziu a testa e batucou o volante. Estava nervoso. Nunca havia ido a Hemlock Row, um minúsculo vilarejo de afrodescendentes que a maioria dos negros de Chicken Hill evitava. Na colina, como eles mesmos diziam, estavam sempre "em movimento", "subindo", "escalando a árvore", eram "do tipo ativistas da Associação Nacional para o Progresso das Pessoas de Cor", queriam ser americanos. Mas os negros que moravam naquele amontoado de nove minúsculas casinhas espalhadas por oito mil metros à beira da estrada que ia para o condado de Berks a oeste não tinham desejo algum de viver no mundo do homem branco. Eram os Lowgod; dizia-se que vieram de algum lugar na Carolina do Sul, todos parentes de um jeito ou de outro. Quem foi o primeiro Lowgod a ir parar em Hemlock Row, e por que essa pessoa se estabeleceu lá em vez de Chicken Hill, Pittsburgh, Reading ou Filadélfia, ninguém sabia. Gordo ouvira boatos de que os Lowgod eram, na verdade, a família de Nate, embora nunca tenha tido coragem de lhe perguntar sobre isso. E por que o faria? Os Lowgod eram fechados, desconfiados, imprevisíveis e ficavam na deles. Cultivavam as próprias verduras e legumes, criavam os próprios animais e tinham um conselho próprio. Andavam de um jeito diferente. Falavam de um jeito diferente. A linguagem deles era antiga, cheia de frases cantadas que polvilhavam o chão como gotinhas de chuva. Dialeto gullah, chamavam eles, metade inglês metade língua africana, cheio de dizeres hoodoo e coisas que só os Lowgod entendiam. Também não eram do tipo com quem se brinca. Alguns anos antes, no bar clandestino de Gordo, um grande e forte morador de Chicken Hill chamado Coelhinho Hales puxou briga com um minúsculo e magrelo estranho que alegava ser um Lowgod de Hemlock Row. Gordo nunca havia visto alguém se mexer tão depressa. O homem do Row lutou com mãos e pés, usando algum tipo de arte marcial cheia de chutes que mandou os dentes de Coelhinho voando para o chão como se fossem chicletes.

— Se a sua moça quisesse ser civilizada, moraria na colina — disse Gordo.

— A família dela é daqui — retrucou Gazeta, com naturalidade.

— Ela gosta de viver igual a um macaco?

— Chega, Gordo. Você quer tirar Dodô do hospício ou não?

— Eu quero meu bolso cheio de alguma coisa que não seja um lenço. É por isso que estou aqui.

— Para um cara com grandes sonhos, você pensa coisas absurdamente pequenas. Esse tipo de mentalidade vai prender você em Pottstown para o resto da vida.

— Quem disse que eu quero ir embora?

Gazeta pegou na maçaneta, abriu a porta e saiu para a chuva. Virou-se para trás e se inclinou, falando pela porta aberta, com a água pingando da aba estreita do chapéu e caindo para além de seus olhos brilhantes e escuros.

— Eu grito se precisar de vocês.

Gordo pensou ter visto uma fagulha de medo naquelas belas espirais e não conseguiu se conter:

— Inferno — cuspiu, esticando a mão para a maçaneta. — Eu vou com você. Esses pretos hoodoo desbotados não me incomodam.

— Só fique sentado aí — ordenou Gazeta. Ela apontou com a cabeça para Propinão no banco de trás, dormindo profundamente. — E segure a fera. Vocês vão entrar *se* eu chamar. E se entrarem, que seja com o chapéu na mão e um sorriso nos lábios. Não falem nada. Aqui, essa sua língua solta vai finalmente ensinar uma lição bem séria para vocês.

Ela fechou a porta do carro com força, puxando o chapéu para baixo e espirrando água das poças ao caminhar em direção a uma das casas. Ela bateu. A porta foi aberta por uma mão fora de vista. Gazeta desapareceu lá dentro e a porta fechou.

Gordo ficou olhando ansioso. Uma névoa cobria o para-brisa. Ele ligou o limpador e ficou observando-o fazer uma passagem exausta pelo vidro e então desistir. Depois outra. Desistir. Não ajudava nada.

Ele batucou o volante de novo, impaciente, mordendo o próprio lábio inferior enquanto lidava com uma discussão interna. Entre o quase desastre de Nate duas noites antes e a mãe de Propinão marchando até seu bar no dia anterior, já estava cansado dessa história de Dodô. Como um homem pode seguir adiante se tem merda lhe caindo à cabeça o tempo todo? A chegada de Gazeta em seu bar na última noite transformou a coisa em um desastre triplo. Ele preferia que ela não houvesse ido, porque podia ver pela roupa de luto que ela vestia ao chegar — um vestido impecável e chapéu pretos — que ela havia ido direto do funeral de Chona, ao qual todos de Chicken Hill compareceram, menos ele.

Ela se sentou na varanda em seu belo vestido preto e apenas perguntou:

— Onde você estava?

Gordo deu de ombros. Não queria saber. A morte de Chona era uma tragédia, mas ele havia se blindado desse tipo de sofrimento quando era menino, muito tempo depois da morte de seu pai. Aquele foi o último funeral que frequentara. Chega de extravagâncias da morte para ele.

— Você sabe que eu não vou nesse tipo de coisa.

— Você não parece bem, Gordo.

— Na verdade, estou com um pouco de pressa.

— Pare de me enrolar — retrucou Gazeta. — Eu sei que você e a Dona Chona tinham história.

Ela estava certa, mas quem era ela para dizer isso? Como ela sabia que o pai de Chona havia sido um dos poucos que ajudara a família dele quando o pai morreu? Gazeta era quatro anos mais nova. Uma criança à época, morava a seis quarteirões, mais para baixo da colina, o que daria na mesma se fosse a cem quilômetros. Desde aquele tempo, meninos formavam fila do lado de fora da casa dela e davam mortais para chamar a sua atenção. Que diferença fazia agora?

— Ela tem a própria gente para tomar conta dela — disse Gordo. Ele ficou em silêncio por um momento, então perguntou: — Bernice foi?

Gazeta assentiu.

— Sabe como Bernice é. Ela foi. Não falou nada. Não cantou, o que deveria ter feito. Mas foi uma celebração bonita. Boa parte foi em língua judaica, então não sei o que falava. Mas *eu* gostei. Os judeus enterram depressa os mortos. Não os deixam dias em uma mesa de necrotério e ficam enrolando igual a gente.

Gordo assentiu, franzindo a testa.

— E Nate e Addie?

— O que tem eles?

— Você entendeu o que eu quis dizer.

— Está sendo difícil para os dois. Principalmente para Addie.

Gordo ficou em silêncio, observando as linhas suaves do rosto de Gazeta se enrugarem de preocupação. Mesmo consternada, ela era linda. Havia algo tão sincero e cheio de luz em seus modos, na forma como ela cobria a dor com alegria, que sempre mexia um pouco com o coração dele, exceto naquele momento, pois ela não estava nem rindo nem sorrindo. Ele começou a oferecer palavras de conforto. O que ela disse a seguir, entretanto, fez com que ele percebesse que era uma manteiga derretida por pegar tão leve com ela.

— Addie e Nate estão planejando libertar aquele menino. E você vai ajudar.

— Tenho cara de Abraham Lincoln por acaso?

— Pare de se fazer de bobo. Eles querem fugir com Dodô do hospício.

— Claro. E eu parei de vender poços de petróleo ano passado.

— Nate já deixou tudo pronto para mandá-lo para a Carolina do Sul depois que nós o tirarmos de lá.

— Nós?

— Isso. Preciso que você me leve até Hemlock Row hoje. Pago a gasolina.

— Hemlock Row? Conheço um monte de barras-pesadas que não colocaria os pés lá.

— Por que não?

— Enquanto a gente conversa, aqueles pretos está lá fazendo magia hoodoo e comendo feijão com fígado de branco. Não, obrigado.

— Eu disse que pago a gasolina.

— Pode poupar sua grana.

— Gordo, você não gosta de dinheiro?

— Fique com suas moedinhas. Quem quer que tenha vendido essa história de tirar Dodô de Pennhurst para Nate e Addie está vendendo mijo por lavagem de porco.

Aquele lugar é do governo do estado, Gazeta. Se Nate e Addie tivessem os parafusos no lugar, teriam mandado Dodô para o Sul *antes* da Dona Chona ser engolida viva pelo Doutor Roberts.

— Então você sabe o que ele fez?

— Eu não dou a mínima para aquele bruxo!

— Se não se importa, por que está tão esquentadinho e incomodado?

— Eu não gosto do jeito que as coisas terminaram, se é isso o que você quer saber, eles aceitando a palavra do Doutor e culpando Dodô por nada.

— Por isso você vem com a gente.

Gordo riu.

— Só porque um trem pode apitar não quer dizer que vai correr o trilho.

— Você vai de um jeito ou de outro.

— Desculpe, Gazeta.

— Você vai porque eu preciso de um homem que me leve.

— Tem um monte de cara aqui que ficaria muito feliz em fazer isso. Caras grandes e chiques com bolsos do tamanho de elefantes, cheios de dólares. Eles levariam você para qualquer lugar.

— Mas eles não são você — rebateu ela. E aqui Gordo esperava que Gazeta, cuja gloriosa beleza partia o coração de um cabeça-oca aleatório pelo menos duas vezes por mês, risse do próprio comentário. Mas ela não riu. Em vez disso, olhou diretamente para ele com grandes olhos escuros que pareciam conter todo céu azul e montanhas verdejantes que ele já vira e disse: — Preciso de alguém em quem eu possa confiar.

Isso tirou o chão dele.

Sentado atrás do volante, Gordo xingou a si mesmo. Tinha de confessar que não era diferente da maioria dos homens. Havia alguma coisa em Gazeta que o fazia querer se ajoelhar aos seus pés. Ela tinha um jeito, um poder. Mesmo quando era criança, e quando ele saiu da prisão e voltou para casa quatro anos atrás e a viu pela primeira vez depois de dois anos longe, alimentou certa esperança frágil de que talvez ela percebesse que ele havia crescido, que a prisão o mudara para melhor. Mas já a havia perdido então. Ela mesma crescera — de uma criança fofa e audaciosa a uma mulher risonha e de fofocas fáceis, levando a vida com leveza, transformando em luz as notícias mais sombrias, a gazeta jornalística ambulante mais maravilhosa do mundo — e tudo sem um homem. Quando saiu, ele teria feito qualquer coisa para conquistar sua atenção, o que, é claro, não conseguiu. Ela não parecia enxergá-lo... E por que o faria? Por que alguém tão especial se meteria com um ex-condenado cuja reputação tinha o carimbo do fedor da prisão, vendendo hambúrguer, álcool e sucata quando ela tinha a realeza passeando por sua casa toda semana — carregadores da ferrovia, professores e afins, até agenciadores de apostas ricos da Filadélfia, gente que viajava e vestia camisas limpas e gravatas elegantes todos os dias, não roupas de trabalhador como ele. Gordo conhecia um carregador de Baltimore que aparecia todo mês e pedia Gazeta em casamento, com a promessa de lhe oferecer uma vida de escadas de mármore, jazz swing e mais caranguejos cozidos do que é possível jogar na goela em uma vida. O sujeito até deu as caras no bar de Gordo certa noite, rindo e fazendo piada, um camarada bonito, magro, de pele negra clara e macia que vestia sapatos reluzentes. Gordo teve de conter a vontade de marchar até ele e socá-lo. Mas o cara bebeu, dançou blues, gastou dinheiro e se provou um sujeito divertido e animado. No final da noite, Gordo sentia-se envergonhado. Percebeu que era perigosamente mole com Gazeta. Havia visto o resultado disso em seu próprio bar e também em Graterford: as brigas, os arranhões, os gritos, os esfaqueamentos, as celas cheias de histórias de algum apaixonado infeliz e fracassado que tivera o coração partido, então pegou o uísque em uma mão e a pistola na outra e acordou cumprindo uma pena de dezoito anos. Ele não queria ter nada a ver com isso.

Mesmo assim, estava olhando através do para-brisa para a entrada da casa, esperando pela origem do problema enquanto sentia pena de si mesmo, passando a língua no dente de madeira e no lábio inferior, que ainda estava inchado do imenso rombo que ganhara de Propinão. Poderia tê-lo deixado acertar as contas em qualquer lugar do mundo quando fez os dois serem demitidos. Mas escolheu a frente da casa de Gazeta. *Quem é que eu estou enganando?*, pensou.

Ele olhou pelo retrovisor para Propinão ainda dormindo no banco de trás.

— Propi! — gritou.

O outro acordou meio tonto, esfregando o rosto.

— Que foi?

— Sente aí e preste atenção. Vai que as coisas complicam por aqui.

— Por que é que estamos aqui mesmo?

— Por causa da Gazeta. Ela está tentando achar um jeito de fugir com Dodô.

— De onde?

— Pennhurst.

— Que pena. Como vai o velho Dodô?

— Se ele estivesse comendo biscoito e molho de carne, acha que a gente estaria aqui?

— O que foi que ele fez mesmo?

— Nada, Propi. Ele não fez nada de errado.

— Por que o mandaram para o hospício então?

— Ele se meteu em uma confusão.

— É por isso que a minha mãe está tão brava?

— Eu não sei por que ela está brava, Propi. A mãe é sua.

— Ferrugem disse que o Doutor Roberts estava tirando as roupas da Dona Chona e que Dodô viu.

— Eu não sei o que ele viu.

— Ela morreu de algum jeito.

— Propi, eu tenho cara de médico? Ela estava doente fazia tempo.

— Não foi isso o que Ferrugem falou.

— E quem é ele para saber? Ela caiu na mercearia e morreu. Só isso. — Mas em seu coração, Gordo sentia tristeza e, por trás dela, uma onda de raiva fervilhante. Conhecia Chona a vida inteira. — De todos os brancos da cidade, por que ela?

— Como assim?

Gordo não se deu ao trabalho de responder. Chona não era um *deles*. Ela era aquela dentre eles que arruinara o ódio de Gordo por eles, e por isso ele se ressentia dela. *Dona Chona*. Ela não era Dona Chona quando eles eram crianças. Era só Chona, a melhor amiga de sua irmã, a menina estranha com o coxear que caminhava com Bernice até a escola, as duas andando atrás dele, ignorando-o, o que, por ele, estava ótimo naqueles dias. Mas então a vida aconteceu. Ele foi parar na cadeia depois do ensino médio, e, quando voltou para casa, a sorte já estava lançada. Chona se casou e voltou a ser branca, e Bernice teve todos aqueles filhos, foi salva pelo Senhor e herdou a casa do pai dele — que deveria ter ido para ele, já que era o único filho homem. Bernice abrira aquela mesma casa para esconder Dodô, e isso era algo que mais ninguém em Chicken Hill fez. As duas se mostraram leais uma à outra no fim. Para quem ele havia se mostrado leal? Ficava frustrado, pensando na amizade delas. Não queria ter nada a ver com nenhuma das duas. Eram chatas. Fracassadas. Uma vergonha. Ele tinha de abrir o próprio caminho no mundo. Onde estava o dinheiro a ser ganho no meio daquele caos complicado? Ele precisava sobreviver. As coisas eram como eram, simples assim.

Propinão acendeu um cigarro e Gordo o espiou pelo retrovisor. Sob a luz fraca, seu rosto era só uma silhueta.

— Tudo por causa de um maldito fogão — resmungou Gordo.

— Um o quê?

— Há alguns anos, Dodô morava com a mãe em uma casinha perto da avenida Lincoln. Ela tinha um fogão que explodiu, sei lá como. Ele perdeu a visão por causa disso.

A audição ficou ruim. Depois de um tempo, os olhos voltaram, mas os ouvidos não. Quando a mãe dele ficou doente e morreu, ele parou de ir à escola já que não ouvia nada.

— É por isso que o chamam de Dodô, aquele bicho bobo?

— É só um apelido, não significa nada.

— Se não significa nada, por que não o chamam de cavalo? Ou carro? Ou espaguete?

Gordo olhou através do para-brisa, enojado.

— Não sei quem é mais bobo, Propi. O Dodô ou a gente. Você não o veria aqui sentado na chuva esperando aqueles pretos feiticeiros cozinhá-lo para o café da manhã. — Ele olhou para a porta por onde Gazeta havia desaparecido. — Por que ela está demorando tanto?

Dentro da pequena casinha de tábuas, Gazeta estava em um cômodo com cadeiras dobráveis que davam para uma mesa à frente, sobre a qual havia uma máquina de escrever e cartões em branco. Nove pessoas, quatro homens e cinco mulheres, estavam sentadas em silêncio, viradas para a frente. Elas ergueram os olhos para Gazeta quando entrou, assentiram caladas enquanto ela se sentava na fileira dos fundos, e voltaram a olhar para a frente sem dizer nada.

Alguns momentos depois, uma porta lateral se abriu e uma imponente mulher negra com grandes olhos escuros e pele macia cor de chocolate amargo entrou. Estava tão bem-vestida que até em uma cidade como a Filadélfia, a apenas cinquenta e cinco quilômetros dali, onde mulheres de negócios negras caminhavam regularmente para cima e para baixo na rua Broad, ela teria se destacado. Usava um vestido de cintura baixa com uma faixa ao redor do quadril e uma saia na altura do tornozelo. Um chapéu clochê adornava seu cabelo perfeitamente arrumado, um único amuleto pendia ao redor de seu pescoço, e sapatos de boneca de tira dupla adornavam seus pés. Ela se movia com ares de rainha, deslizando para a frente da sala, e posicionou-se atrás da mesa com a máquina de escrever, olhando ao redor.

A imagem dessa figura vestida como realeza atrás de uma mesinha precária de frente para uma audiência sentada em cadeiras dobráveis em uma decrépita casa de tábuas e dois cômodos a quatro passos da Rota 23 da Pensilvânia, com telhado de zinco ecoando o barulho da chuva e o vento uivando por entre os vãos da parede parecia tão ridícula que Gazeta teve de se conter para não rir. Mas era mais esperta do que isso. Pois aquela à sua frente era Miggy Fludd. E Miggy Fludd — sendo Fludd seu nome de casada — era uma Lowgod. E se houvesse uma pessoa negra, qualquer pessoa abaixo do próprio Jesus Cristo, que conseguiria tirar Dodô de Pennhurst sem a ajuda do homem branco, essa pessoa era um Lowgod.

Miggy correu os olhos pela sala.

— Todos prontos? — perguntou.

Uma mulher de aparência delicada e rosto de um querubim sentada à frente disse, suavemente:

— Estamos prontos, meu bem. Estamos prontos.

As mulheres negras de Chicken Hill formavam uma comunidade unida. A maioria trabalhava de faxineira para o homem branco, descendo a colina para a cidade todas as manhãs para lavar roupa, preparar a comida, criar as crianças, cuidar de pais idosos e permitir que as mulheres brancas tivessem seus privilégios. Mas as negras de Hemlock Row cantavam outra melodia. Elas eram Lowgod. Ao contrário das negras de Chicken Hill, que eram, em sua maioria, subservientes, dispostas a trabalhar como diaristas para o homem branco, as mulheres Lowgod não eram boas serviçais. Eram distantes e indiferentes, esplendidamente bonitas, com pescoços longos e membros esguios. Não sorriam, não brigavam, nem puxavam conversa casual. Seus olhares ameaçadores, dar de ombros despreocupados e sotaques estranhos as tornavam péssimas empregadas domésticas, pois sua beleza negra intimidava as donas de casa e despertava o desejo sexual adormecido de seus maridos. A pele suave brilhava com uma arrogância de ébano que fazia o rosa intenso de seus chefes brancos parecer fraco em comparação. Elas também não eram fãs de trabalho externo ou jardinagem, o que poucas, quando pressionadas, faziam com certa eficiência. Assim, a maioria das mulheres Lowgod era lavadeira. Elas buscavam a roupa suja a pé todas as manhãs. Não era incomum em qualquer início de dia ver cinco ou seis mulheres Lowgod carregando a duras penas imensas sacolas de roupa pela empoeirada Rota 23 de Pottstown a Hemlock Row, bons cinco quilômetros, transportando a roupa das famílias poderosas da cidade, pois lavavam e passavam saias com tamanho cuidado e esmero que até as mais intolerantes donas de casa brancas aguentavam seus longos e assustadores silêncios e seus sotaques estranhos. As mulheres Lowgod eram famosas por suas habilidades como lavadeiras. Ficavam muito acima das outras da região, exceto Gazeta. Foi assim que Gazeta conheceu Miggy.

Miggy era uma antiga colega de trabalho. As duas lavavam, como uma dupla, para o mesmo cliente, uma dona de casa insanamente escrupulosa cujo marido era vice-presidente do Banco Nacional de Pottstown. Quando uma não estava disponível, a outra era chamada. Com o tempo, tornaram-se amigas, pois a presença agradável de Gazeta, sua fantástica risada e desdém pelos trêmulos fracotes controlados pela testosterona chamados de homens conquistava até a mais calejada e desconfiada mulher, e Miggy tinha uma alma de fato curiosa. Elas tinham quase a mesma idade, e a sede de Miggy por aprender a ler e sua curiosidade acerca da vida aparentemente glamorosa de Gazeta como anfitriã de vários carregadores de mala da ferrovia resultaram no casamento de Miggy com um carregador, uma história breve que acabou mal, pois o homem tinha pavio curto e nenhuma experiência com um Lowgod, cujas mulheres não aceitavam desaforo de homem algum. A intervenção de Gazeta salvou a vida do homem e provavelmente salvou Miggy de uma temporada na prisão. Assim, a amizade entre as duas se solidificou.

Gazeta não via Miggy há algum tempo, já que ela havia se aposentado do negócio de roupas três anos antes, por motivos que nunca explicou. Mas quando Gazeta escreveu dizendo que tinha um problema em Pennhurst, Miggy respondeu dizendo *"Tenho uma solução para você"* e descreveu em detalhes exatos o horário e lugar onde Gazeta deveria encontrá-la, encerrando a carta com uma mensagem severa: *"Não me venha aqui cheia de julgamentos."* Gazeta, suspeitando de que talvez Miggy houvesse ido parar no mundo da prostituição, arrastou Gordo e Propinão como medida de segurança porque sabia que se um negro da colina levasse um mal-entendido a sério demais, dava para contar com Propinão e Gordo para lidar com a situação de maneira discreta e, se necessário, com uso da força.

Sentada na fileira do fundo, Gazeta assistiu, fascinada, enquanto Miggy se posicionava à frente da pequena assembleia. Seus olhos correram pela sala. Pararam sobre Gazeta e seguiram adiante sem demonstrar reconhecimento algum. Em vez disso, ela se sentou à mesa, puxou a máquina de escrever e as cartas para perto, e disse:

— Quem é o primeiro?

Um homem levantou a mão.

Miggy assentiu para ele.

— Vá em frente.

— Minha filha está doente. Ela vai melhorar?

Miggy se levantou da mesa, tirou o chapéu, ergueu sua cabeça de rainha em direção ao teto, abriu os braços e, para a surpresa de Gazeta, soltou um longo e sofrido grito, com a boca escancarada, os dentes brancos visíveis, como se estivesse urrando aos deuses. Ela fechou os olhos e, lentamente, girou de maneira metódica, dançando sem sair do lugar, os quadris rebolando com facilidade, sensuais, os braços se mexendo de um jeito calmo e curvado sobre a cabeça, depois descendo até a cintura, e enfim para a frente e para trás como se ela estivesse remando um barco; então mais depressa, o corpo se movendo em cadência, os quadris largos rebolando no lugar, os olhos fechados, e mais depressa ainda, os braceletes e joias de ossos e dentes tilintando juntos mais alto do que o som da chuva martelando contra o telhado de zinco — um tipo de chacoalhar febril africano, mais rápido, mais rápido, extremamente rápido; então a reunião de braceletes, colar, curvas e seios desacelerou, como um trem chegando à estação, lento, mais lento, até parar, e de pé diante deles de novo, elegante como uma rainha, respirando profundamente, estava a velha Miggy de sempre, com os olhos fechados, a cabeça inclinada, cantarolando baixinho para si mesma. Então ela abriu os olhos, sua dançante evocação a Deus terminada, sentou-se à mesa, com ares sérios de novo, puxou a máquina de escrever para perto, inseriu um cartão e começou a datilografar.

Quando terminou, ergueu o cartão ao alto. O homem levantou-se e avançou para a frente da sala. Ela lhe entregou o cartão e ele se sentou. Miggy correu os olhos ao redor e disse:

— Próximo.

E assim a coisa seguiu, enquanto Gazeta observava, em choque. A velha Miggy Fludd, que mal sabia ler quando elas se conheceram... uma vidente datilógrafa. Quem diria?

As perguntas fluíram de cada um dos presentes, e variavam em escopo e modo. *Minha mãe está doente lá na nossa terra e não quer me contar? Meu marido vai voltar? Minha esposa está saindo com o meu melhor amigo? Por que meu primo foi tão cruel comigo?* Depois de cada pergunta, Miggy se levantava, recuava para o seu canto, dançava uma maravilhosa coreografia, reaparecia de seu canto, escrevia a resposta em um cartão e entregava-o a quem fizera o questionamento.

Quando terminou com as nove pessoas no cômodo, ficou atrás da mesa com as mãos apoiadas sobre o tampo como uma professora e perguntou:

— Terminamos aqui?

Olhou para Gazeta.

Ninguém se virou para olhar, mas mesmo assim Gazeta sentiu-se observada pela sala toda. Percebeu que encarava buracos no chão. *Não, Senhor,* disse a si mesma, *não quero saber nada sobre o amanhã.*

— Ninguém mais? Certo. Adeus então — disse Miggy. Ela se sentou atrás de sua mesa enquanto a plateia levantava, cada um colocando algumas moedas em um pote de doações sobre a mesa ao sair.

Mas ela chamou um deles quando chegou à porta, um homem magro de cabelo grisalho que segurava um fedora gasto nas mãos e tinha mechas pretas no bigode e na barba cinza desgrenhados.

— Bullis, pode esperar um minutinho?

Ele parou e se virou, de pé na soleira enquanto os outros saiam para a chuva lá fora.

— O que foi que eu fiz agora? — perguntou, simpático.

Miggy pegou o pote cheio de moedas, esvaziou o conteúdo sobre a mesa e separou-as lentamente.

— Como estão as coisas por lá, Bullis?

— Lá onde?

— No trabalho.

— Tudo certo.

Miggy empurrou todas as moedas para ele.

— Eu preciso de um favor.

O homem encarou as moedas, então deslizou-as de volta para ela.

— Certo.

Miggy apontou com a cabeça para Gazeta.

— Está vendo aquele rostinho bonito lá no fundo? Ela vai dizer o que é quando estiver preparada.

— Quem é?

— Um deles, lá das bandas do Nate.

O homem idoso parou por um momento, piscando pensativo.

— Nate ainda está vivo?

— Ela pode contar com você ou não?

— Pode, claro.

— Eu vou arranjar tudo.

— Certo então. Estarei por aqui.

Gazeta ficou sem palavras ao ver o homem partir. Enfim, disse:

— Miggy, você conseguiu essas roupas chiques com *esse* tipo de emprego?

— Ah, não, meu bem. Este é meu trabalho. Não é meu emprego.

— Ler o futuro das pessoas?

Miggy franziu a testa.

— Eu sou um oráculo. Uma mensageira. A palavra de Deus vem a mim quando danço, e eu entrego as repostas Dele para as pessoas que perguntam.

— Não vi ninguém lendo o que você colocou nos cartões — comentou Gazeta.

— A maioria não sabe ler.

— Então por que escrever as respostas?

— Eles vão encontrar alguém que saiba. Ou eu mesma lerei para eles mais tarde. Vejo quase todos diariamente.

Gazeta queria perguntar o que acontecia se eles não gostassem do que ela escrevesse, mas lembrou-se de onde estava, então em vez disso questionou:

— O que você está dando para eles, Miggy?

— Esperança, meu bem.

— Não é para isso que serve a igreja?

Miggy sorriu.

— Ano passado alguns gângsters de Reading vieram para cá procurando por um cara chamado Sanko. Ouvi dizer que tinha uma recompensa de quatrocentos dólares pela cabeça dele. Sanko é o que chamaríamos na nossa língua de um twi, alguém que diz coisas boas sobre os outros, vende sonhos irreais, faz com que se sintam bem com o que fazem mesmo que nem sempre seja a verdade exata. Ele consegue fazer o diabo entregar os chifres se quiser. Ganha algum dinheiro com isso. Não faz mal para ninguém. O que ele fez contra os gângsters, os detalhes da coisa, eu não sei, mas dois deles vieram aqui para o Row vestidos de terno e se dizendo pregadores. Disseram que vieram apresentar o Evangelho a Sanko.

Ela fez uma pausa, terminou de contar suas moedas, e enfiou-as no bolso.

— É por isso que a terra é problemática, Gazeta. Você não vai encontrar um pai ou mãe que cria o filho para ser um assassino, agindo como se possuísse a compreensão de Deus. A Mão Divina Dele caiu sobre a maioria do pessoal aqui do Row muito antes de virem para este país. Temos nossa própria igreja e nosso próprio jeito de fazer as coisas, desde quando nós foi criado no Sul. Nós guarda nosso rancor contra injustiças sofridas na família. Nós sabemos quando alguém está dando o leite de Deus e não a água do diabo. Então os dois caras atrás de Sanko saíram daqui numa maca de necrotério. E ninguém aqui sabe nada sobre isso. Sanko está circulando pelo Row vendendo promessas impossíveis e contando mentiras até hoje. E eu sigo com a minha vidência do jeito que eu quiser.

Ela fez outra pausa, ajeitando os cartões e a máquina de escrever na mesa.

— Você é uma boa mulher, Gazeta. Eu estou em dívida com você pela sua gentileza quando aquele carregador da ferrovia espancou meu coração. Não sou a mesma que era nos primeiros vinte e sete anos da minha vida.

— Eu não falei por que estou aqui — disse Gazeta.

— Eu já sei. Deve ter umas trezentas pessoas trabalhando lá em Pennhurst. E a maioria dos negros empregados lá é do Row. Sabe por quê? Seu negro clássico de Chicken Hill quer a comida servida em bandeja de ouro. Quer ser aristocrata arrogante igual gente branca. Mas fingir que sabe de tudo e agir como se fosse melhor do que sabe ser... é terrivelmente desgastante. Faz você ser uma pedra no caminho da própria justiça. Seu Lowgod clássico não liga para isso. Nós Lowgod entendemos que quando os pacientes de Pennhurst joga merda na gente, ou mija no chão, ou cospe na gente, eles não têm paz. Eles entendem o que a maioria das pessoas nesta terra não entende: que não dá para recuperar algo que nunca tivemos. Viver em uma terra que não é sua, fingir saber de tudo quando você não sabe, inventar regras para isso ou para se fazer parecer maior do que é, isso desgasta o corpo. Esta terra não pertence às pessoas que a governam, percebe? E transformou algumas delas, as melhores delas, as mais honestas, em loucos. Nós está no mesmo nível, você e eu, negras. Somos visita aqui. Acontece que nós Lowgod, de onde quer que tenhamos vindo, da velha África, imagino, nós éramos *guardiões* do nosso camarada. Esse era nosso objetivo. Ainda somos assim. Isso é tudo o que sabemos da nossa história, a história que nos foi arrancada antes de sermos trazidos para cá. Sabe o que Lowgod significa em nossa língua? Pequeno pai ou mãe. Nós sabemos que a maioria das pessoas é fraca e que a sabedoria é difícil de achar. Então as pobres almas em Pennhurst não é difícil para nós cuidar. Eu mesma trabalho lá. Os pacientes não são difícil de lidar. Os funcionários é que são. Os médicos, cuidadores e afins. Esses são os difíceis.

— Eu não quero estudá-los — retrucou Gazeta. — Estou só procurando...

— Eu já sei o que você quer — interrompeu Miggy. — E eu sei como tirá-lo de lá.

Ela puxou a cadeira para perto da máquina de escrever, pegou um cartão de indexação, depois olhou para Gazeta, segurando o cartão em branco entre os longos e esguios dedos.

— Colocaram seu menino na Ala C-1. Não é um lugar fácil. É para aqueles que eles chamam de portadores de funções limitadas. Os que eles acham que não conseguem se alimentar sozinhos e coisa assim. Temos um Lowgod lá dentro. Bom, ele *veio* do Row, melhor dizendo. Costumava ser um de nós, mas se desviou do caminho. Meteu-se numa fria por aqui, então não aparece mais, porque não o queremos. Ele é injusto. E perverso. Por isso mora lá em cima em Pennhurst. Fica lá cem por cento do tempo agora. Lida com os piores pacientes. Ouvi falar... Bom, há poucos como ele neste mundo. Eles encontrou um lugar para si em Pennhurst porque, desde que o seu mal seja alimentado de vez em quando, ele mantém a ordem. Não vai sair de lá, porque se voltar aqui, vamos fazê-lo provar do próprio veneno. Você vai ter de lidar com ele para conseguir tirar seu menino de lá.

— Ele vai ajudar?

— Talvez. Talvez não. Ele não bate bem. Mas eu consigo conectar sua gente com ele.

— Se ele não bate bem, como é que vamos lidar com ele?

— Eu não falei *como* vocês vai lidar com ele. Só disse que precisam lidar.

— Nós não entendemos nada desse tipo de coisa, Miggy.

— Vocês têm um negro das Terras Baixas morando na colina. Pergunte para ele.

— Quem?

— Não sou tola a ponto de achar que você não sabe. Bullis, que você acabou de conhecer, ele vai colocar sua gente lá dentro. Depois disso, é com vocês.

E assim, ela puxou a máquina de escrever para perto, colocou o cartão no suporte, datilografou algumas letras, entregou o papel a Gazeta e juntou o resto dos cartões em uma pilha perfeita.

— Volte para me visitar qualquer hora. E traga aquele malandro com quem você está pensando em se casar. Aquele que está esperando lá fora. Ele presta, a propósito, para marido. Tem um bom coração.

Com isso, ela deu as costas para a mesa, andou a passos largos para a porta lateral, saiu para a chuva escura e desapareceu, deixando a porta fechar atrás de si.

Ela sumiu tão depressa que Gazeta se esqueceu de perguntar o nome do Lowgod de dentro da ala. Olhou para o cartão em sua mão. Tinha três palavras: “Filho do Homem”.

# 20
# A CASA ANTES

Gus Plitzka, membro da câmara municipal da cidade de Pottstown, odiava o Memorial Day. Todo ano, desde que todos se lembravam, a reunião anual da fanfarra de cornetas da Sociedade Histórica John Antes acontecia em conjunto com a reunião da câmara municipal, uma após a outra, com cinco minutos de intervalo. Primeiro, a da câmara. Então toda a sociedade histórica se encontrava na frente do prédio. Discursos eram feitos, proclamações exclamadas. Então a fanfarra de cornetas tocava. Depois, todos deixavam os instrumentos de lado e o café da manhã era servido, com cerveja alemã e salsichas porque os alemães precisavam participar de algum modo, já que eram donos de praticamente tudo na cidade. Aí a fanfarra tocava de novo. Em seguida os caminhões de bombeiro da Brigada de Incêndio Empire apareciam tocando seus sinos, e, enfim, à tarde, regado a resmungos, desentendimentos, cotoveladas, empurrões, surtos e proclamações, o desfile do Memorial Day começava, com os membros da câmara municipal vestidos em fantasias da época da Revolução fazendo papel de comandantes da marcha.

Era um gesto de respeito à história, uma oferenda sentimental ao grandioso John Antes, o grande compositor de Pottstown. Ninguém de fora da cidade jamais ouvira falar em Antes, é claro, em parte porque ele escrevia sonatas para trompete que ninguém tocava, e em parte porque a fanfarra de cornetas da Sociedade Histórica John Antes, que era composta por quarenta e cinco indivíduos — cabeças-ocas, criadores de porcos, fumantes profissionais, vagabundos, alcoólatras, líderes de torcida, moleques, universitários entediados e qualquer outro americano branco do condado de Montgomery que pudesse fazer biquinho e soprar com força o suficiente para fazer sair som de um trompete —, soava como o filho de um motor engasgando para dar a partida em uma fria manhã de outubro e um gorila-prateado urrando no leito de morte. Era tudo uma homenagem a Antes, o grande compositor, marido, pai, revolucionário, político, usurpador, forjador de ferro, espancador de esposas, trompetista, ladrão de covas indígenas, e um ótimo americano da cabeça aos pés que foi presidente da divisão administrativa de Pottstown *e* coronel no exército do próprio George Washington — e ainda assim encontrava tempo para escrever marchinhas e sonatas para trompete, imagine só. Depois da festa de um dia inteiro e do desfile em homenagem à sua vida que serpenteava de volta à Casa Antes, mais discursos eram feitos, seguidos por um gigantesco churrasco de porco no rolete, finalizado com fogos que estouravam noite afora, ponto em que todos ficavam bêbados e se esqueciam do velho John.

A celebração inteira começava e terminava todo ano na casa do grande compositor da época da Revolução, uma estrutura destruída de pedra e estuque, caindo aos pedaços, que se encolhia na esquina da rua High com a Union espreitando Chicken Hill como uma bruxa velha, aquela vizinhança esfarrapada que se erguia atrás dela como um primo bêbado que fica em cima da jovem prima Mary no Natal, que acabou de completar 18 anos e subitamente evoluiu de uma moleca com dentes faltando a um lança-chamas. A adorada Casa Antes era um tesouro querido, admirado e reverenciado, o centro do universo para os cidadãos brancos de Pottstown no Memorial Day. Também honrava fielmente os cidadãos negros da cidade nos outros 364 dias do ano, servindo como uma magnífica latrina, quartel-general de bebedeiras, esconderijo da polícia, parquinho para crianças que fugiam de casa, ponto para amarrar mulas errantes e motel de última opção para os adolescentes de Chicken Hill cheios de amor e desejo, cidadãos que desapareciam graciosamente uma semana antes do Memorial Day quando um caminhão com os dizeres "Pottstown. História forjada em fERRO", com o F acrescentado depois — uma falha do pintor — estacionava no meio-fio. Uma equipe de homens era despejada de dentro dele e a transformação anual começava. Bandeiras americanas eram içadas. Tábuas de madeira eram retiradas das janelas, faixas arrumadas e pintadas, a calçada varrida, a entrada de tijolinhos lavada, a casa esfregada de cima a baixo, e, quando terminavam, os trabalhadores exaustos faziam a mesma coisa todo ano: davam alguns passos para trás e olhavam a construção antiga com as mãos na cintura, balançando a cabeça como uma mãe que acabou de lavar o rosto do filho dez vezes só para descobrir que ele era simplesmente feio desde o começo. Mas a história americana não tem pretensão de ser bonita. É direta. É simples. É forte e verdadeira. Cheia de sangue. E tripas. E guerra.

— Ferro — anunciou o prefeito com sua usual explosão de ânimo ao fim das reuniões anuais de 1936 da câmara municipal e da Sociedade Antes — é o que tornou grandiosa esta cidade. Somos os fazedores de canhões. De armas. De aço. O sangue! As tripas! A glória! Deus está do nosso lado! Lembrem-se: a vitória de George Washington aqui em Pottstown foi a percursora da grande batalha de Valley Forge! Nunca se esqueçam disso!

Plitzka, sentado à mesa dentro da Casa Antes entre os membros do conselho, recebeu esse discurso com um resmungo e uma careta. Seu dedão do pé o estava matando. Inchara do tamanho de uma almôndega. Além disso, ele estava com dor de cabeça — duas dores de cabeça. A primeira, na testa. A segunda, nenhuma aspirina no mundo resolveria.

Plitzka era o novo dono da fazenda de laticínios Clover Dairy, empregador de vinte e nove pessoas — o primeiro em sua família a fazer algo do tipo, pois, dizia aos amigos, se isso não era o sonho americano, o que era? Imagine só. É claro que os amigos que o conheciam gostavam de imaginar que ele estava se afogando, mas isso não vem ao caso. Ele era o chefe! O mandachuva. O dono do barco.

O problema era que o barco estava furado. Menos de um mês antes, assim que fechou o acordo, ele descobriu que não havia contado as moedinhas direito e lhe faltavam 1.400 dólares. Desesperado, ligou para seu primo Ferdie, que tinha uma excelente cabeça sobre os ombros para extorquir fracassados e patrocinar cavalos na pista de corridas de Sanatoga. Ferdie declarou estar sem dinheiro também, mas conectou-o com um "bom amigo" da Filadélfia que ficou feliz em lhe emprestar o valor. Um amigo que acabou sendo um gângster assustador chamado Nig Rosen.

Cada vez que Plitzka pensava em Rosen, suas entranhas pareciam virar gelatina. Estava devendo 1.400 dólares mais juros para um gângster de verdade e não tinha de onde tirar o dinheiro. Agora, em vez de passar o dia pensando em como escalar para fora desse buraco em que se metera, ele tinha de desperdiçar horas preciosas mancando por aí como comandante do desfile enquanto torcia para os capangas de Rosen não fazerem uma aparição pública. Já haviam dado as caras duas vezes em seu escritório. Era um caos. Sentado à mesa, com o dedão latejando, queria explodir em lágrimas.

Quando a reunião acabou, ele permaneceu ali batucando os dedos na mesa enquanto os outros membros do conselho andavam até a porta e músicos da fanfarra migravam para dentro da sala carregando todos os tipos de corneta. Plitzka esperou, correndo os olhos pela onda de recém-chegados em busca do Doutor Roberts. Esperava que o médico, que era membro de praticamente todas as sociedades históricas da cidade e participava de todos os desfiles, fosse membro da Sociedade Histórica John Antes também. Suspirou aliviado quando identificou o coxear reconhecível de Doutor no fundo da sala. O homem segurava, dentre todas as opções possíveis, logo uma tuba.

Plitzka se levantou, com o dedão latejando, e passou pelos outros músicos até chegar no médico, que estava ocupado mexendo no instrumento.

— Ei, Doutor, meu dedo do pé está me matando — anunciou.

Doutor olhou para ele e depois voltou ao instrumento, cutucando as válvulas.

— Passe no meu consultório amanhã — disse.

— Está feio. Você não pode dar uma olhada agora?

Doutor se virou e correu os olhos pela antessala lotada.

— Aqui?

— Lá fora.

— Eu tenho que tocar.

— Não dá para esperar.

O médico voltou a atenção para a tuba enquanto Plitzka continuou parado atrás dele, arrasado. Não suportava o Doutor. Aquele aristocrata esnobe de pé torto. Um dos filhos do *Mayflower*. Cocomandante do desfile porque sua família estava ali desde os índios e tudo mais. O cara que podia soprar uma tuba em um desfile só de trompetes. Os dois haviam se desentendido anos antes na câmara municipal quando Doutor era membro. Plitzka queria gastar setenta dólares em uma placa de bronze para celebrar a implantação do primeiro comércio polonês da cidade. Doutor objetara, dizendo: "*Não podemos dar uma placa para cada família que assar pão aqui. Os poloneses só chegaram em 1885 — isso é depois da Guerra Civil.*" Plitzka nunca se esqueceu do insulto e arquitetou contente a saída de Doutor da câmara ao mexer alguns pauzinhos políticos e fazê-lo renunciar.

O médico, de sua parte, nutria igual desgosto por Plitzka, que ele considerava um aproveitador, um perfeito político de segunda categoria e o "novo" tipo de morador de Pottstown — ou seja, um homem sem honra. Plitzka fornecia engradados de bourbon para moradores locais em troca de seus votos. Intimidava banqueiros locais à submissão ao ameaçar banir entregas de carvão nas ruas onde ficavam seus negócios. Até os peixes grandes das metalúrgicas McClinton Iron e da Bethlehem Steel atendiam às suas ligações. A casa dele na zona oeste tinha uma sala de estar do tamanho de um campo de rúgbi e um tapete de boas-vindas escrito em inglês antigo. Como foi que um polonês, cuja fazendinha familiar de merda no topo de Chicken Hill não conseguia cultivar nem pulgas, arranjou tanto dinheiro assim? Mas dado o que aconteceu na mercearia judaica na colina, Doutor não precisava de novos inimigos, principalmente naquele momento. Principalmente Plitzka, que era perigoso.

— Está bem, Gus — murmurou.

Os dois homens foram até a porta. Nenhum notou as duas mulheres italianas catando papéis do chão e varrendo, movendo-se como fantasmas. Pia Fabicelli, a zeladora oficial da câmara municipal, também estava relutantemente presente, já que fora convocada a abandonar seus serviços usuais na prefeitura para faxinar atrás dos mestres na Casa Antes. E levou Fioria para ajudar.

Enquanto varriam o chão removendo copos de café, migalhas de bolo e papéis descartados, resultado usual dos trabalhos da câmara municipal, elas viram Doutor e Plitzka cambaleando até a porta, ambos mancando, o médico atrás.

Pia cutucou Fioria e brincou em italiano:

— Olhe! Gêmeos.

Fioria deu uma risadinha.

— Se você colocar o dedo na boca de um, o outro morde.

Elas riram e voltaram a trabalhar enquanto Doutor seguia o outro para fora.

Plitzka se sentou nos rachados degraus de tijolinho da entrada da Casa Antes, tirou o sapato, puxou a meia e revelou o dedão. Estava assustador: imenso, vermelho e enrugado.

— O que acha? — perguntou.

Doutor olhou para o dedo enrugado.

— O que quer que seja — disse —, precisa ser drenado.

— Você não vai examinar? Está me matando.

— Preciso dos meus instrumentos. Como ficou desse jeito?

— É para isso que você está aqui.

— Eu não sei ler mentes, Gus. Você bateu em algum lugar? Uma mesa? Cadeira? Caiu alguma coisa nesse dedo?

— Não.

— O que você tem feito ultimamente?

— Como assim?

— Talvez você tenha ido caminhar em algum lugar e pisado em algo. Ou caiu alguma coisa em cima, talvez na fábrica, no trabalho?

— *Este* é o meu trabalho — retrucou Plitzka, seco. — Eu não trabalho em uma fábrica, Doutor. Sou presidente da câmara municipal.

— Gus, me poupe. Estou tentando encontrar um diagnóstico.

— Eu estou com dor!

Doutor sentou-se na escada um degrau abaixo de Plitzka, cuidadosamente pegando o pé pelo calcanhar, mas evitando tocar o dedão nojento, torcendo que não cheirasse a gás mostarda. Soltou o pé de maneira gentil.

— Quando começou a dor?

— Não tenho certeza — respondeu Plitzka. — Mês passado eu e a patroa fomos à loja de departamento John Wanamaker na Filadélfia. Ela queria andar de elevador. O negócio ficou preso no quinto andar por vinte minutos. Acho que foi aí que começou.

Era, em parte, verdade. Ele havia feito essas coisas. Mas seu pé só começara a doer de fato mais tarde naquele dia quando ele deixou a esposa fazendo compras na Wanamaker e andou quatro quarteirões até a taverna do gângster Nig Rosen na rua Broad. Foi tudo tão inocente. Seu primo Ferdie havia dito que Rosen era ponta firme. Ficha limpa. Um cara do bem. E, no início, enquanto explicava a situação a ele, Plitzka o viu exatamente como o primo descrevera: um sujeito pé no chão, do tipo que passa segurança. *"Sou filho de um fazendeiro"*, disse Plitzka. *"Subi sozinho na vida. Fui gari. Escrivão. Membro da câmara. Agora estou a um passo do sucesso. Perto assim de comprar a fazenda de laticínios que fornece metade do leite na cidade. Só preciso superar essa última barreira."* Rosen o tranquilizara: *"Sou dono de uma taverna. Entendo um pouco da lei da oferta e demanda. Graças a Deus a Proibição não acabou com a gente."* Ele deu 1.400 dólares a Plitzka, com um sorriso no rosto, e uma taxa de 5% de juros ao mês quando apertaram as mãos. Então, na semana seguinte, apareceu no escritório de Plitzka com dois capangas imensos, exigindo juros de 35% a partir daquele dia, o que subiria o montante final para 2.900 dólares. Plitzka recusou-se. *"Tenho cara de idiota? Isso é mais do que o dobro do valor. Não vou pagar."* A expressão gentil de Rosen desapareceu e ele puxou calmamente o casaco para trás a fim de revelar uma pistola e disse: *"Que tal eu passar na sua casa e enfiar isso aqui na sua cara?"*

E, simples assim, o acordo que supostamente o colocaria no alto escalão da realeza de Pottstown se apertou ao redor de seu pescoço, estrangulando-o. Mais 420 dólares por mês, além das despesas usuais, inclusive pagamento de salários, que eram contadinhos até o último centavo. Onde conseguiria tudo isso?

Sentado nos degraus, com o dedão latejando, o pensamento em Rosen e naqueles gorilas à porta de sua casa, com sua esposa e filhos logo ali dentro, fez sua pele arrepiar.

— Então é por causa dos nervos? — perguntou Doutor Roberts.

— Se for nervos, estão fazendo hora extra, Doutor. Parece que tem uma ratoeira nesse dedo.

— Assim que terminarmos o ensaio, antes do desfile começar, eu vou dar um pulo no consultório e buscar uma coisinha para você.

Plitzka pareceu aliviado. Pegou a meia e calçou com cuidado no pé.

— Obrigado, Doutor. Pode ser uma boa ideia você tomar algo também. Parece um pouco alterado.

— Estou bem. — Doutor deu de ombros, tentando parecer indiferente.

A verdade era que, desde que Chona morrera algumas semanas antes, seus nervos estavam à flor da pele. Ninguém questionou sua versão dos fatos. Ninguém suspeitou. A coisa morreu logo, sem alardes. Mas na confusão do momento ele havia, de alguma forma — nunca descobriu como —, roubado um pingente do pescoço de Chona, uma mezuzá com inscrição em língua estrangeira. Ele não fazia ideia o que estava escrito ou como a coisa fora parar na sua mão. Não poderia ter sido intencional, agarrar a joia maldita, mas é verdade é que ele simplesmente não conseguia se lembrar. Foi só um momento de fortes emoções, nada mais. Acontece todos os dias. Ele queria devolver a coisa amaldiçoada, mas para quem? Poderia tê-la jogado fora, mas isso fazia o negócio parecer assassinato, o que não era. Ele era um cara decente. Pensou em enviar pelo correio, mas teve medo de que rastreassem até ele. Em vez disso, carregou no bolso para o desfile. Sua intenção era largar em algum lugar perto de Chicken Hill, onde poderia ser encontrado, pois a Casa Antes ficava próxima da colina. Só jogar no chão e sair andando. Mas agora Plitzka havia aparecido; além disso, tinha dor de estômago. Era o nervoso. As coisas simplesmente não andavam bem desde o… acidente. Havia boatos. Ele escutara o bastante. Será que Plitzka sabia? Plitzka, de todas as pessoas possíveis, um oportunista nebuloso, imigrante de segunda geração que venderia a avó por vinte e cinco centavos. Alguém comentara alguma coisa? E agora o desfile, bem aos pés de Chicken Hill, praticamente o quintal dos negros. *Eu não deveria ter vindo hoje,* pensou.

Antes que terminasse de pensar consigo mesmo, Doutor notou uma mulher negra caminhando apressada na estrada olhá-lo de relance, então seguir seu caminho, subindo a rua de terra sentido Chicken Hill. Dois outros negros vinham atrás, homens de roupa de trabalho, lançando olhares desconfiados e apertando o passo.

— Vários escurinhos novos aparecendo na cidade — disse Plitzka.

— Pois é. — Doutor deu de ombros. *Alguém comentara alguma coisa?*

— Cada ano chegam mais deles. São igual baratas.

Doutor sentou-se com esforço e falou:

— Vai acabar depois de ensaiarmos algumas músicas. Aí vou correr para o consultório.

Ele estava prestes a se levantar quando escutou Plitzka dizer:

— Uma pena o que aconteceu com a judia.

Doutor sentiu o coração disparar de pânico, e subitamente estava fraco demais para ficar de pé. Ainda sentado de frente para a rua, conseguiu murmurar:

— Uma pena mesmo. — E levantou-se, ansioso para ir embora.

Bem nesse momento um casal negro passou caminhando, e Doutor, agora de pé, congelou com as costas para Plitzka. O homem negro não olhou para ele, mas a mulher diminuiu o passo até parar, encarando Doutor direto nos olhos. Não parava de encarar. Doutor sentiu tontura. Subitamente, teve sede. Precisava de um gole de água.

— Você a conhecia? — perguntou Plitzka.

— Ãhn?

— Perguntei se você a conhecia.

— Quem? Ela? — questionou Doutor, apontando para a mulher negra, que de repente se virou e seguiu colina acima.

— Não ela. A moça que morreu.

Doutor assentiu, ainda de frente para a rua, de costas para Plitzka. Enfiou as mãos nos bolsos, tentando demonstrar frieza.

— Ela estava doente fazia tempo.

Escutou Plitzka falar alguma coisa, mas o trovejar de um trompetista aquecendo-se dentro da Casa Antes abafou o comentário. Algo que tinha a ver com "cartas".

— O quê?

— As cartas. Ela que costumava escrever cartas para o *Mercury* reclamando da nossa marcha dos Cavaleiros Brancos. Sem querer falar mal dos mortos e tal, mas isto é a América, Doutor. Todo mundo precisa jogar dentro das regras.

Doutor, com as entranhas igual à gelatina, apenas assentiu.

— Que fim teve o menino? — perguntou Plitzka.

Doutor não tinha certeza se deveria ir embora. Queria. *Mas será que... culpados saem correndo?*, pensou consigo mesmo. *Não. Eu não fiz nada de errado.*

Decidiu voltar a se sentar nos degraus só para mostrar indiferença. Acomodou-se logo no abaixo de Plitzka e pigarreou.

— A criança? — Tentou soar casual. — Ah, conseguimos ajuda para ele. Está em Pennhurst.

— Isso é bom. Vai receber uma boa educação finalmente.

Doutor pegou-se correndo os olhos pela rua. Outro negro passou, desta vez um homem sozinho. Ele diminuiu o passo, olhando com astúcia, depois parou, encarando abertamente, de frente para eles, a seis metros de distância. Parecia prestes a gritar alguma coisa. Então, para o alívio de Doutor, o sujeito acenou. E o médico fez algo que raramente fazia. Acenou de volta.

Plitzka franziu a testa.

— Alguns deles são ok — disse. — Se pelo menos se limpassem. Você subiu a colina recentemente? A imundície lá em cima, os esgotos a céu aberto, cruzes...

Doutor sentiu a garganta estreitar; tinha medo de se mexer e medo de ficar onde estava. Como havia se metido nessa furada? Sentado ali, tagarelando com Plitzka, um zé-ninguém, um fazendeiro trapaceador que se tornou um político corrupto. Doutor havia dedicado a vida toda à cidade. Sua família estava em Pottstown há mais de cem anos. E agora ele tinha de se sentar ali e escutar aquele idiota resmungar. Sentiu a raiva lhe subir à garganta. Não conseguia evitar.

— Falando em limpeza — disse —, sabe o banheiro no porão da Casa Antes? O que vocês votaram para colocar lá para o público? Eu abri a torneira e saiu água barrenta.

— Ah, é?

— Direto da torneira. Correu por alguns minutos, mas não limpou. A cidade está mandando água do reservatório para Chicken Hill?

Agora foi a vez de Plitzka ficar nervoso.

— Não sei de onde vem a água.

— O novo reservatório perto da sua antiga fazenda não fornece água para a colina?

— Eu não leio todos os contratos da cidade, Doutor.

— Vocês precisam dar uma olhada nisso. Água barrenta saindo da torneira na colina vai encher meu consultório de gente daqui, Gus. E eles não pagam.

— Não temos como acompanhar cada pessoa de cor em Chicken Hill, Doutor. Os números são altos por lá. Quantos, ninguém sabe. Temos valas de esgoto aberto correndo de lá até a rua principal. Nós as cobrimos, eles cavam outras. Temos que resolver isso antes de passar tubulação nova. Do contrário, vão ficar cagando e jogando resíduos em esgotos a céu aberto por todo lado.

— Água e esgoto são coisas diferentes, Gus.

— A colina é um zoológico, Doutor. Acredite em mim. Minha antiga fazenda fica lá.

Doutor assentiu. Escutara histórias sobre a fazenda Plitzka. Sobre terem feito um acordo com a cidade no passado para fornecer água antes de o novo reservatório ser construído. E a prefeitura ainda pagava a fazenda pela água de seu poço. Agora Plitzka, como dono da Clover Dairy e da fazenda de sua família, estava lucrando dos dois lados — da prefeitura pelo fornecimento de água *e* recebendo água da cidade de graça para alavancar seus negócios. Um verdadeiro vencedor. Típico gângster imigrante. Nenhuma honra. Nenhuma noção de história.

Doutor não se conteve:

— Você já subiu até o novo reservatório?

— Várias vezes — respondeu Plitzka. — Costumava ser um lago quando eu era criança.

— A prefeitura já mandou alguém ir olhar aqueles canos velhos ao redor dele? Vai ver um está rachado e a lama está entrando por lá.

— Se aqueles canos estivessem rachados, eu teria ouvido reclamações da colina.

— Por que os negros reclamariam? — argumentou o médico. — Eles ainda têm poços, vários poços, não têm?

— Se quiser desenhar um mapa de todas as casas que têm um poço lá em cima, vá em frente. É um labirinto aquilo.

A raiva de Doutor ferveu então. Por que Plitzka tinha que ser um babaca em tudo? Escutou-se dizer:

— Você pode perguntar para os negros, Gus. É o representante deles na câmara. Deveria falar com seus constituintes.

O rosto do outro ficou vermelho.

— Se eu o fizesse, talvez eles me contassem o que escutaram sobre você.

— O que tem eu?

— Você e aquela judia. Eu ouvi os boatos.

— Que boatos? O menino me atacou.

— Não foi o que eu ouvi.

— Boatos não provam nada.

— Provam que as pessoas abrem o bico — retrucou Gus, frio. — Já pensou em conversar com o Chefe Markus sobre isso?

— Já falei com ele. Ela teve uma convulsão. Eu tentei ajudar. O menino surtou e me atacou. É surdo e provavelmente mudo. Eu fugi e chamei a polícia. Eles escreveram um relatório.

— Escreveram mesmo — rebateu Plitzka, sarcástico.

— Ela morreu de derrame, Gus. A propósito, foi isso o que o hospital em Reading disse também.

— Uma pena não ter um homem branco na loja quando tudo começou. Daria fim na coisa.

— Que coisa?

— Os boatos.

Doutor se levantou, furioso agora.

— Pode cuidar sozinho desse pé.

— Não se exalte, Doutor — retrucou Gus. — Eu não quis insinuar nada com isso. Já esclarecemos tudo. Chegamos à verdade e tudo mais. Vamos, Doutor. Hora de deixar as desavenças de lado, ok? O passado é passado. Temos de marchar no desfile hoje. Somos cocomandantes, lembra-se?

Ele estendeu-lhe uma mão.

Doutor suspirou, depois a apertou, sentindo a raiva esfriar um pouco. Não era algo esperto, fazer de Plitzka um inimigo.

— Passe no meu consultório em meia hora e vamos resolver isso antes do desfile. Depois vou mandar você para um cara que pode arrumar seu sapato para o dedão não incomodar por um tempo. Não vai sarar em uma semana.

— Quem é esse cara?

— Um velho sapateiro da colina. Skrup, é como o chamam. Ele consegue fazer qualquer coisa com sapatos. Pode até fazer um modelo especial para você se quiser. O serviço é bom.

— Você é um cara decente, Doutor.

O médico tornou a entrar na casa. Decidiu não contar a Plitzka que Marv Skrupskelis era judeu. E não *qualquer* judeu velho. Marv Skrupskelis era um osso duro de roer. Plitza que descobrisse isso sozinho.

# 21

# A BOLINHA DE GUDE

A Ala C-1 tinha três turnos de cuidadores, e eles pareciam mudar constantemente, então levou cinco semanas completas para Dodô ver Filho do Homem pela primeira vez. Nunca o notara até realmente ver, como dizem, pois os primeiros dias em Pennhurst foram uma tempestade de dor e sofrimento. Sua mente ficara bêbada de remédios nebulosos por longos períodos, o que tornava impossível focar qualquer coisa. O cheiro sufocante, o medo, a silhueta de corpos que se debruçavam sobre seu berço para encarar, roubar comida de sua bandeja, puxar suas orelhas, ocasionalmente o levavam para fora do quarto para isso ou aquilo, trocavam sua roupa de cama enquanto resmungavam e xingavam, tudo se misturava em uma única massa disforme. Algumas das atividades partiam de pacientes curiosos. Outras, de cuidadores. Em seu estado drogado, Dodô não conseguia distinguir.

Além disso, a mudança de viver em seu próprio quarto aos fundos da mercearia de Dona Chona, com sua própria cama, abajur, quadrinhos e aviões de papelão pendurados por um fio na lâmpada do teto, para uma ala de duzentos homens em uma instituição que abrigava três mil almas foi um choque tão grande para Dodô que era possível que ele houvesse morrido naqueles primeiros dias se não estivesse todo engessado. Sua imobilidade, na verdade, o salvou, pois era uma criança ativa, atlética por natureza, com braços e pernas que viviam se mexendo. Mas agora, estava com dor, drogado e imobilizado, o que o mantinha parado e permitia que seu corpo sarasse. Enquanto isso, aprendeu a conversar com Calça de Macaco.

A comunicação foi facilitada por sua quase surdez. Escutava muito pouco, então sua atenção não era desviada pelos barulhos de gelar a espinha da ala, o que tornava impossível o sono de recém-chegados com audição normal. Gemidos, resmungos, pios, arrotos, suspiros, rosnados, gritos, chiados, grunhidos, risadinhas, gargalhadas, flatulências, conversinhas e urros de seus companheiros residentes passavam despercebidos. Saqueavam sua bandeja de comida quando era deixada ao lado de sua cama até ele aprender a engolir o conteúdo imediatamente, e, depois disso, a maioria deles o ignorou, vagando pela ala como fantasmas, homens de "camisola" ou avental hospitalar, alguns poucos só de roupa íntima, e um ou dois que rasgavam as roupas e perambulavam pelados. Aqueles primeiros dias foram os mais difíceis, pois a civilidade daqueles cuidadores exaustos não era desperdiçada com os lunáticos, como eram chamados. Quem trocava sua roupa de cama eram homens rústicos, grossos, jogando seus membros engessados para lá e para cá sem paciência alguma, ignorando seus urros de dor, mexendo os lábios no que parecia ser xingamentos enquanto o faziam. Só depois de alguns dias ele percebeu que alguns daqueles que trocavam seus lençóis e o moviam de um lado para o outro enquanto ele chorava e soluçava pateticamente não eram cuidadores, e sim pacientes. Sua inabilidade de executar até as coisas mais básicas, como se virar de lado e coçar as costas, enquanto estava deitado e todo amarrado em um berço dentro de uma sala que fedia terrivelmente o deixaram em um tipo de transe horrorizado por boa parte do tempo. Mas seu corpo tinha apenas 12 anos. Queria viver. Queria sarar. E Calça de Macaco mostrou ter uma alma curiosa, em posse de algo que chamou a atenção de Dodô para fora de sua névoa e depressão, puxando-o à superfície daquele pavor que o afogava a cada segundo.

Uma bolinha de gude. Azul.

Calça de Macaco puxou-a de debaixo do travesseiro pouco depois da chegada de Dodô, segurando-a na mão esquerda, sobre a qual tinha algum controle e força, ao contrário da direita, que parecia completamente inútil.

— Onde você conseguiu isso? — perguntou Dodô.

Calça de Macaco respondeu curvando os lábios.

— Onde?

E assim, começou.

No início, parecia impossível, pois nenhum dos dois meninos conhecia língua de sinais. Mas Dodô sabia falar e Calça de Macaco sabia ouvir, e o mero ato de tentar se comunicar com alguém, qualquer um, levou um pouco de luz a Dodô. Antes de Pennhurst, além de ocasionais fugas ao quintal da Senhorita Bernice ao lado da mercearia, ele vivia majoritariamente em um mundo de adultos, ignorado pela maioria deles exceto Tio Nate, Tia Addie e Dona Chona. Com Calça de Macaco, encontrou-se no centro das atenções de alguém com idade próxima à sua. E embora a comunicação deles fosse rudimentar no início, sua compreensão silenciosa de que milhares de ideias jaziam na mente do outro forjou um terreno comum para ambos.

No começo, Calça de Macaco era quem iniciava a conversa, já que estava curioso e cheio de perguntas, enquanto Dodô estava deprimido e recluso. Mas com o tempo a curiosidade venceu, e depois de alguns dias dos esforços de comunicação espasmódicos e resmungados de Calça de Macaco, Dodô assumiu a liderança, interrompendo-o com muitas perguntas. No início, as respostas, gestos e expressões faciais de Calça de Macaco pareciam aleatórias, e várias vezes os dois interromperam a conversa no meio, pois Dodô subitamente explodia em lágrimas, ao que o outro esperava paciente até que o lamento terminasse e recomeçava uma série de gestos e contorções. Os sinais que fazia eram sinceros e insistentes e forçavam Dodô a responder, embora com frequência ficasse inseguro acerca do que seu novo amigo queria dizer. Mas eles tinham horas para gastar naqueles primeiros dias, e ao final da primeira semana, os dois haviam criado uma forma rudimentar de comunicação.

Quando Calça de Macaco levantava as sobrancelhas, significava "sim"; olhos estreitados, "não". "Talvez" era um leve erguer do braço esquerdo. Um punho cerrado e um antebraço cruzado sobre o peito significavam "cuidado", "ruim", ou similar. Acrescido de um lábio para a frente virava "cuidado mesmo", "dor" ou "problema". Braços cruzados, com a mão esquerda contendo a direita para baixo sobre o peito era "perigo". Mostrar os dentes significava "bom", "gosto bom" ou "tudo bem". Calça de Macaco não conseguia controlar os espasmos, o que mantinha sua cabeça e cada membro do corpo em um constante estado de tremor. Sua mão direita estava irremediavelmente fechada em um punho inútil, e as pernas tinham ocasionais espasmos violentos. Mas ele conseguia, com esforço, controlar a mão esquerda, o punho esquerdo e o braço esquerdo até o ombro, o que lhe dava o uso de todos os cinco dedos — uma ferramenta útil, pois era essa mão que emergia para fora de seu berço e gesticulava através das barras para Dodô, e também chacoalhava seu berço para despertá-lo quando Calça de Macaco achava necessário.

Foi dessa mão esquerda que nasceu o milagre da comunicação.

Começou com a bolinha de gude. Depois de mostrá-la e de deixar Dodô segurá-la várias vezes, e exigi-la de volta com gestos, Calça de Macaco tentou comunicar alguma coisa a respeito dela. Fracassou todas as vezes. Dodô, por sua vez, rebateu com suas próprias perguntas que causaram gestos ainda mais frustrados de Calça de Macaco até os dois desistirem. Se fosse qualquer outro assunto, Dodô teria abandonado de vez. Mas ele amava bolinhas de gude. Lembravam-no de Dona Chona — que lhe dera tantas bolinhas que ele tinha de guardá-las em um pote — e de seu tio e tia, de quem sentia tanta saudade. Assumira que os três estavam bravos com ele pelo que acontecera na loja, pois nenhum havia ido buscá-lo ou ao menos vê-lo. Iludia-se pensando que talvez estivessem ocupados juntando todos os tipos de bolinha de gude para lhe dar como um presente especial a fim de que sarasse e pudesse sair logo. Mas a ilusão se desfez cada vez mais, dia após dia, e na maioria das noites ele adormecia com lágrimas nos olhos.

Só a bolinha de gude mantinha suas esperanças vivas, pois apesar de sua sensação de culpa, uma minúscula parte dele acreditava que a gentil mulher que lhe dera tantas daquelas preciosas bolinhas iria perdoá-lo. Então todos os dias Dodô pedia para Calça de Macaco tirar a bolinha de debaixo do travesseiro, e perguntava como ele a conseguira. Depois de centenas de gestos e expressões faciais do amigo, Dodô concluiu que Calça de Macaco a havia ganhado como um presente gentil de alguém. Quem era essa pessoa, não sabia dizer. Isso o frustrava, e certa tarde quando Dodô estava investigando e perguntando, Calça de Macaco se frustrou e virou a cabeça para o outro lado, em entediada irritação.

Dodô, embora não pudesse escutar a própria voz, sabia como elevar o tom, pois as vibrações dentro de seu crânio lhe diziam como, então falou alto:

— Pare de ser idiota!

Calça de Macaco se virou para ele, encarando-o por entre as barras do berço, com a cabeça chacoalhando para a frente e para trás em seus espasmos, e uma expressão que dizia: "O que você quer que eu faça? Não tenho como fazer você entender."

— Nós não terminamos aqui — retrucou Dodô.

Então começaram de novo, motivados apenas pela dolorosa solidão de sua existência, dois meninos com mentes inteligentes presos em corpos que não cooperavam, enjaulados em berços como bebês, vivendo em um asilo para loucos, a insanidade da coisa parecendo alimentar-se de si mesma e cair sobre eles, pois apesar da situação horrenda em que se encontravam, eles ficavam animados com a mais ínfima das coisas, como o enrugar de uma pálpebra, uma tosse errante, um grunhido de satisfação ou uma explosão de risada enquanto um murmurava um discurso em confusa impaciência para o outro, tentando entender como comunicar a origem da preciosa bolinha de gude de Calça de Macaco. Era ultrajante.

Felizmente, tempo era algo que eles tinham de sobra, e fizeram bom uso dele. Não tinham nada para fazer o dia todo durante aquelas primeiras semanas, pois a entediante rotina era sempre a mesma. Os pacientes eram acordados às 7 horas. Lençóis, fraldas e aventais hospitalares eram removidos e trocados — ou às vezes não. Aqueles que podiam eram banhados. Outros que podiam ser banhados, às vezes não eram. Os dotados de mobilidade eram escoltados até o banheiro por um cuidador. Depois, a procissão dos lunáticos, como eram chamados, era conduzida ao refeitório por dois funcionários do turno do dia, então direto à sala de convivência no final do corredor, onde ficavam até pouco antes do almoço. Eram então levados brevemente de volta à ala, depois para o refeitório, e em seguida de volta para a sala de convivência até o jantar. Depois do jantar, havia uma rara atividade que normalmente consistia em nada além de voltar à sala, e enfim todos eram colocados na cama às 20 horas. Os dois meninos nos berços eram alimentados deitados, assim como um terceiro paciente, um homem jovem que ficava deitado completamente imóvel e gemendo em um berço no final da enfermaria, perto da mesa do cuidador do dia. Normalmente, os dois funcionários do turno se revezavam, um cuidava da mesa de manhã e o outro conduzia os pacientes ao refeitório e à sala, depois trocavam à tarde, deixando na mesa um só cuidador que normalmente dormia ou lia enquanto o outro fazia o trabalho pesado de deslocar a ala toda por aí. Sempre havia alguém à mesa, e quem quer que fosse parecia satisfeito com o fato de os garotos passarem o dia entretendo um ao outro. Eles não eram um incômodo. Eram uma coisa a menos para fazer.

Mas os meninos estavam resolvendo um quebra-cabeças. E depois da terceira semana, a grande revolução aconteceu quando Calça de Macaco apontou o dedo para o gesso de Dodô e fez vários gestos. Dodô deduziu, erroneamente, que o amigo queria lhe perguntar o que aconteceu e por que ele estava todo imobilizado, o que trouxe à tona tudo o que havia acontecido na mercearia de Dona Chona, e ele desatou a chorar.

— Quero ir para casa — chorou.

Calça de Macaco o encarou com olhos imóveis, não parecia abalado. Isso irritou Dodô.

— Esqueça sua bolinha de gude estúpida, Calça de Macaco. — Ele fechou os olhos, trancando o amigo para fora.

Calça de Macaco esticou o braço e balançou o berço dele.

Dodô abriu os olhos:

— O que foi?!

Calça de Macaco bateu cinco vezes nas barras do berço.

— Parabéns, você sabe contar até cinco. É daí?

O outro balançou a cabeça, insistente. Bateu de novo contra as barras. Cinco vezes. Então ergueu a bolinha. E esticou um polegar para cima.

Isso chamou a atenção de Dodô.

— Faça seis vezes se for esperto.

Calça de Macaco franziu a testa em um "não", e batucou cinco vezes de novo.

— O que você quer, Calça de Macaco?

O menino bateu de novo, e de novo, apontou para a bolinha de gude, para a própria boca, depois esticou o braço para o berço de Dodô e o beliscou com o indicador e o polegar.

Dôdo, irritado, explodiu:

— Ah!

Calça de Macaco ficou louco de entusiasmo, a cabeça quicando no travesseiro.

— Ah o quê?

Vários "não" com a cabeça.

— O quê?

Calça de Macaco balançou a cabeça de novo. Ele mexeu a boca e Dodô, vendo isso, deu um chute no escuro, sabendo que os lábios faziam formas parecidas ao pronunciar vogais: achou que ele dissera "Ah", então respondeu:

— Ah para você também.

Mais gestos entusiasmados de Calça de Macaco.

— Ah?

Sim. Calça de Macaco assentiu.

— Ah o quê?

Não. Balançar de cabeça.

— Só "ah"?

Sim. Um assentir.

Levou o dia todo, com Calça de Macaco fazendo mímicas extravagantes, grunhindo, rangendo os dentes e apontando, para Dodô entender que ele não estava fazendo que sim para a interjeição "ah", mas sim para a *letra* "A", a primeira do alfabeto, o que finalmente deixou claro ao apontar para um dos cuidadores à mesa comendo amendoim.

— Seu polegar é "A"?

Calça de Macaco apontou para o homem e ergueu as sobrancelhas, o que significava "sim!" e chacoalhou a cabeça loucamente. Era uma revolução. A primeira letra do alfabeto!

Levou mais dois dias para Dodô descobrir que a letra B também era o polegar. Assim como a C, a D e a E.

A partir daí, o restante da fórmula de uma mão só de Calça de Macaco deslanchou depressa.

Seu polegar representava as letras de A a E.

O indicador representava de F a J.

O do meio, K a O.

O anelar, P a T.

O dedinho ficava com as últimas seis letras, U a Z.

Vinte e seis letras. Cinco dedos. Cinco letras por dedo. Seis para o mindinho. Dodô estava exausto de tentar descobrir, pois lhes havia custado vários dias de dois passos para a frente e um para trás, usando a palavra "amendoim" para começar. Mas em menos de uma semana, ele tinha certeza do código. Conferiram mais de uma vez usando várias palavras, "homem", "comida", "bolo", "sorvete" e, é claro, "bolinha de gude", a palavra de maior interesse para Dodô. Quando ele a decifrou corretamente três vezes, e ficou claro para eles que os dois estavam seguros com a nova linguagem, Dodô declarou:

— Calça de Macaco, você é muito inteligente!

O amigo acenou impaciente com a mão, pois estava sedento de conversar. Começou balançando a palma e os dedos de um a cinco de novo, gesticulando para que Dodô se apressasse e decifrasse as letras que ele estava soletrando. Começou perguntando seu nome usando o sinal de linguagem deles, mas Dodô ignorou isso, pois embora também estivesse animado, havia a questão que acendera a faísca inicial daquela amizade. Então ele ignorou os dedos estendidos de Calça de Macaco e perguntou, impaciente:

— Onde você conseguiu a bolinha de gude?

Calça de Macaco revirou os olhos e soletrou com paciência enquanto Dodô falava as letras. Levantou o dedo do meio.

— K... L... M...

Olhos erguidos. Sim. Então ele esticou o indicador.

— F? G? H? I? J... I?

Olhos erguidos. Sim.

— I.

Mais três letras, então olhos fechados.

— Outra palavra?

Olhos erguidos. Sim.

Calça de Macaco começou a soletrar o resto. Os olhos de Dodô acompanharam atentamente os dedos e seus lábios se mexiam enquanto o amigo soletrava "M.I.N.H.A. M.Ã.E."

Foi exaustivo, mas a charada havia sido solucionada. Dodô suspirou feliz, então perguntou:

— Onde ela está?

Mas Calça de Macaco não respondeu. Em vez disso, seus olhos focaram algo além de Dodô, depois se arregalaram de medo. Ele cerrou os punhos e cruzou os dois braços sobre o peito, o sinal de "perigo".

Dodô olhou atrás de si enquanto uma sombra cruzava a janela e bloqueava a luz fraca por um momento, parando ao pé de seu berço. Ele voltou a olhar para Calça de Macaco, mas o menino havia se virado para o outro lado e erguido os joelhos até o rosto, com o corpo em uma postura toda encolhida, o que Dodô havia aprendido que era sua posição de medo.

Olhou para a ponta do berço e viu uma figura magra e escura de pé ali, encarando.

Era um homem negro e alto, bonito, com pele de um marrom profundo e uma longa cicatriz na testa de algum ferimento antigo. Sua pele era lisa, as mãos longas e ossudas. Braços grossos e ombros largos preenchiam seu uniforme de cuidador e seu peito amplo se destacava debaixo dele. Era um homem claramente forte, com um rosto que portava um sorriso gentil e sardônico, como se dissesse "Estou aqui agora e tudo vai ficar bem". Seus olhos fundos estavam calmos, mas havia algo por trás deles, uma sede e uma brutalidade abafada que despertaram um terrível pavor em Dodô, pois era uma criança que vivia da visão e da vibração.

— Você é o menino novo? — perguntou o homem.

Dodô continuou calado, fingindo não entender.

— Sabe ler lábios? É o que estão dizendo. Que você sabe ler lábios.

Dodô ficou imóvel.

O homem levantou uma mão imensa e acariciou a testa do menino. Foi o primeiro gesto gentil que ele sentia em semanas. E normalmente Dodô teria chorado de alegria à primeira mão cuidadosa que não o virara, jogara de um lado a outro e resmungara seu descontentamento após limpar seus lençóis imundos, pois embora uma perna não estivesse mais imobilizada e se recuperava bem, a outra continuava engessada. Os cuidadores brancos pareciam ter medo de tocá-lo, e isso doía, pois ele era uma criança do toque e do tato. Estava sedento por um toque de carinho. Mas havia algo no acariciar gentil da mão do homem — que percorreu seu rosto, desceu pela bochecha, cruzou o peito, seguiu para o umbigo e em direção à sua pélvis antes de lentamente se afastar — que o aterrorizou.

— Qual o seu nome?

Dodô deu de ombros.

O homem sorriu.

— Não importa — disse, passando o dedo grande na testa do menino. — Nós chegaremos lá.

Então, com um olhar rápido por cima dos ombros para o posto de enfermagem, que estava vazio, subitamente agarrou a perna boa de Dodô na altura da coxa, ergueu-o do colchão com uma mão, levantou o avental hospitalar com a outra e espiou seu traseiro liso e macio.

— Você é belo como um pavão, menino. — Então gentilmente o abaixou. — Belo como um pavão.

E foi embora.

Assim que o homem se virou e partiu, Calça de Macaco estava balançando o berço com sua mão forte, a esquerda, e os dedos gesticulando freneticamente, os olhos arregalados de medo.

— Quem é ele? — perguntou Dodô.

Calça de Macaco soletrou devagar.

F.I.L.H.O. ... D.O. ... H.O.M.E.M.

M.A.L. M.A.L.

M.U.I.T.O.

# 22
# SEM UMA MÚSICA

Fechar a Mercearia do Céu e da Terra nunca foi algo que Moshe se imaginou fazendo. Foi mais difícil do que mexer nas coisas de Chona no quarto deles, pois fechar a mercearia envolvia trabalhar no porão, e no porão ele encontrou um pequeno barril de madeira e uma colher de pau que reconheceu de imediato. Ela estava batendo manteiga amarela naquele barril quando ele desceu àquele porão pela primeira vez, com a cabeça cheia de problemas e um mundo cheio de dívidas. Ela era a única outra pessoa que se lembraria daquele primeiro momento. Quando ele olhou dentro do barril e descobriu estar cheio de brinquedinhos, bolinhas de gude e bugigangas que ela juntava para distribuir como presentes para Dodô e as crianças da vizinhança, ele sentou-se em um baú que havia por perto e desatou a chorar.

Nate e Addie estavam lá ajudando-o a arrumar as coisas, trabalhando no outro extremo do cômodo, pois o plano dele era alugar o primeiro andar do prédio e continuar morando no apartamento em cima. Os dois trabalharam em silêncio enquanto ele chorava, mas não disseram nada, pois sentiam sua própria parcela de dor. Nenhum dos dois mencionou a questão de Dodô estar em Pennhurst. Moshe suspeitava que se sentissem culpados pela morte de Chona porque havia sido ideia de Nate que eles acolhessem o menino. Moshe não sentia raiva alguma deles, pois o menino levara alegria à sua esposa, e ele os teria dito isso naquele momento se seu coração tivesse forças para permitir que falasse desses assuntos, mas não tinha. Ainda assim, estava aliviado pela companhia deles naquele momento, pois eram os únicos que queria por perto. Os novos rostos no shul eram de estranhos. O mundo havia mudado.

E quanto ao que aconteceu na mercearia, Addie havia lhe dado os detalhes do que vira naquela tarde. A versão contrastante de Doutor sobre os eventos, de que Chona havia sido atacada pelo menino negro e desmaiado, tornavam a coisa toda problemática, pois

Moshe tinha certeza de que o menino jamais faria tal coisa. Mesmo assim, questionar a versão de Doutor era remar contra a maré, já que chamaria atenção para os protestos de Chona acerca do envolvimento dele com a Klan. Nenhum dos poderosos da cidade nem a polícia iria querer discutir esses assuntos. Eles não eram muito fãs de Moshe e seus negócios. Protestar seria chamar uma atenção excessiva, e talvez mais policiais. Seus únicos aliados eram o shul, que era pequeno e impotente, e os negros, que tinham verdadeiro pavor da polícia, especialmente Nate. Ele notara nos anos anteriores que, quando as autoridades eram chamadas para resolver um tumulto ocasional no teatro, seu ajudante parecia desaparecer. Ele suspeitava que Nate havia tido algum problema no passado. Não o incomodava, pois debaixo daquela natureza silenciosa, Moshe pressentia a existência de uma solidez de ferro, não muito diferente da de seu primo Isaac. Esse tipo de postura era uma janela para um coração atormentado, ele sabia disso, um coração forjado por dificuldades passadas e tratamento injusto. Moshe ficava incomodado com o fato de Nate, seu melhor amigo na cidade, provavelmente ter passado por tais problemas. Achava que podia ele mesmo ser a causa deles, de alguma forma, e isso o preocupava ainda mais.

Sentado sobre o baú, Moshe deixou sua breve explosão de soluços passar, então sentiu uma dor súbita no peito, o que o fez se curvar e tossir por um momento, arfando para respirar; depois passou. Ele ergueu os olhos e viu Addie de pé do outro lado do cômodo olhando em sua direção, preocupada. Nate, removendo as prateleiras do canto mais distante, também parou de trabalhar. Nenhum dos dois se aproximou para consolá-lo. Ocorreu-lhe naquele momento que raramente os tocava. Era sua esposa que fazia essas coisas. Ela não tinha receio de abraçar Addie ou Dodô, nem de agarrar a mão de um Nate relutante para mostrar-lhe algo, carregar um bebê negro que estivesse chorando, dar tapinhas de brincadeira no rosto e no ombro de uma cliente ou envolvê-la com o braço. Essas coisas eram quase proibidas naquele país, percebeu ele. Chona nunca foi de jogar pelas regras da sociedade americana. Não via o mundo como a maioria das pessoas via. Para ela, o mundo não era uma cristaleira de porcelanas a ser admirada, porém jamais tocada. Em vez disso, ela o via como um lugar em que cada atitude da vida era uma chance de tikkun olam, de melhorar o mundo. Aquela mulher minúscula com um pé ruim era pura alma. Uma grande alma. Moshe tinha trinta centímetros a mais de altura, mas era ela quem era grande. Ele era só um homem que organizava shows de música. Um promotor de eventos. Um homem sem uma música própria. Seu peito doía.

Escutou Addie dizer:

— Está tudo bem, Senhor Moshe?

— Forte como um touro — respondeu, secando o suor do rosto. Colocou de lado o barril cheio de brinquedos e presentes e continuou a organizar engradados, caixas, itens decorativos e latas velhas. Depois de alguns momentos, virou-se para Nate, que estava jogando papéis antigos em um cesto de lixo, e disse: — Não tem nada aqui que vamos querer guardar. Mas talvez tenha algo que vocês queiram.

Nate assentiu, em silêncio, ao terminar com os papéis e pegar uma vassoura.

— Vocês foram visitar Dodô? — perguntou Moshe.

Nate balançou a cabeça e começou a varrer. Addie, perto da outra parede, falou:

— Nós vamos vê-lo daqui a uma semana.

— Já é certo?

Ela desviou os olhos para Nate.

— Estamos trabalhando nisso.

— Eu resolvo para vocês.

Nate, como que em resposta, foi com sua vassoura até um canto do porão e deixou Moshe e Addie sozinhos.

— Deixe que ele resolva no tempo dele — pediu ela.

Moshe assentiu. Nate não falara muito com ele nos dias anteriores, mesmo durante a shivá. Ocorreu-lhe que a última coisa que Nate dissera havia sido a sugestão de Moshe convidar alguns dos fabulosos músicos que já haviam se apresentado no Salão de Dança e Teatro 100% Americano para tocar no funeral de Chona. A dor de Moshe era grande demais no momento para considerar a ideia. Ele pensou em pedir depois para um desses músicos escrever uma música para Chona ou talvez dar um jantar em homenagem a ela e convidar alguns de seus clientes de Chicken Hill, mas seria muito trabalho, pois significaria praticamente todos os negros da colina. Ele não conseguia lidar sequer com a shivá. Foi Feldman que fez os arranjos, às pressas. O enterro e os sete dias da shivá foram um borrão. Ele passou-os dormindo a maior parte do tempo na cadeira da sala de estar enquanto algumas pessoas do shul visitavam, conversavam e comiam com Isaac, ao passo em que Nate e Addie administravam as coisas. Passou num piscar de olhos, e ela partira. Simples assim. E sua ausência significava milhares de amanhãs esvaziados de qualquer promessa que eles um dia haviam feito.

Depois de mais alguns momentos empurrando engradados pelo porão e encaixotando coisas, ele se sentou e disse:

— Cansei. Chega.

Estava sem ar e sentia um aperto no peito.

— Nós terminamos aqui — disse Addie.

Ele pegou o barril de Chona e estava prestes a subir com ele para o andar de cima quando escutou o som de um carro estacionando à frente da mercearia. Da minúscula janelinha do porão, Moshe viu o aço polido de um sedã preto com reluzentes pneus brancos. Ele escutou sapatos pesados entrarem na loja e avançarem até o quarto dos fundos e a escada do porão. Do topo dos degraus, ouviu a voz familiar de seu primo Isaac chamar:

— Moshe?

— O que você está fazendo aqui, Isaac?

— Venha ver isso aqui.

Moshe espiou escada acima. Não estava com ânimo para ver nada. Conseguia identificar o chapéu-coco do primo bloqueando a luz, e um rosto atrás de Isaac, mas não reconheceu as feições.

— O que foi? — perguntou impaciente, em iídiche.

Escutou uma risadinha. Então, do topo da escada, um item foi arremessado para baixo, uma toalha ou pano de algum tipo. Caiu em sua cara. Ele o arrancou dali, irritado.

Era couro ou algum tipo de moleskin... uma calça. Uma minúscula calça de couro moleskin. Tamanho infantil. Com uma Estrela de Davi na parte de trás. Então escutou uma risada e uma voz vinda do topo da escadaria escura — uma voz familiar e animada, em iídiche.

— Não tive tempo de embrulhar — disse Malachi. — Então decidi trazer pessoalmente.

Depois da exaltação inicial e gritos animados, seguidos por uma crise de lágrimas da parte de Moshe, os três — Isaac, Moshe e Malachi — se reuniram no quarto dos fundos da mercearia para tomar chá quente em copos enquanto Nate e Addie trabalhavam no porão. Moshe mal conseguia acreditar que seu velho amigo estava lá, sentado à sua frente.

— Como você chegou aqui tão depressa? — perguntou.

Malachi não parecia achar grandes coisas:

— No *SS Normandie*. Cinco dias. Um navio muito rápido.

— Como ficou sabendo da minha esposa?

Malachi olhou para Isaac, que deu de ombros. Moshe secou os olhos e disse:

— Primo querido, não precisava. Eu não tenho dinheiro para pagar por um presente assim.

— Ele não comprou a minha passagem — retrucou Malachi. — Eu mesmo comprei.

Moshe endireitou as costas.

— Que ramo é esse que você está e pode flutuar para cá e para lá pelo Atlântico com tanta facilidade? Virou bandido?

— Todos os bandidos estão aqui na América agora. Não sobrou nenhum na Europa.

— Como vai voltar para casa?

— Eu estou em casa.

— Mas você não gosta daqui! Falou tantas vezes.

Malachi ficou em silêncio por um momento, então respondeu:

— Eu gosto de estar vivo. As coisas não vão bem na nossa terra, meu amigo. Você não lê os jornais judaicos?

Moshe sentiu o peito estreitar de novo ao dizer:

— Minha mãe... — E mais um aperto, acompanhado de tamanha tristeza que ele não sabia se a dor vinha do coração ou de seu espírito definhando. Tossiu e engoliu em seco, levando um momento para recuperar o fôlego. Olhou para Isaac, cujo rosto sério, tão iluminado pelo alegre reencontro que presenciara pouco antes, tornou a obscurecer de dor, pois Isaac não tinha mãe. A mãe de Moshe criara os dois. — Ela não quer vir. Pensa a mesma coisa da América que você. Acha que esta terra é suja.

— Eu não discordo — rebateu Malachi.

Isaac estava franzindo a testa conforme a conversa assumia um ar mais pesado. Os três estiveram falando em iídiche, mas Isaac passou para o inglês:

— Preciso falar com os seus ajudantes.

— Sobre o quê?

— Sobre o que aconteceu aqui.

— Isaac, são águas passadas.

— Sim, claro. Mas quero falar com eles mesmo assim.

— Eu vou ter problemas com isso depois que você for embora.

— Não vai, primo. Eu só quero conversar. Agradecê-los. Estão por aqui?

— Eles vêm mais tarde — mentiu Moshe, mas Isaac o conhecia bem demais, pois simplesmente se levantou e andou até a escada do porão.

Moshe o chamou:

— Não tem nada que possamos fazer, Isaac. Não estamos mais na Europa. Somos livres aqui.

Mas o chapéu-coco do primo já estava desaparecendo lá embaixo.

A primeira coisa que Nate viu foram os sapatos reluzentes, depois a calça social com pregas, movendo-se com a agilidade e poder de um homem que tem total confiança em si mesmo. Ele apoiou a vassoura contra a parede dos fundos enquanto o restante do homem, de terno cinza elegante, aparecia.

Isaac parou ao pé da escada, os sapatos engraxados pisando no chão sujo, uma mão no corrimão, e olhou para Nate, que vinha a seu encontro. Addie não parou de trabalhar. Continuou a reorganizar engradados e encaixotar itens enquanto os dois homens, o poderoso dono de teatro em seu terno impecável e o negro alto de boina com a camisa molhada de suor, encaravam um ao outro.

— Eu não tive a chance de conversar com você no hospital — disse Isaac. — Você me evitou durante a shivá.

Nate deu de ombros.

— Você estava na mercearia quando aconteceu?

Nate desviou os olhos para a esposa, então de volta para ele:

— Não.

Isaac olhou por cima do ombro dele, para Addie.

— Eu me pergunto se alguém que estava lá me contaria o que viu. — Ele olhou para Nate ao falar, embora os dois soubessem que era à esposa dele que se dirigia.

— Isso criaria problemas — disse Nate.

— Eu vou proteger quem quer que fale.

— Se não se importa, nós vamos ficar de fora disso. Não precisamos de ajuda.

Isaac enfiou a mão no bolso, puxou um rolo grosso de dinheiro e ofereceu a ele. Percebeu seu erro instantaneamente, pois Nate abriu um sorriso sarcástico:

— Imagino que seja difícil viver em um mundo em que a palavra de um homem não vale mais do que algumas notas. Pode ficar com as suas, senhor. Não vamos contar o que vimos. Você tem minha palavra.

— É um agradecimento — retrucou Isaac. — Por terem cuidado da minha família.

— Já fomos agradecidos.

— Todo mundo precisa de dinheiro.

— A última vez em que aceitei dinheiro de um estranho me custou onze anos de vida. Se não se importa, pode ficar com isso.

— Mas eu não sou um estranho.

— Não falei que era. Você é um homem de negócios.

— Não mais do que você.

Nate deu um sorriso torto.

— Eu e você, senhor, somos estranhos nesta terra. O Senhor Moshe me contou um pouco da sua infância, o jeito que vocês dois cresceram, todas as dificuldades que passaram para chegar neste país. Acho que essa luta o tornou forte em alguns aspectos, mas fraco em outros. E imagino que tornou o Senhor Moshe forte de formas que você não é, e fraco de outras que você também não é. Tudo se equilibra. Eu? Eu sou só um homem negro que sabe os próprios caminhos. Mas se pudesse escolher, se Deus permitisse, eu escolheria o caminho do Senhor Moshe em vez do meu ou o seu, porque o dele é o certo. Não tem muita gente por aqui como ele, ou como a esposa dele, que Deus a abençoe. Eles foram bons com nosso Dodô. Então você pode guardar esse dinheiro de volta no bolso.

— Não *tudo* — disse Addie, olhando fixo para as notas, do outro lado do cômodo.

Nate se virou para ela e mexeu o dedo lentamente de um lado a outro, depois se voltou para Isaac:

— Como eu disse, não precisamos de ajuda.

— Vou deixar aqui no corrimão.

— É onde você vai encontrá-lo amanhã cedo. E na manhã seguinte também. Até você vir buscar.

Isaac cerrou os dentes:

— Não seja tolo.

— Pode me chamar do que quiser, não me afeta. E nem todo o seu dinheiro pode tirar o nosso menino de onde ele está agora.

— Talvez possa. Com o tempo. Eu consigo fazer algumas ligações. Tenho alguns contatos. Posso arranjar um advogado para vocês.

— Se não se importa, nós temos uma ou duas ideias de como tirá-lo de lá.

— Não seja ridículo. Um advogado resolve. Esta é uma terra de leis.

— De leis do homem branco — retrucou Nate, em voz baixa. — No segundo em que você sai do cômodo, o branco seguinte entra e a lei é o que *ele* diz que é. E o próximo vem e a lei é o que *ele* diz que é. Então não importa quanto dinheiro você gaste para recuperar Dodô, uma hora Doutor Roberts e sua gente vão tomar posse de quaisquer regras que seu advogado alegar e enfiar mais regulamentos em cima para garantir que Dodô volte para aquele lugar e nunca mais saia. Ou, pior, vão mandá-lo para a prisão. Então teremos que voltar de mãos estendidas para você, de novo, e de novo. A lei desta terra é o que o homem branco diz que é, senhor. Simples assim. Então você estaria desperdiçando seus dólares com a gente. Já estamos endividados com o Senhor Moshe. Temos de pagá-lo por tudo que ele e a esposa já nos deram.

— E o que foi que eles deram?

— Se você souber o nome de outro homem nesta cidade que faria o que ele e a esposa fizeram por nós, vou arranjar um rolo grande igual esse aí que você está segurando e lhe dar na hora. Conhece um homem assim?

Isaac franziu a testa. Não estava acostumado a falar com alguém tão arrogante, especialmente um negro. Por outro lado, Moshe confiava mais naquele homem do que em qualquer outro. Havia visto com os próprios olhos o negro alto e esbelto de pé à janela do hospital enquanto Moshe e os outros se reuniam chorando ao redor da cama de Chona. Havia visto Nate, de costas para eles, secar lágrimas do rosto. *Ele é como eu*, pensou Isaac, amargo. *Sofre suas dores escondido.*

Olhou para cima, de onde dava para escutar Moshe e Malachi conversando, e sussurrou para que suas palavras não escapassem pelas tábuas de madeira, pois se ele podia ouvi-los, eles também podiam escutá-lo.

— Sou um patriota. Eu amo este país. Ele foi bom comigo.

— Que bom para você.

— Moshe é um homem honesto. Chona, ela era... ela tinha as opiniões dela. Escrever cartas para jornais sobre coisas que não eram da conta dela. Era uma boa pessoa. Uma mulher gentil. Não deveria estar morta.

— Nós concorda nisso, senhor.

— Então fico pensando no Doutor Roberts.

Nate olhou para Addie, que virou de costas e começou a varrer.

— Que tem ele?

— O que será que vai fazer agora?

— Meu palpite? Absolutamente nada. Desde que não apareça por aqui, ele não é incômodo para nós. Não tem uma pessoa no mundo além de Dodô que viu o que ele fez. E essa pessoa não contou o que viu para nenhuma viva alma além do Senhor Moshe. Nem sei se o Doutor sequer sabia que estavam vendo. Tem gente que estava por perto e apareceu aqui na mercearia logo depois que a confusão terminou. Eu mesmo vim rápido, foram me chamar. Os policiais estavam perseguindo Dodô no telhado quando cheguei. Todo mundo dispersou depressa então. Varreram para baixo do tapete como os problemas de costume e já se esqueceram de tudo. Eles não têm mais a Mercearia do Céu e da Terra para fazer compras e só. E perderam uma amiga. Mas vão rezar por Dona Chona como deveriam. E é isso.

— Ela estava viva quando você chegou?

— Estava. Havia desmaiado, mas ainda viva. Sorriu um pouco antes de a levarem embora. Perguntou do marido. E do Dodô. — Nate abaixou os olhos para o chão. E embora fosse vários centímetros mais alto, Isaac percebeu algo que não havia detectado antes no homem alto e longilíneo. Algo que já sentira no próprio coração. Uma silenciosa, fervilhante e absoluta fúria.

— Posso perguntar de Bernice então?

Nate ficou quieto por um tempo.

— O que tem ela?

— Ainda mora aqui do lado?

— A vida toda. Ela e os filhos.

— Ela e Chona eram próximas?

— Muito próximas. Foram colegas de escola, iam juntas.

— Ela falaria comigo?

Nate deu de ombros.

— Ela não fala com ninguém. Mas ajudou Dona Chona, deixando Dodô ficar lá quando o homem do estado veio tentar buscá-lo.

— Isso significa que você também está em dívida com ela então. Porque ao ajudar Chona, ela ajudou você.

Nate assentiu.

— Não preciso que você calcule minhas dívidas para mim. É por isso que estou mandando você ir lá, já que está aí distribuindo dinheiro. Ela tem um punhado de filhos. Muito provavelmente uma ajudinha seria bem-vinda. Diga que Nate mandou você. Pode ser que isso conte para alguma coisa. Faço favores para ela de vez em quando, consertar coisas e tal. O pai dela era construtor. Construiu aquele templo lá na colina.

— Vou passar lá agora mesmo.

— Só para você saber, Bernice não gosta muito de conversar.

— Não vou conversar — disse Isaac. — Vou ouvir.

23

# A BÍBLIA DE BERNICE

Gordo e Propinão estavam no denso bosque atrás do bar. A cabeça de Gordo estava enfiada no capô de um conversível com aparência antiga quando Ferrugem surgiu da porta dos fundos do bar e gritou:

— Gordo, sua irmã está aqui para ver você!

— O que ela está fazendo aqui?

— Não faço ideia. — Ferrugem se aproximou para espiar mais de perto.

— Fale que estou ocupado. Preciso ver se esse negócio aqui roda. Acho que é um Great Chadwick Six.

— Algum parentesco com o Grande Idiota Um? — retrucou Ferrugem, apontando com a cabeça para Propinão, que estava debaixo do carro limpando o chassi com uma esponja de aço. Só seus pés estavam visíveis.

— Se é um Great Chadwick Six, vale uma boa grana. Esses carros eram fabricados aqui em Pottstown — continuou Gordo.

— Essa sucata velha? — Ferrugem deu um passo para trás para ver o banco rasgado, pneus furados e uma ultrapassada lamparina a gás onde deveria estar a buzina. — Onde você conseguiu isso?

— Demoliram uma casa antiga lá na rua Bartelow onde moravam os ricos da companhia Neapco. Encontrei atrás dela.

— Você *encontrou?* Não pertence à casa?

— Eu o *libertei*, Ferrugem. Do mato. Eu e o Propi aqui. Quero vender. Quem sabe o quanto não dá para pegar num negócio desse? O que a Bernice quer?

— Ela é *sua* irmã, Gordo — respondeu Ferrugem, e voltou para dentro do bar.

Gordo se desenfurnou do capô e deixou as ferramentas onde estavam, no chão de terra. Não tinha certeza se o carro era mesmo um Great Chadwick Six. Nunca havia visto um, nem em foto. Mas lera em algum lugar que só alguns milhares haviam sido fabricados, lá no início de 1900. A empresa falira duas décadas atrás, e embora o carro não tivesse uma logomarca que ele reconhecesse, se por acaso *fosse* um Great Chadwick Six, bom... que sorte! Seria uma grana do tipo dar-o-fora-daqui. Do tipo poder-ir-embora-da-cidade-e-nunca-mais-voltar.

Encontrou Bernice sentada no banco da varanda, com as mãos unidas cuidadosamente no colo, e vestindo um de seus chapéus de ir à igreja. Estava, para a surpresa dele, sozinha, pois costumava ser sempre seguida por um ou dois de sua prole quando embarcava em uma de suas ocasionais saídas de casa, que consistiam majoritariamente em idas à igreja.

— Está indo para uma fritada de peixe? — perguntou, subindo na varanda e sentando-se em um caixote.

Bernice franziu a testa. Os dois não eram próximos. Há anos não tinham uma conversa que durava mais do que cinco minutos. Sua briga pela casa do pai se transformara em uma insatisfação generalizada que perdurara por anos. Ele ficava incomodado que sua irmã, antes uma bela mulher, havia deixado a própria vida desmoronar e tinha filhos com todo Tom, Dick ou Harry que aparecia. Três pais. Oito filhos, pela última conta, ou pelo menos é o que escutara dizer. Eles moravam a alguns quarteirões um do outro. Daria na mesma se fossem quilômetros.

— Não vi você no funeral de Chona — disse ela.

— Era Dona Chona para mim.

— Pare de falar besteira. — Bernice correu os olhos pelo quintal do bar, o lixo, o mato alto, a lenha empilhada, as carcaças de carro, a barraquinha decrépita onde ele fazia e vendia hambúrguer todas as tardes, a placa na porta de entrada que dizia "Bar do Gordo. Cuidado. A diversão mora aqui."

Ela apontou para a placa:

— Você está se divertindo?

— Bernice, sem rodeios, por favor.

— O quê?

— Vá direto ao ponto.

— Você precisa de salvação.

— A gente se vê depois — disse Gordo, aborrecido. Ele se levantou do caixote e andou em direção aos degraus da varanda.

— Eu trouxe uma coisinha — anunciou ela. — Você vai gostar.

Isso o fez parar. No topo da escada, com os dedos no corrimão.

— Agora está imprimindo o próprio dinheiro sem nem ter uma prensa, é?

— Você só pensa nisso.

— O pai me deixou algum dinheiro?

Ela franziu a testa. Aquele era um assunto delicado. O pai deles, Shad Davis, estivera poupando para mandá-los para a universidade, mas morreu cedo e acabou deixando só a casa em que moravam.

— Você precisa superar essa — rebateu ela.

— Não estou apegado a isso — respondeu Gordo. — Foi há quinze anos.

— Teria dado certo, você ir para a faculdade. Tinha um pouco de dinheiro lá, para começar.

— Bom, tenho um plano melhor agora. Estou me mudando para Hollywood, vou fazer filmes.

— Melhor do que trabalhar esvaziando toda garrafa de álcool que encontra pela frente.

— Eu não bebo álcool. Eu *vendo* álcool.

— Piorou.

— Quando você abrir um clubinho para viciados em Bíblia, me chame, pode ser?

— Você não pode me julgar por andar pelos caminhos de Deus.

— Que bom que você anda por algum tipo de caminho. Porque você e Jesus não estava gastando a estrada daqui a Graterford quando eu estava lá catando meus dentes do chão.

— Mamãe estava morrendo.

— Pararam de fabricar papel e caneta naquela época também?

— Foi culpa sua ter ido parar lá. E eu mandei uma Bíblia para você.

— Por que não faz alguma coisa da vida, Bernice? Para que veio aqui me encher com esse monte de baboseiras? É tudo passado. Já foi. O que você quer?

— Eu disse que trouxe uma coisinha para você.

— Se não é dinheiro, não estou interessado.

— É de valor.

— Onde você conseguiu, terminando o ensino médio?

Bernice, com a paciência esgotando, apertou os lábios.

— Você é igualzinho o homem branco. Deve ser um fardo terrível fingir que sabe tudo.

— Volte logo para casa, Bernice. E não pare no caminho para comprar pão.

Ele desceu da varanda e deu alguns passos, enquanto o fazia escutou — ou pensou escutar — ela murmurar uma cifra. Isso o fez parar. Ele se virou e colocou o pé no primeiro degrau.

— Eu ouvi certo? — perguntou.

— Ouviu.

— Se você disse quatrocentos dólares, é um truquezinho barato.

— Não estou aqui para fazer truques. Jesus é minha salvação.

— Se não fosse minha irmã, eu jogava você para fora dessa varanda agora mesmo.

— Não estou aqui por mim mesma. Só para você saber. Estou fazendo trabalho missionário.

— Vá fazer em outro lugar então. Você nem tem quatrocentos dólares. Se tivesse tudo isso de dinheiro, empacotaria as crianças e pegaria a primeira coisa soprando fumaça para longe daqui.

— Não preciso ir a lugar nenhum para conhecer meu Salvador.

— Se enxerga, Bernice!

Ela suspirou.

— Tenho uma pergunta. E, depois que você responder, vou deixar aqui o que lhe trouxe e seguir com a minha vida. E não quero vê-lo nem ter mais nada a ver com você porque já vivi por tempo demais e você é podre demais. Sei que sou uma mulher difícil. Cometi alguns erros na vida. Mas nenhum pior do que aquelas mães lá que rezam "Senhor, permita que meus filhos sejam sábios e bons" quando na verdade querem dizer "Permita que esta criança tenha mais poder e dinheiro do que eu". Não faço isso com os meus filhos. É o que nosso pai fez com a gente. Ele construía coisas. A igreja judaica, várias casas, prédios e coisas. Ele tentou construir nós dois também. Mas nunca terminou. Talvez não estivesse nos construindo direito antes de deixar essa vida. Talvez seja por isso que somos do jeito que somos hoje.

— E o que tem o rabo a ver com as calças?

— Quem nos ajudou quando papai morreu?

— Só porque alguém traz compras de mercado, ajuda você a transportar água e leva você para a escola de vez em quando não quer dizer que seja seu amigo.

— Onde foi que conseguiu esse coração tão maldoso?

— Olhe quem fala. Você não disse mais do que duas palavras para ninguém daqui há anos. Não tenho nada contra a família de Chona, Bernice. Eles eram boa gente.

— Mas você não teve a decência de dar as caras no funeral dela.

Gordo revirou os olhos.

— Se o que você quer é um muro das lamentações, pode usar aquela pilha de lenha ali. Não sei nada de funerais judaicos.

— Nem eu. Mas fui mesmo assim.

— Se quiser puxar saco dos judeus daqui por terem nos jogado algumas moedinhas naquela época, vá em frente. Você pagou a dívida escondendo Dodô do estado. Que é obstrução de justiça e cumplicidade, a propósito. Alguém estava contando tudo para o homem do estado. Você poderia ter sido pega por causa desse língua solta, seja lá quem for.

— Meu próprio pastor!

— Pouco-Caso? Mentira!

— Estou lhe contando o que agrada ao Senhor.

— Pouco-Caso não é tão burro assim.

— Reverendo Spriggs. Pare de chamá-lo de Pouco-Caso — pediu Bernice.

— Chamo aquele cabeça de pudim do que eu quiser. Não acredito nisso.

— Ele mesmo me contou. Confessou domingo passado depois do culto. Disse que contou sobre Dodô para o homem negro do estado. Não foi por querer, mas no fim o cara não queria ter nada a ver com a captura de Dodô de qualquer foram. O trabalho dele era dirigir por aí para os grandes líderes do estado. Então quando o mandaram atrás de Dodô, foi só um punhado extra de feijão e sopa para ele. Não tinha intenção nenhuma de capturar ninguém. Podia dirigir o carrão do estado sozinho por aí, jogar tempo fora e receber por isso. Não queria pegar Dodô mais do que eu e você iríamos querer pegar uma mosca do ar e engolir. Toda vez que o mandavam atrás de Dodô, ele ligava antes para o Reverendo Spriggs, que ligava para mim. E eu ia à casa de Chona e escondia Dodô onde não conseguiriam encontrá-lo. Ele ficou livre brincando no meu quintal por um bom tempo, e o governo nunca o descobriu. Doutor o encontrou por acidente. Não trouxe junto ninguém do estado quando passou na mercearia. Doutor aparecendo sozinho aquele dia, isso foi uma surpresa.

Gordo sentiu o rosto queimar. A menção a Doutor Roberts o deixava furioso. Estalou a língua de irritação.

— Você veio até aqui para me contar sobre aqueles babacas? Eu não dou a mínima para aqueles merd... — E aqui ele interrompeu a si mesmo, porque Bernice era consagrada e ainda sua irmã, então conteve-se. — Que bom que o cara do governo abriu o jogo com o Reverendo Spriggs. Mas nós não devemos nada ao Reverendo. O que devemos um ao outro nesta colina, Bernice? Não temos nada. Nunca vamos ter nada. Tudo de bom que tem nesta cidade fica *fora* da colina. Dona Cho... Chona, eu dei uma olhada nela de vez em quando, mas ela tinha a própria gente para tomar conta dela. A gente não deve nada para eles. E eles não devem nada para a gente.

— Não tinha isso de "a gente" e "eles". Éramos nós. Todos nós *juntos* nesta colina — argumentou Bernice.

— Pare de se enganar, irmã. Esses dias passou. Os judeus daqui, eles quer estar nos salões grandes com os brancos. Tudo o que precisam fazer é entrar e pendurar o chapéu no gancho. Vamos tentar isso, eu e você. Ver o que acontece.

— Chona não era assim.

— Se ela não fosse deficiente, ia ser igualzinha a eles.

— Tem alguma coisa errada com você, Gordo, para deixar esse tipo de pensamento maldoso crescer no seu coração.

Gordo franziu a testa. Odiava esse tipo de conversa.

— Eu disse que Dona Chona era... Ela era boa gente. Nós nunca mais vamos encontrar alguém como ela, isso é certeza.

Bernice ficou em silêncio por um bom tempo. Parecia estar tomando uma decisão. Então assentiu.

— Você realmente não tem nada para mim, não é? — disse Gordo.

Bernice, pela primeira vez, sorriu. E por um momento, os anos lhe caíram dos ombros, e por baixo do chapéu de ir à igreja, a postura puritana e a fortaleza atrás da qual havia se refugiado, ela foi a Bernice dos velhos tempos, a menina alta e maravilhosa que cantava como um pássaro.

— Tenho uma coisa para entregar para você. Mas preciso fazer uma pergunta antes. Você trabalhou bastante com o nosso pai quando nós era pequeno. Quando ajudava ele, vocês instalaram algum cano de água?

— Cavamos um monte de coisa. Poços. Covas. Tubulação. O pai fazia de tudo.

— Um cano de água?

— Dois ou três, no mínimo.

— Na colina.

— É, acho que sim.

— Algum perto da esquina da Hayes com a Franklin?

— Nossa, nem me lembre. Tinha um poço lá de uns cinco metros de profundidade.

— Perto da torneira pública no terreno onde todo mundo busca água?

— Isso. O pai fez aquele serviço para a igreja judaica, acho. Não sei por que o poço é tão profundo. Acho que o lençol freático corre no fundo dele. Tem uma bomba lá. Foi o maior perrengue, instalar aquele cano. Faz um bom tempo. Eu era criança.

— Consegue encontrá-lo?

— Claro que sim. Fica no terreno perto da fazenda Clover Dairy, não é longe da torneira pública. O poço está coberto. A prefeitura pôs um tampo de concreto para fechar, deve estar coberto de mato e lixo. Mas está lá. Os canos estão embaixo daquele tampo, talvez uns dois ou três metros, ou até uns cinco. Acho que é cinco, mas não lembro direito.

Ela ficou de pé.

— Certo. — Abriu a bolsa, puxou um grande envelope pardo que parecia ter um livro dentro, e gentilmente o colocou no banco onde estivera sentada. — Isso é para você.

— O que é?

— Um presente.

— Se for uma Bíblia, devolva na loja e pegue seu dinheiro de volta. Ainda tenho a última que você me deu.

— Não tem nada de errado com uma Bíblia — retrucou ela. — A Bíblia tem uma mensagem boa.

— Esse pacote aí tem quatrocentos dólares dentro?

— Olha só o que você virou, seu canalha trapaceiro e desonesto. Não. *Não* tem quatrocentos dólares dentro.

— Então é uma Bíblia!

Mas ela já havia ido embora, descido a varanda e seguido apressada pela rua enlameada.

Observando-a partir, Gordo ficou com tanta raiva que teve de conter o impulso de arremessar o negócio na sua cabeça enquanto ela tomava o atalho que serpenteava colina abaixo, o chapéu balançando para cima e para baixo entre ervas daninhas e desaparecendo por fim.

O envelope pardo ficou fechado na varanda a tarde toda, e ainda estava lá quando ele abriu o bar naquela noite. Só porque os clientes começaram com sua usual gritaria, xingamentos e cambalear bêbado pela varanda enquanto a jukebox tocava alto discos de Erskine Hawkins, ele decidiu levá-lo para a escada dos fundos onde, à luz fraca de uma lâmpada nua, longe dos olhos dos clientes, ele rasgou o papel pardo.

Tinha razão. Era uma Bíblia. E não tinha quatrocentos dólares dentro. Tinha quinhentos. E um outro envelope com uma carta de duas páginas dentro.

Ele leu rápido a primeira, correu os olhos pela segunda, e encontrou mais quatrocentos dólares colados com fita nela. Arrancou o dinheiro com tanta pressa que não percebeu ter rasgado parte da carta.

— Deus seja louvado — disse.

Correu para a frente do bar, rindo alto enquanto o resto da segunda página, com o restante da carta, flutuava para o chão. Mais tarde, ele se arrependeria de ter sido tão afobado.

# 24
# MENINO PATO

Torta de batata-doce foi a isca. Todo mundo da colina sabia que Gazeta a cozinhava como ninguém. Então foi fácil reunir Nate, Addie, Ferrugem e Gordo à mesa de sua cozinha dois dias depois de visitar Miggy em Hemlock Row. Mas conseguir Miggy, que trabalhava em Pennhurst a quase doze quilômetros de distância, foi mais difícil.

Ela foi a última a chegar. Pegara um ônibus, e quando entrou na casa, o oráculo de Hemlock Row que Gazeta vira vestida com tanta elegância na semana passada havia desaparecido. Em seu lugar, havia uma enfermeira primorosamente uniformizada, toda de branco — vestido, sapatos e meias. Ela andava com uma postura profissional, com silenciosa confiança, até seu olhar encontrar Nate sentado à mesa bebendo café.

Ela paralisou na soleira.

— Você não me falou quem vinha, Gazeta — disse.

— Miggy, somos todos família aqui.

Miggy hesitou por mais um momento, então se sentou ao lado de Gordo no canto mais distante da mesa.

— Acho bom essa torta valer a pena — comentou.

— Vale — afirmou Gazeta, e rapidamente tirou a torta fumegante do forno e começou a conversar pala aliviar a tensão. — A Miggy aqui trabalha em Pennhurst — anunciou aos outros. — Ela também diz o futuro das pessoas.

— Pode dizer o meu? — intrometeu-se Gordo.

— Não, mas posso cegar você — retrucou Miggy.

Foi como se um barril de sardinhas houvesse subitamente caído do teto, pois o sorriso de Gordo desapareceu. Gazeta pensou ter visto um sorrisinho discreto repuxar os lábios de Nate enquanto Gordo se encolhia para trás, intimidado.

— Eu preferiria que a senhorita não fizesse isso — disse.

Miggy riu.

— Não é um feitiço, meu bem. Eu bebo com o dedinho levantado. Toda vez que dou um gole, cego a pessoa que está à minha direita. Você vai servir café com essa torta, Gazeta?

Gazeta deu uma risadinha ao se virar para pegar canecas do armário enquanto Miggy respirava fundo, esticava os dedos para admirar as unhas, pigarreava e enfim dizia, com toda a calma do mundo:

— Vou tentar não ser tola de achar que você se lembra de mim, Senhor Nate.

— Você era uma criancinha que mal batia na altura do meu joelho naquela época, mas sim, eu me lembro de você. E do seu pai também. Ouvi dizer que ele morreu — disse Nate.

— Ele sempre gostou de você. Achava que foi um favor para nós, aquele seu serviço lá no Row.

— Não tem por que pensar nisso agora. Está feito e terminado. Pago por completo.

Gordo sentiu uma lança de gelo lhe penetrar as entranhas e viu-se espiralando de volta a Graterford, lembrando-se de Sujo, seu velho companheiro de cela, dizendo-lhe: *"Não contrario Nate nem por todo o dinheiro do mundo."* O que Nate havia feito em Hemlock Row? O que estava pago por completo?

Ele teria mergulhado mais a fundo nesse pensamento se Gazeta não houvesse colocado fatias de torta na frente de todos e dito:

— Miggy, nós pediu para você vir por causa de...

Miggy a interrompeu:

— Os detalhes não são da minha conta. Não quero saber. Porque quando o homem branco chega com suas leis mentirosas, ele janta a parte caluniosa desse bife gordo enquanto você e eu somos reviradas para cá e para lá mastigando a parte da verdade. Não importa como esse jantar termine, quando tiram a mesa, um ou dois de nós provavelmente vai embora com fome. Eu só vim falar da minha vida.

"Estou contando o que acontece comigo da hora em que o sol nasce até a hora em que se deita para dormir. Tudo é bem amarrado, na minha vida. E se tem alguma coisa que vocês podem aprender com a minha rotina que possa ser útil para a causa que for, bom, melhor para vocês, porque eu moro em uma terra onde ninguém me quer. Meu trabalho é tentar viver direito, o que para mim significa vir aqui depois do trabalho para comer uma fatia de torta de batata-doce, que eu gosto muito, com uma velha amiga e alguns dos seus conhecidos."

Ela mergulhou o talher na torta, cortando um pedaço.

— Agora, enquanto estou comendo esta torta, se eu acabar falando do meu trabalho ninguém pode me acusar depois de ter tramado qualquer baboseira injusta para causar mal para o bom estado da Pensilvânia. E se eu contasse para alguém o que pode ou não ser feito em um lugar que me joga umas moedinhas toda semana em troca dos meus serviços, não tem lei nenhuma contra isso, até onde eu sei. Essa é a verdade, que é como eu tento viver. Como todos que temem a Deus deveriam tentar viver.

— Certo então — disse Gazeta. — Qual é o seu trabalho?

— Eu sou faxineira. Eu faxino coisas. Faxino a minha casa. Faxino fora e dentro da minha casa. O quintal, a cozinha e todo tipo de coisas. No serviço, faxino camas, penicos e pessoas. Principalmente pessoas. A maioria homens. Não gosto de trabalhar com mulheres lá. Algumas são piores que os homens. Jogam coisas em você... os dejetos delas e tal. Os homens não são grande incômodo.

Ela cuidadosamente levantou o pedaço de torta à altura do rosto e o encarou.

Gordo não se aguentou:

— Você vai escrever um sermão sobre esse negócio antes de enfiar na boca?

Gazeta lhe lançou um olhar fuzilante.

— Não ligue para ele, Miggy. De vez em quando os pensamentos dele simplesmente escapam pela boca.

— Está tudo bem. — Ela se virou para Gordo. — É minha torta, meu bem. Você tem algo contra eu comê-la do jeito que eu quiser?

— Nem um pouco. Mas prefiro morar num galinheiro do que sentar aqui esperando você nos contar um jeito de... ãhn... fazer o que Gazeta quer.

— É só Gazeta que quer?

Gordo ficou quieto. Sentiu os olhos de Nate fumegando em sua direção. Pigarreou.

— Estou aqui porque Gazeta pediu para eu vir.

— E eu estou aqui para comer torta — retrucou Miggy. — E vou fazer isso do jeito que eu quiser.

Ela enfiou uma garfada cheia de torta de batata-doce na boca, mastigou devagar, engoliu, então continuou:

— Bom, tem o ponto de vista dos homens e tem o ponto de vista das mulheres. Tem o dos brancos e o dos negros. E tem só sabedoria pura. Toda criança que respira pela primeira vez nesta terra vai levar o punho ao ar e socar o nada. Mas todas as crianças nascem com força de vontade. Eu não era uma criança muito cheia de força de vontade, nem particularmente esperta. Cresci no Row. Sou uma Lowgod. Nós é criado para acreditar que para qualquer criança ser uma pessoa correta, tem de amar as coisas que trazem conhecimento. Antes de ir para Pennhurst, eu era lavadeira, que é como conheci a Gazeta aqui. Depois, cansei de lavar roupas, trabalhei de diarista para uma família branca em Pennsbury. O pai era juiz. A esposa era preguiçosa e não tinha força de vontade. Foram ambos treinados para a vida fácil e para cometer injustiças. Um pai injusto vai criar um filho injusto que é uma armadilha para a justiça. A verdade é que eu criei aquela criança mais do que eles, mas não por muito tempo. Porque se fosse para eu criar uma criança, a ensinaria a amar o que eu amo e odiar o que eu odeio. Por isso os negros de Hemlock Row não são bons trabalhadores. Nós somos muito pé no chão. Batucamos demais os tambores da terra de onde viemos. Até a nossa igreja é diferente. Não cantamos ao som do piano. Entoamos as músicas antigas e dançamos em círculo, e não cruzamos os pés enquanto dançamos, porque isso é dança mundana. Por que fazemos assim, eu não sei. É uma daquelas muitas coisas que são repassadas pelos mais velhos. Mas nos torna estranhos e esquisitos, até para alguns da nossa própria gente, como vocês aqui da colina.

"O Lowgod clássico do Row é todos da mesma linhagem. Mesmo pai e mesma mãe de muitas gerações atrás quando fomos trazidos para esta terra. Como aconteceu, por que os Lowgod vieram das Terras Baixas para o Row, e quem casou com quem e tal, eu não sei, mas os antigos não gosta de falar do passado. Só que tem duas famílias no Row. Os Lowgod e os Love. A maioria é Lowgod. Os Love..."

E aqui ela lançou um olhar rápido para Nate.

— Não tem muitos Love mais.

E mais uma vez Gordo sentiu a memória espiralar de volta para Graterford. "Nate *Love*", dissera Sujo. Nate era um *Love*, da família Love. Não conseguia resistir:

— O que aconteceu com os Love? — Tinha medo até de olhar para Nate.

Miggy balançou a cabeça.

— Essa é uma história que eu não conheço inteira. Os Lowgod e os Love não são tão diferentes assim. Têm naturezas parecidas. Viajam olhando para a frente. Não tomam uma pista marginal nem fazem curvas. Se um Lowgod está com você, está com você. Se não, não está. Não sabem fazer de outro jeito. Eles são movidos pela verdade, porque temem a Deus mais do que você os teme. Foi gravado neles. Então se estiver do outro lado dessa linha, problema seu. Não vai acabar bem, você se meter com eles.

Neste ponto, ela partiu outro pedaço de torta, levantou-a, olhou-a, lançou uma olhadela para Gordo a fim de ver se ele tinha mais perguntas e, quando estava convencida de que ele não tinha, continuou:

— Eu fui parar em Pennhurst assim: uma senhora no Row chamada Laverne foi contratada para varrer a sujeira e animar as coisas por lá. Contou no Row que eles estava procurando mais alguém para fazer o mesmo, então eu passei lá e fui contratada. Já tinha um punhado de Lowgod trabalhando naquele lugar. Os brancos de lá não são alérgicos aos negros, por causa das coisas que eles querem que a gente faça. Já contei que eu faço faxina? Desde aquele dia, até hoje. Mas *o que* eu faxino. Essa é a questão.

Ela correu os olhos pelo cômodo e continuou:

— Pennhurst é uma cidade. Trinta e quatro prédios espalhados por oitenta hectares. Tem a própria usina elétrica. A própria plantação. A própria polícia. E a própria linha de trem, casas, currais, fábrica de roupas, animais, tratores, caminhões, carroças, pátios, tudo. É maior do que Hemlock Row e Chicken Hill juntas. Parece bem limpinha e bonita do lado de fora. Mas do de dentro, bom... é lá que mora o diabo.

Ela pousou o garfo e deu um gole no café.

— Não posso dizer que nos últimos anos, em qualquer dia que fosse, eu tenha saído de Pennhurst sem desejar que o Bom Senhor coloque o dedo sobre aquele lugar e o transforme em pó, depois leve as pobres almas lá dentro para perto do Seu coração, porque muitas são as pessoas mais gentis que existem. A doença delas não está na mente, nem na cor da pele, nem no desespero em seus corações, e nem mesmo no dinheiro que pode ser que tenham ou não. A doença delas é a honestidade, porque vivem em um mundo de mentiras, governado por aqueles que abriram mão de todas as coisas boas que Deus deu por dinheiro, vivendo em uma terra roubada, tomada de pessoas cujos espíritos dançam em todo lugar ao nosso redor, como fantasmas. Escuto o homem vermelho uivando e cantando em meus sonhos às vezes. Essa é a minha punição por ser um oráculo. Para aqueles trancados em Pennhurst, é demais. A verdade os enlouqueceu. E por isso, são punidos.

"O que vi lá, ninguém deveria ver. Não é a imundície, ou as pessoas peladas como bebês correndo por aí e batendo a cabeça na parede, nem o cheiro, que fica no seu nariz para o resto da vida. Um cachorro de quintal preso em uma corrente está melhor do que qualquer pobre alma em Pennhurst. Ninguém conhece o sofrimento até ver quarenta adultos sentados na sala de convivência de uma instituição por anos, se matando para ter um vislumbre da janela. Ou ver um homem fazendo xixi em um aquecedor enquanto finge ser um radialista porque tem medo de pedir ao cuidador para ir ao banheiro, ou uma adolescente seduzindo um cuidador de meia-idade em troca de um cigarro ao lhe mostrar suas partes íntimas. Vi mulheres presas em camisas de força por dias lá, amarradas tão apertadas que, quando você tira a camisa, as marcas que ficam duram a vida toda, que às vezes não é tão longa assim.

"Nos pátios, os cuidadores controlam tudo. Podem prender um paciente na camisa pelo tempo que quiserem, por horas, dias ou até semanas, desde que escrevam a duração no livro de registros. Deixaram uma pobre mulher imobilizada por 650 horas e 20 minutos. Por acaso, eu a conheço e, se eu estivesse no poder, colocaria quem fez isso na camisa e daria *para ela* a chave. E se eu não fosse uma mulher temente a Deus, teria dado um pouco dos dejetos do meu próprio corpo para ela jogar neles, junto com o que quer que ela encontrasse, porque alguns daqueles cuidadores são coisinhas más. Eles precisam ficar de olhos abertos, alguns deles. Porque muitos dos pacientes, eles não esquece."

Com isso, Miggy fez uma pausa e olhou ao redor.

— Isso tudo lhes serve de alguma coisa?

Gazeta assentiu.

— Sim, mas... nó...

— Precisam ouvir mais sobre a minha vida?

— Sim, por favor. Conte-nos mais sobre a... pode contar sobre as *crianças* da sua vida?

— Não tem nenhuma.

— Crianças que você tenha visto? Ou ouvido falar.

— Não tem criança, meu bem. São os médicos. Eles são estrangeiros, a maioria. Não dá para entender nada do que falam. Eles aparece nos pátios de vez em quando, recomendam esse ou aquele remédio, anotam algumas coisas numa prancheta, e vão embora. Um mês depois, somem e um médico diferente aparece e ele não sabe o que o primeiro fez. Ninguém é punido por nada. Tem mulas em Hemlock Row que vive melhor do que aquela gente em Pennhurst.

E aqui, ela suspirou, então disse:

— Mas vocês querem saber das crianças.

— Queremos — confirmou Gazeta.

Miggy assentiu.

— Certo então. Vou contar sobre uma criança que conheci. Mas antes, me dê mais um pedaço dessa torta.

Depois de receber seu segundo pedaço de torta, Miggy o puxou para perto, mas em vez de comer, recostou-se na cadeira, uniu os dedos e continuou:

— Havia um menininho certa vez, um camaradinha simpático, branco, de uns 11 ou 12 anos. Ele grasnava igual a um pato. Não sabia falar uma palavra. Não sei qual era o problema dentro dele, mas era uma criança esperta, tirando o fato de que grasnava igual a um pato. Que eu soubesse, não havia feito nada de errado nesta terra de Deus além de tremer e chacoalhar bastante quando andava e não saber falar direito. Lembro-me que os pais disse que não tinha nada que pudessem fazer, e o largaram lá e nunca mais voltaram. Não foram visitar nem uma vez em todo o tempo que ele esteve lá.

"Bom, ele não gostava disso e, depois de um tempo, fez uma algazarra sobre continuar lá, e, num piscar de olhos, o despejaram das alas superiores para o que chamam de alas inferiores. V-1, 2 e 3. E enfim, C-1. As alas V já é ruim, mas a C-1 ganha. Ele foi de mal a pior lá embaixo. Do pior ao muito pior quando chegou na C-1.

"Uma coisinha inteligente, uma criança esperta — divertido. Gostava de sorrir. Bom, eu me afeiçoei a ele e ficava de olho enquanto estava na C-1 trabalhando e faxinando. No começo, ele estava bem. Mas depois de algumas semanas, vi que tinha alguma coisa errada. Alguém tinha mexido com ele. Não trabalho no turno da noite, e eles só me mandam descer na C-1 uma vez na semana, de manhã, mas eu sempre o observava e podia ver quando cheguei perto. Era de manhã, porque eu não trabalho de noite, mas eu vi que ele tinha medo de um cuidador. Toda vez que o homem chegava perto, ele se encolhia todo. Criou o hábito de correr para trás de mim.

"Bom, eu conhecia esse sujeito, esse cuidador. Conhecia bem. E ele é osso duro. Então tentei ficar longe. Mas o menino estava muito mal, depois de um tempo eu não conseguia suportar mais. Então falei pro cara: '*Você se cuide. Estou de olho. E lembre-se, eu vejo o futuro. E o seu não é muito bom.*'

"Para que fui fazer isso? O sujeito transformou lá embaixo em um inferno para mim. Era um Lowgod, vejam bem. Um de nós. Eu o conhecia desde que era menino. É um homem adulto agora. Um cara grande e forte. Chama-se de Filho do Homem. Não vou me dar ao trabalho de falar seu nome verdadeiro, porque é uma mácula e uma vergonha para os pais. É um cara de boa aparência, bonito. Podia conseguir todas as garotas que quisesse. Mas a mente dele é perturbada.

"Ele transformou aquilo em um inferno para mim. Colocou os brancos contra minha pessoa, contando mentiras disso e daquilo, porque ele é bom de lábia. E um dia quando fui abordá-lo sobre aquele menino pequeno, ele veio para cima de mim, apareceu de fininho quando eu estava no quartinho das vassouras, me apertou, segurou e disse: '*Se você abrir a boca para falar a coisa errada de novo, vou enfiar uma faca na sua garganta. Farei o vento passar assobiando pelo seu pescoço.*'

"Bom, eu parei de mexer com ele então. Tinha um mal dentro dele, quando encostou em mim. Era forte nele, e eu fiquei com medo. Não adiantava reclamar ou contar para os brancos. Ele que mandava lá embaixo. Os chefes brancos o idolatrava por causa do seu tamanho e da sua língua, porque é um diabo de boa lábia. Mas quando eles não está olhando, ele controla os pacientes e os outros cuidadores como se fossem uma gangue. Trabalha no turno da noite e da madrugada, às vezes nos dois, porque é um rei lá embaixo. O dono daquela ala. Todo paciente lá faz o que ele manda, brancos e negros. Eles se voltam um contra o outro por ele. Roubam por ele. Morrem de medo dele, e com razão, porque ele faz aquela faca trabalhar, ou pior, faz eles darem meia-volta e machucar a si mesmos, enforcando-se e tal. É um bruxo ambulante. Tem a audácia de se chamar de Filho do Homem. Filho do diabo é o que ele é."

Neste ponto, ela se virou para Nate:

— Estou me perguntando se é o objetivo de Deus que você seja incomodado com isso tudo. Talvez seja o motivo por trás da coisa, fazer você voltar. Vai voltar para casa?

Nate olhou para Addie.

— Eu estou em casa — disse.

Depois que ela fez uma pausa e bebeu um gole de água, a torta de Miggy ainda estava intocada, mas ela continuou:

— Os pacientes de Pennhurst me amam, porque eu os entendo. Eles são igual todo mundo. Querem viver. Querem ser felizes. Ter amigos. E quando o assunto é a natureza humana, amar e tal, eles são doentes, mas não tão doentes. Esse homem mal, podre, fez o pior com aquele menino pato. Tiveram que colocar aquela criança no hospital por causa do que o imprestável fez. Ele o rasgou por dentro, e, quando o menino estava curado, ele mexeu alguns pauzinhos para os brancos ter uma desculpa para mandar a criança direto para a mesma ala, para ele poder destruir aquele brotinho mais um pouco.

"Bom, eu não podia aceitar. Mas eu falar com os médicos e enfermeiras sobre as coisas daria no mesmo que falar com aquela parede ali. Então rezei e, vejam só, algumas semanas depois aquele menino pato desapareceu."

E neste ponto ela olhou para Nate e começou a cortar a segunda fatia de torta. Dividiu cuidadosamente em pedaços, então disse:

— Se você fosse um ratinho fugindo de um gato, e quisesse sair fora por aqui, ia tomar esse caminho aqui?

E ela apontou para um pequeno beco em um pedaço de torta que havia cortado.

— Ou este aqui?

Mostrou uma abertura perto de um segundo pedaço do outro lado do prato.

— Eu acho que você ia *querer* ir por ali — disse, com cuidado, apontando o garfo para o primeiro pedaço. — Mas já que o caminho está bloqueado, talvez prefira ir por aqui.

Ela fez o garfo pairar sobre os pedaços e os reorganizou, desenhando um mapa.

— Agora, para sair por aqui — disse, apontando —, você ia precisar passar por aqui, aqui e aqui. Então não é uma boa. Por onde iria o ratinho? Sabendo que o gato está por perto e que não tem muito tempo antes que seja pego, e sabendo que só tem uma saída, que fica aqui. — Ela apontou para o topo do prato. — Esta é a saída. O que ele vai fazer? Precisa se mexer logo.

Ela pensou por um tempo.

— Bom, esse ratinho *poderia*... roer um caminho no meio desse pedaço de torta, e desse, e daquele, mas quando chegasse aqui, aqui e aqui, todos os outros ratinhos, eles ia estar em cima dele, seguindo de perto, fazendo barulho e tal, porque é bem cheio lá nas bandas da torta, com vários outros ratinhos que quer sair, e tem os gatos e tudo mais. Seu ratinho não pode voar. Ele não pode ir por cima... *mas*...

E então ela alinhou o garfo ao grande pedaço de torta até chegar na ponta, por cima de vários pedaço cortados para representar prédios, onde ela indicara a saída.

— Se o ratinho pudesse tomar um túnel desse pedaço grande de torta aqui, ele conseguiria correr em linha reta para a saída. Aí estaria em casa, livre, em dois tempos.

Ela soltou o garfo, olhou para Nate, uniu as mãos e apoiou os cotovelos na mesa. Com os dedos entrelaçados na frente do rosto, falou devagar:

— Tem túneis em Pennhurst todo. Quilômetros deles. Usavam no passado para transportar comida, coisas e até carvão da velha usina durante o inverno. A maioria não é usada há anos. Grandes túneis vazios. Vários deles. Indo para todo lugar.

Ela deslizou o prato com pedaços de torta para longe de si e continuou:

— Eles moveram montanhas para tentar encontrar aquele menininho pato quando ele desapareceu. Olharam por todo canto. Não conseguiram encontrá-lo. Alguém disse que ouviu um grasnado do que poderia ser um túnel debaixo da Ala C-1, de onde talvez o menino houvesse desaparecido. Mas ninguém sabe com certeza se *realmente* tem um túnel debaixo da C-1, porque é um dos prédios mais antigos, longe dos principais. Dizem que *talvez* o menino tenha saído por lá, pois o boato é de que *se* tiver um túnel debaixo da C-1, ele dá no pátio do trem que era usado no passado para levar carvão ao prédio da velha caldeira. Esse prédio fica bem do lado da C-1. Não é mais usado. Construíram um prédio novo no lado oeste do terreno. Mas quem sabe? Ninguém daquele hospital sabe. Quem quer que tenha construído aqueles túneis já morreu faz tempo. Você teria que ter uma alma valente, ia precisar ter Deus no ombro, para até mesmo *pensar* em entrar em um daqueles túneis, de qualquer forma.

Ela suspirou e deu um gole no café.

— Nunca encontraram aquele menino. Procuraram por um tempo, então disseram: *"Bom, ele provavelmente morreu, se perdeu, ou talvez tenha sido assassinado, vai saber."* Ou...

Ela fez outra pausa e um sorriso torto lhe cruzou a face.

— Eu pensei muito nisso. Muito mesmo. Falei para mim mesma: *"Agora, como um menininho que nem sabe falar por si mesmo, que grasna como um pato, como ele descobriria um jeito de sair dos túneis?"* Alguém sugeriu que ele provavelmente tivesse um mapa. Mas ninguém nunca mapeou aqueles túneis. Eles os fizeram cem anos atrás quando Pennhurst era novo. Depois foram acrescentando novos prédios aleatoriamente, um de cada vez, um túnel aqui, outro ali, fechando alguns, abrindo outros, túneis que vão para todo lugar. A maioria está fechado, pelo que me disseram, exceto pelos que ficam perto do prédio da administração. Então como um menininho saberia navegar por eles? Impossível. Só que se soubesse...

Ela apontou para o prato de torta.

— Se ele soubesse que o túnel que fica embaixo *deste* prédio aqui — apontou para o maior pedaço — dava para a sessão norte de Pennhurst onde ficam o prédio da administração e o hospital. E que o túnel embaixo *deste* aqui — apontou de novo — levaria você por um alçapão a oeste onde não tem nada a não ser bosque e ninguém pode escapar por lá porque já foi tentado várias vezes. E *este* — ela mostrou a beirada mais distante, onde estava o garfo — é a Ala C-1, onde ele estava, e se lá *tivesse* um túnel, iria levá-lo para *cá* — apontou para o canto do prato, representando uma saída —, o pátio do trem.

"Ele *poderia* ter saído por ali. Para a linha do trem. E andado três quilômetros pelo trilho e ter sido recolhido por uma charrete, um carro ou uma carroça. Ou talvez tenha até pulado em um dos vagões que leva coisas para dentro e para fora do hospital uma vez por semana."

Ela deu de ombros.

— Mas como poderia? Era só uma criança. E seria preciso conhecer muito bem aqueles túneis.

— Quem conheceria aqueles túneis? — perguntou Gordo.

Miggy deu de ombros mais uma vez.

— Então por que você está perdendo tempo falando deles? — insistiu Gordo.

— Por causa dos ovos.

— O quê?

— Ovos.

— O que ovos têm a ver com os túneis?

Ela o encarou por um bom tempo e sorriu serena.

— Essa é a diferença entre os negros da colina e nós do Row. Nós acreditamos em Deus como vocês. Colocamos nossas esperanças em Jesus como vocês. Mas no Row, estamos unidos por um passado no qual fomos treinados para acreditar, quer a gente goste ou não. Quando vamos à igreja, nós reza não só para Deus, mas também para os que veio antes de nós, de uma terra longínqua e distante, que fala conosco de jeitos que não entendemos, mas nos quais acreditamos mesmo assim. Para nós, tudo na vida, todas as coisas e criaturas de Deus, estão conectadas. Aqui na colina, vocês só gritam e berram. — Ela se virou para Gordo. — Ovos têm tudo a ver com túneis. Tudo tem tudo a ver com tudo.

Vários minutos se passaram antes de Miggy continuar, pois ela havia decidido que precisava de mais café quente, e Gazeta prontamente a serviu. Depois de alguns goles em silêncio, com a cabeça jogada para trás e os olhos fechados, ela respirou fundo e continuou:

— Pennhurst produz o próprio alimento. Eles têm uma fazenda. Os pacientes trabalham nela. Plantam vegetais de todos os tipos. Milho, quiabo, batata. Mas a única coisa que não conseguem plantar são ovos. Ovos significam galinhas. Para trezentas pessoas, é galinha demais para se criar em um hospital do governo. Não dá para ter gente cuidando de galinha se você precisa cuidar de gente também. Os ovos, eles precisam trazer de fora.

"Tem uma granja três quilômetros ao norte de Pennhurst. Todo dia essa granja manda uma carroça cheia de ovos para o hospital. Quatro mil ovos. É muito ovo. O homem que os transporta usa um cavalo e uma carroça. Ele entrega ovos e café quente para todas as alas do hospital. É uma distância grande entre as alas."

Ela apontou com o garfo para os pedaços de torta no prato.

— O prédio principal é aqui, onde fica a segurança e tudo o mais, dá uns bons três quilômetros de estrada de terra daqui até onde ficam as alas inferiores. Os prédios mais novos, da administração e do hospital, têm cozinhas completas, câmaras frias e todas as coisas de que precisam para esquentar comida e cozinhar em grande quantidade. Mas as alas inferiores não têm cozinhas funcionando de manhã. Só no almoço e jantar. Bom, de manhã, os funcionários dali querem a mesma coisa que o pessoal dos prédios maiores e mais novos ganha: ovos quentes *e* café quente. Eles não querem ovos frios e café frio ou o purê frio que servem para os pacientes. Querem ter o próprio ovo bom e quente *e* café quente.

Ela ergueu o garfo, então o fincou no pedaço de torta na borda do prato.

— Ala C-1. Esse é o reinozinho de Filho do Homem. — Então continuou: — O cara que entrega ovos da granja em Pennhurst é negro. Um Lowgod. Ele leva ovos quentes e café para todos os prédios das alas inferiores antes das seis da manhã todos os dias. São quatorze prédios. Imagine isso! Deve dar mais de seis quilômetros subindo e descendo morros, escadas e mais escadas até a cozinha. Como ele faz para entregar ovos mexidos quentes e café quente para quatorze prédios antes das seis da manhã se ficam tão longe um do outro? Um carro não andaria tão depressa por aquelas estradas de terra, dobrando esquinas, subindo até o segundo andar dessa e daquela ala e então seguindo para a próxima. Nem mesmo no melhor dia de sol um carro conseguiria isso. E no inverno, quando tem neve? Todos aqueles prédios? Aquela distância toda? Ele faz isso há trinta e seis anos, aliás. Como é possível? Precisaria de Deus para andar tão depressa. Ou de túneis. É isso o que eu acho.

Nate falou:

— Você o conhece?

Miggy chacoalhou os ombros e disse, fria:

— Eu falei que contaria da minha vida, não que iria parar na prisão por causa de vocês. Mas acho que alguém aqui pode tê-lo conhecido um ou dois dias atrás.

E aqui ela olhou para Gazeta e esperou a ficha cair, depois seguiu:

— Agora, ouvi dizer... *Dizem...* que meu amiguinho grasnador sofreu tanto abuso de Filho do Homem que alguém teve pena dele e o entregou para o homem que leva os ovos de carroça, que o transportou pelos túneis bem embaixo da Ala C-1 onde Filho do Homem fica à espreita e o deixou naquele pátio do trem. E dali, alguns dos caras da ferrovias, os judeus de sindicato que gostam de fazer baderna, o colocaram num dos trens de carga que vai para Nova York com um saco de papel cheio de comida mais vinte dólares, e dizem que desde então aquele menino está grasnando como um pato em Nova York.

— E o sujeito que você falou? — perguntou Nate. — Ainda está lá?

— Filho do Homem ainda está lá, sinto dizer. E embora ultimamente eu fique longe da ala dele, ouvi dizer que um menino novo chegou na C-1 três semanas atrás. Um menino negro. Surdo e talvez mudo. Não sei se ele sabe falar ou não. Mas ouvi dizer que ele se machucou de um jeito ou de outro. Estava engessado. Melhorou agora, disseram. Sarou. Tiraram o gesso, pelo que fiquei sabendo. O que não é uma boa notícia para ele.

Uma onda de silêncio percorreu o cômodo. Enfim, Nate perguntou a Miggy:

— Você terminou essa torta aí?

— Terminei.

Nate deslizou o prato para perto e ficou olhando. Era um diagrama. De prédios, estradas e passagens. Ele o estudou com atenção, depois fechou os olhos, como se estivesse memorizando.

— Acho bom você comer essa torta ou dar para mim — disse Gazeta. — Não desperdice.

— Não vou desperdiçar — respondeu Nate, com os olhos ainda fechados. Quando os abriu, falou para Miggy: — Você disse que o Homem dos Ovos faz entrega em todas as alas?

— Todas.

— O Homem dos Ovos entrega os ovos desse Filho do Homem?

— Entrega.

— Como ele gosta dos ovos dele?

— Quem?

— Filho do Homem. De que jeito ele gosta que preparem?

— Não sei. Você teria que perguntar para ele.

— Não o conheço — disse Nate.

— Não importa — retrucou Miggy. — Ele conhece você.

# 25

# O ACORDO

A secretária loira com o batom vermelho-sangue que estava na recepção do Teatro Blitz da rua Broad, na Filadélfia, achou que ele era um sindicalista. Do contrário, teria colocado o judeu de meia-idade e macacão para fora no momento em que entrara. Ele estava sentado com as costas retas na poltrona da sala de espera do escritório, dedilhando o chapéu com dedos grossos e cheios de calos. Ele tinha que ser um sindicalista de algum tipo, pensou ela, pois não era um camponês. Trabalhadores não sindicalizados entravam ali normalmente sorridentes e servis, felizes com o trabalho, impressionados com a bela sala de espera, o sofá de couro, as mesinhas de centro reluzentes. Sindicalistas, por outro lado, eram homens arrogantes de roupa de trabalho que se sentavam nos braços do sofá, fumando e tagarelando, agitadores todos eles, mais espertinhos do que tinham cacife para ser. O homem judeu era mais esse tipo. Anunciou seu nome como Marvin Skrupskelis, então soletrou-o, como se ela não soubesse escrever, o que era, de fato, verdade, já que ela rabiscou Scoopskalek até ele espiar a folha e corrigi-la. Disse que não tinha horário marcado com o Senhor Isaac Moskovitz, mas que precisava falar com ele. Só porque presumiu que *talvez* ele fosse um representante do sindicato ela interfonou para o Senhor Moskovitz. E, mesmo assim, Isaac não disse nada e desligou imediatamente, o que significa que estava irritado e ela deveria mandar quem quer que fosse desaparecer dali. Ela tirou a mão do botão do interfone e estava prestes a fazer exatamente isso quando o Senhor Moskovitz abriu a porta de seu escritório, andou até o homem, apertou sua mão e disse:

— Por aqui. — Gesticulando para que ele tomasse a porta que levava ao elevador. Ao abrir a porta, ele disse à secretária: — Volto mais tarde.

Depois de cinco minutos no carro, descendo a rua Broad no pesado Packard preto de Isaac, Marv encarou o primo de Moshe por um longo momento, o sujeito alto e estridente que ocasionalmente aparecia em Pottstown para salvar o primo de algum desastre ou encrenca. Observou Isaac conduzir o pesado carro preto com facilidade pela rua Broad. Ele parecia uma versão mais velha e severa de Moshe, sem o sorriso; porém, ao contrário de Moshe, ele não era hospitaleiro, pois não perdeu tempo.

— Como você encontrou meu escritório? — perguntou.

— Estava na lista telefônica — respondeu Marv. — Preferia que eu tivesse ido à sua casa?

— Teria sido melhor.

— Eu não sabia que era bem-vindo lá.

— Não falei que era. Falei que deveria ter ido à minha casa em vez de meu escritório.

— Só para saber, você é um daqueles romenos malucos donos de teatro que sabem um monte de merda inútil, tipo que borboletas sentem gosto com as patas?

— Só para saber, você é?

— Sou lituano. — Marv bufou, então ficou em silêncio, espiando para fora da janela enquanto Isaac dirigia devagar e com cuidado.

Isaac o olhou de relance. Havia visto Marv na shivá de Chona. Ou fora seu gêmeo? Não sabia distingui-los. Quem quer que tenha sido, ficou por um bom tempo e falou pouco. Isaac foi direto ao ponto:

— O que foi que Moshe fez de errado agora?

— Nada. Ele vive bem. O que é mais do que eu posso dizer de alguns de nós neste país.

— Então você quer voltar para sua terra natal?

— Gosto daqui. Os políticos tentam degolar você com uma mão enquanto saúdam a bandeira com a outra. Aí cobram imposto. Poupa-lhes do trabalho de nos chamar de judeu sujo.

Isaac riu.

— Está com fome? Quer parar para comer? Precisa de alguma coisa? Você veio de longe.

Marv olhou para fora da janela, os olhos castanhos observando a fileira de casas enquanto o sedã passava.

— Ele é molenga, seu primo.

— Conte-me algo que eu *não* sei.

— Eu faço sapatos.

— Vou me lembrar disso da próxima vez que tiver problemas com meus calos.

— Faço para todas as necessidades — acrescentou Marv. — As pessoas vêm de longe comprar comigo. Reading. Baltimore. Até Nova York.

— Você tem um irmão gêmeo, não tem?

— Tenho.

— Foi você que eu vi na shivá? Ou foi o outro?

— Provavelmente o outro.

— Onde você estava?

Marv ficou irritado.

— Não me lembro de ver você no dia que eu fui. E eu estava lá o dia todo. Eu ou meu irmão. Todo dia, tinha um de nós lá. Você fica fazendo lista de presença em shivás, é? — Ele ficou quieto por um momento enquanto Isaac absorvia a crítica, depois continuou. — Um cara veio me ver semana passada. Tinha um problema com o dedão. Precisava de um sapato. Doutor Roberts o mandou. Lembra dele?

— Por que eu deveria me importar com aquele *kucker* (defecador)?

— Porque esse cara consegue pressionar o Doutor.

— Como você sabe?

— Só porque um homem não usa calçados reluzentes ou não sabe contar contos de fadas em imagens não quer dizer que não tenha um espírito sagaz. O nome do cara é Plitzka. Gus Plitzka. Ele administra coisas em Pottstown.

— Tipo o quê?

— Tudo. Câmara municipal, tubulações, a polícia. Ele dá as cartas de dois maços diferentes. Tentou comprar uma fazenda de laticínios e ficou sem dinheiro. Pegou emprestado de um cara chamado Nig Rosen. Um empresário daqui. Talvez você o conheça?

Isaac assentiu, serpenteando o sedã pelo trânsito.

— Pode-se chamá-lo disso, mas quem você está enganando? Ele ganha a vida como agente de fianças e vive à base de benzedrina. Não é do tipo com quem se brinca. Como você o conhece?

— Pinocle.

— Como é que é?

— Nem todo judeu em Pottstown fica sentado chupando o dedo esperando doações da Sociedade Alemã Judaica. Eu jogo toda semana em Reading. Apostas de valor alto. Alguns dos jogadores de Reading trabalham para Rosen.

— E daí?

— Eles estão em Pottstown toda semana intimidando Plitzka. Ele deve uma boa grana para Rosen. Pegou emprestado para fechar o acordo da compra da fazenda de laticínios, que pega água de sua fazenda antiga, mas ela não tem água.

— E daí?

— Nosso templo na colina fez uma conexão no poço que leva água para a torneira pública. Esse poço secou, e eu sei, é um fato, que a água de Plitzka vem do novo reservatório. Então ele não está pagando por ela. Se o governo soubesse que ele tem água de graça e administra o departamento de águas ao mesmo tempo, o tiraria do cargo e assumiria o controle. Precisam de água naquela cidade. As fábricas precisam. Então ele está vulnerável. Como ele manda na cidade, talvez alguém possa pressioná-lo, para ele pressionar o Doutor Roberts.

— Aquele gói nunca vai confessar ter estuprado uma judia.

— Ele não estuprou. Ele tentou.

— Não importa. Rasgou as roupas dela. É o bastante. Qual a jogada aqui?

Marv respondeu em iídiche:

— *Yoysher.* (Justiça.)

— Quer contar outra piada?

— Eu gostava de Chona.

Isaac pensou com cuidado, então respirou fundo.

— Religião e política. Não é bom para os negócios.

— Então você não vai fazer nada. De que vale a vida de um judeu?

— Poupe-me do sermão, amigo.

— O que você vai fazer?

— Se você quer que Irene Dunne dê as caras e cante por uma semana, com desconto, posso conseguir isso. Se precisa que Cab Calloway cante *hi de hi de ho* no teatro de Moshe, posso arranjar também. Mas fazer acordos com idiotas que chantageiam políticos em troca de marshmallow e cigarro em uma cidade que eu não conheço está fora da minha alçada.

— Então você não vai fazer nada.

Isaac rebateu, com cautela:

— Não falei isso. Deixe que Rosen cuide de Plitzka. Talvez fique tão ocupado com ele a ponto de parar de me encher para colocar suas dançarinas estúpidas nos meus shows. Ninguém quer envolver a polícia. Ninguém quer o estado nem os federais. Ninguém quer impostos. Ninguém quer problemas. Ninguém quer pagar. Esqueça aquela baboseira de cowboy. Para fazer as coisas funcionarem neste país, não se joga água fria na cara da pessoa. Fica-se quieto. Fecham-se acordos. Deixe Rosen e Plitzka na deles. Talvez tropecem num bueiro e caiam juntos. Preciso de ajuda com outra coisa.

— Que tipo de ajuda?

Isaac suspirou. Olhou mais uma vez para Marv, girou o volante, guiou o sedã para fora da rua lotada e encostou em uma ruela residencial paralela. Parou o veículo perto do meio-fio, puxou o freio de mão e se virou para Marv:

— O que Chona queria era que o shul sobrevivesse. Abra as cortinas para revelar o problema da água de Plitzka e você estará abrindo as cortinas do shul também. Não faz sentido pressionar Plitzka por causa disso.

— Então o que fazemos?

— Deixe Plitzka resolver o próprio problema de água na fazenda de laticínios. Eu vou resolver o do shul. Está tudo encaminhado já, para o templo não ser responsabilizado. Só preciso da sua ajuda com uma coisinha para fazer essa solução acontecer. Mais nada.

— Que coisinha?

— Preciso de dois homens, judeus, para conduzir um trem para mim. Homens do sindicato.

— Um sindicalista não pode conduzir um trem. A Ferrovia da Pensilvânia conduz trens.

— Não estou falando em *conduzir* conduzir. Eles só precisam estar a bordo. Dois deles. Trabalhando no trem.

— Que trem?

Isaac olhou o retrovisor, depois para fora da janela para um carro que passou depressa, seguido por uma carroça puxada a cavalo.

— O menino de cor de Chona, aquele que viu tudo, ele está em Pennhurst. Tem um trem de carga que entrega carvão e farinha toda semana lá. Preciso de dois homens naquele trem para pegar o menino quando ele sair do hospício. Eu cuido do resto.

— Pegá-lo onde?

— Onde quer que o trem descarregue. Ele vai estar lá quando o trem chegar.

— Quem vai colocá-lo no ponto de encontro?

— Não se preocupe com isso. Ele vai estar lá.

— E para onde vão levá-lo?

— Só enfie o menino no trem. O resto eu resolvo. Consegue encontrar dois judeus de confiança?

— Claro. Tem provavelmente uns quarenta judeus lá na região de Reading que trabalham para a ferrovia.

— Quanto você acha que vai custar?

— Para você? Nada.

— Está de brincadeira?

Marv balançou a cabeça e explicou:

— Os judeus da ferrovia são todos do sindicato. Eles leem os jornais, cantam os hinos, são malucos. Todos de peito estufado com essa história de justiça americana para todos. Eles sabem sobre Chona, sobre as cartas que ela escreveu, as coisas doidas que ela fazia. As pessoas de cor não são as únicas que ela alimentava de graça. Metade dos clientes dela eram trabalhadores da ferrovia, principalmente nos finais de semana. A mercearia de Chona era a única que abria aos domingos em Pottstown. Eu consigo dez judeus da ferrovia para você.

— Só preciso de dois. Quanto você quer para arranjar isso para mim?

— Já falei que é de graça.

— Nada é de graça.

— Pode deixar que eu me viro.

— Como?

— Todo mundo precisa de sapatos.

— Está de brincadeira, não está?

— Por acaso eu fico perguntando como você administra os seus negócios? Se oferecer propina para um sindicalista, ele vai cuspir na sua cara. Eles sabem que eu não tenho dinheiro como você para ficar distribuindo por aí. Mas se oferecer um serviço, um trabalho, eles honram isso. Eles honram princípios.

Isaac ficou vermelho enquanto uma onda de vergonha lhe percorria o corpo todo. Princípios. Em todos os anos em que foram fusgeyer, quando ele e Moshe eram crianças, correndo dos soldados e da fome para salvar a própria vida, essa foi a única coisa que Moshe jamais perdeu. Ele nunca odiava ninguém. Era sempre gentil. Doava até sua última migalha. E aqui na América, casara-se com uma mulher que era igualzinha. Gentileza. Amor. Princípios. Essas coisas movem o mundo. *"Um 'não' não significa não. É só o começo de uma negociação"*, dizia Moshe. Que negociante maravilhoso ele era. Poderia ter sido rico na América, com todos os seus talentos. Em vez disso, estava em uma cidade de merda com uma esposa morta graças a... Isaac engoliu em seco e mordeu o lábio.

Escutou Marv perguntar algo.

— O quê?

— A água — repetiu Marv. — E a água? Quem vai resolver o problema da água? Tem certeza de que vai dar certo?

— A água já está sendo resolvida. Só consiga que aqueles homens estejam lá quando o menino sair do hospício. É isso o que eu peço do nosso acordo.

— E Plitzka?

— Talvez ele e Nig Rosen acabem num caixão em algum lugar. Quem se importa?

— Quando você quer os homens lá? Em qual trem?

— Só tem um trem para Pennhurst por dia, pelo que me disseram. Eu aviso a data. Só deixe seus caras de prontidão. E me faz um favor?

— Talvez.

— Da próxima vez, venha à minha casa. Minha secretária é uma gói com uma boca enorme.

Marv fez uma careta.

— Onde você enfia seu equipamento não é da minha conta.

Isaac franziu a testa.

— Não temos como ser todos iguais a Moshe — disse.

# 26

# O SERVIÇO

Na tarde seguinte, Gordo estava trabalhando no motor do Great Chadwick Six enquanto Propinão olhava por cima dos ombros. Gordo apertou a última vela de ignição no lugar, então firmou a tampa do distribuidor.

— Não é um Great Chadwick — anunciou.

— Como você sabe?

— Essas peças são Ford. Um distribuidor da Ford não encaixaria num Chadwick Seis. A tampa da Ford é menor. Entre. Eu dirijo.

Propinão saltou no banco traseiro enquanto Gordo pulava para o do motorista. Ele virou a chave e o motor velho deu partida, cuspindo uma nuvem de fumaça preta.

— Engata a primeira aí — apressou Propinão. Ele bateu palmas duas vezes, *clap, clap,* e disse animado: — Avante, piloto!

— Muito engraçado. Não está engatando. — Gordo desligou o motor, então olhou pelo retrovisor e viu o amigo relaxado no banco de trás, com um braço esparramado pelo apoio todo. — Propi, quer ganhar uma grana?

— Não, Gordo. Eu quero vagar pela terra semeando amor e alegria. É *claro* que eu quero ganhar uma grana.

— Tenho um serviço para nós.

— Para fazer o quê?

— Conectar um cano de água na colina.

— É ilegal?

— Na verdade, não. Só vamos desconectar um cano velho de outro cano e ligar na tubulação da prefeitura. Todo mundo paga pela água da cidade. Então não é tecnicamente ilegal. Mas precisa ser feito hoje à noite.

— Se é só ligar na água da prefeitura, por que não pediram para a cidade fazer?

— Na colina? Fala sério!

— Quanto a gente tem que cavar? — perguntou Propinão.

— Não muito. Só tirar um tampo, descer, desconectar o cano e conectar em outro. Depois tapar.

— Conectar canos ativos é um trabalho bem molhado.

— Quer ganhar dinheiro ou não?

— Só para você saber, Gordo, estou ganhando bastante dinheiro na fábrica da Dohler.

— Quanto?

— Três dólares e cinquenta centavos por semana.

— O que você está fazendo lá, sabotando urnas eleitorais?

— Alimentando caldeiras.

— Eles vão aumentar logo esse valor aí?

— Quando eles estiverem prontos para isso.

Gordo assentiu, batucando no painel do carro velho. *Aí está*, pensou, todo amargo. Propinão é demitido de um emprego, contratado em outro, a mãe dele lhe passa um sabão na frente dos amigos, o irlandês dos bombeiros o faz subir a torre com trinta metros de mangueira enquanto fica sentado bebendo cerveja, e ainda assim ele está contente em trabalhar por uma mixaria. Um perfeito idiota.

— Você vai ganhar dez vezes isso em três horas. E vou chamar o Ferrugem também.

— Se o Ferrugem vai, não é coisa fácil.

— Quer o serviço ou não?

— Você não falou quanto.

— Trinta e cinco dólares para você.

Propinão assobiou.

— Tem cara de assalto isso aí. É um banco?

— Está me chamando de bandido? É só um serviço de encanador, Propi. Tirar um tampo. Descer um poço. Mudar uma conexão em Y para o cano de seis polegadas do reservatório. Conectar outra tubulação nele. Escalar para fora. Fechar o tampo. Pronto. Já fiz isso umas cem vezes.

— Para que casa é?

— Não é uma casa. É no terreno que fica na esquina da Hayes com a Franklin. Onde fica a torneira pública.

Propinão franziu a testa.

— Não é lá que fica a Clover Dairy?

— É do outro lado da rua.

— O serviço é para eles?

— Não.

— Para quem é então?

— Não posso dizer. Mas pagam bem. Quer o serviço ou não?

Propinão pensou por um tempo.

— Trinta peixes é bastante peixe. Quanto tempo vai levar?

— Umas duas horas.

— Não parece tão difícil. Para que você precisa do Ferrugem?

— Reforço. O tampo do poço é de concreto velho. Se a gente quebrar, o Ferrugem conserta, faz parecer o original. Ele é bom com essas coisas de alvenaria.

— Precisa de água para fazer concreto, Gordo.

— Vamos usar a água do cano ué.

— E o que a gente vai usar para misturar o cimento?

— Eu tenho aquela velha betoneira a gás atrás do bar.

— Aquela pilha de sucata? Não tem como usar aquilo à noite. Parece um búfalo mugindo. Vai acordar a colina inteira.

— Eu tenho a manivela manual também.

— Que funciona bem se você for o Tarzan.

— Ferrugem vai passar óleo nela. Ele sabe mexer nessas coisas. Ou usamos uma carriola. Ferrugem sabe fazer o concreto ficar com a cor certinha para parecer do tipo que a prefeitura usa.

— Não tem como empurrar aquela betoneira colina abaixo se estiver cheia de concreto, Gordo. É pesada demais.

— Ferrugem vai misturar o cimento enquanto eu e você arrumamos os canos, isso se o tampo quebrar quando a gente tirar, o que não vai acontecer porque nós vamos tomar cuidado, beleza? Vai ser fichinha.

— Tem certeza de que o Ferrugem está dentro?

— Por que eu diria que está se não estivesse?

Propinão, sentado no banco de trás, assentiu, olhou para o céu azul no alto, perdido em pensamentos, então disse:

— Gordo, o portão da fazenda de laticínios é bem ali na rua Franklin.

— Tem mais dois no lado da Hayes.

— Eles funcionam até quatro da madrugada lá.

— É final de semana do Memorial Day, Propi. O desfile Antes. Discursos, churrasco, cerveja, fogos. Está tudo fechado na cidade.

— Dá na mesma. Eles provavelmente têm um segurança lá na fazenda, e ele vai estar de vigia.

— Ele vai estar na Casa Antes se divertindo com o desfile e os fogos igual a todo mundo. Eu o conheço. Ele é negro — argumentou Gordo.

— Então ele *não* vai estar no desfile — retrucou Propinão. — Não conheço um negro que vá nesse desfile.

— É o Reverendo Spriggs.

Propinão ficou quieto por um momento, pensando, depois perguntou:

— Pouco-Caso não é seu pastor?

— Ele não é *meu* pastor — respondeu Gordo. — Ele é *o* pastor.

— Não sabia que Pouco-Caso era segurança. Padre Vicelli cuida da nossa igreja em tempo integral.

Gordo dispensou o comentário com um gesto de mão.

— Sempre que esta cidade precisa de um negro para aparecer em celebrações e parecer feliz, eles chamam Pouco-Caso. Esse é o trabalho dele.

— Não me parece um trabalho ruim — comentou Propinão. Ele olhou por cima do ombro de Gordo. — Ixi...

Gordo se virou para onde ele olhava e viu Gazeta perto da grade do radiador do carro, com as mãos na cintura.

Vê-la de pé entre o entulho de seu quintal, o vestido amarelo esvoaçando com a brisa, a luz do sol ricocheteando de seu rosto liso e marrom, fez com que ele se sentisse em um cômodo cheio de marshmallows mornos. Seu coração parecia tão leve quanto o de uma criança de 4 anos.

— Venha cá — disse ela, gesticulando para ele com um impaciente varrer do ar.

Ele saiu do conversível ficando de pé no banco, pulando por cima do para-brisas, pisando no capô e saltando para o chão. Aterrissou ao lado dela, ao que ela agarrou seu cotovelo e o girou para que ambos ficassem de costas para Propinão.

— Nunca ouviu falar que Deus ajuda quem cedo madruga? — perguntou.

— Não. Mas já ouvi falar que a pressa é inimiga da perfeição.

— Era para você ter ido ver Nate à tarde e definido um horário para levá-lo para Hemlock Row. Ele quer pôr o plano em prática. Hoje à noite.

Gordo sentiu uma urgência súbita de confessar, de contar a Gazeta que havia aceitado outro serviço, um que envolvia um pagamento imenso e pouco risco, que daria a ele — talvez a eles dois, se houvesse um *eles dois*, o que ele esperava que sim — um bom dinheiro.

— Esta noite? — balbuciou. — Tenho coisas para fazer hoje.

— Que tipo de coisas?

— Apareceu um serviço.

— Você pode ficar quebrando gelo no bar amanhã. Já está tudo certo. Só desça até o teatro. Nate precisa que você o ajude a levar uns tambores e coisas para o desfile antes de ir.

— Achei que era para eu levá-lo para Hemlock Row. Ninguém falou nada de me colocar de voluntário para ficar transportando fantasiazinhas para o desfile do Doutor Roberts. E ninguém falou nada de eu ter que fazer isso hoje.

— Só faça, sim? São vários tambores e coisas de desfile.

— Tem bastante gente por aqui para ajudar Nate. Por que ele quer que seja eu?

— Porque você é o único da colina que consegue aparecer de última hora com algo grande o suficiente para levar todos os instrumentos de uma vez só. Do contrário ele vai ficar carregando aquelas coisas para lá e para cá o dia todo. Ele não tem o dia todo. Quer agir hoje à noite.

— Por quê?

— Miggy arranjou para Nate encontrar o Homem dos Ovos. *Hoje à noite.*

— Por que os brancos não pode carregar as próprias coisas pro desfile? São alérgicos a trabalho?

— Desça lá e pergunte pessoalmente para Nate.

— Pode avisar para ele que hoje não consigo, Gazeta?

Ela se inclinou tranquila sobre o capô e esticou o braço para tocar o rosto dele, com gentileza.

— Seja bom, Gordo. Eu sei que você consegue.

Em sinal de reconhecimento à comunidade judaica, todo ano a Sociedade Histórica John Antes dava ao Salão de Dança e Teatro 100% Americano de Moshe o privilégio de armazenar em seu imenso porão os tambores e itens usados no desfile anual do Memorial Day e seu show de fogos. Oito tom-toms, dezessete caixas, quatro grandes bumbos, dezoito correias, banners, carros alegóricos, dois caminhões de bombeiro em miniatura, materiais para a plataforma e outras parafernálias dos dignatários do desfile, o que incluía Doutor Roberts e vários membros da câmara municipal.

Normalmente, a cidade enviava um caminhão para buscar as coisas. Porém, neste ano, nenhum caminhão apareceu. Em vez disso, a requisição dos tambores chegou por meio de um menino em idade colegial que levou um bilhete a Moshe, pedindo que as coisas fossem entregues na Casa Antes.

Moshe não estava no teatro quando o bilhete chegou. Estava em casa, sentindo-se indisposto. Assim, o bilhete foi entregue a Nate, que não sabia ler e entregou a Addie, que sabia e foi até a casa de Moshe entregar-lhe o pedido, depois voltou ao teatro, onde Nate estava nos bastidores preparando tudo para o show do final de semana com a grande cantora de blues Sister Rosetta Tharpe.

— O que ele falou? — perguntou Nate.

— Ele estava dormindo. Não está se sentindo bem. Então não o incomodei — respondeu Addie.

— Ele costumava se matar para agradar os brancos daqui. Bom, de qualquer forma, vamos segurar as pontas para ele. Vamos levar os tambores e as coisas para lá. Ainda terei tempo de ir para Hemlock Row à noite.

— Esqueça o desfile. Temos nossos próprios planos hoje. Deixe que eles transportem a própria tralha.

— Dá tempo.

— Quem vai buscar esse monte de coisa depois que o desfile e os fogos terminarem?

Nate a dispensou com um gesto de mão.

— Eles vão levar a noite toda para fechar a Casa Antes. Eu busco as coisas de manhã.

— Não se a polícia estiver atrás de você.

— Não vão estar. Porque eu estarei de volta aqui.

Addie ficou quieta. Havia escondido seu temor sobre a coisa toda na reunião da noite anterior com Miggy, mas conforme as horas para a partida de Nate se aproximavam, ela ficava mais nervosa.

— Talvez seja melhor deixar Dodô nas mãos de Deus — disse.

— Ele *está* nas mãos de Deus. Por isso eu vou encontrar o Homem dos Ovos em Hemlock Row. Vou falar para ele o que eu quero. Pagar uma grana, e deixar ele fazer o resto. Estarei de volta antes da meia-noite. Então se eles descobrirem que o menino sumiu e a polícia aparecer aqui procurando por ele, não vão encontrá-lo. Vão me encontrar dormindo em casa. E não estou indo lá buscá-lo, amor. Só estou indo falar com o Homem dos Ovos. O resto é com ele e Miggy. Você não tem por que se preocupar.

Naquele momento, Addie percebeu que não existia um plano formado do qual ela estivesse ciente. Gordo havia concordado em levar Nate a Hemlock Row para encontrar Bullis, o Homem dos Ovos, graças à Miggy. Ela não conseguia se lembrar o que mais havia escutado na noite anterior, pois Miggy falava por meio de parábolas e a ideia de Dodô à mercê daquele... *herege* Filho do Homem a deixou doente, sem contar a descoberta de que Nate, o seu Nate, era... Ela sempre soube que ele tinha um segredo. Ele dissera que era do Sul. A Carolina do Sul era sua terra de origem, falara. Mas Hemlock Row? Ela decidiu deixar para lidar com isso depois, pois agora havia perigo à frente. Nate, o seu Nate, não entraria naquele hospital, com ou sem Dodô.

— Minha mente está perturbada por causa de algumas coisas ditas ontem — falou.

— Vamos lidar com isso depois de resolver o problema em mãos.

— Só para ter certeza, você não vai entrar naquele lugar, vai?

— Não quero entrar lá — respondeu Nate, de maneira esquiva.

Ela queria gritar com ele que era melhor não entrar mesmo, mas o som de ferraduras batucando pela rua principal a caminho do teatro interrompeu seus pensamentos. Ela se virou para olhar e murmurou:

— Minha nossa...

Gordo, o único negro da colina que conseguia de última hora criar — ou pensar em — uma gambiarra grande o suficiente para carregar toda a parafernália de um desfile de 350 pessoas, aproximou-se da sarjeta em uma carroça puxada por uma mula. Ao seu lado estava Propinão, sorrindo.

— Foi aqui que pediram um táxi? — gritou Gordo, animado.

Addie revirou os olhos.

— É só alguns quarteirões — acrescentou Gordo.

Nate não viu graça, mas conduziu os dois homens pela porta dos fundos do teatro, onde os três rapidamente empilharam as coisas na carroça, amarraram com cordas e partiram. Gordo e Nate foram na frente. Propinão foi atrás, em cima do equipamento empilhado alto, de costas com as pernas penduradas para fora.

Conforme avançavam, com Propinão longe o suficiente para não escutar, Gordo foi direto ao ponto:

— Nate, você precisa encontrar o Homem dos Ovos em Hemlock Row hoje à noite?

— Preciso. Vamos sair daqui umas sete.

— Não pode ser outro dia?

— Por quê? Qual o problema?

Gordo espiou ao redor para ver se podia ser ouvido, embora eles estivessem em cima da carroça e longe dos ouvidos de qualquer um.

— Tenho outro serviço — disse.

— E daí?

— É hoje à noite também. Só um bico. Posso levar você um pouco mais cedo para Hemlock Row? Talvez umas quatro. Pode ser?

— Que horas você me buscaria depois?

— Tarde. Perto da meia-noite, por aí.

Nate franziu a testa.

— Está bem. Desde que eu esteja de volta aqui pela manhã.

— Você tem algum lugar para ficar enquanto me espera no Row?

Nate deu um sorriso torto.

— Não se preocupe comigo lá.

— Desculpe, Nate. Estou em uma saia justa aqui. Preciso da grana desse serviço. É bastante dinheiro. Mas pode contar comigo.

Soou brega antes mesmo de ele terminar de falar, e conforme a carroça se aproximava da Casa Antes aos pés de Chicken Hill, Gordo olhou para além do prédio velho, três quarteirões ladeira acima, para a fazenda Clover Dairy. Decidiu confessar:

— Nate, recebi um bilhete da minha irmã ontem.

— Que bom que vocês estão se falando de novo.

— Alguém me mandou dinheiro por ela. Querem que eu cave o cano que fica em frente ao portão da Clover Dairy. Tem uma conexão em Y lá embaixo que liga a igreja judaica com o poço da torneira pública. Eu vou tirar a conexão e religar na água da prefeitura que vem do reservatório. O poço público deve estar secando.

Nate assentiu.

— Todos os lençóis debaixo da colina estão secando. Poços demais. A água vem lamacenta e falhada ultimamente. Como você sabe desses canos?

— Ajudei meu pai a instalar vários quando era pequeno. Não era legalizado naquela época, mas era como se faziam as coisas. Só ir enfiando cano onde dava. Acho que não querem pedir para a prefeitura arrumar.

— Eles não querem ter que subornar capangas, isso sim. Quem escreveu o bilhete?

— Não sei e Bernice não falou. Mas tinha muito dinheiro junto. E mais alguma coisa, mas eu... perdi parte do bilhete.

— Você o quê?

— Tinha uma segunda folha. Eu rasguei sem querer. Encontrei um pedaço, mas o resto... caiu atrás do bar e, quando eu voltei e achei, estava tudo molhado. Não consegui entender.

— Nada?

— Só alguma coisa sobre homens da ferrovia. Sindicalistas... judeus... e o trem de Pennhurst. Mas o que falava deles, eu não sei.

Nate pensou por um momento, então sorriu antes de finalmente falar:

— O Senhor Isaac está cuidando disso nos bastidores.

— Quem?

— O Senhor Moshe tem um primo chamado Isaac. É um cara rico da Filadélfia. Do ramo do teatro. Mesmo negócio que o Senhor Moshe, só que maior, três vezes maior. É um cara decente. Tinha dinheiro para o pessoal da ferrovia nesse bilhete?

— Tinha quatrocentos dólares a mais colado com fita na página que falava deles. Não sei para que era.

— Isso era tudo de dinheiro que tinha?

— Não, nem perto. Tinha mais quinhentos para o serviço com a água, além dos quatrocentos para os homens da ferrovia.

Nate ficou quieto um bom tempo enquanto o *ploc-ploc* da mula avançando em sua árdua jornada ecoava pela rua. Enfim, disse:

— Você vai ter que dar uma parte disso para mim. Sei que é bastante dinheiro, mas não é para você. É para Dodô.

"Nem sonha!" é o que Gordo gostaria de dizer. E teria dito, se fosse qualquer outra pessoa ali e não Nate Timblin.

Quando chegaram na Casa Antes, Nate pulou para o chão, andou até a lateral da carroça e falou para Gordo, que ainda estava no assento do condutor:

— Vá para casa buscar aqueles quatrocentos dólares e leve para Addie no teatro agora mesmo. Você e Propinão podem ir a pé. Eu vou descarregar isso aqui.

— É uma boa grana, Nate.

— Entregue para Addie, meu filho. Vai voltar para você de um jeito ou de outro se não o fizer. Alguém está pagando por um serviço. Seu trabalho é repassar o pagamento.

— Que serviço?

— Eu cuido disso. Depois que der o dinheiro para Addie, vá cuidar do seu bico de hoje à noite. Eu me viro sozinho para chegar em Hemlock Row. Vou deixar sua mula e a carroça no bar quando terminar aqui.

Se qualquer outro homem em Pottstown houvesse exigido quatrocentos dólares que haviam caído em seu colo e lhe dito para andar até sua casa e levar a grana para a esposa guardar, Gordo teria mandado a pessoa à merda, dado um tapa em sua nuca e ainda chutado seu traseiro no caminho até a porta. Mas Nate Timblin não era qualquer outro homem. E Gordo obedeceu.

# 27

# O DEDO

Dodô acordou com o berço chacoalhando e, quando abriu os olhos, deu de cara com Calça de Macaco encarando-o. A mão esquerda dele, a que conseguia sustentar no lugar e usava para se comunicar, estava apontando para Dodô e sua boca se mexia.

— Depois — disse Dodô.

O último gesso havia sido removido no dia anterior. O menino fora tirado da cama e escoltado para um quarto onde recebeu seu avental hospitalar e pantufas, e foi apresentado a seu armário pessoal, que não continha nada e para o qual só os cuidadores tinham chave. Ele foi colocado no desfile de homens até o refeitório, depois à sala de convivência, de volta à ala por um tempinho, depois ao refeitório para o almoço, onde ele desabou, pois suas pernas ainda estavam fracas pela falta de uso, então foi mandado de volta ao berço no quarto, onde dormiu, para passar o resto da tarde e o início da noite com Calça de Macaco na ala relativamente vazia. Estava aliviado de ficar longe dos homens.

Calça de Macaco queria saber como era o restante da ala. O banheiro, a sala de convivência, o refeitório. Mas Dodô não estava com ânimo para conversar. A imensidão de onde estavam o havia soterrado uma segunda vez quando caminhou entre os residentes. A solidão desesperadora do lugar não só machucava: começou a destruí-lo. Ele conseguia sentir. Os pacientes, alguns dos quais eram gentis, falavam com ele — podia ler seus lábios — como homens falam com crianças, só que mesmo assim eram impotentes quando os cuidadores apareciam. Nada era de ninguém, tudo podia ser pego, e os pacientes mais gentis eram os que mais sofriam. Nas refeições, quando Dodô desviava os olhos da gororoba em seu prato para ler os lábios de alguma conversa, mãos roubavam sua comida. Havia uma hierarquia. Os pacientes mais capazes controlavam tudo, os menos capazes eram abandonados à própria sorte. O movimento constante — conversas, falação, mordidas, empurrões, acordos e roubo de jornais e cigarros — era enlouquecedor. Ele foi forçado a se sentar no chão na sala de convivência porque ocupar o lugar onde outra pessoa costumava ficar causava ira e xingamentos. O fluxo constante de perguntas por parte dos outros pacientes, muitos dos quais ele não entendia, pois tinham dificuldades de fala ou maneirismos perturbadores, tornava a leitura labial difícil. Várias pessoas se dirigiam a ele como se fosse mentalmente incapacitado. Outros discutiam assuntos de grande complexidade. Todos pareciam achar que não se encaixavam ou não deveriam estar ali. Um homem dissera: *"Todo mundo aqui é doente mental menos eu. Eu tenho um sistema nervoso ruim. Você tem um sistema nervoso ruim?"* Outro lhe confiara: *"Vim parar aqui por engano porque eu estudava à noite."* Um terceiro, um homem branco, declarou: *"Não tem como você estar doente, meu filho. Quando eu era negro, nunca ficava doente."* A conversa deles o assustava. Quando Filho do Homem apareceu, o cômodo todo ficou atento. Vários pacientes o evitavam, mas a maioria, principalmente os mais capazes, se amontoava em volta dele. Era mais alto do que eles, em seu uniforme todo branco, um messias de ébano exalando poder, de pé acima daquele bando de despejados pela sociedade, que o seguiam por onde quer que fosse, uma procissão seguindo Moisés. Até o segundo cuidador, um homem branco, parecia subjugado a Filho do Homem. Dodô ficou o mais longe dele possível, enterrando-se em um canto, mas não tinha para onde fugir na sala de convivência. Ele notou que Filho do Homem o observava, e quando Dodô o olhou nos olhos, o homem piscou. Essa atenção, e o constante polir do chão com algum tipo de desinfetante com cheiro forte, o deixou com uma tremenda dor de cabeça.

Mas Dodô não conseguia contar nada disso para Calça de Macaco. Estava exausto e confuso demais aquele dia. Além disso, pela primeira vez, agora que a dor em suas pernas havia diminuído, ele começou a sentir algo ainda mais doloroso: culpa. Pensou em várias coisas que havia feito de errado. O ocasional furto de um chocolate na mercearia de Dona Chona. O roubo de uma bolinha de gude de uma das filhas da Senhorita Bernice no quintal dela. Por que fizera essas coisas? Por que haviam machucado Dona Chona? Por que Tio Nate e Tia Addie não vinham visitá-lo? *A culpa é minha*, pensou. *Eu errei. Ataquei um homem branco. Estou na cadeia. Vou continuar aqui para o resto da vida.* Ele ignorou os frenéticos acenos de Calça de Macaco e desviou os olhos até o amigo finalmente desistir.

Então eles ficaram assim um bom tempo, e quando ele por fim olhou, viu Calça de Macaco deitado de costas, olhando fixo para o teto, com a boca aberta e as pernas dobradas em posição fetal sobre o peito. Estava estranho, como se estivesse com dificuldades para respirar. Dodô se sentou.

— O que foi, Calça de Macaco?

O menino não estava ouvindo. Só olhava para o teto, respirando com inspirações e expirações curtas. Dodô achou que talvez pudesse estar tendo uma convulsão, pois sabia como era uma convulsão, já que vira Dona Chona ter várias. Calça de Macaco também tivera várias desde que Dodô chegara. Eram curtas e mais frequentes do que as de Dona Chona, mas eram surtos igualmente assustadores, com movimentos desenfreados, que faziam Calça de Macaco arfar e se contorcer para cima, como se uma mão invisível puxasse suas costas em um arco, o corpo curvado de um jeito estranho. A barriga e a pélvis eram arremessadas alto no ar, depois caiam, várias vezes, seguidas pelo girar de seus braços e pernas como se estivessem operando com base em motores separados, o corpo retorcido de maneira tão pavorosa e o berço chacoalhando com tanta violência que o chão tremia. Esses acontecimentos normalmente atraíam vários cuidadores e uma enfermeira com seringas ou pílulas, que pareciam acalmá-lo e levavam a longas horas de sono irregular depois. Calça de Macaco odiava seus remédios, e muitas vezes Dodô o viu fingir que engolia o punhado de comprimidos que consistiam em sua dose diária apenas para cuspi-los assim que o cuidador dava as costas.

Enquanto ele observava, a respiração de Calça de Macaco pareceu acalmar como se ele houvesse afastado o espasmo com sua força de vontade. Então ele se virou de novo para Dodô e assentiu, sinalizando que estava melhor. Mas Dodô já havia se recolhido em sua nuvem de depressão.

— Eu fiz uma coisa errada, Calça de Macaco — disse. — É por isso que estou aqui.

Calça de Macaco franziu a sobrancelha em um "não".

— Se não fosse por mim, Dona Chona não teria se machucado.

O amigo continuou franzindo "não, não, não", mas Dodô só balançou a cabeça.

— Sim, sim, sim. Não me diga que não.

Calça de Macaco levantou o dedo para sinalizar algo.

Dodô o ignorou.

Então ele mostrou a bolinha de gude, que sempre chamava a atenção de Dodô.

— O quê?

Ele ficou olhando Calça de Macaco sinalizar um *E*.

— O que mais?

*N*.

— Que mais?

E assim foi, até ele soletrar:

E.N.C.O.S.T.E.

N.O.

M.E.U.

D.E.D.O.

— Por quê? — perguntou Dodô impaciente.

O sorriso desapontado do amigo foi demais para ele. Então estendeu o braço e as pontas de seus dedos se tocaram. Depois Calça de Macaco abaixou o dedo.

— Aposto que você não consegue segurar assim por muito tempo — disse Dodô.

Calça de Macaco riu, e ele presumiu que significava "Aposto que eu consigo!"

— Certo — disse. — Vamos ver quem aguenta mais tempo.

Calça de Macaco esticou o dedo para fora do berço. Um desafio.

Dodô aceitou e os dois meninos sustentaram os dedos juntos por entre as barras. Durante cinco minutos. Dez. Mas o braço de Dodô se cansou e ele desistiu.

— Não é justo. Você pode descansar o braço no colchão.

Calça de Macaco deu de ombros.

Subitamente, o desânimo, a culpa e a dor desapareceram, pois ali estava um desafio, e Dodô se tornou um menino de novo. Ele se deitou para o lado direto, apoiou a cabeça no punho esquerdo para ter um suporte, esticou a mão direita por entre as barras, com o indicador estendido, e disse:

— De novo.

Calça de Macaco colocou o braço para fora e eles batalharam de novo, com os dedos unidos. Cinco minutos. Dez, vinte. Trinta. Enquanto seguravam, Dodô começou a falar, pois Calça de Macaco precisava da mão esquerda para falar, o que significava que Dodô estava livre para conversar pelos dois. Contou a Calça de Macaco como era a sala de convivência, e o banheiro, e o cuidador estranho que tinha soluços o dia todo, e o paciente que disse que já havia sido negro. Seu braço estava tão cansado que ele queria desistir, então falou mais, na esperança de que sua falação fizesse Calça de Macaco se cansar. Mas ele não cansou.

Depois de uma hora, Dodô desistiu e abaixou o dedo.

Um vislumbre de dentes brancos e uma risada vinda do berço de Calça de Macaco o fizeram franzir a testa.

— Você está trapaceando. Está deitado de costas.

Calça de Macaco gesticulou para que ele fizesse o mesmo.

Então ele ficou de barriga para cima e ofereceu o dedo direito para o dedo esquerdo do amigo.

— Vamos batalhar.

Eles ficaram daquele jeito por vinte minutos. Quarenta. Uma hora. Duas horas. Chegou a hora do jantar. O cuidador que apareceu com a comida deles, entretido pelo jogo que viu acontecendo, deixou as bandejas e voltou para buscá-las depois, o prato intocado. Os dois meninos o ignoraram, a competição de força de vontade a todo vapor então. Calça de Macaco sujou a cama. Dodô fez o mesmo. Os cuidadores perceberam e seguiram reto para a cama seguinte. Mais ninguém apareceu. Os meninos mantiveram os dedos juntos com firmeza, nenhum dos dois disposto a ceder.

Então veio a noite, e com ela, mudanças.

No começo, eles continuaram, como os homens que imaginavam ser, mas conforme os pacientes entravam, voltando da sala de convivência, e se agitavam pelo quarto, enfim se acomodando em suas camas, o novo turno de cuidadores diminuiu as luzes do teto, então o cômodo ficou escuro, apenas com a luz da mesa dos cuidadores lançando um brilho sinistro pela ala. Mas a luz só chegava até metade do quarto, só o suficiente para Dodô conseguir distinguir o braço fino e branco de Calça de Macaco, mas não muito mais que isso.

A maioria dos homens dormia então, pois já se passara uma hora do horário de dormir, e vários roncavam, imaginou Dodô, ao reconhecer as familiares corcovas subindo e descendo de maneira ritmada. O sono lhe pesava então, e ele não conseguia sustentar a cabeça erguida, só deitá-la no travesseiro, olhando para o teto com o braço esticado, tocando o dedo de Calça de Macaco. Percebeu que não aguentaria muito mais. O sono estava prestes a vencer. Seu amigo também estava fraquejando. Finalmente o dedo de Calça de Macaco tombou, depois ele se recuperou e o ofereceu de novo, e Dodô aceitou, pois estava à altura do desafio. Ele era o melhor! Então o dedo de Calça de Macaco caiu de novo.

— Ande logo, ou eu ganho — sibilou, esticando o braço.

Mas o dedo de Calça de Macaco não apareceu.

Dodô ficou deitado de costas, lutando contra o sono, satisfeito. Exausto, ergueu a cabeça para olhar triunfante para o amigo, só para garantir, mas à iluminação fraca não conseguia ver Calça de Macaco, nem seu braço. Havia ganhado.

Então a luz que vinha da mesa dos cuidadores subitamente mudou, ao que ele percebeu movimento ao pé de seu berço, e se esqueceu completamente de sua vitória. Pois lá estava ele, vestido em seu reluzente uniforme de cuidador, sorrindo com os dentes visíveis à penumbra, o rosto bonito emoldurado pela luz que refletia da mesa.

Filho do Homem.

— Oi, pavão — disse ele.

Os dois berços estavam a cerca de dez centímetros um do outro, e Dodô sentiu o pavor lhe fechar a garganta enquanto Filho do Homem levantava o canto de seu berço e o afastava do de Calça de Macaco, sem fazer som algum, depois entrou no espaço entre eles, bloqueando a vista do outro menino. Foi como se um muro houvesse sido erguido entre ele e a única segurança que conhecia naquele lugar.

Com um movimento ágil, Filho do Homem destravou as laterais do berço de Dodô e deslizou as barras para baixo.

Dodô se sentou depressa, mas suas pernas estavam fracas, e um braço o golpeou de volta para baixo. Ele abriu a boca para gritar, mas uma mão cobriu seus lábios e nariz, e apertou, esmagando seu rosto com tanta força que ele achou que seu nariz quebraria. Filho do Homem colocou um dedo à frente dos lábios como se dissesse "shiu".

Em um gesto rápido, ele empurrou a cabeça de Dodô para o lado, agarrou-o, virou-o de lado, marretou um travesseiro sobre sua cabeça e pressionou-o com força contra seu rosto. Com uma mão segurando o travesseiro, Filho do Homem levantou o avental de Dodô, revelando a parte de trás de seu corpo nu.

O menino se contorceu e resistiu, mas Filho do Homem era forte e poderoso. Dodô chutou, mas o homem apoiou um joelho em sua perna e segurou com facilidade a outra.

Dodô sentiu um bálsamo gelado ser enfiado entre suas nádegas e então uma explosão escaldante de dor — mas apenas por um segundo, pois naquele momento o chão começou a tremer e o joelho que segurava suas pernas se afastou depressa quando Filho do Homem se virou para o outro lado e aliviou a força. Algo o havia distraído.

Ele arrancou o travesseiro do rosto de Dodô, e o menino sentiu na mesma hora o chão da ala tremer — um tremor forte, mais forte do que jamais sentira — como se fosse um terremoto. As luzes foram subitamente acesas e houve uma imediata agitação pelo quarto conforme vários pacientes de sentavam e começavam a reclamar, sendo que vários já estavam fora da cama perambulando confusos pelo cômodo. Filho do Homem estava de pé entre eles, ignorando-os, enraivecido, arrancando seu jaleco branco, usando-o como toalha para limpar o rosto e a cabeça que, para a surpresa de Dodô, estavam cobertos de fezes humanas.

No berço do lado, Calça de Macaco se contorcia incontrolavelmente, tendo sua pior convulsão até então, com braços e pernas retorcendo-se loucamente e a boca aberta — obviamente gritando, supôs Dodô, mas com um objetivo, pois sua mão boa, a esquerda, estava segurando o que restava do excremento que ele jogara em Filho do Homem, atingindo-o na cabeça e manchando seu jaleco e calças também. Sua convulsão e gritos haviam acordado a ala toda e atraído outros funcionários.

Dodô viu dois cuidadores correrem para a cama de Calça de Macaco e tentarem colocar uma colher em sua boca, mas era impossível, pois a convulsão estava forte mais. Depois de longos segundos, terminou, e ele ficou deitado de costas na cama.

Um cuidador tentou trocar seus lençóis, mas Filho do Homem o impediu. Agora que as luzes estavam acessas, Dodô conseguia ler os lábios dele.

— Deixa — disse. — Eu troco.

Os outros se afastaram e estavam prestes a voltar para o posto de enfermagem quando um médico jovem e branco apareceu. Dodô não conseguia entender tudo o que ele dizia, mas captou o tom, pois Filho do Homem e outros dois cuidadores se tornaram subitamente obedientes. O médico notou que os berços dos meninos haviam sido afastados e parecia querer saber o porquê. Ele percebeu que a lateral do de Dodô estava com as barras abaixadas e questionou sobre medicação sendo ministrada àquele horário. Qualquer explicação que Filho do Homem deu pareceu não convencer o doutor. Ele ordenou que Calça de Macaco fosse limpo e que os dois berços fossem colocados juntos de novo, já que o de Dodô estava encostando na cama do coitado do paciente vizinho. O médico examinou Calça de Macaco e rapidamente deu uma ordem aos cuidadores, então avaliou Dodô depressa, declarando que, já que ele estava curado agora, deveria ser realocado para uma cama no dia seguinte. Ele deu outras instruções que o menino não entendeu. Mas quando o doutor finalmente terminou de falar, Filho do Homem havia saído da enfermaria.

O médico se virou para examinar Calça de Macaco de novo, desta vez com mais cuidado. O menino não falara nada. Estava deitado, inerte, respirando depressa, com movimentos curtos. Um cuidador voltou com uma bandeja de remédios, o médico administrou uma injeção, e o menino pareceu se recuperar. Ele se mexeu normalmente, sonolento, antes de fechar os olhos e se ajeitar para dormir. A ordem havia sido restaurada. Então as luzes foram apagadas de novo.

Mas Dodô não conseguia dormir. Ficou deitado, aterrorizado com a ideia de que Filho do Homem retornasse. Lutou contra o sono. Estava apavorado de que pudesse acordar com o homem causando-lhe aquela dor extrema de novo. Não sabia o que fazer. Não tinha como ajudar a si mesmo, e, mais uma vez, a culpa o dominou. *Eu errei,* pensou. *Eu errei, errei, errei. Vou ficar aqui para sempre.*

O sono começou a pesar de novo, e, conforme o fazia, seu terror aumentava. Ele começou a se questionar se estava dormindo ou não, e como não sabia mais a resposta, ficou com mais medo ainda. Começou a chorar. Estava condenado.

Ele sabia que conversar depois que as luzes eram apagadas atrairia um cuidador irritado, talvez até o próprio Filho do Homem, mas não conseguia se conter. Soluçou as palavras:

— Calça de Macaco.

Sentiu um bater de leve nas barras de seu berço. Estava tão exausto que não conseguia virar de lado. Em vez disso, deitado de costas, esticou um braço para fora, no escuro, e mexeu a mão cegamente no ar. Uma. Duas vezes. Até sentir um braço. Então um punho. Então um dedo. Um dedo. Um dedo como antes.

Pressionou o dedo contra ele.

— Obrigado, Calça de Macaco.

Ele ficou deitado assim, com os dedos de ambos conectados, até dormir.

Quando acordou na manhã seguinte, seu braço ainda estava esticado para fora do berço. O dedo de Calça de Macaco também. Ele estava deitado de costas, com a boca aberta, o braço ainda entre as barras, o dedo ainda erguido em amizade e solidariedade.

Mas o resto de Calça de Macaco não estava mais lá.

# 28
# O ÚLTIMO LOVE

Anna Morse, dona da Funerária Morse, havia decidido se mudar de Lindfield, Pensilvânia, várias vezes depois da morte de seu marido três anos antes. Administrar uma funerária era muito trabalhoso, além de ser impossível encontrar bons ajudantes. Só manter o prédio, uma exuberante estrutura de tijolinho na saída da cidade que continha seu apartamento no andar de cima e o que ela chamava de "trabalho" — o necrotério — no térreo, era uma dor de cabeça. Os brancos se recusavam a trabalhar para uma mulher negra. Os negros tinham outras intenções, com esperanças de se apaixonar e ter um bom futuro financeiro garantido. Por isso, sempre que precisava de reparos no prédio, ela chamava seu antigo funcionário, Nate Timblin. Nate era um amor. De confiança. Ponta firme. Não importava o horário, não importava o serviço, ele sempre ia. Saber que ele estava por perto era um dos motivos pelos quais ela decidira manter seus negócios em Linfield.

Assim, concordou contente quando Nate ligou naquele sábado à tarde no final de semana do Memorial Day pedindo uma carona para Linfield, que era logo ao norte de Hemlock Row, a fim de visitar um amigo. O Row ficava a apenas um quilômetro e meio de Pennhurst, e Anna percebeu imediatamente sua intenção. Ele queria visitar o sobrinho do qual ela ficara sabendo. Havia lido nos jornais. Um menino negro de 12 anos, surdo, atacando uma mulher branca? Ela tinha suas dúvidas. Mas, como sempre... problemas caíam sobre negros como gotas de chuva. Ela sentia muito por ter acontecido com Nate e Addie, duas das melhores pessoas da colina.

Levaria vinte minutos de carro para buscá-lo, e ela estava de bom humor, pois até então ninguém havia decido morrer naquele final de semana, embora quatro possibilidades — duas só em Chicken Hill, uma em Royesford e outra em Reading — estivessem encaminhadas. A de Reading a preocupava mais, pois eram bons trinta e dois quilômetros de distância, e quem quer que chegasse primeiro à família enlutada normalmente vencia. Mas Anna conhecia o pastor em Reading, e o médico negro, além do mais, tinha uma prima lá que a havia convidado para passar o final de semana do Memorial Day em sua casa, e ela aceitara. Seria proveitoso se o cliente morresse enquanto ela estivesse em Reading, se Deus quisesse. Mas um vazamento inconveniente em seu prédio a fez rever os planos. A água estava infiltrando pela parede do banheiro do segundo andar e na noite anterior havia manchado o teto da sala de velórios logo abaixo. Era inaceitável. A ideia de gotas de água respingando na cabeça do morto a apavorava. Ela planejava pedir para Nate dar uma olhada.

Ele parecia estranhamente quieto, sentado ao seu lado no reluzente Packard enquanto avançava pela rua High de Pottstown e seguia para o sul em direção a Linfield.

— Tem estado ocupado? — perguntou Anna.

— Um pouco — respondeu Nate.

— Posso ajudar de alguma forma? — ofereceu ela, tomando cuidado para evitar o assunto do sobrinho dele.

— Você está ajudando agora.

Anna não insistiu. Nate não era muito de falar, de qualquer forma. Silêncios faziam parte de quem ele era. Então ela disse:

— Precisa de carona na volta?

Nate balançou a cabeça.

— Vou passar a noite no Row. Já está tudo certo para voltar amanhã.

Ela queria perguntar "Onde você vai ficar no Row?", pois conhecia praticamente todas as famílias de lá. Em vez disso, viu uma abertura.

— Nate, eu estou com um vazamento. Acho que está descendo do telhado, passando pelo banheiro do andar de cima e entrando na sala de velórios abaixo. Você tem tempo para dar uma olhada?

— Claro. Vejo assim que chegar.

— Se importa se eu o deixar sozinho? Você sabe onde fica tudo. Eu estava pensando em dar um pulo em Reading. Minha prima e o marido dela vão fritar um peru.

— Vá em frente. Eu vou andando para o Row quando terminar. É só subir a rua.

— Você não tem medo dos mortos, tem?

— Não.

— Bom, tem uma cama dobrável no armário do pequeno vestíbulo da sala de velórios. Onde eu guardo as coisas. Você pode dormir nela se quiser.

Nate balançou a cabeça.

— Eu tenho onde ficar.

— Tem certeza de que não posso ajudar, Nate?

— Eu vou olhar o vazamento assim que chegar e depois sigo meu caminho.

Ela assentiu, satisfeita.

— Nate, quando estiver pronto para ganhar dinheiro de verdade, volte a trabalhar para mim. Eu pago o suficiente para você comprar um carro.

Ele assentiu, distraído, olhando através do para-brisa para a fazenda que passava.

— Não preciso de um carro.

Ele trabalhou na casa de Anna até perto das 19 horas. Primeiro, subiu no telhado para tirar folhas das calhas, depois arrumou a pequena mancha no banheiro e no teto da sala de velórios. Ele sabia onde Anna guardava tudo, então o serviço foi fácil. Trabalhar o acalmou e lhe deu tempo para pensar. Não estava com pressa. Era cedo, pois Miggy dissera para encontrá-la às 23h30, depois de seu turno, e Hemlock Row ficava a apenas vinte minutos a pé. Ele não tinha onde esperar no Row por quatro horas se chegasse muito cedo.

Depois que terminou, Nate devolveu as ferramentas no lugar e entrou na sala de velórios vazia. Foi até o vestíbulo aos fundos onde Anna guardava os corpos que esperavam serviços funerários. Ela sempre tinha um ou dois, como gostava de brincar, "deitados por aí". Ele encontrou dois caixões abertos, ambos homens, acomodados em repouso aguardando o velório, com os caixões alinhados como vagões de trem, um atrás do outro. O mais próximo dele era um homem de meia-idade com as mãos cuidadosamente entrelaçadas sobre o peito. Sobre elas, havia uma camisa de zelador novinha, dobrada com perfeição, com um bordado no bolso: "Lanchonete do Herb, em homenagem ao nosso Ted S. Culman". O segundo era um moço mais jovem, de 17 ou 18 anos. Nate ficou olhando ambos por um tempo, depois passou reto até um armário aos fundos, pegou alguns itens e partiu para o Row.

Miggy o levaria até o Homem dos Ovos e iria embora. Esse era o trato. Ele repassou os planos mais uma vez enquanto descia a rodovia de mão dupla que levava a Hemlock Row. Miggy o queria lá às 23h30 em ponto. Nada de chegar mais cedo. Nem mais tarde. Então ela o levaria ao Homem dos Ovos chamado Bullis, que disse que iria para uma fazenda próxima às 4 horas da manhã buscar seus ovos, o que para Nate significava que o cara tinha que sair da cama às 3 horas para chegar a tempo no trabalho. Mas onde? Era um homem de Hemlock Row, um Lowgod? Ele torcia para que não fosse. Havia alguns Lowgod no Row que poderiam estar atrás dele. Se o encontrassem, não seria agradável. Miggy lhe garantiu que ninguém o veria entrar ou sair de sua casa. Mas e se ela ficasse com medo e desse para trás? E se já houvesse falado dele por aí? *Nate Love está vivo. Não está na cadeia. Nem no Sul. Está bem aqui do lado, em Chicken Hill.* Ele pensou nisso com cuidado. Por que ela se arriscaria para ajudá-lo?

Ele apertou o passo, confuso. Não gostava nem um pouco disso.

Eram 2h30 da manhã quando Miggy, ainda de roupa branca do hospital, enfim se levantou do assento da janela frontal de sua casa no Row. Ela abriu a porta de entrada, tirou a lamparina pendurada no gancho da varanda, e a fechou. Olhou para fora da janela por mais dez minutos, então desistiu. Foi à porta dos fundos, saiu da casa em silêncio, e desceu a rua até a quarta casa, onde a luz vinda de uma lâmpada nua podia ser vista através do vidro. Ela bateu à porta dos fundos, e um homem idoso de barba branca e rosto sério atendeu.

— Ele não vem, Bullis — disse ela.

— Melhor assim — respondeu Bullis.

— Acha que ele ficou preso no caminho ou foi abordado por alguém?

— Espero que tenham lhe enfiado o cano de uma pistola na cara.

— Você não vai muito longe com essas ideias.

— Que tipo de ideia é para eu ter?

— Você fez um acordo.

— Com aquela moça amiga sua, a bonita que você chama de Gazeta. Eu não fiz acordo nenhum com ele. Não vou perder meu emprego por causa dele, ou daquele diabinho em Pennhurst.

— Alguma das minhas previsões de futuro já errou com você, Bullis?

Ele franziu a testa, depois respondeu:

— Eu fechei a boca sobre Nate. Não contei dele para ninguém. Não dei pistas, nem nada. Deus é minha testemunha. Mas é verdade que estou aliviado que ele não vem.

— Eu falei umas coisinhas para Filho do Homem ontem — disse Miggy. — Ele não gostou muito.

— Você deveria ficar longe dele.

— Pode esperar mais cinco minutinhos?

— Não, não posso. Você falou onze e meia. São quase três. Preciso ir para a fazenda. Já estou atrasado.

Ele fechou a porta e Miggy deu meia-volta para casa.

*Tem alguma coisa,* pensou, *muito errada aqui.*

Para Bullis, a caminhada de Hemlock Row até a fazenda onde buscava a carroça e os ovos levava normalmente trinta minutos, mas ele estava atrasado, então cortou pelo milharal do fazendeiro, tomando cuidado para não danificar os brotinhos, pois seu chefe perceberia e não ficaria nem um pouco feliz. Ele chegou às 3h10. Nada mal. Era uma viagem de quarenta e cinco minutos até Pennhurst, com o cavalo puxando uma carroça cheia de ovos e um galão de café. O cavalo, chamado Titus, era um appaloosa que, aos 14 anos de idade, estava quase cego, mas tinha uma alma honesta e confiável. Ele conhecia o serviço e a trilha, e os dois se davam bem.

Bullis encontrou o cavalo em sua baia, jogou-lhe um pouco de feno, deixou-o comer, então o conduziu do celeiro ao galinheiro, um prédio comprido e retangular que fedia à titica de galinha. A porta estava fechada com um trinco para manter raposas e outros predadores fora, e a carroça estava parada no meio do prédio. Bullis puxou Titus para dentro, colocou seu arreio e tirantes, então rapidamente seguiu para os ovos, que havia empilhado com cuidado em engradados no dia anterior. Ele os carregou nas prateleiras montadas na carroça para esse fim, um sobre o outro.

Trabalhou depressa, mas, depois de alguns minutos, percebeu que o galinheiro estava estranhamente silencioso. Os galos, que costumavam começar a cantar a esse horário, estavam quietos. Ele escutou vários pombos se agitando nas vigas do telhado, e os porcos no curral ao lado se amontoavam no canto mais próximo do pasto, tudo muito incomum. *Eram sinais de chuva,* pensou, *ou Miggy havia se irritado e o amaldiçoado? Ela faria isso?*

Ele dispensou essas ideias ao subir na carroça. Agarrou as rédeas e gritou:

— Rá!

Titus se virou para o portão e avançou vários passos até Bullis subitamente puxar as rédeas e dizer:

— Maldição, Titus… Esqueci uma coisa.

No canto da carroça havia um grande galão prateado que continha água quente para o café, que ele pegava todas as manhãs na caldeira a caminho das alas inferiores. A ida à fornalha era a primeira parada todas as manhãs. Ele punha o pó de café e despejava a água quente do imenso tonel da caldeira, e os cinco minutos que levava para chegar às primeiras alas eram o suficiente para o café coar no ponto certo. Ele tomava o cuidado de limpar o filtro todos os dias, pois a água quente da caldeira às vezes tinha cinzas e pedriscos. Ele não deveria usar água da fornalha, mas quem em Pennhurst saberia a diferença?

O idoso despejou o conteúdo do filtro no chiqueiro, então foi à bomba de água no final do galinheiro para lavá-lo. Quando chegou ao poço, escutou Titus relinchar e bufar de surpresa, mas o ignorou. Tinha de se apressar. Lavou o filtro, colocou de volta no galão, correu até o depósito onde o fazendeiro guardava os grãos de café moídos, encheu o filtro com o pó fresco, subiu na carroça e tocou Titus.

O cavalo parecia inquieto e arisco. Bullis queria apressá-lo, mas o idoso animal não pareceu gostar disso.

— Vamos, Titus — disse. — Eu sou velho também.

Mas Titus seguiu ao próprio passo.

Nos imensos portões de ferro forjado de Pennhurst, Bullis acenou para o guarda e seguiu em linha reta às alas inferiores, conduzindo o cavalo pela serpenteante estradinha. Quando chegou nas alas, a mais de um quilômetro e meio da entrada, parou em outro portão e acenou para um segundo guarda antes de passar, depois seguiu pela estrada conforme ela se curvava por uma descida até o prédio da imensa fornalha a carvão. Parou do lado de fora, esticou uma mangueira até a torneira de uma das gigantes caldeiras lá dentro, encheu o galão de café com água fumegante, depois conduziu Titus caminho acima. Porém, em vez de virar em sentido às alas inferiores, ele seguiu por trás da Ala V-1, onde o caminho serpenteava na direção do trilho de trem, e dali, para fora do campo de visão das duas alas. Ele levou o cavalo e a carroça para dentro de um bosque que continha uma trilha raramente usada por entre as árvores e o mato abandonado. Eles não precisaram avançar muito. Dez passos para dentro e o caminho arqueava rumo a uma pequena colina que descia até o pátio da ferrovia, onde ficava a parada do trem. Titus, apesar de quase cego, avançou com facilidade pelo bosque, chacoalhando muito pouco a carroça. Quando chegaram à beira do pequeno barranco, onde não podiam ser vistos tanto do trem lá embaixo quanto da ala atrás, Bullis saltou da carroça, entrou no meio do mato, removeu duas longas tábuas de madeira e colocou-as perto das rodas da carroça. Dali, ele cuidadosamente guiou o cavalo por um trilho abandonado de trem, escondeu as tábuas de lado, seguiu mais alguns metros, desceu e afastou alguns arbustos, revelando uma pesada porta de madeira com dobradiças enferrujadas.

O túnel.

Um antigo túnel de trem, usado na época em que a Ferrovia da Pensilvânia entregava carvão direto de um vagão de carga à fornalha perto das alas inferiores, que era agora um campo tomado por ervas daninhas entre as alas V-1 e C-1. Ele abriu a porta, acendeu sua lamparina e conduziu o cavalo para dentro. Titus andou com cuidado sobre o chão irregular e esburacado, o piso às vezes revelando os trilhos por baixo, que haviam sido concretados. Bullis notou de novo que o cavalo estava tendo dificuldades e ficou preocupado. Será que a carroça de ovos e café estava tão pesada assim?

— Está tudo bem, Titus. Vamos descarregar essas coisas logo mais.

Titus seguiu adiante, mas estava claramente se esforçando muito. Bullis ficou observando-o, alerta. O cavalo estivera bem no dia anterior. *Será*, pensou de novo, *que Miggy me lançou uma maldição?* Nunca havia visto Titus tão cansado — parecia exausto. Se ele tombasse e morresse naquele túnel, os dois estariam arruinados. Bullis perderia o emprego e o amigo.

Miggy o havia amaldiçoado? Ela não faria isso, faria? Não por um maldito... Nem sequer disse o nome do sujeito. Era má sorte. Em vez disso, falou em voz alta:

— Miggy não colocou um feitiço em você, colocou, Titus? Vamos... Acelere!

Titus atendeu, puxando com força ao dobrar uma curva apertada no túnel escuro, e enfim eles estavam na primeira porta. Só havia três portas lá embaixo, cada uma levava aos porões das alas V-1, V-2 e C-1. Ele fez sua entrega nas duas primeiras sem incidentes, pois os cuidadores lá sempre pareciam ansiosos para fugir do trabalho e às vezes tentavam puxar conversa com ele, que nunca aceitava. Então eles só carregavam depressa seus ovos e café para dentro, despejando o líquido do imenso galão dele em seus galões menores que levavam lá para baixo, e Bullis seguia para a próxima parada.

Porém, na última ala, quando saltou da carroça e andou até a porta para bater, parou por um momento, sentindo um pouco de medo.

Bullis conhecia Filho do Homem. Ouvira boatos sobre ele, muitos dos quais eram perturbadores. Mas Bullis não era do tipo de fazer denúncias. Era um homem idoso que vivia em um mundo de injustiças. Só entregava ovos. Mesmo assim, quando descarregava na C-1, sempre se apressava. Filho do Homem nunca falava muito, e Bullis tinha esperanças de que aquele dia não fosse diferente.

Mas quando bateu e a porta do porão abriu, e a silhueta do rosto liso e bonito de Filho do Homem revelou-se à luz da lamparina, Bullis viu que não seria um dia qualquer. O jovem estava sorrindo. Ele nunca vira Filho do Homem sorrir antes.

— Dia — disse Filho do Homem.

Bullis resmungou um cumprimento, tirou um calço de madeira do bolso e o colocou sob a porta para mantê-la aberta. Então foi até a carroça para pegar um engradado.

Filho do Homem tirou o apoio e fechou a porta, deixando de fora a luz do porão e o túnel iluminado apenas pelo brilho da lamparina da carroça. Seu rosto estava retorcido de maneira estranha, os dentes brancos e reluzentes à mostra.

— É um truquezinho bom, meu velho, usar sua carroça para ajudar alguém a escapar.

— Do que você está falando? — perguntou Bullis, tentando soar valente.

— Miggy estava na minha ala ontem, falando grosserias e fazendo as malas para um menino.

— Não sei nada de menino nenhum, nem de mala nenhuma.

— Não permitem cavalos neste túnel. Nem pessoas. Você sabe disso, não sabe? Não deveria estar aqui.

— Não venha me dizer como fazer meu trabalho, meu filho. Estou nisso há mais tempo do que você é vivo.

— Eu não sou seu filho, velho.

— Não seja insolente, menino.

O jovem sorriu.

— Você não deveria falar assim com o Filho do Homem.

Bullis estalou a língua, irritado.

— Algum dia, quando eu aprender a escrever, vou eu mesmo colocar umas letras velhas em uns cartões e me chamar de Al Capone e distribuir para o pessoal. Aí vou ter um nome chique igual a você. Agora pode, por favor, sair do meu caminho?

Bullis deu um passo em direção à porta para abri-la, mas Filho do Homem a bloqueou.

— Dá cadeia ajudar alguém a fugir de um hospital do estado — falou. — Vários anos de cadeia.

— Eu não tenho anos — retrucou Bullis. Ele suspirou. — Filho, eu sou só um velho tentando conseguir umas moedas no bolso.

— E o meu bolso?

— O que é que tem?

— Meu bolso só tem fiapos.

— Eu não estou aqui para esvaziar seu bolso.

— Esta ala é minha.

— Por acaso tem seu nome nela?

— Continue dando uma de espertinho, velho, e vou mandar você embora deste túnel uivando e gemendo.

Bullis perdeu a paciência e sentiu o sangue lhe subir ao rosto.

— Você não vai me mandar para lugar nenhum, seu merdinha fracassado! Você não tem respeito, onde já se viu falar assim com alguém mais velho. Agora tire essa bunda magra daí.

Ele se virou, pegou um engradado de ovos e forçou passagem ao lado do jovem, abrindo a porta com um chute e entrando.

Ao fazê-lo, sentiu algo duro atingir seu crânio, e seus joelhos cederam. Ele caiu de lado contra o batente, e o engradado voou para dentro do cômodo. Ovos se espalharam por todo o chão do porão.

— Meus ovos!

Ele tentou se levantar e sentiu algo bater de novo em sua cabeça. Caiu no chão mais uma vez. Virou de costas e viu o que o atingira. Uma bola de meias, que desta vez aterrissou em seu rosto. Ele ergueu os braços para se proteger, mas o homem mais jovem era forte, firmou os braços de Bullis no chão com as pernas e se sentou em seu peito, fazendo chover golpes com a meia e falando com calma como se fosse um pai espancando um filho.

— Velho!

*Pow!*

— Preto!

*Pow!*

— Traiçoeiro!

*Pow!*

— Bastardo... vindo na *minha* casa! — *Pow, pow, pow!*

Bullis soube então que Miggy o havia amaldiçoado, pois conforme a dor lancinante o dominava e percorria todos os seus nervos, ele foi tomado pelo conhecimento humilhante de que o jovem cuidador o batia como se fosse um paciente, usando uma bola de meias, pois não deixava marcas; e entre as ofuscantes pontadas de dor, ele viu por cima do ombro do homem um par de pés subitamente saltar para fora do compartimento fechado da carroça, ainda parada no túnel e visível pela porta aberta. O compartimento, que ficava sob as prateleiras dos ovos, tinha uns sessenta centímetros de altura e cobria toda a extensão da carroça de um metro e meio. Era útil, porém ele raramente o usava. Era grande o bastante para guardar foices, pás e grandes ferramentas de fazenda. Grande o bastante para um homem se espremer dentro. Grande o bastante até para um fantasma.

O fantasma que saiu de dentro dele não tinha a aparência normal de um espectro. Era um homem negro já de idade com o rosto fechado em um calmo silêncio e olhos que carregavam um furacão por trás. Era um rosto que Bullis não via há trinta anos, mas, mesmo assim, depois de todo esse tempo, o rosto, agora envelhecido, mas ainda cravado com determinação, era imediatamente reconhecível.

— Eu deixei você para trás!

O fantasma não respondeu. Em vez disso, moveu-se como uma lufada ágil de vento, entrando no porão com precisa agilidade e agarrando o punho de Filho do Homem conforme ele o erguia para desferir outro golpe.

— Eu queria que você tivesse deixado — disse Nate.

Filho do Homem olhou por cima do ombro e deu de cara com os olhos de Nate. O que viu o fez paralisar, e ficou ali, como uma estátua, o punho direito preso por dedos que pareciam de ferro, a outra mão fora de seu campo de visão. Não conseguia ver o que Nate tinha na mão direita, mas entendeu. Ficou sentado onde estava, em cima de Bullis, com a mão direita segurando a bola de meias no alto, como uma tocha, uma estranha Estátua da Liberdade, a tocha erguida com a ajuda de um irmão negro — *Deem-me seus fadigados, seus pobres... que anseiam pela liberdade* —, e ele sentiu todas aquelas coisas, pois os olhos que o encaravam de volta não estavam cheios de ódio nem raiva, mas sim empatia e dor. Filho do Homem olhou nos olhos dele e viu por trás dos redemoinhos iridescentes de calmaria tanto o passado de Nate quanto o próprio futuro e o futuro da comunidade que ambos haviam abandonado, e até as razões para isso. A visão o desnorteou e ele sentiu por um momento que havia sido cegado por uma luz intensa.

Nate, de sua parte, havia suportado a punitiva viagem de carroça com dentes cerrados. Quisera que os ancestrais de seu passado falassem com ele enquanto avançava, pois estava apavorado. Não de ser descoberto, mas de ser colocado em uma posição em que alguém libertaria o veneno do mal que tinha dentro de si. Passara toda a vida adulta fugindo, desde que tinha 13 anos — pouco mais que Dodô —, pois foi nessa idade que ele também passou pelo próprio acidente, a própria explosão. Não de um fogão, mas de um pai que arrastara sua família das perigosas Terras Baixas da Carolina do Sul à terra prometida da Pensilvânia apenas para descobrir que, apesar de viver em Hemlock Row entre os pacíficos Lowgod, justiça e liberdade valiam tão pouco nesta nova terra quanto na antiga. O homem branco o desprezava tanto na Pensilvânia quanto nas Terras Baixas. A diferença era que o homem branco do Sul punha seu ódio para fora de maneira clara, direta e concisa, enquanto o homem branco de sua nova terra escondia seu ódio atrás de histórias de sabedoria e valentia, com falsos sorrisos de sinceridade e histórias sobre Jesus Cristo e outras baboseiras que espalhava como confete no desfile de Pottstown. Viver sem dinheiro, sobreviver sem esperança, dependendo de Deus para fazer a justiça.

Filho do Homem, de fato. Filho do Homem era melhor que o pai de Nate, que fora destruído pela mudança para o Norte, que ergueu um cano de ferro contra sua mãe, e que, por sua vez, foi enviado para o além-mundo pelo próprio filho quando ordenou que o menino buscasse um serrote e caminhasse com ele para o bosque a fim de cortar uma árvore. A criança assumiu as rédeas da própria vida e resolveu a situação. E foi tudo em vão, pois a vida inconsequente de uma criança que havia perdido pai e mãe tornou-se o último legado dos Love, que já havia sido uma das melhores famílias das Terras Baixas, pois Nate era o último Love em Hemlock Row que viera viver entre os Lowgod, que de alguma forma o esqueceram e mergulharam em uma vida de mendicância e roubo. E quando os seus anos de viver como adulto infligindo sofrimento em qualquer humano por um preço tiveram um fim com uma ida à penitenciária que lhe fora imposta por matar um imprestável estuprador e bandido, que teria do contrário sido assassinado por algum homem de bons valores, foi como se aquela execução houvesse se tornado a única redenção de Nate, se de fato existisse tal coisa, e ele aprendeu a ter esperanças de que talvez Deus o perdoasse e lhe desse um propósito. Quando saiu da prisão e conheceu Addie, que mergulhou a mão na piscina de injúrias e dor que era o coração dele e drenou dali todo mal e preencheu de volta com amor e propósito, ele teve certeza. Ela o expurgou. E ele perderia tudo agora. Não queria perder, mas sabia que já havia perdido.

— Não é culpa sua — disse a Filho do Homem.

E com isso, cravou a faca de cozinha que trazia às costas bem fundo no coração de Filho do Homem.

E quando o jovem caiu de cima dele, Bullis escutou à distância o apito do trem trazendo carvão e outros bens. E o fantasma à sua frente, ainda empunhando a faca ensanguentada, falou com calma:

— Tem um menino lá em cima que eu vim buscar. E você vai me levar até ele. Não podemos nos demorar.

— Eu não posso subir lá.

— Você serve café, não serve?

— Eu deixo aqui. No porão.

— Não hoje. Hoje, vai levar lá para cima. E se alguém perguntar, eu sou seu ajudante.

# 29
# À ESPERA DO FUTURO

O desfile começou atrasado por dois motivos. Primeiro, porque o caminhão de bombeiros da Brigada de Incêndio Empire quebrou inexplicavelmente em frente à Casa Antes, bloqueando a rota do desfile. Segundo, porque as fantasias estavam um caos, o que deixou Hal Leopold, o diretor do evento, quase maluco. Leopold era exigente com detalhes. Era mestre de chás da associação de mulheres e estava à frente de tudo relacionado a celebrações em Pottstown. Ele também fazia o melhor bolo de café da cidade e tinha a própria equipe de buffet. A situação deplorável das fantasias da época da Revolução o deixou irado. Não parava de circular para inspecionar os participantes e ficou revoltado ao descobrir que quatro de seus dez comandantes do desfile, inclusive Gus Plitzka e Doutor Roberts, vestiam casacas vermelhas da Grã-Bretanha com acabamento em vermelho e detalhes em branco e botões brancos em seus uniformes em vez de acabamento em couro com detalhes em branco e botões azuis.

— Vocês dois estão uma bagunça — reprimiu-os, batucando o indicador no uniforme de Plitzka. — Gus, você está usando uma casaca britânica com acabamento vermelho e detalhes em branco e botões brancos. Isso significa que está com um uniforme britânico com as cores de acabamento da Pensilvânia. E Doutor, por que você está de Grã-Bretanha? Somos o Exército Continental, gente. Usamos casacas *azuis*. Não vermelhas. O Exército Continental usa chapéus azuis de três pontas também, não boinas vermelhas britânicas. De que lado vocês estão?

— Eu vesti o que me deram — respondeu Doutor.

Ele estava exausto. Ele e Plitzka haviam corrido ao seu consultório para que ele pudesse dar uma injeção no dedão do homem e aliviar a dor, depois voltaram apressados e descobriram que seus uniformes já haviam sido distribuídos. Além disso, as roupas, normalmente passadas, lavadas e reparadas, estavam um desastre. As tiras e cintos de couro, que costumavam ser impecáveis, estavam gastos e rasgados. Traças haviam comido as barras dos uniformes. Os mosquetes, sempre reluzentes e com a madeira envernizada, estavam enferrujados e mofados.

— Quem cuida dessas coisas? — Plitzka perguntou a Leopold.

O homem franziu a testa.

— O alfaiate judeu. Qual o nome dele, Drucker? Ele que faz as fantasias.

— Ele faz as tiras, cinturões e rifles também? — perguntou Doutor. — Olhe só para isso — disse, mostrando o couro descascado e o mosquete velho. — Está horrível.

Leopold balançou a cabeça.

— Não, isso aí são... os malucos. Os irmãos Skrup, eles que fazem as peças de couro, as faixas, os botões, os sapatos, os rifles, tudo isso. Não fizeram esse ano.

Não passou pela cabeça de nenhum dos três que cada detalhe das fantasias e afins era costurado, mantido e restaurado de graça pelos judeus da cidade. Nem ocorreu a ninguém que o pequeno contingente de judeus alemães puxa-sacos que falava inglês e normalmente participava da fanfarra de cornetas da Sociedade Histórica John Antes não estava presente aquele dia, nem Avram Gaisinsky, o judeu russo que era na verdade um excelente tocador de corneta e sempre levava os quatro filhos, Todrish, Zusman, Zeke e Elia, que tocavam tão bem quanto. Era uma família incrivelmente musical.

— Pelo menos os instrumentos estão em bom estado — comentou Doutor.

— Moshe guarda os instrumentos — explicou Leopold. — Ele é bom nisso.

— Quem é esse? — perguntou Plitzka.

— Você o conhece — respondeu Leopold. — É o cara do teatro. A esposa morreu uns dois meses atrás, sabe? Foi atacada por aquele menino maluco de cor que mandaram para Pennhurst.

Houve uma pausa desconfortável enquanto Doutor desviava os olhos.

— Vocês estão uma merda assim — reclamou Leopold. — Precisam dar um jeito nisso. Somos comandantes do desfile. Livrem-se das casacas vermelhas. E Doutor... — ele balançou a cabeça — você não pode usar uma faixa de general supremo do Exército Continental *com* uma boina e um uniforme de soldado britânico. Livre-se da casaca. Arranje um chapéu novo. Troque com uma das crianças. Vocês precisam estar de azul, homens. São comandantes do desfile. *Nada de vermelho.*

— Consegue me arrumar uma criança para trocar? — perguntou Doutor.

— Doutor, se quiser ser famoso ou importante, morra na hora certa. Do contrário, carregue o próprio fardo. Encontre você mesmo a criança. Eu tenho um milhão de coisas para resolver. Temos que fazer aquele caminhão de bombeiros dar a partida. — E, com isso, ele foi embora.

Gus ficou olhando enquanto Doutor se inclinava contra um poste de telefone para aliviar o peso sobre o pé ruim. A carona de carro até o consultório dele e a bronca que levaram de Leopold os uniu de alguma forma, assim como o dedão de Gus, que, graças ao Doutor, não latejava mais, apenas doía. Gus teve pena dele.

— Sente-se, Doutor — disse. — Me dê sua casaca. Vou dar um jeito de conseguir duas azuis para nós.

Doutor tirou a casaca vermelha e se sentou no banco atrás da Casa Antes, aliviado.

— Arranje um chapéu também, se não for incômodo.

Plitzka saiu mancando em direção ao caminhão de bombeiros, onde vários homens estavam reunidos ao redor do capô, trabalhando freneticamente. Percebeu que havia um punhado de crianças em idade escolar vestindo uniformes azuis do Exército Continental, mas suas casacas eram pelo menos dois tamanhos menores do que ele e Doutor precisavam.

Viu outro aglomerado de adolescentes mais velhos a dez metros e estava prestes a andar até eles quando um homem de terno cinza surgiu do nada e colocou o braço ao redor dos seus ombros.

— Ei, Gus, você está no time errado. Por que está de vermelho?

O homem era grande, e o peso de seu braço era assustador, com o bíceps tenso e duro contra o pescoço de Plitzka. Ele falava com sotaque estrangeiro. Gus supôs que fosse russo. Provavelmente judeu. Malditos judeus. Gângsters. Sentiu raiva e medo fervilhando nas entranhas.

— Sai de cima de mim.

O braço do homem parecia uma tora. Ergueu-se lentamente.

— O Senhor Rosen mandou dizer que está se sentindo sozinho — falou o indivíduo.

— Mande-o arranjar um cachorro.

— Ele já tem um. Eu. Quer ver meus dentes?

Gus correu os olhos ao redor, nervoso. Ninguém parecia notá-los. O grupo de homens perto do caminhão de bombeiros mais abaixo subitamente se afastou quando o motor rugiu para dar a partida e cuspiu uma nuvem de fumaça preta do escapamento. A isso se seguiram gritos de viva e uma apressada agitação para juntar instrumentos, fantasias, chapéus e faixas.

— Vou ter o dinheiro dele semana que vem — disse Gus.

— Você falou isso semana passada. E na anterior também.

— O que você quer que eu faça? Estou zerado.

— Eu também, que coincidência.

— Não dá para tirar leite de pedra.

O homem assentiu e deu tapinhas animados no ombro de Plitzka. A mão dele era tão grande, parecia uma bigorna golpeando-o.

— Falando em água — disse o homem —, estou com sede. — O olhar dele dançou Chicken Hill acima. — De onde vem a água potável daqui, afinal?

Gus sentiu a ira lhe subir pelo peito.

— Você não ousaria.

O homem deu de ombros.

— Você está sem tempo, Gus.

— Vá para o inferno.

— Você não vai ganhar muitas estrelinhas douradas falando assim.

— Já disse que não tenho a grana!

A expressão do homem, calma e pensativa, nunca mudou. Ele assentiu devagar, com tristeza. Não era um cara de aparência má. Tinha um olhar, na verdade, bem sofrido.

— Vamos conversar mais tarde, Gus. Talvez na sua casa. Esta noite. Depois do desfile.

— Vou chamar a polícia.

— Como você sabe se eu não sou a polícia? — perguntou o homem e, com isso, ajeitou a aba do chapéu e passou ao lado do caminhão da Brigada de Incêndio Empire, dobrou a esquina na rua High e desapareceu na multidão.

Plitzka sentiu bile lhe subir à garganta. Escutou Hal Leopold chamá-lo:

— Gus! Em posição!

Caminhou para a frente do desfile, esfregando a testa, agitado. *Preciso dar um jeito de sair dessa*, pensou. Estava quase à frente do grupo do desfile quando se lembrou de que Doutor o esperava atrás da Casa Antes.

Ao passar do lado da casa, viu vários adolescentes em fila, com uniformes do Exército Continental. Fez uma última tentativa de conseguir uma casaca azul com um dos mais altos, oferecendo-lhe cinquenta centavos e sua casaca vermelha em troca, e finalmente conseguiu.

Andou até os fundos da Casa Antes onde Doutor estava de pé, impaciente, ainda segurando a fantasia vermelha.

— Não conseguiu achar uma casaca azul para mim? — perguntou ele.

Gus estava distraído. Quem se importava com uniformes? E se o cara realmente fosse até sua casa? Sua esposa! Seus filhos!

— Aqui, tome — respondeu, tirando a casaca azul que havia trocado com o menino e estendendo em sua direção. — Fique com a minha. Você pode ser americano. Eu não ligo de ser britânico.

Doutor a aceitou. Então, em uma decisão que mudaria para sempre sua vida americana de cidade pequena já frágil e cheia de reviravoltas, ele mudou de ideia e a devolveu para Plitzka.

— Para o inferno com isso — disse. — Eu serei britânico. Sua casaca é pequena demais para mim, de qualquer forma.

— Tem certeza, Doutor? Não quer vestir a azul?

— Casaca azul ou vermelha, quem se importa? É só um maldito desfile. Que diferença faz?

Acontece que fez uma grande diferença. Fez toda a diferença do mundo.

O capanga que trabalhava para Big Rosen não esperou Gus demorar o olhar sobre si. Ele virou à direita na rua Washington e deu meia-volta para Chicken Hill conforme a dianteira do longo desfile cruzava a rua High atrás dele. Estava distraído. Eram quase 17 horas e ainda não estava escuro. Agora precisava esperar horas até o desfile acabar, depois encontrar um lugar seguro para enfiar um soco-inglês na cara de Gus Plitzka. Dava para ser feito. Mas ele precisava descansar. Estava exausto. Tomara o trem de Reading, e havia um jogo de pinocle valendo bons dólares lá hoje, do qual não poderia participar.

Caminhou pela rua mergulhado em pensamentos. Seu nome era Henry Lit. Tinha 34 anos, um russo judeu de Kiev, ex-boxeador, e apostador fracassado. Como muitos naquele mundo, Lit normalmente era um cara gentil que não gostava de violência, principalmente porque sabia o estrago que a coisa fazia e o custo, financeiro ou não, envolvido em consertar o que quer que fosse quebrado. Não entendia por que qualquer um seria estúpido o bastante para pegar dinheiro emprestado de Nig Rosen. Mas aquelas eram suas ordens, e quando Nig dava uma ordem, era lei.

Na esquina da Washington com a Beech, Henry tirou o casaco e pendurou no ombro. Estava, de fato, com muita sede. Notou um negro forte seguido por um homem branco imenso, de peitoral largo, carregando uma pilha de canos e ferramentas. O homem parecia um judeu sefardita, com cabelo escuro e olhar pensativo, então Lit gritou em iídiche ao passar por ele:

— Tem alguma torneira por aqui?

Propinão parou, confuso, e respondeu em italiano:

— Não entendo essa língua.

Lit rapidamente se recompôs e repetiu a pergunta em inglês. Propinão voltou a andar.

— Lá. — Apontou com a cabeça para o que parecia ser um terreno baldio cheio de mato rua abaixo. — No meio tem uma torneira pública.

— Obrigado. O desfile volta por aqui?

— Tem um show de fogos e churrasco de porco depois — disse Propinão por cima do ombro. — E cerveja grátis. Fique para a festa.

Lit assentiu e foi em frente enquanto Propinão se apressava para alcançar Gordo, que havia tomado a direção da colina e estava chegando na fazenda Clover Dairy.

— O que ele queria? — perguntou Gordo.

— Achou que eu fosse judeu.

Gordo estava irritado.

— Vou cobrar o Senhor Moshe por ter deixado Nate usar minha carroça e minha mula. Essa merda é pesada.

— Como você sabe? Sou eu quem está carregando tudo.

— E eu estou cuidando de você. Falou com o Ferrugem?

— Ele vai passar no bar às sete. Quer carregar alguma coisa? — perguntou Propinão.

Gordo ignorou a pergunta.

— Pode ser que a gente tenha de voltar e ajudá-lo a descer com o cimento até aqui... sem minha carroça, que está com Nate.

Os dois haviam ido dar uma última olhada à luz do dia na torneira pública e no tampo que cobria o poço, além de esconder algumas ferramentas e materiais para fazer o serviço. Escolheram como esconderijo um canto aos fundos do terreno baldio, pois ninguém chegava perto das beiradas, que estavam cobertas de entulho. Os dois passaram pela fazenda de laticínios, notando que estava, como Gordo previra, fechada aquele dia, depois seguiram colina acima para o terreno atrás dela, que estava cheio de ervas daninhas, engradados descartados e lixo. Passaram por ele como se estivessem indo ao quarteirão seguinte, então no último minuto cortaram pelo mato alto e esconderam a pá, as chaves de boca, furadeira, cortador de tubos, canos curtos e duas válvulas sob um caixote velho. Depois saíram de volta para a rua, desceram o longo quarteirão, e deram meia-volta para o caminho gasto que levava ao meio do terreno onde ficavam o poço e a torneira pública, juntando-se às cinco pessoas que estavam aguardando pacientemente na fila com baldes e barris para buscar água.

— Eu não contava com isso — disse Gordo, olhando para a fila e para o Sol. — Está quente.

Os dois esperaram sua vez, e quando chegaram à água, Gordo se inclinou com as mãos unidas e Propinão abriu a torneira. Enquanto ele estava inclinado, seus olhos examinaram o topo do poço, e ele viu o que precisava ver.

Um tampo de concreto. E, nas beiradas, um velho buraco para encaixar um pé de cabra. Perfeito.

Os dois trocaram de lugar, com Gordo bombeando a água. Ele deu um longo olhar ao redor, desta vez para a base da torneira e o tampo que cobria o poço, conversando e fazendo brincadeiras com o pessoal na fila enquanto o fazia, pois Gordo conhecia todo mundo da colina. Dali, eles andaram até a esquina e continuaram subindo Chicken Hill em direção ao bar do Gordo.

— Tem vários olhos — comentou Propinão.

— Não se preocupe. Ninguém busca água à noite — garantiu Gordo. — Às nove da noite, o lugar vai estar deserto. Não vai ter nenhum negro dando sopa por lá.

Ele tinha razão. Às 21 horas, não havia negros por perto. Mas havia muitos brancos. A fanfarra de cornetas da Sociedade Histórica John Antes, depois do atraso de duas horas para começar o desfile, atrasou mais uma ao chegar no fim da cidade, pois o caminhão da Brigada de Incêndio Empire engasgou algumas vezes e, após um estouro no motor, parou de novo. Desta vez havia espaço para os participantes o contornarem, mas o estouro havia assustado o cavalo de uma família menonita das proximidades que havia ido de charrete ver o desfile. A pobre criatura estava amarrada ao parquímetro, e o barulho o fez disparar, estourando a corda e permitindo que galopasse para longe, com a charrete da família a reboque. O desfile foi interrompido por gritos de "Cavalo solto!" enquanto o fazendeiro e vários outros homens cercavam o bicho apavorado, que disparava de uma rua lotada à outra. Levou quarenta minutos. Quando o desfile finalmente voltou a andar e retornou à Casa Antes, eram 20 horas. A maioria das animadas voluntárias que estivera desde o amanhecer preparando o churrasco de porco havia ido embora para ver os fogos de casa. Levou outra hora inteira para enfiar cornetas, fantasias e tambores de volta na Casa Antes, sob o olhar sempre atento de Leopold, que estava exausto e ativou seu modo "alemão total" com todo mundo, gritando que tudo precisava estar perfeitamente alinhado no corredor da casa para ser coletado de manhã, irritando as poucas almas bem-intencionadas que haviam tentado demonstrar sua boa-fé ficando até mais tarde, então elas partiram também. Era a cerveja o que os participantes mais queriam, e, depois do desfile, era dela que precisavam.

Plitzka foi embora no momento em que chegaram.

— Preciso ir para casa — disse a Doutor. — A patroa me quer lá quando os fogos começarem.

Na verdade, a esposa era a última coisa que ele tinha em mente. Estava em um estado de pânico, convencido de que o capanga de Rosen estava a caminho de sua casa. Por um momento, considerou ligar para a polícia ao partir, então mudou de ideia. Decidiu ligar para o seu primo Ferdie em vez disso. Se fosse para acabar em um caixão, pelo menos Ferdie deveria saber que era culpa sua.

Gus deixou a casaca dentro da Casa Antes dobrada com esmero do jeito exato que Leopold exigiu e foi embora apressado.

Doutor, por outro lado, decidiu ficar. Queria uma cerveja. Merecia uma. Havia dado duro para cair nas graças daquele esquisito do Plitzka, e o desfile o deixara com um humor melhor. Não havia necessidade de correr para casa. Sua esposa só gritaria com ele sobre algum problema financeiro ou coisa do tipo. Além disso, sua sogra estava na cidade para ver os fogos. Não tinha pressa nenhuma para vê-la. Ainda vestido com a casaca vermelha do exército britânico, pegou um copo de uma mesa de piquenique, encheu-o e sentou-se no banco atrás da Casa Antes com vários outros voluntários remanescentes, a maioria bombeiros, que já seguravam cervejas.

— Um brinde aos caminhões de bombeiros e cavalos descontrolados da América! — disse, erguendo o copo enquanto vários voluntários riam. — Que Deus abençoe esta maldita cidade.

Ele virou o copo de uma vez. Estava tão feliz. Amava Pottstown.

Gordo, de pé no terreno baldio a dois quarteirões dali, escutou o som de homens rindo atrás da Casa Antes e não gostou. Não havia mais tempo a perder. Ele aceitara o dinheiro que a irmã lhe entregara — seja lá de quem fosse. Quando se pega o dinheiro de alguém, é preciso fazer o serviço. Era hora de se mexer. Ele conseguia ver as luzes brilhando das lamparinas na Casa Antes e escutar as risadas, mas o terreno estava um breu, assim como a fazenda do outro lado da rua, e o segurança — Reverendo Spriggs — não estava à vista, como ele já imaginara. Deveria estar no churrasco de porco rindo com os brancos e enchendo a cara de cerveja grátis.

Gordo e Propinão andaram até a torneira pública, que tinha um metro e vinte de altura e era ligada a um cano que saia do chão. Propinão estava com o pé de cabra. No escuro, Gordo se abaixou e tateou cegamente ao redor do tampo até achar o vão. Encontrou-o e guiou a ponta do pé de cabra até ele.

— Vá lá, Propi — disse. — Arranque isso aí. Com cuidado. Esse tampo é velho.

Propinão o fez, devagar. O tampo de concreto ergueu dois centímetros, depois quatro, e então, ao sair do buraco, partiu em dois e caiu quicando no fundo do poço, com o som da água espirrando.

— Cruzes, Propi!

— O que você queria que eu fizesse, mágica? Fui devagar como você mandou.

Eles ficaram na boca do poço, olhando para a escuridão lá embaixo.

Gordo acendeu um lampião, deitou-se no chão e iluminou o buraco. O poço era circular, com laterais de pedra que estavam cobertas de musgo e vertiam água. Estimou que devia ter talvez uns quatro metros e meio até o fundo. Uma escada rústica estava instalada na lateral. Lá embaixo, era possível distinguir uma bomba, assim como os pedaços de concreto.

— Sorte que esse concreto não caiu no lençol freático — disse.

— O que a gente faz? — perguntou Propinão.

— Outro tampo.

— Agora?

— Uma coisa de cada vez. Vamos fazer o serviço. Depois nos preocupamos em cobrir. Talvez Ferrugem apareça.

Ambos desceram, Gordo segurando o lampião. Dois canos saiam de uma conexão sob a bomba. Gordo conseguia ver onde o cano original que alimentava a torneira descia até ela, subia de volta e havia sido desviado tanto para o cano da fazenda quanto para o do shul. Ele também via onde os canos da torneira e da fazenda haviam sido cortados, vedados e desviados para um novo cano de seis polegadas que vinha do reservatório da cidade, o que deixava só o cano do shul ligado à antiga bomba do poço.

— Alguém da fazenda andou de brincadeira por aqui — disse Gordo. — Olhe só essa conexão. Não era para estar aqui. Era para eles estarem pegando água do velho poço dos Plitzka, não da prefeitura. Eles estão pegando água de graça, Propi. Muita água.

Ele se ajoelhou no fundo do poço e correu a mão ao redor da bomba para sentir o aquífero abaixo.

— Nada, Propi. O aquífero secou. O poço está mais seco do que um osso.

— Talvez o nível suba quando chove.

— Não peça para o diabo aparecer. Vamos agilizar isso.

Eles rapidamente começaram a trabalhar, carregando as chaves de boca, furadeira, serras manuais e canos para dentro do buraco. Logo depois de começarem, as explosões e as súbitas luzes dos fogos no céu iluminaram um pouco mais as coisas, por alguns segundos de cada vez. Como eles estavam no meio do terreno, cercados de mato alto, estavam fora do campo de visão de quem passasse por ali. O trovejar ensurdecedor dos fogos injetou adrenalina em suas artérias e eles trabalharam mais depressa.

Primeiro, tiveram de tirar água do cano do reservatório. Era impossível fechá-lo. Tiveram de perfurá-lo. Gordo pegou um cano curto com uma válvula fechada na ponta e passou a Propinão uma furadeira manual com broca de bronze.

— Quando você começar a furar esse cano, a água vai vir com tudo — disse. — Não sei exatamente quanta pressão tem aí, mas é um cano de seis polegadas. É muito cano, Propi, e muita pressão, então é muita água. Você continue furando e não pare. Fure até a broca entrar inteira. Quando entrar, não puxe. Volte no *reverso. Gire* até sair, entendeu? Do contrário vai arrancar a rosca. Aí eu parafuso esse cano com a válvula e paro a água.

— Está bem.

— Você precisa ser rápido. Vai vir bastante água agora.

— Está bem.

Propinão pegou a furadeira manual e deu duas batidas no cano, para testá-lo, como um jogador de beisebol se preparando para dar uma tacada, respirando fundo, inclinando-se para girar a manivela. Mas Gordo o interrompeu.

— Não pare de girar, Propi, depois que começar, não pare. Ou vamos morrer afogados aqui.

Propinão assentiu. Furou por quinze segundos, vinte, então os dois escutaram um *tum* estranho, seguido por um leve tilintar, e uma poderosa rajada de água, que derrubou Gordo.

A água jorrava com o poder de uma mangueira de bombeiro, batendo na parede de pedras e voando para todos os lados, mas só Gordo caiu. Propinão, de algum jeito, conseguiu se manter de pé, com os sapatos plantados na terra sólida, um de cada lado da bomba, que agora estava mergulhada em sessenta centímetros de água, e subindo, pois o cano jorrava com força e o nível já estava chegando à cintura deles.

— Depressa, Propi!

Propinão, com as pernas ainda afastadas por cima do buraco no chão onde estava a bomba, inclinou-se contra a furadeira, cerrou os dentes e girou a manivela enquanto o jato atingia seu rosto. Ele furava com a cabeça para baixo, os braços imensos fazendo força, a água golpeando o topo de seu crânio, fazendo sua cabeça arder e entrando no nariz e na boca.

— Vai, Propi!

Propinão se inclinou mais. O cabelo do homem imenso estava lambido para trás conforme a água jorrava. Gordo estava atrás dele, de certa forma protegido, com a cabeça contra suas omoplatas, a força da água era tão poderosa que ele precisou apoiar a outra mão na parede para evitar cair. Tinha de proteger o cano com a válvula de encaixe e a chave de boca. A água estava batendo em suas axilas quando ele sentiu as costas de Propinão relaxarem e escutou-o gritar acima do sibilo da água:

— Pronto!

— Então saia da frente!

Gordo esticou os braços para parafusar o encaixe, mas a pressão da água era tanta que os dois precisaram enfiar a peça no cano e parafusar. Mas assim que o fizeram, a válvula fechada ficou firme, e a água parou instantaneamente. O poço mais uma vez estava calmo e silencioso.

Gordo percebeu estar com água até o pescoço e segurando os ombros de Propinão. Mas estavam ambos vivos, e gratos por isso.

— Você é um homem de verdade, Propi. Um baita homem.

— Gordo, nunca mais me peça para fazer isso. Nem por míseros trinta dólares. Nem por cem.

— Está bem, está bem, vamos terminar aqui.

Eles terminaram o serviço batalhando com a água alta, mas o resto foi fácil. Em meia hora, tiraram o cano do shul da bomba do poço e, usando uma extensão de 3/4, fixaram-no ao cano do reservatório que alimentava tanto a torneira pública quanto a fazenda de laticínios — e, simples assim, estava feito. O shul tinha água limpa. Do reservatório. De graça.

Eles subiram a escada e se sentaram na beirada da boca do poço, encharcados e exaustos. Só então Propinão mencionou o óbvio.

— Precisamos tapar esse negócio. Cadê o Ferrugem?

Gordo estava pensando a mesma coisa, mas tinha medo de perguntar.

— Ele não deve ter achado o cimento. Mas eu falei onde estava.

— Lembro de ele dizer ontem que estava pensando em passar no riacho perto do reservatório para pegar areia — comentou Propinão.

— Para quê?

— Ele disse que seria bom usar areia do riacho para tingir o concreto e ficar igual caso a gente quebrasse o tampo.

— Bom, nós quebramos, maldição. Agora onde está ele?

Gordo pensou por um momento. Esticou o braço para dentro do poço onde estava pendurado o lampião e o apagou. O poço ficou escuro.

— Está bem. Temos que correr. Eu vou passar no bar para pegar cimento e algumas tábuas. Você desce até o teatro e busca a betoneira para misturar tudo. Provavelmente está na carroça onde Nate a deixou. Não passe pela Casa Antes. Vá pela rua Hale ou pela Washington. Melhor ainda, corte pelo velho moinho John Reichner. É o caminho mais rápido. Se encontrar Ferrugem, mande ele arrastar logo aquele traseiro até aqui, com ou sem areia do riacho. Vamos misturar o que a gente tem mesmo. Não vamos ir parar na cadeia por causa da burrice dele.

Eles foram embora por caminhos diferentes enquanto os últimos fogos da Casa Antes chiavam no céu e estouravam seu último clarão.

Assim que os últimos fogos cortaram o céu, Doutor, completamente bêbado, uivou sua alegria.

— É tudo um sonho! Esta grande América. Esta grande terra de oportunidades. Deem-nos seus pobres. Seus fadigados. Seus fracos. E nós lhes daremos empregos. E lares. E negócios! Faremos deles homens. E mulheres. E eles *irão* — ele arrotou alto — *nos substituir!*

Os homens da Brigada de Incêndio Empire, que junto com alguns perdidos eram os últimos na festa, riram. Eles não estavam acostumados a ver Doutor Roberts bêbado. Era coisa boa.

Ele estava sentado em uma mesa de piquenique e, ouvindo as risadas, correu os olhos pelos bombeiros, que estavam piscando uns para os outros. Ele conhecia muitos deles, muitos dos quais havia tratado. Gostava de alguns, desprezava poucos. Eram irlandeses, a maioria, incultos — bons para algumas coisas, pensou, mas bons principalmente para nada. As pessoas novas na cidade. Imigrantes. Estragando tudo. Não iam à ópera nem a eventos equestres. Não conheciam a história. Iam ao cinema e lutas de boxe e bebiam o dia todo. Proletários. Não entendiam de livros ou medicina ou poesia ou mulheres. Manchas de vinho na toalha de mesa branca da América, é isso o que eram, sujeitos estrangeiros entre o brilho intenso de lugares como Londres e Paris e que ele deveria ter, teria, conhecido se quisesse. A Europa. Terra de artistas, música e mulheres. Belas mulheres.

Então a imagem de Chona lhe veio à mente, a bela adolescente, a memória dela de pé ao lado do armário, com o pulso branco enfiado ali dentro, os olhos adoráveis que quase o deixaram louco. Chona, cujo excepcional cabelo escuro e maravilhoso coxear que fazia seu cânter equino e sapatos sórdidos parecerem esquisitos e pesados em comparação. Chona, que se casou com um antiquado dono de teatro, uma beleza florescendo envolta na penumbra de uma imunda mercearia. Quem ela pensava que era para rejeitá-lo todos aqueles anos atrás? E de novo depois, um bom tempo depois, quando ela não era nada além de uma atendente em um comércio que vendia para pretos? Uma judia!

— Ela não sabia *quem* eu era? — rugiu ele.

Houve um curto silêncio enquanto as gargalhadas dos irlandeses cessavam e eles se entreolhavam.

— Vá para casa, Doutor — disse um deles.

— Calma, Doutor...

O médico despertou de seu devaneio por tempo suficiente para perceber que era hora de partir.

— Este país — declarou — está indo ladeira abaixo. — Virou o copo de cerveja. — Boa noite, América.

E com isso, perambulou colina acima em vez de descer a rua High.

A casa dele ficava a apenas nove quarteirões, mas ele decidiu que cortaria pela colina. Havia um terreno baldio lá em cima onde ficava a torneira pública, de frente para a fazenda Clover Dairy, onde aquele bandido polonês do Plitzka ganhava seus trocados, e se cortasse por ali ele eliminaria quatro quarteirões de seu trajeto. Conhecia Chicken Hill como a palma da mão.

— Não está indo para o lado errado, Doutor? — Escutou um dos bombeiros chamar.

Ele continuou andando, cambaleando um pouco, dispensando a pergunta com desgosto e um aceno de mão, sem sequer olhar para trás.

— Meu filho, eu conheço esta cidade desde antes de você ser um feijãozinho na barriga da sua mãe.

Ele marchou adiante com a risada deles ressoando nos ouvidos. Conforme o fazia, sentiu algo pequeno e duro no bolso e enfiou a mão para pegar. A mezuzá. A que de alguma forma havia ido parar em seu punho fechado durante o... o ocorrido... na

Mercearia do Céu e da Terra. Ele a levara à Casa Antes para descartar na colina. Perfeito. Jogaria no terreno quando estivesse fora do campo de visão da casa. Tirou do bolso a mão fechada com a mezuzá e seguiu marchando. Colina acima ele foi. Para cima, para cima, para cima, para Chicken Hill.

O capanga de Nig Rosen, Henry Lit, acordou com o último estouro dos fogos. Ele havia adormecido atrás de uma minúscula igreja batista a alguns quarteirões da Casa Antes. De início, achou que havia perdido a hora. Mas quando começou a descer a colina, parando na esquina para ver a praça atrás da Casa Antes de cima, o que viu o fez suspirar de alívio. À luz fraca das lamparinas sobre a mesa, lá estava Plitzka, caindo de bêbado, ainda de jaqueta vermelha, erguendo um copo de cerveja e gritando qualquer coisa. Perfeito.

Ele ficou olhando espantado conforme Plitzka subia a colina em sua direção. Quando a casaca vermelha estava se aproximando, Lit ficou de costas e se apoiou contra a parede de um antigo depósito, escondendo-se assim que Plitzka passou marchando, subiu a estrada de cascalho e cambaleou para dentro do terreno baldio onde ficava a torneira pública na qual Lit saciara a sede mais cedo. Ele tinha certeza de que era seu alvo, pois Plitzka vestia o uniforme vermelho e tinha algum tipo de coxear, que notara mais cedo. Lit esperou até ver a casaca virar no terreno, então tirou os sapatos e carregou-os na mão enquanto andava silencioso atrás do homem, torcendo para não pisar em nenhum caco de vidro.

Não havia necessidade de silêncio ao se aproximar de Plitzka, pois o homem cantarolava baixinho para si mesmo. Lit deu dois ou três passos e decidiu não esperar mais. Trabalhos duros precisavam ser feitos logo. Não fazia sentido ficar remoendo a coisa. *Acabe logo com isso,* disse a si mesmo. *É só parte do trabalho. Na América, todo mundo trabalha.*

Ele andara quatro passos para dentro do terreno e já conseguia ver claramente a casaca vermelha de Plitzka ao luar, a três metros de distância. Era um chamariz, uma luz.

*Deem-me seus fadigados, seus pobres, suas massas amontoadas que anseiam pela liberdade...*

Conforme Lit trotava, segurando os sapatos na mão esquerda, enfiou a mão direita no bolso e seus dedos percorreram um soco-inglês. Fez em um movimento só.

O homem nem sequer o escutou até Lit estar a dois passos de distância. Viu a cabeça bem a tempo de encontrar seu punho — *pow!* — que esmagou de uma vez sua mandíbula.

Lit escutou o estalar e sentiu o osso quebrar, e, como ex-boxeador, sabia que quebrara o maxilar dele. Fizera seu estrago. Conhecia aquela dor. Não havia a necessidade de mais. Viu a casaca vermelha tombar para trás ao girar, mas foi só.

Era hora de ir embora.

Lit deu meia-volta e correu para longe, e por todo o resto de sua vida — que não duraria tanto assim — sempre se perguntou por que escutou um som alto de água espirrando conforme Plitzka caía. Pois havia uma torneira lá. Não um lago. Ele vira a torneira.

Mais tarde, quando Nig Rosen lhe perguntou:

— Como foi que você fez Plitzka pagar tão depressa?

Lit respondeu:

— Eu dei um soco e quebrei a mandíbula dele, e ele caiu em algum tipo de lago.

Rosen retrucou:

— Você tem uma tremenda imaginação, Henry. Eu o vi. Ele passou aqui e não tinha nada na mandíbula. Deixou minhas orelhas quentes de tanto implorar. E não falou nada de lago nenhum.

Dez centímetros.

Se Gordo se desse ao trabalho de descer o lampião mais dez centímetros, teria visto o estranho sapato que espiava para fora da água ao fundo do poço e a mezuzá que brilhava ao lado dele, ainda na corrente, pendurada em uma protuberância das paredes de pedra, o pingente agora livre do punho que o agarrara e o soltara quando o corpo caiu. Ele teria visto as calças e o rabicho da casaca britânica vermelha que flutuavam em cerca de um metro e meio de água que cobria a bomba, agora inútil, e o tampo quebrado do poço ao fundo. A bomba não estava ligada a nada. E, infelizmente, nem o homem. Pois sua esposa não o amava. Seus filhos não sentiram sua falta. A cidade não ergueu uma estátua em sua homenagem. Todos os mitos em que ele acreditava se solidificariam em mitologias maiores nos anos futuros e se tornariam armas de guerra usadas por políticos e pessoas más que matavam dezenas de crianças inocentes a fim de que alguns ricos cuspindo a mesma mitologia que Doutor cuspira pudessem comprar ilhas que continham mais riquezas do que a cidade de Pottstown já tivera ou teria. Iates gigantes que cortariam os mares do mundo e poluiriam suas águas e o céu, propriedades de homens que criariam grandes empresas que produziriam armas de grande poder em fábricas que empregavam os pobres, armas que seriam vendidas por valores tão baixos a ponto de os pobres poderem comprá-las e matarem uns aos outros. Qualquer homem poderia comprar uma e entrar em uma escola e levar a morte para dezenas de crianças e professores e para qualquer um que fosse tolo o suficiente de acreditar naquela mitologia americana de esperança, liberdade, igualdade e justiça. O problema sempre foi, e sempre seria, os pretos e os pobres — e os brancos tolos que sentiam pena deles.

Então era adequado que um preto e um branco tolo o enterrassem.

Gordo não fazia ideia do que tinha no poço quando ele e Propinão voltaram aquela noite para fazer um novo tampo. Era o menor de seus problemas, afinal.

— Como se faz um tampo de poço? — perguntou Propinão.

— É só pôr as tábuas de atravessado em cima do buraco, apoiando nas pedras. E aí jogamos a massa. A grama vai deixar redondo. Já está lá, o círculo. É um molde.

— Igual a um disco de hockey.

— Um o quê?

— Eles jogam nas olimpíadas. Hockey.

— Você já assistiu a um jogo de hockey?

— Não, mas vou assistir um dia.

— Propi, só me ajuda a colocar as tábuas no lugar, vai.

Propinão desceu a escada até sua cabeça estar na altura da boca do poço, e eles posicionaram várias tábuas, usando o pé de cabra na última para firmar bem. Então misturaram concreto na betoneira com a água do poço e despejaram.

O tampo ficou perfeito. Depois eles jogaram um pouco de sujeira e terra em cima para garantir que não parecesse tão novo.

— Vamos colocar um furo para pé de cabra no tampo? — perguntou Propinão.

— Não vejo por que não.

Eles enfiaram um pedaço de madeira na massa recém-assentada para criar um furo na borda. Gordo decidiu esperar alguns minutos para o concreto secar antes de tirar a madeira para deixar o furo bem firme. Era seguro estarem lá àquela hora. Já passara da 1 hora da madrugada.

— A gente não deveria ir embora? — perguntou Propinão.

— Por quê? Podemos esperar secar um pouco. Se alguém passar, somos só dois caras sentados no campo no meio da noite, esperando.

— Pelo que estamos esperando?

— Pelo futuro, Propi, estamos esperando pelo futuro.

# Epílogo

# O CHAMADO

*Hirshel Koffler, 22 anos, e seu irmão Yigel, 24, só estavam havia seis semanas na América quando foram contratados como guarda-freios pela Ferrovia da Pensilvânia para trabalhar no trem de carga conhecido como* Sapo-Tanque, *que transportava carvão de Berwyn, Pensilvânia, até o hospital Pennhurst. Para esses dois ex-austríacos funcionários da ferrovia, refugiados judeus, a América era uma terra cheia de surpresas. Havia o idioma, é claro — incompreensível. Havia a comida, que não era kosher, e às vezes era deliciosa. E enfim, a fumaça espiralante, sufocante, das imensas fábricas conforme as pessoas se deslocavam em massa pelas cidades grandes e pequenas. Mas nada do que testemunharam naquelas primeiras semanas foi tão estranho quanto a cena com a qual se depararam naquele final de semana do Memorial Day em 1936: um negro alto e esguio sentado no canto de um vagão vazio carregando uma criança chorando nos braços enquanto o trem deslizava para fora de Pennhurst em direção a Berwyn. Em uma terra de surpresas e mistérios, esse estava no topo da lista.*

*Eles não falaram com o homem, pois as ordens do líder do sindicato, Uri Guzinski, haviam sido claras. Uri também era judeu, também trabalhador da ferrovia, vindo da Polônia, estava na América havia dezessete meses, e, embora tivesse um jeito meio bruto e seu inglês não fosse excelente — embora o falasse melhor que os dois irmãos juntos — Uri era sempre gentil com eles. Até lhes deu sua marmita naquela manhã, já que era algum estranho feriado americano e a loja que vendia kosher perto da pensão deles em Berwyn estava fechada.* "Memorial Day", *dissera Uri. Dia do Memorial. Memorial de quê?, pensaram eles. Mesmo assim, não perguntaram, pois a ordem de Uri naquela manhã ao subirem no trem das 5h20 para sua primeira ida a Pennhurst fora explícita e em iídiche:* "Coloquem os negros no trem, desembarquem-nos em Berwyn e os entreguem a um carregador."

*Nem Hirshel nem Yigel faziam ideia do que era um carregador, e estavam com medo de perguntar. Também não sabiam o que ele queria dizer com "marmita", pois usou o termo em inglês. Ainda assim, Uri era o chefe. Então quando o* Sapo-Tanque *lentamente entrou no pátio de Berwyn às 6h05 em ponto, conforme o amanhecer descia sobre o glorioso céu da Pensilvânia, os dois olharam ansiosos para o topo da torre, procurando Uri à janela, e o viram apontando para dois negros altos, impecavelmente vestidos com camisas brancas, gravatas, sapatos engraxados e os distintos chapéus de carregadores, que estavam de pé ao fim do pátio de carga.*

*Os dois negros andaram depressa até o vagão, entregaram um envelope a Hirshel e Yigel sem falar nada, lançaram um olhar furtivo ao redor, então conduziram o negro alto e o menininho pelos trilhos até um terminal de passageiros, onde o* Colina Empoeirada *das 6h14 já estava soprando fumaça para fazer a viagem à estação da rua 30 na Filadélfia.*

*Os dois não faziam ideia de quem eram aqueles dois passageiros, e jamais saberiam, mas quando abriram o envelope encontraram quarenta dólares por seu "serviço prestado ao sindicato" e um bilhete com as palavras "Venham me visitar para falarmos de seus sapatos gratuitos." Estava assinado "M. Skrup" e tinha um endereço de Pottstown.*

*Conforme eles observaram o trem se afastar, Yigel, segurando a marmita, disse ao irmão em iídiche:*

*— Lembra-se daquele minian?*

*— Qual deles?*

*— Aquele em Pottstown. Do shul. Onde estavam brigando por causa da rã no micvê?*

*Hirshel riu e assentiu.*

*— Acha que esse presente veio de lá? — perguntou Yigel.*

*Hirshel deu de ombros.*

*— Por que teria vindo?*

*— Eles falaram de negros lá.*

*Hirshel chacoalhou a mão em dispensa.*

*— Não seja tolo. Tem milhares de negros neste país, Yigel. Por que esse dinheiro viria de lá?*

*Mas aquela também era uma das muitas maravilhas da América. Pois o presente de fato viera indiretamente do minian daquele shul. A promessa de sapatos gratuitos vinha, é claro, de Marv Skrupskelis, cujo irmão gêmeo, Irv, estivera naquela reunião. O dinheiro vinha do primo de Moshe, Isaac, que o entregara nas mãos de Bernice, que entregara nas mãos de Gordo, que entregara nas mãos da esposa de Nate, Addie, que passou adiante para o marido, que deixou um pouco nas mãos de Gazeta, que levou aquele punhado para seus amigos da ferrovia, que fizeram os arranjos com Uri para encontrar os dois e despachá-los, de uma equipe de carregadores a outra, primeiro de Berwyn à Filadélfia, depois para o* General Lee, *um trem expresso que ia para o sul, dentro de um vagão-alojamento de primeira classe exclusivo para funcionários de volta a Charleston, Carolina do Sul. As Terras Baixas. O lar de Nate.*

*Nate nunca mais veria Addie. Tinha certeza disso. E conforme o trem deixava a Filadélfia pelo sul, ele tomou sua decisão. Não merecia o que ela tinha a oferecer. Mas a força de vontade e o amor passam por diferentes momentos, e um dia ela voltaria para ele. Nate não acreditava nisso então. Até onde sabia, era o último Love. Não existiria mais nenhum.*

*E quanto a Dodô, a memória dos braços de Tio Nate envolvendo-o, levantando-o para fora da cama naquela ala e carregando-o pelo porão, a sacolejante viagem de carroça ao céu aberto da liberdade, a sensação de ser erguido pelos braços dos dois guarda-freios judeus que o trataram com a gentileza dedicada a um bebê enquanto Tio Nate embarcava no vagão do cargueiro, isso tudo seria esquecido. Assim como a longa viagem de trem até Charleston — em um vagão-alojamento de primeira classe com carregadores da ferrovia mimando-o o tempo todo, dando-lhe arroz, presunto, frango, bolo e sorvete à vontade. Tudo isso também seria esquecido. Pois a névoa dos medicamentos levou semanas para se dissipar, e as memórias de Pennhurst e dos tristes eventos que o colocaram lá carregavam o estouro de morteiros explodindo em seu cérebro, o que, dada sua deficiência, não teria incomodado tanto. Pois o fato era que, depois de Pennhurst, bastava de sons para ele. Não precisava de sons. Tinha uma melodia própria agora. Era uma música cantada para ele por meio da vista, dos cheiros e das sensações das belas Terras Baixas. E conforme os anos se passaram em sua fazenda na Carolina do Sul — comprada com trezentos dólares, dados por um judeu dono de teatros na Filadélfia chamado Isaac, e que um dia, com seu primo Moshe e muitos outros judeus do ramo do entretenimento, criaria um acampamento nas montanhas da Pensilvânia para crianças portadoras de deficiência como ele e chamariam de Acampamento Chona, um lugar que continuaria existindo até muito depois de cada um daqueles imigrantes judeus morrer — o menino se tornou um homem que cultivava plantações, ordenhava vacas e ia à igreja três vezes por semana; um homem que aprendeu a fazer danças rituais sem cruzar as pernas; um homem que ensinou os filhos a consertar um telhado, fazer cadeiras de vime, ferver cozido de carne em panelas de ferro e passear por entre as barbas-de-velho no verão; um homem que viu os filhos aprenderem com o tio-avô Nate a construir um moinho movido a cavalo para moer cana-de-açúcar, e com a tia-avó Addie a debulhar arroz e triturar grãos, e com sua amada esposa a plantar azaleias e, seus preferidos, girassóis — girassóis de todas as cores e tamanhos. Toda a vida anterior na Pensilvânia foi apagada de sua mente, de seu coração e de sua memória.*

*Ainda assim...*

*Por mais que tentasse, não conseguia apagar a memória da mulher com o reluzente cabelo preto, olhos brilhantes, risada descontraída e bolinhas de gude mágicas; ele não se esqueceria do amigo que esticou o dedo para fora das grades e o sustentou no escuro como um farol no mar, a noite toda até o nascer do sol. A memória daquele dedo, aquele solitário dedo branco, estendido em amizade e solidariedade, brilhava em sua memória como uma estrela cintilante e resplandecente. Essa memória durou até o final de sua vida completa e cheia de frutos, e quando morreu ele não era Dodô de Pottstown, mas sim Nate Love II, o pai de três meninos e duas meninas. No fim, Nate não foi o último Love. Haveria outros. Eles o rodearam em seu leito de morte, seus filhos e os filhos de seus filhos. Morreu no dia 22 de junho de 1972, o mesmo dia em que o furacão Agnes varreu boa parte de Pottstown da face da Terra e um dia depois de um velho judeu chamado Malachi, o Mágico, desaparecer para sempre das colinas do sudeste da Pensilvânia.*

*E conforme deslizava para o sono eterno, cercado por aqueles que o amavam, a poucos passos dos girassóis e das barbas-de-velho que ajudaram a apagar os turbulentos doze anos iniciais de sua vida, ele diria três palavras em seus murmúrios finais que seriam para sempre um mistério para todos que o conheciam e amavam e o rodearam em seus últimos momentos de vida, exceto por aquele que não estava lá, que estava muito além de todos eles, agora vivendo na terra onde os coxos andavam e os cegos podiam ver, que esperava por ele mesmo naquele momento em que flutuava para cima, ansioso para escutar as novidades das muitas aventuras pelas quais ele passara desde que haviam se separado. Foi com ele que falou, não com os outros.*

*Ele clamou...*

*"Obrigado, Calça de Macaco."*